RUTH WARE

Ruth Ware est née en 1977 dans le Sussex et vit aujourd'hui dans le sud de l'Angleterre. Après des études d'anglais à l'université de Manchester, elle a enseigné cette matière à Paris. Elle a également travaillé en tant que libraire et attachée de presse d'un grand éditeur anglais, avant de passer à l'écriture.
Son premier thriller, *Promenez-vous dans les bois... pendant que vous êtes encore en vie* (Fleuve Éditions, 2016 ; Pocket, 2017) a été traduit dans plus de 30 pays et est actuellement en cours d'adaptation cinématographique ; il a reçu le prix NPR Best Book of the Year en 2015. Avec son deuxième roman, *La Disparue de la cabine n° 10* (Fleuve Éditions, 2018), elle s'impose définitivement parmi les reines du suspense psychologique. En 2019 paraît *La Mort de Mrs. Westaway*, toujours chez le même éditeur.

LA DISPARUE
DE LA
CABINE N° 10

DU MÊME AUTEUR
CHEZ POCKET

PROMENEZ-VOUS DANS LES BOIS… PENDANT QUE VOUS ÊTES ENCORE EN VIE

LA DISPARUE DE LA CABINE N° 10

RUTH WARE

LA DISPARUE DE LA CABINE N° 10

Traduit de l'anglais
par Héloïse Esquié

fleuvenoir

Titre original :
THE WOMAN IN CABIN 10

MIXTE
Papier issu de sources responsables
FSC® C003309

Pocket, une marque d'Univers Poche, est un éditeur qui s'engage pour la préservation de l'environnement et qui utilise du papier fabriqué à partir de bois provenant de forêts gérées de manière responsable.

ISBN : 978-2-266-29307-5
Dépôt légal : octobre 2019

À Eleanor, avec amour.

Dans mon rêve, la fille dérivait, bien au-dessous des vagues et du cri des mouettes, dans les profondeurs froides et ténébreuses de la mer du Nord. Ses yeux rieurs étaient blancs et gorgés d'eau salée, sa peau pâle était ridée, ses vêtements réduits à l'état de haillons par des rochers coupants.

Seuls restaient ses longs cheveux noirs qui flottaient dans l'eau comme des algues, s'emmêlaient dans les coquillages et les filets de pêche, pour s'échouer finalement tels des écheveaux de corde effilochée, tandis que le mugissement des vagues qui s'écrasaient sur la rive résonnait dans mes oreilles, assourdissant.

Je me suis réveillée, pleine d'effroi. Il m'a fallu un petit moment pour me rappeler où je me trouvais, et plus longtemps encore pour réaliser que le grondement que j'entendais n'était pas le fruit de mon imagination.

La pièce était plongée dans la pénombre, et l'humidité y suintait comme dans mon rêve. En me redressant, j'ai senti un courant d'air frais contre ma joue. Le bruit semblait venir de la douche.

Je suis descendue du lit en frissonnant légèrement. La salle de bains était fermée, mais en m'approchant j'ai entendu le grondement enfler, tandis que mon cœur s'emballait. Prenant mon courage à deux mains, j'ai ouvert brusquement la porte. Le bruit de l'eau emplissait l'espace confiné. J'ai cherché l'interrupteur à tâtons. La lumière a inondé la pièce – et c'est là que je l'ai vu.

En travers du miroir couvert de buée, en lettres d'une vingtaine de centimètres de haut, on avait écrit les mots : « ARRÊTE DE FOUINER *».*

Première partie

Vendredi 18 septembre

1

Quelque chose n'allait pas, je l'ai tout de suite compris quand je me suis réveillée dans le noir, avec la chatte qui me donnait des petits coups de patte sur le visage. J'avais dû oublier de fermer la porte de la cuisine la nuit précédente. Ma punition pour être rentrée bourrée. J'ai grogné :

— Fiche le camp !

Delilah a miaulé et m'a donné un petit coup de museau. J'ai essayé d'enfouir mon visage dans l'oreiller, mais elle a continué à se frotter contre mon oreille ; finalement, je me suis retournée et, sans conviction, je l'ai poussée du lit.

Elle est tombée lourdement sur le sol avec un petit « miii » d'indignation, et j'ai tiré la couette pardessus ma tête. Mais même à travers les couvertures, je l'entendais gratter le bas de la porte, qu'elle faisait branler dans son cadre.

La chambre était fermée.

Je me suis redressée, le cœur battant soudain la chamade, et Delilah a sauté sur le matelas avec un petit glapissement joyeux. Je l'ai attirée contre ma poitrine, je l'ai fait tenir tranquille et j'ai tendu l'oreille.

J'avais pu oublier de fermer la porte de la cuisine, ou tenter de la claquer d'un coup de pied sans y parvenir correctement. Mais ma chambre s'ouvrait vers l'extérieur – mon appartement était bizarrement configuré. Il était hors de question que Delilah ait pu s'enfermer à l'intérieur. *Quelqu'un* avait dû fermer la porte.

Je suis restée figée, tous les sens en alerte.

Rien.

Puis, avec un soupir de soulagement, j'ai compris : elle s'était sans doute cachée sous mon lit, et je l'avais enfermée avec moi en rentrant, même si je ne me rappelais pas avoir fermé la porte de ma chambre. Pour être honnête, à partir de la station de métro, mes souvenirs étaient un peu nébuleux. Le mal de tête avait commencé à s'installer sur le trajet du retour, et maintenant que ma peur se dissipait, je le sentais remonter à la base de mon crâne. Il fallait *vraiment* que j'arrête de picoler en semaine. Dans la vingtaine, ce n'était pas grave, mais désormais je ne parvenais plus à me débarrasser des gueules de bois si facilement.

Delilah s'est mise à gigoter dans mes bras, enfonçant ses griffes dans ma peau, et je l'ai relâchée ; j'ai enfilé ma robe de chambre puis j'ai ramassé la chatte, prête à la ramener dans la cuisine.

Quand j'ai ouvert la porte, un homme se tenait là.

Il est inutile de me demander à quoi il ressemblait car, croyez-moi, je suis revenue là-dessus environ vingt-cinq fois avec les flics. « On ne voyait même pas un peu de peau au niveau des poignets ? » n'arrêtaient-ils pas de demander. Non, non et non. Il portait une capuche, un bandana qui lui cachait le nez et la bouche, et tout le reste était dans l'ombre. À part ses mains.

Or il portait des gants de latex. C'est ce détail qui m'a pratiquement fait chier dans mon froc. Ces gants disaient : *Je sais ce que je fais*. Ils disaient : *J'ai préparé mon coup*. Ils disaient : *Si ça se trouve, ce n'est pas seulement après ton fric que j'en ai*.

Nous sommes restés face à face pendant une interminable seconde, ses yeux brillants plantés dans les miens.

Un millier de pensées ont défilé dans ma cervelle : *Où peut bien être mon téléphone ? Pourquoi j'ai tant picolé hier soir ?* Sobre, je l'aurais entendu entrer. Oh, putain, si seulement Judah avait été là.

Et surtout, ces gants. Oh, bon Dieu, ces gants. Ils faisaient tellement professionnels. Tellement *cliniques*.

Je n'ai rien dit. Je n'ai pas bougé. Je suis restée plantée là, avec ma robe de chambre miteuse qui bâillait. Je tremblais comme une feuille. Delilah s'est dégagée de mon étreinte sans rencontrer de résistance, et elle a filé se planquer dans la cuisine.

Je vous en prie, j'ai pensé. *Je vous en prie, ne me faites pas de mal.*

Oh putain, où était mon téléphone ?

C'est alors que j'ai vu quelque chose dans les mains de l'homme. Mon sac à main – un Burberry neuf, même si ce détail semblait monstrueusement futile. Il n'y avait qu'une seule chose qui comptait au sujet de ce sac. Mon portable se trouvait à l'intérieur.

Ses yeux se sont plissés de telle sorte que je me suis dit qu'il souriait peut-être sous son bandana, et j'ai senti le sang quitter ma tête et mes doigts pour se concentrer au centre de mon corps, prêt à la lutte ou à la fuite, selon les circonstances.

Il a fait un pas en avant.

— Non…, ai-je dit.

J'aurais voulu que mes mots sonnent comme un ordre, mais ils sont sortis comme une supplication, d'une voix faible, criarde et pitoyablement chevrotante :

— N…

Je n'ai même pas eu le temps de finir. Il m'a claqué au nez la porte de la chambre, qui m'a heurté la joue.

Pendant un long moment, je suis restée sans bouger, la main sur le visage, sidérée par le choc et la douleur. Sous mes doigts gelés, je sentais quelque chose de chaud et d'humide, et il m'a fallu quelques instants pour comprendre que c'était du sang, que la moulure de la porte m'avait fendu la joue.

J'avais envie de courir me remettre au lit, de me cacher la tête sous l'oreiller et de pleurer sans m'arrêter. Mais une petite voix hideuse ne cessait de me répéter : *Il est toujours là, quelque part. Et s'il revient ? Et s'il revient pour t'achever ?*

Il y a eu un bruit dans le couloir, la chute d'un objet, et j'ai senti une montée de panique, qui aurait dû me galvaniser mais m'a plutôt paralysée. *Ne reviens pas. Ne reviens pas.* Je me suis aperçue que je retenais ma respiration et je me suis appliquée à exhaler d'une longue expiration un peu hachée, et lentement, très lentement, je me suis forcée à tendre la main vers la poignée de la porte.

Le fracas a recommencé à l'extérieur – un bruit de verre brisé – et d'un geste précipité j'ai saisi la poignée et l'ai tirée de toutes mes forces. Mes orteils nus étaient bien plantés dans le vieux plancher plein de trous ; j'étais prête à maintenir la porte fermée aussi longtemps que je le pourrais. Je me suis accroupie, penchée en avant, les genoux contre la poitrine, tâchant d'étouffer mes sanglots dans ma robe de chambre et je l'ai écouté saccager l'appartement, priant pour que Delilah ait réussi à s'enfuir dans le jardin, à l'abri.

Finalement, après un long, long moment, j'ai entendu la porte d'entrée s'ouvrir et se refermer. J'ai continué de pleurer, la tête entre les genoux, incapable de croire qu'il était vraiment parti. Qu'il n'allait pas revenir pour me faire du mal. J'avais les doigts engourdis et des crampes douloureuses, mais je n'osais pas lâcher la poignée.

Je revoyais ces mains puissantes dans les gants de latex blanchâtres.

Je serais peut-être restée là toute la nuit, incapable de bouger, si je n'avais pas entendu Delilah dehors, qui miaulait et grattait de l'autre côté de la porte.

— Delilah…

Ma voix était rauque, tellement étranglée que je la reconnaissais à peine.

— Oh, Delilah.

À travers la cloison je l'ai entendue ronronner, avec ce bruit de tronçonneuse râpeux et familier, et j'ai eu l'impression que le sortilège était brisé.

J'ai desserré mes doigts crispés et endoloris et je les ai dégourdis, puis je me suis levée, je me suis efforcée de stabiliser mes jambes, et j'ai essayé la poignée.

Elle a tourné. À vrai dire, elle a tourné trop facilement, sans aucune résistance sous ma main, sans faire bouger le pêne d'un centimètre. Il avait retiré l'axe depuis l'autre côté.

Merde.

Merde, merde, merde.

J'étais coincée.

2

Il m'a fallu deux heures pour m'extraire de là. Je n'avais pas de téléphone fixe, donc pas moyen d'appeler de l'aide, et il y avait des barreaux aux fenêtres. J'ai cassé ma meilleure lime à ongles en bricolant le pêne, mais finalement j'ai réussi à ouvrir et je me suis engagée dans le couloir étroit. Il n'y a que trois pièces dans mon appartement – cuisine, chambre et une minuscule salle de bains – et on peut pratiquement l'embrasser du regard depuis l'entrée de ma chambre, mais je n'ai pas pu m'empêcher de l'inspecter en détail, y compris le placard où je range mon aspirateur. J'avais besoin de m'assurer que l'homme était vraiment parti.

Mon sang cognait contre mes tempes et mes mains tremblaient quand j'ai monté les marches du perron de ma voisine. Je me suis surprise à scruter la rue sombre par-dessus mon épaule en attendant qu'elle réponde. D'après mes estimations, il était environ quatre heures du matin, et j'ai dû frapper longtemps à la porte pour la réveiller. J'ai entendu Mme Johnson ronchonner en descendant l'escalier d'un pas sourd et, quand elle a entrouvert le battant, elle semblait à la fois désorientée, ensommeillée et apeurée, mais lorsqu'elle m'a vue recroquevillée sur le seuil en robe de chambre, avec du sang sur le visage et les mains, son expression a changé immédiatement et elle a ôté la chaînette.

— Oh, mon Dieu ! Que s'est-il passé ?

— J'ai été cambriolée.

J'avais du mal à parler. Je ne sais pas si c'était le froid glacial de l'automne ou le choc, mais je m'étais mise à grelotter convulsivement et mes dents claquaient si fort que, pendant un instant, j'ai cru qu'elles allaient se briser dans ma bouche. Une vision atroce. J'ai repoussé cette pensée.

— Vous saignez !

Elle était visiblement bouleversée.

— Oh, doux Jésus, entrez, entrez !

Elle m'a précédée dans le salon de sa maisonnette, qui était sombre et affreusement surchauffée, mais me faisait pour l'heure l'effet d'un sanctuaire, avec son tapis à motif cachemire.

— Asseyez-vous, je vous en prie.

Elle m'a désigné un canapé en peluche rouge, puis s'est mise à genoux, faisant craquer ses articulations, pour tripoter le radiateur. Le gaz a émergé avec un *pop* et s'est embrasé ; j'ai senti la chaleur monter encore d'un cran tandis qu'elle se remettait debout tant bien que mal.

— Je vais vous préparer un bon thé bien chaud.

— Ça va, franchement, madame Johnson. Est-ce que vous pensez que…

Mais elle secoua la tête d'un air sévère.

— Il n'y a rien de tel qu'un bon thé bien sucré pour se remettre d'un choc.

Alors je suis restée assise, agrippant mes genoux de mes mains tremblantes, tandis qu'elle s'affairait dans la petite cuisine. Elle a rapporté deux mugs sur un plateau. J'ai attrapé celui qui était le plus près de moi et j'y ai bu une gorgée. Le contact de la porcelaine chaude contre ma main écorchée m'a fait un peu sursauter. Le liquide était tellement sucré que je ne sentais presque plus le goût du sang dans ma bouche, ce qui était sans doute une bonne chose.

Mme Johnson n'a pas bu, elle s'est contentée de m'observer, le front plissé par l'inquiétude.

— A-t-il… (Elle a hésité.) Vous a-t-il *blessée* ?

Je savais ce qu'elle voulait dire. J'ai secoué la tête, mais j'ai ingurgité une autre gorgée brûlante afin de raffermir ma voix.

— Non. Il ne m'a pas touchée. Il m'a claqué une porte à la figure, c'est comme ça que je me suis fendu la joue. Puis je me suis coupé la main en essayant de sortir de la chambre. Il m'avait enfermée dedans.

Dans un flash brutal, je me suis revue en train de cogner contre le pêne avec la lime à ongles et une paire de ciseaux. Judah me taquinait toujours à cause de ça – vous savez : je suis du genre à dévisser une prise électrique avec le bout d'un couteau à viande, ou à démonter un pneu de vélo avec une pelle de jardin. Rien que le week-end précédent, il avait bien ri en me voyant essayer de rafistoler mon pommeau de douche avec du chatterton, et il avait passé tout un après-midi à le réparer avec de la résine époxy. Mais il était en voyage en Ukraine, et je ne pouvais pas me permettre de penser à lui pour l'instant. Sinon, j'allais fondre en larmes, et si je pleurais maintenant, je risquais de ne jamais pouvoir m'arrêter.

— Oh, pauvre chou.

J'ai avalé ma salive.

— Merci pour le thé, madame Johnson, mais j'étais surtout venue vous demander si je pouvais passer un coup de fil. Il a pris mon portable et je n'ai aucun moyen d'appeler la police.

— Bien sûr, bien sûr. Buvez votre thé. Le téléphone est juste là.

Elle a indiqué une petite table couverte d'un napperon au bout du canapé. Dessus trônait ce qui devait être le dernier appareil à cadran de Londres, si on excluait les boutiques vintage d'Islington. Obéissante, j'ai fini mon thé et j'ai décroché le combiné. Pendant quelques instants, mon doigt s'est attardé au-dessus du 9, mais en définitive, j'ai poussé un soupir. Il était parti. Que pourraient-ils faire maintenant ? Ce n'était plus une urgence, après tout.

Du coup, j'ai composé le 101, le numéro pour les crimes non urgents, puis, j'ai attendu la mise en communication.

Et je me suis mise à réfléchir à l'assurance que je n'avais pas contractée, à la serrure renforcée que je n'avais pas fait installer, et au chaos auquel avait abouti cette soirée.

J'y réfléchissais encore des heures plus tard, en regardant le serrurier de dépannage remplacer le loquet merdique de l'entrée par une serrure à pêne dormant digne de ce nom. Il en a profité pour me faire un sermon sur la sécurité et souligner l'inefficacité criante de ma porte de derrière.

— Ce panneau, là, c'est rien qu' de l'aggloméré, mon petit. Un coup de pied et *bam*, il s'écroule direct. Voulez que je vous montre ?

— Non, ai-je aussitôt répliqué. Non, merci. Je la ferai arranger. Vous ne faites pas les portes, vous, si ?

— Nan, mais j'ai un pote qui s'en occupe. J'vous donnerai son numéro avant de partir. D'ici là, z'avez qu'à demander à votre bonhomme de fixer une bonne plaque de contreplaqué de dix-huit millimètres sur ce panneau. Faudrait pas que ça recommence comme hier soir.

— Non.

L'euphémisme du siècle.

— Un pote dans la police m'a dit qu'un quart des cambriolages sont des récidives. Les mêmes mecs reviennent pour prendre ce qui reste.

— Super, ai-je dit d'une voix grêle.

Juste ce que j'avais besoin d'entendre.

— Dix-huit millimètres. Voulez que je note pour votre mari ?

— Non merci. Je ne suis pas mariée. Et malgré mes ovaires, je suis *capable* de retenir un nombre à deux chiffres.

— Aaaaah, d'accord, j' comprends mieux. Bon, voilà, alors ! a-t-il repris, comme si ça prouvait quelque chose. Ce chambranle, il est pas non plus terrible-terrible. Faut vous procurer une barre London pour le renforcer. Sans ça, vous pouvez avoir la meilleure serrure du marché, s'ils l'arrachent du chambranle d'un coup de pied, vous serez pas plus avancée. J'en ai une qui pourrait correspondre dans ma camionnette. Voyez de quoi je parle ?

— Je sais ce que c'est, oui, ai-je répondu d'une voix lasse. Une pièce de métal qui passe par-dessus la serrure, c'est ça ?

Je le soupçonnais d'essayer de me traire comme une vache à lait mais, sur le moment, je m'en contrefichais.

— Savez quoi ? a-t-il dit en se levant et en fourrant son burin dans sa poche arrière. Je vais installer la barre London, et je vais poser une plaque de contreplaqué sur la porte arrière gratis. J'en ai un bout dans la camionnette qui doit faire à peu près la bonne dimension. Vous laissez pas abattre, ma belle. En tout cas, c'est pas *par là* qu'y va rev'nir.

Curieusement, ces mots n'avaient rien de rassurant.

Après son départ, je me suis préparé du thé et j'ai fait les cent pas dans l'appartement. Je me sentais comme Delilah la fois où un matou s'était introduit par la chatière et avait pissé dans le couloir : elle avait rôdé dans toutes les pièces pendant des heures et s'était frottée contre le moindre bout de meuble, puis elle avait fait pipi dans tous les coins pour marquer de nouveau son territoire.

Je ne suis pas allée jusqu'à pisser sur le lit, mais j'avais la même impression : mon espace avait été envahi, et j'avais besoin de me réapproprier ce qui avait été violé. *Violé ?* a dit une petite voix sarcastique dans ma tête. *T'arrêtes un peu ton cinéma ?*

Mais de fait, je me sentais violée. J'avais l'impression que mon petit appartement était fichu – il me semblait souillé, dangereux. Rien que de décrire la chose aux flics avait été un calvaire « Oui, j'ai vu l'intrus, non, je ne peux pas le décrire. » Ce qu'il y avait dans le sac ? Oh, rien, vous savez, juste… ma vie, quoi : argent, portable, permis de conduire, médicaments, à peu près tous les trucs indispensables, de mon mascara à ma carte de métro.

Le ton brusque, impersonnel de l'agent de police qui répondait au téléphone résonnait toujours à mes oreilles.

— Quel genre de portable ?

— Rien de très précieux, avais-je déclaré d'une voix lasse. Juste un vieil iPhone. Je ne me rappelle pas le modèle, mais j'ai moyen de le retrouver.

— Merci. Tout ce que vous nous donnerez comme précisions sur la marque et le numéro de série peut servir. Et vous avez parlé de médicaments – quel genre, si je puis me permettre ?

Ça m'a instantanément mise sur la défensive.

— Qu'est-ce que mon état de santé a à voir là-dedans ?

— Rien.

L'agent était patient – d'une patience agaçante.

— C'est juste que certains cachets ont une valeur à la revente.

Je savais que la colère qui m'envahissait n'était pas rationnelle – il ne faisait que son boulot. Mais c'était le cambrioleur qui avait commis un crime. Pourquoi avais-je l'impression que c'était moi qui subissais un interrogatoire ?

J'emportais mon thé au salon, quand on a cogné à la porte – des coups qui ont résonné si fort dans l'appartement silencieux que j'ai trébuché et me suis figée, à moitié debout, à moitié recroquevillée dans le passage.

J'ai eu une vision affreuse, saisissante – un visage caché par une capuche, des mains gantées de latex.

C'est seulement quand les coups ont repris que j'ai baissé les yeux et me suis aperçue que ma tasse s'était fracassée sur le carrelage. Mes pieds étaient trempés du liquide qui refroidissait rapidement.

On a frappé de nouveau.

— Minute ! ai-je crié, soudain furieuse et au bord des larmes. J'arrive ! Vous pouvez arrêter un peu de cogner comme ça sur cette fichue porte ?

— Désolé, mademoiselle, a dit le policier lorsque je lui ai enfin ouvert. Je ne savais pas si vous aviez entendu. (Puis, voyant la flaque de thé et les éclats de faïence :) Mince alors, c'est quoi, ce ramdam ? Encore un cambriolage ? Ha ha !

Le temps qu'il finisse son rapport, c'était l'après-midi. Quand il est parti, j'ai allumé mon ordinateur portable. Il se trouvait dans la chambre la veille au soir, et c'était le seul appareil électronique que le cambrioleur n'avait pas emporté. En plus de mon travail, pour lequel je n'avais pour ainsi dire pas effectué de sauvegardes, il contenait tous mes mots de passe, notamment – et j'ai eu la chair de poule en y pensant – un dossier commodément baptisé « divers banque ». Bon, il n'y avait pas le numéro de ma carte bancaire, mais à part ça, tout y était.

Quand le déluge habituel de mails a afflué dans ma messagerie, l'un d'eux m'a attiré l'œil. Il était intitulé :

« Tu comptes te pointer aujourd'hui ;) ? », et je me suis rendu compte que j'avais complètement oublié de contacter *Velocity*.

J'ai d'abord envisagé d'envoyer un mail mais, au bout du compte, j'ai pris le billet de 20 livres que je gardais dans une boîte à thé pour le cas où j'aurais besoin de prendre un taxi en urgence, et je suis allée à la téléboutique miteuse de la station de métro. Il a fallu parlementer un peu, mais le type a fini par me vendre un téléphone à carte SIM prépayée pour 15 livres et je suis allée m'installer au café d'en face pour appeler la rédactrice en chef adjointe, Jenn, qui occupait le bureau en face du mien.

Je lui ai raconté ce qui s'était passé, tentant de donner à la chose un côté comique et grotesque. Je me suis lourdement appesantie sur le moment où j'avais essayé de crocheter la serrure avec une lime à ongles, et je ne lui ai pas parlé des gants, ni de l'impression générale de terreur impuissante, ni des flashbacks d'un réalisme terrifiant qui ne cessaient de me hanter.

— Merde !

Malgré les grésillements qui parasitaient la ligne, j'ai senti qu'elle était horrifiée.

— Tu tiens le choc ?

— Oui, plus ou moins. Mais je ne serai pas là aujourd'hui. Il faut que je remette l'appart en ordre.

Même si en réalité la pagaille n'était pas si terrible que ça. Il avait été d'une retenue exemplaire. Enfin, pour un criminel !

— Bon Dieu, Lo, ma pauvre chérie. Dis-moi, est-ce que tu veux que je demande à quelqu'un de te remplacer pour le truc des aurores boréales ?

Pendant une minute, je n'ai pas du tout vu de quoi elle parlait, puis ça m'est revenu. L'*Aurora Borealis* : un paquebot de croisière grand luxe dans les fjords norvégiens ; sans savoir bien comment, j'avais eu la chance de récupérer l'une des rares invitations de presse pour son voyage inaugural.

C'était un bonus énorme. J'avais beau bosser pour un magazine de voyages, mon job consistait en général à faire des copier-coller de communiqués de presse et à trouver des illustrations pour des articles sur des destinations de rêve envoyés par ma boss, Rowan. C'était Rowan, cette fois encore, qui était censée y aller, mais malheureusement, après avoir dit oui, elle s'était aperçue que la grossesse ne lui réussissait pas – *hyperemesis gravidarum*, apparemment – et la croisière avait atterri sur mes genoux comme un gros cadeau, avec les responsabilités et les possibilités qui allaient avec. Me la proposer revenait à me témoigner une belle confiance, car elle aurait pu faire cette fleur à des journalistes plus aguerris. Je savais que si j'assurais, ce serait un sacré bon point en ma faveur quand il s'agirait de postuler pour le remplacement de Rowan pendant son congé de maternité, et peut-être – seulement peut-être – d'obtenir cette promotion qu'elle me promettait depuis plusieurs années.

Cependant, c'était le week-end prochain. Dimanche, en fait. Ça me faisait partir dans deux jours.

— *Non !* me suis-je exclamée, surprise de la fermeté de ma voix. Non, pas question que je me défile. Je vais bien.

— Tu es sûre ? Et ton passeport ?

— Il était dans ma chambre, il ne l'a pas trouvé.

Dieu merci.

— Tu es sûre *à 100 %* ? a-t-elle répété, inquiète. C'est un papier hyper important – et je ne veux pas dire seulement pour toi, mais pour le mag. Si tu n'es pas super en forme, Rowan ne voudrait pas que tu…

Je lui ai coupé la parole :

— Je suis parfaitement en forme.

Il était hors de question que je laisse cette aubaine me glisser entre les doigts. Il ne s'en présenterait peut-être jamais d'autre.

— Je te le promets. J'ai vraiment très envie de le faire, Jenn.

— OK…, a-t-elle dit, presque à contrecœur. Eh bien, dans ce cas, à l'attaque, hein ? Ils nous ont fait parvenir le dossier de presse ce matin, alors je vais te l'envoyer par coursier avec tes billets de train. J'ai les notes de Rowan quelque part. Je crois que l'idée principale, c'est de faire un compte rendu dithyrambique sur le bateau, parce qu'elle espère faire entrer les armateurs parmi les annonceurs qui nous financent, mais en plus, il devrait y avoir des invités intéressants, donc si tu peux aussi glaner quelques portraits, c'est encore mieux.

— Entendu.

J'ai attrapé un stylo sur le comptoir du café et j'ai commencé à prendre des notes sur une serviette en papier.

— Et rappelle-moi à quelle heure est le train ?

— Il part à 10 h 30 de King's Cross, mais je mettrai tout ça avec le dossier de presse.

— Parfait. Et merci, Jenn.

— Pas de problème.

Elle paraissait un peu tristoune, et je me suis demandé si elle avait espéré me remplacer au pied levé.

— Prends soin de toi, Lo. *Bye.*

La nuit était presque tombée lorsque je suis rentrée d'un pas traînant. J'avais mal aux pieds, mal à la joue, et je n'avais qu'une envie, me plonger dans un long bain chaud.

La porte de mon appartement, en contrebas de la rue, était plongée dans la pénombre, comme toujours, et je me suis répété une nouvelle fois que je devais faire installer une lumière ne serait-ce que pour pouvoir trouver mes clés dans mon sac à main, mais même dans la semi-obscurité, j'ai vu les éclats de bois autour de la serrure, là où elle avait été forcée. Le plus dingue, c'était que je n'avais rien entendu. *Ouais, ben tu t'attendais à quoi ? Après tout, t'étais bourrée*, a dit la petite voix méchante dans ma tête.

Mais le bruit mat de la nouvelle serrure à pêne dormant, bien solide, m'a rassurée. À l'intérieur, je l'ai verrouillée de nouveau, j'ai arraché mes chaussures et je me suis dirigée vers la salle de bains à pas lourds ; j'ai ouvert les robinets en étouffant un bâillement, et je me suis affalée sur les toilettes pour ôter mes collants. J'ai commencé à déboutonner mon chemisier… Tout à coup j'ai suspendu mon geste.

Normalement, je laisse la salle de bains ouverte : il n'y a que moi et Delilah, et comme on est en dessous du niveau du sol, les murs ont tendance à se gorger d'humidité. En plus, je ne suis pas une grande fana des espaces confinés, et la pièce paraît très petite lorsque les volets sont fermés. Mais même si la porte d'entrée était verrouillée et la nouvelle barre de renfort en place, j'ai quand même inspecté la fenêtre et tourné la clé de la salle de bains avant de retirer complètement mes frusques.

J'étais crevée – putain, ce que j'étais crevée. Je me suis vue m'endormir dans la baignoire, glisser dans l'eau… Judah retrouverait mon corps nu et enflé une semaine plus tard… Je me suis reprise. Il fallait que j'arrête de me faire un tel cinéma. La baignoire mesurait à peine un mètre vingt. J'avais déjà de la peine à me contorsionner pour me rincer les cheveux, alors avant de me noyer…

L'eau était assez chaude pour que la plaie sur ma joue se mette à me piquer. J'ai fermé les yeux et je me suis efforcée de m'imaginer ailleurs, dans un lieu tout différent de ce réduit mal chauffé, loin de Londres, son atmosphère sordide et sa criminalité galopante. Sur une plage nordique aux embruns vivifiants, peut-être, avec dans les oreilles la rumeur apaisante de… euh… serait-ce la Baltique ? Pour une journaliste spécialisée dans les voyages, je suis affreusement nulle en géographie.

Mais des images obsédantes ne cessaient de s'imposer à moi. Le serrurier qui avait dit : « Un quart des cambriolages sont des récidives. » Moi, tapie dans ma chambre, arc-boutée, tirant la porte de toutes mes forces. Des mains puissantes gantées de latex blanchâtre laissant à peine transparaître les poils noirs…

Merde. *Merde.*

J'ai ouvert les yeux mais, pour une fois, le retour à la réalité ne m'a pas aidée. Au contraire, j'ai eu l'impression que les murs humides de la salle de bains menaçaient de se refermer sur moi…

T'es encore en train de débloquer, m'a raillée ma voix intérieure. *Tu t'en rends bien compte, non ?*

Ta gueule. Ta gueule. Ta gueule. Ta gueule. J'ai plissé les paupières très fort et je me suis mise à compter, méthodiquement, pour essayer de chasser les visions qui dansaient dans ma cervelle. *Un. Deux. Trois. Inspire. Quatre. Cinq. Six. Expire. Un. Deux. Trois. Inspire. Quatre. Cinq. Six. Expire.*

Finalement elles se sont estompées, mais l'eau était sale, et le besoin de sortir de la petite pièce sans air m'a submergée. Je me suis levée et, enveloppée dans une serviette, je suis allée dans la chambre. Mon ordinateur portable était toujours sur le lit.

Je l'ai allumé, j'ai lancé Google et tapé : « pourcentage des cambrioleurs qui reviennent ».

Une page de liens est apparue ; j'ai cliqué sur un des articles au hasard et l'ai parcouru jusqu'à un paragraphe qui disait : « Lorsque les cambrioleurs reviennent… Une étude nationale indique que, sur une période de douze mois, approximativement 25 à 50 % des cambriolages sont des récidives ; et entre 25 et 35 % des victimes le sont pour la deuxième fois au moins. Des chiffres recueillis par les forces de police britanniques suggèrent que 28 à 51 % des cambriolages qui se reproduisent ont lieu dans le mois, 11 à 25 % dans la semaine. »

Super. Mon aimable Cassandre, le serrurier, ne m'avait pas juste fait marcher pour me flanquer la frousse, il avait en fait *sous-estimé* le problème – même si le calcul par lequel on arrivait de 25 à 50 % de récidives à seulement 25 à 35 % de victimes me fichait mal à la tête. Dans tous les cas, l'idée d'aller grossir ces statistiques ne me disait trop rien.

Je m'étais promis que je ne boirais pas ce soir-là, aussi, après m'être bien assurée que tout était verrouillé pour la deuxième, ou peut-être même la troisième fois, j'ai mis à charger le téléphone à carte prépayée à côté de mon lit et je me suis préparé une tasse de camomille.

Je l'ai apportée dans la chambre avec l'ordinateur, le dossier de presse pour le voyage et un paquet de biscuits au chocolat. Il n'était que 20 heures et je n'avais pas dîné, mais j'étais épuisée – trop épuisée pour faire la cuisine, trop épuisée même pour commander un repas. J'ai ouvert le dossier de presse, je me suis glissée sous la couette et j'ai attendu le sommeil.

Sauf qu'il n'est pas venu. J'ai grignoté tout le paquet de biscuits en les trempant dans ma tisane, et j'ai lu des pages et des pages d'informations et de chiffres concernant l'*Aurora*. Seulement dix cabines luxueusement aménagées… Un maximum de vingt passagers… Un personnel trié sur le volet, issu des plus grands hôtels et restaurants du monde… Même les spécifications techniques – tirant d'eau et tonnage du paquebot – n'ont pas suffi à me faire sombrer. Je suis restée éveillée, exténuée mais sur le qui-vive.

Étendue dans mon cocon, je me suis efforcée de ne pas penser au cambrioleur. Je me suis délibérément focalisée sur le boulot, sur tous les détails pratiques qu'il me fallait régler avant dimanche. Aller chercher ma nouvelle carte bancaire. Faire mes bagages et compulser différents documents en prévision du voyage. Allais-je voir Judah avant de partir ? Il allait essayer de m'appeler à mon ancien numéro.

J'ai reposé le dossier de presse et j'ai ouvert ma boîte mail.

« Salut chéri », ai-je tapé, puis je me suis arrêtée et j'ai mordu le coin de mon ongle. Que dire ? Ça n'aurait aucun intérêt de lui parler du cambriolage. Pas maintenant. Le seul résultat, ce serait de le faire culpabiliser de n'avoir pas été là quand j'avais besoin de lui. À la place, j'ai écrit : « J'ai perdu mon téléphone. Longue histoire, je t'expliquerai à ton retour. Mais si tu veux me joindre, envoie-moi un mail, pas un texto. Vers quelle heure arrives-tu dimanche ? Je pars pour Hull tôt dans la matinée, pour la croisière dans le Grand Nord. J'espère qu'on pourra se voir avant mon départ – sinon, au week-end prochain ? Bisous, Lo. »

J'ai appuyé sur « envoi », espérant qu'il n'allait pas se demander pourquoi j'envoyais des mails à 0 h 45, puis j'ai éteint l'ordinateur, j'ai pris mon bouquin et j'ai essayé de m'endormir en lisant.

Ça n'a pas marché.

À 3 h 35, j'ai titubé jusqu'à la cuisine et je me suis préparé le gin tonic le plus costaud que je pouvais avaler. Je l'ai englouti d'une traite, comme un médicament. Le goût puissant m'a fait tressaillir. Puis je m'en suis servi un autre et je l'ai bu aussi, plus lentement cette fois. Je suis restée debout un petit moment ; l'alcool me donnait de petits frissons, détendait mes muscles, apaisait mes nerfs à vif.

J'ai vidé le fond de la bouteille dans le verre, que j'ai emporté dans la chambre. Je me suis rallongée, raide et anxieuse, les yeux fixés sur la lueur du réveil, et j'ai attendu que l'alcool fasse son effet.

Un. Deux. Trois. Inspire. Quatre... Cinq... Cin...

Je ne m'en souviens pas, mais j'ai dû m'endormir. Une minute, je regardais l'heure avec des yeux chassieux, torturée par la migraine, et j'attendais de voir les cristaux passer à 4 h 44 ; la minute suivante, je clignais des paupières contre la fourrure de Delilah, qui cognait son museau et ses moustaches contre mon nez, pour me signifier que c'était l'heure du petit déjeuner. J'ai poussé un grognement. J'avais encore plus mal à la tête que la veille – même si je ne savais pas trop si c'était à cause de ma joue, ou d'une nouvelle gueule de bois. Le dernier gin tonic était sur ma table de chevet, à moitié plein. Je l'ai reniflé et j'ai failli m'étrangler. Il devait contenir deux tiers de gin. Qu'est-ce qui m'avait pris ?

Le réveil indiquait 6 h 04, ce qui voulait dire que j'avais dormi moins d'une heure et demie ; mais comme j'étais réveillée, inutile d'essayer de lutter. Je me suis levée, j'ai écarté le rideau et j'ai regardé l'aube grise, les minces doigts de soleil qui s'insinuaient dans mon sous-sol. La journée semblait froide et morose ; j'ai glissé mes pieds dans mes pantoufles en frissonnant et je suis allée remonter le thermostat.

*

On était samedi, donc je ne travaillais pas, mais les démarches pour réattribuer mon numéro de mobile à un nouvel appareil et faire refaire mes cartes bancaires m'ont pris presque toute la journée. Le soir venu, j'étais ivre de fatigue.

Je me sentais aussi explosée que la fois où j'étais rentrée de Thaïlande en passant par Los Angeles – une série de vols de nuit qui m'avaient lessivée et désorientée. Quelque part au-dessus de l'Atlantique, j'avais compris que j'avais dépassé le stade du sommeil, et que je ferais aussi bien de renoncer. De retour à la maison, j'étais tombée dans mon lit comme dans un puits, plongeant la tête la première dans le néant, et j'avais dormi vingt-deux heures d'affilée pour me réveiller groggy, les membres raides, lorsque Judah avait frappé à ma porte avec les journaux du dimanche.

Mais cette fois-ci, mon lit n'était plus un refuge.

Je *devais* me reprendre avant de partir pour cette croisière. C'était une occasion unique de faire mes preuves, après dix ans à trimer au bas de l'échelle du journalisme, dans l'assommant bourbier du copier-coller. J'avais une chance de montrer que j'étais à la hauteur – que, comme Rowan, j'étais capable de faire du réseau, de soigner le relationnel et d'imposer *Velocity* parmi les poids lourds de la finance. Et, pas de doute, Lord Bullmer, le propriétaire de l'*Aurora Borealis*, était un sacré poids lourd de la finance. 1 % de son budget publicité aurait suffi pour maintenir *Velocity* à flot pendant des mois, sans parler de tous les grands noms du voyage et de la photographie qui avaient assurément été invités pour ce voyage inaugural : leur signature ferait plus que bon effet sur notre couverture.

Je n'allais pas entreprendre Bullmer sur nos visées à la table du dîner – rien d'aussi vulgaire et ouvertement commercial. Mais si je pouvais ajouter son numéro à mes contacts et m'assurer que, lorsque je l'appellerais, il décrocherait… eh bien, ce serait déjà un grand pas vers cette promotion tant attendue.

Avalant mécaniquement des bouchées de pizza surgelée jusqu'à en être gavée, j'ai repris le dossier de presse. Mais les mots et les images dansaient devant mes yeux, les adjectifs se fondaient les uns dans les autres ; « sélect… étincelant… luxe… fait main… artisan… ».

J'ai laissé tomber la page avec un bâillement, puis j'ai regardé ma montre et j'ai vu qu'il était 21 heures passées. Dieu merci, je pouvais aller me coucher. En vérifiant et revérifiant les portes et serrures, j'ai pensé que l'avantage d'être aussi éreintée, c'était que l'insomnie ne risquait pas de se reproduire. J'étais tellement crevée que même si un cambrioleur revenait *pour de vrai*, il ne me réveillerait pas.

À 22 h 47, j'ai compris que je m'étais trompée.

À 23 h 23, je me suis mise à pleurer doucement, comme une idiote.

Alors c'était fini ? Je n'allais plus jamais dormir ?

Il fallait que je dorme. Il le *fallait*. J'avais dormi… – j'ai compté sur mes doigts, incapable de faire le calcul de mémoire –… moins de quatre heures en trois jours.

Je pouvais sentir le *goût* du sommeil. Je pouvais *l'effleurer* ; il était presque à ma portée. J'allais devenir folle si je ne dormais pas.

Les larmes me montaient de nouveau aux yeux ; je ne savais même pas ce qu'elles signifiaient. Frustration ?

Colère ? Contre moi-même ou contre le cambrioleur ? Ou simple épuisement ?

Tout ce que je savais, c'est que je ne parvenais pas à m'assoupir – le sommeil me narguait comme une promesse non tenue. J'avais l'impression d'être en train de courir vers un mirage qui ne cessait de reculer. Ou alors je me le représentais comme un poisson dans l'eau, un poisson qu'il me fallait attraper et retenir, mais qui me glissait continuellement entre les doigts.

Oh merde, j'ai sommeil...

Delilah a tourné la tête vers moi, surprise. Avais-je parlé à haute voix ? Je ne savais même plus. Bon Dieu, j'étais en train de perdre la tête.

L'éclair d'un visage... des yeux brillants, liquides dans le noir.

Je me suis redressée. Mon cœur cognait si fort que je sentais mon pouls à l'arrière de mon crâne.

Il fallait que je me tire de là.

Je me suis levée. Je titubais, comme en transe sous le coup de l'épuisement. J'ai mis mes chaussures et enfilé mon manteau par-dessus mon pyjama. Puis j'ai pris mon sac. Si je ne pouvais pas dormir, j'allais marcher. Quelque part. N'importe où.

Si le sommeil ne voulait pas venir à moi, je le traquerais moi-même, bordel.

3

Les rues à minuit n'étaient pas vides mais n'offraient pas le même visage que celles que j'empruntais tous les jours pour aller au boulot.

Entre les flaques de lumière jaune soufre des lampadaires, elles étaient grises, peuplées d'ombres, et un vent froid soulevait des bouts de papier chiffonnés qui venaient se coller contre mes jambes, tandis que des feuilles mortes et autres détritus s'amoncelaient dans le caniveau. J'aurais dû avoir peur – une femme de trente-deux ans, en pyjama, errant aux petites heures de la nuit. Mais je me sentais plus en sécurité que dans mon appartement. Ici, au moins, quelqu'un m'entendrait crier.

Je marchais sans but, je comptais seulement arpenter les rues jusqu'à ce que je tombe d'épuisement. Quelque part entre Highbury et Islington, je me suis rendu compte qu'il s'était mis à pleuvoir ; ça devait faire un moment, parce que j'étais trempée. Plantée là, dans mes chaussures mouillées, j'ai essayé de forcer mon cerveau étourdi à élaborer un plan et, presque tout seuls, mes pieds se sont remis en mouvement

– pas vers chez moi, mais vers le sud, en direction d'Angel.

Je n'ai compris où j'allais que lorsque je suis arrivée, lorsque je me suis retrouvée sous le porche de son immeuble, à regarder d'un air hébété la liste en face des sonnettes, où son nom était inscrit de son écriture petite et nette : LEWIS.

Il n'était pas là. Il était en Ukraine, et il ne devait rentrer que le lendemain. Mais j'avais le double de ses clés dans la poche de mon manteau, et je n'avais pas la force de faire le trajet du retour à pied. *Tu n'as qu'à prendre un taxi*, a raillé la petite voix mesquine à l'arrière de ma tête. *Ce n'est pas de marcher que tu n'as pas la force. Mauviette.*

J'ai secoué la tête, semant quelques gouttes sur le panneau en acier inoxydable, et j'ai cherché dans mon trousseau la clé de la porte extérieure. Je me suis glissée dans la chaleur oppressante du couloir commun.

Au deuxième étage, je me suis introduite prudemment dans l'appartement.

Il était plongé dans le noir : toutes les portes étaient fermées, et il n'y avait pas de fenêtre dans l'entrée.

J'ai appelé :

— Judah ?

J'étais certaine qu'il n'était pas là, mais il n'était pas impossible qu'il ait prêté ses clés à un ami, et je ne voulais pas provoquer une crise cardiaque nocturne chez l'éventuel visiteur. Je ne savais que trop bien l'effet que ça faisait.

— Jude, c'est juste moi, Lo.

Pas de réponse. Tout était silencieux – un silence profond. J'ai ouvert la porte sur la gauche, celle de la cuisine-salle à manger, et je suis entrée sur la pointe des pieds. Je n'ai pas allumé la lumière. J'ai retiré mes vêtements détrempés – manteau, pyjama, etc., et j'ai jeté le tout dans l'évier.

Puis, toute nue, je suis allée jusqu'à la chambre, où le lit à deux places de Judah était vide sous un rayon de lune, les draps rabattus comme s'il venait juste de se lever. Je me suis vautrée au milieu du lit et je me suis délectée de la douceur des draps, et de son odeur : l'odeur de sa sueur, de son after-shave – et juste de *lui*.

J'ai fermé les yeux.

Un. Deux…

Le sommeil s'est abattu sur moi et m'a emportée comme une vague.

Je me suis réveillée au son des hurlements d'une femme, avec la sensation d'un corps au-dessus du mien, qui me maintenait ; quelqu'un tentait de bloquer mes bras pour m'empêcher de me débattre.

Une main a agrippé mon poignet, une main bien plus puissante que la mienne. Aveugle, folle de panique, j'ai tâtonné dans l'obscurité en quête d'une arme potentielle, et mes doigts se sont refermés sur la lampe de chevet.

La main de l'homme était sur ma bouche à présent, elle m'étouffait, le poids de son corps me coupait le souffle, quand de toutes mes forces j'ai soulevé la lourde lampe et l'ai violemment abattue sur sa tête.

Il y a eu un cri de douleur et, à travers le brouillard de terreur, j'ai entendu une voix, des mots balbutiés, déformés.

— Lo, c'est moi ! C'est moi, bordel de merde, arrête !

Quoi ?

Mes mains tremblaient si fort que, lorsque j'ai essayé d'allumer la lumière, je n'ai réussi qu'à renverser quelque chose.

À côté de moi, j'entendais Judah qui haletait, et un gargouillement qui me terrifiait. Elle était où, cette foutue lampe ? Puis j'ai compris : je venais de l'abattre sur le visage de Judah.

Je me suis levée, les jambes flageolantes, et j'ai trouvé l'interrupteur à côté de la porte. La pièce s'est instantanément illuminée de l'éclat puissant et impitoyable d'une douzaine de spots halogènes, qui concouraient tous à faire ressortir les détails de la scène d'horreur qui s'étalait sous mes yeux.

Judah était recroquevillé sur le lit, le visage dans les mains, et du sang dégoulinait dans sa barbe et sur son torse.

— Oh mon Dieu, Jude !

Je me suis précipitée vers lui, et j'ai sorti des mouchoirs de la boîte sur la table de chevet. Il les a pressés contre sa joue.

— Oh, mon Dieu, qu'est-ce qui s'est passé ? Qui est-ce qui hurlait comme ça ?

— Toi ! a-t-il gémi.

Les mouchoirs étaient déjà imbibés de sang.

— Quoi ?

J'étais encore en pleine montée d'adrénaline. Perdue, j'ai cherché des yeux la femme et son agresseur dans la pièce.

— Comment ça ?

— Je suis rentré, a-t-il dit avec difficulté, son accent de Brooklyn déformé par le mouchoir et la douleur. Tu t'es mise à hurler dans un demi-sommeil. Alors j'ai essayé de te réveiller et… *bam*.

— Oh merde.

J'ai plaqué mes deux mains contre ma bouche.

— Je suis vraiment désolée.

Ce hurlement, il était si déchirant. Ce n'était que moi, vraiment ?

Il a écarté le Kleenex avec précaution. Il y avait quelque chose dans la boulette de papier écarlate, un petit objet blanc. Ce n'est que lorsque j'ai regardé son visage que j'ai compris… Il avait une dent en moins.

— Oh, c'est pas vrai !

Il m'a regardée. Du sang gouttait encore de sa bouche et de son nez.

— Tu parles d'un accueil.

C'est tout ce qu'il a dit.

— Je suis désolée.

Je sentais des sanglots monter au fond de ma gorge mais je refusais de pleurer devant le chauffeur de taxi. J'ai ravalé ma douleur cuisante.

— Judah ?

Il n'a rien dit. Il se contentait de regarder par la vitre l'aube grise qui se levait sur Londres. Il avait fallu poireauter deux heures aux urgences de l'University College Hospital, et tout ce qu'on lui avait fait, c'était lui recoudre la lèvre et l'adresser à un dentiste de garde, qui avait remis la dent en place et lui avait recommandé, *grosso modo*, de croiser les doigts. Apparemment, la dent pourrait être sauvée si elle se réimplantait. Sinon, on lui poserait soit un bridge, soit un implant. Il a fermé les yeux, las, et j'ai senti mon cœur se serrer sous l'effet du remords.

— Je suis désolée, ai-je répété avec encore plus de désespoir. Je ne sais pas quoi dire d'autre.

— Non, c'est moi qui suis désolé, a-t-il répliqué d'une voix éteinte.

Au lieu de dire *sorry*, il a prononcé *shorry*, comme dans une imitation de Sean Connery bourré, car l'anesthésie locale le gênait pour parler.

— Toi ? Pourquoi tu serais désolé ?

— Je ne sais pas. J'ai merdé. Je n'ai pas été là quand il l'aurait fallu.

— Tu parles du cambriolage.

Il a hoché la tête.

— Oui, il y a ça. Mais en fait c'est tout le temps. Je suis désolé d'être par monts et par vaux en permanence.

Je me suis laissée aller contre lui et il a passé un bras autour de moi. J'ai posé la tête sur son épaule et j'ai écouté le battement sourd de son cœur, d'une régularité et d'une lenteur rassurantes à côté du mien. Sous sa veste, il portait un tee-shirt maculé de sang, au tissu doux et souple contre ma joue. Lorsque j'ai respiré, une longue inspiration tremblotante, j'ai senti l'odeur de sa sueur, et mon pouls s'est ralenti peu à peu à son tour, se calquant sur le sien.

— Tu n'aurais rien pu faire, ai-je dit, la tête enfouie dans sa poitrine.

Il a secoué la tête.

— J'aurais quand même dû être là.

Le ciel s'éclaircissait lorsque nous avons payé le taxi et monté lentement les deux étages jusqu'à sa porte. J'ai regardé ma montre ; il était près de 6 heures. Zut, je devais être dans le train pour Hull quelques heures plus tard.

À l'intérieur, Judah a retiré ses vêtements et nous nous sommes couchés immédiatement, peau contre peau. Il m'a attirée contre lui et il a respiré le parfum de mes cheveux, les yeux fermés. J'étais tellement épuisée que j'arrivais à peine à réfléchir, mais au lieu de m'allonger et de me laisser gagner par le sommeil, sur une impulsion, j'ai grimpé sur lui, j'ai embrassé son cou, son ventre, la touffe de poils sombres qui pointait vers son entrejambe.

— Lo…, a-t-il gémi, et il a essayé de m'attirer à lui pour m'embrasser, mais j'ai secoué la tête.

— Non, tais-toi. Laisse-toi aller, tu n'as rien à faire.

Il a renfoncé la tête dans l'oreiller. J'ai vu son cou s'arquer dans le mince rai de lumière qui filtrait entre les rideaux.

Cela faisait huit jours que je ne l'avais pas vu. Il allait encore s'écouler une semaine avant que je le revoie. Si on ne le faisait pas tout de suite…

Après, je me suis couchée dans ses bras en attendant que ma respiration et mon cœur reprennent leur rythme normal, et j'ai senti sa joue se plisser d'un sourire contre la mienne.

— On s'en approche.

— De quoi ?

— De l'accueil que j'avais espéré.

J'ai sursauté et il m'a effleuré le visage.

— Lo, chérie, c'était une blague.

— Je sais.

Nous sommes restés silencieux pendant un long moment. Je pensais qu'il était en train de s'assoupir, et j'ai fermé les yeux à mon tour, mais soudain j'ai senti sa poitrine se soulever, les muscles de ses bras se tendre, et il a pris une profonde inspiration.

— Lo, je ne vais pas remettre la question sur le tapis, mais…

Il n'a pas terminé, mais je sentais bien ce qui le travaillait. La même chose qu'au nouvel an : il voulait qu'on passe à l'étape supérieure. Qu'on s'installe ensemble.

— Laisse-moi y réfléchir, ai-je dit enfin d'une voix qui ne me ressemblait pas, une voix inhabituellement feutrée.

— C'est ce que tu as dit il y a des mois.

— Je n'ai pas fini de réfléchir.

— Eh bien, moi, je me suis décidé.

Il a pris mon menton et tourné avec douceur mon visage vers le sien. Ce que j'y ai lu m'a fait chavirer le cœur. J'ai avancé une main, mais il l'a saisie et l'a gardée dans la sienne.

— Lo, arrête de noyer le poisson. J'ai été patient, tu le sais bien, mais je commence à avoir l'impression qu'on n'est pas en phase.

— On n'est pas en phase ?

Mon petit rire sonnait faux.

— Tu as recommencé à regarder *Oprah* ?

À ces mots, il a lâché ma main, et quelque chose s'est refermé dans son expression. Il s'est détourné. Je me suis mordu la lèvre.

— Jude…

— Non. Juste – non. Je voulais en parler, mais de toute évidence, pas toi. Alors, écoute, je suis crevé. C'est presque le matin. Dormons.

— Jude, ai-je répété, suppliante cette fois.

Je me détestais d'être une telle salope, et je *le* détestais de me forcer à me comporter de la sorte.

— J'ai dit « non », a-t-il lancé d'une voix étouffée par l'oreiller.

Alors que je pensais qu'il parlait de notre conversation, il a poursuivi :

— À un boulot. À New York. J'ai décliné une proposition. Pour toi.

Merde.

4

Lorsque le réveil m'a arrachée au sommeil, quelques heures plus tard, j'étais plongée dans un véritable coma, comme sous l'effet d'une drogue. Je ne savais pas depuis combien de temps il sonnait, mais ça devait faire un moment. J'avais mal à la tête, et je suis restée allongée à essayer de m'orienter avant d'éteindre l'alarme.

Je me suis étirée, tentant de défaire les nœuds dans mon cou et dans mes épaules, puis j'ai rejoint la cuisine à tâtons. Pendant que le café passait, j'ai pris mes cachets et j'ai fouillé la salle de bains en quête d'antidouleurs. J'ai trouvé de l'ibuprofène et du paracétamol, ainsi qu'un flacon en plastique marron que Judah s'était fait prescrire, je m'en souvenais vaguement, quand il s'était tordu le genou pendant un match de foot. J'ai enlevé le couvercle et j'en ai inspecté le contenu. C'étaient des gélules rouges et blanches d'une taille impressionnante.

En définitive, je me suis dégonflée, et j'ai seulement placé deux ibuprofène et un paracétamol à action rapide dans ma paume. Je les ai avalés avec une gorgée de café – noir, il n'y avait pas de lait dans le frigo –, puis j'ai bu plus lentement le reste de ma tasse en repensant à la soirée de la veille, à mes regrettables initiatives, à l'annonce de Judah…

J'étais surprise. Non, plus que surprise, j'étais choquée. Nous n'avions jamais discuté de ses projets à long terme, mais je savais que ses amis américains lui manquaient, ainsi que sa mère et son jeune frère – je n'avais rencontré aucun d'eux. Cette décision… l'avait-il prise pour lui, ou pour nous ?

Il restait l'équivalent d'une demi-tasse dans la cafetière. Je l'ai versée dans un second mug que j'ai porté précautionneusement jusqu'à la chambre.

Judah était étalé en travers du lit, jambes et bras écartés, comme s'il était tombé là. Dans les films, les gens ont toujours l'air paisibles quand ils dorment. Pas Judah. Sa bouche meurtrie était cachée derrière son bras relevé, mais avec son nez anguleux et son front plissé, il avait l'air d'un faucon en colère, furieux d'avoir été abattu par un chasseur en plein vol.

J'ai posé le café tout doucement sur sa table de chevet, j'ai enfoncé ma tête dans l'oreiller à côté de lui et je l'ai embrassé sur la nuque. Sa peau était chaude et étonnamment douce.

Il a remué dans son sommeil, a sorti un long bras bronzé de sous les couvertures et l'a refermé sur moi ; puis ses yeux se sont ouverts. On les aurait crus trois fois plus foncés que leur teinte noisette habituelle.

— Salut, ai-je dit tout bas.

— Salut.

Il s'est frotté le visage et il a bâillé, puis il m'a attirée contre lui. Pendant un instant j'ai résisté, pensant au train et au taxi qui m'attendait à Hull. Puis, comme si mes membres avaient fondu tel du plastique, je me suis laissée aller contre lui, happée par sa chaleur. Nous sommes restés étendus là quelques minutes, à nous regarder dans les yeux. D'une main hésitante, j'ai tâté légèrement le Steri-Strip collé en travers de sa lèvre.

— Tu crois qu'elle va se réimplanter ?

— Je ne sais pas. J'espère, parce qu'il faut que je parte pour Moscou lundi, et j'ai pas envie de faire la tournée des dentistes sur place.

Je n'ai rien dit. Il a fermé les yeux et s'est étiré ; j'ai entendu ses articulations craquer. Puis il a roulé sur le côté et placé sa main en coupe sur mon sein nu.

— Judah…

L'exaspération et l'excitation se mêlaient dans ma voix.

— Quoi ?

— Je ne peux pas. Je dois y aller.

— Alors va-t'en.

— Judah, non…

— Non, tu veux que j'arrête, ou non, tu veux pas t'en aller ?

Il a esquissé un sourire en coin.

— Les deux. Tu m'as très bien comprise.

Je me suis redressée et j'ai secoué la tête. Ça m'a fait mal, et j'ai aussitôt regretté mon geste.

— Ça va, ta joue ? a demandé Judah.

— Oui.

J'ai porté la main à ma joue. Elle était enflée, mais pas autant que la veille.

Inquiet, Judah a avancé son doigt pour caresser l'hématome, mais je me suis écartée avec un sursaut involontaire.

— J'aurais dû être là.

— Mais tu n'étais pas là, ai-je rétorqué plus sèchement que je n'en avais l'intention. Tu n'es jamais là.

Il a cligné des yeux et s'est soulevé sur les coudes pour me regarder en face. Ses traits étaient encore brouillés par le sommeil, la peau plissée de marques d'oreiller.

— Hein… ?

— T'as très bien entendu.

Je savais que j'exagérais, mais les mots sont sortis tout seuls.

— Quel avenir t'imagines pour nous, Judah ? Même si j'emménage ici, comment tu vois la suite ? Est-ce que je suis censée rester assise là à tisser mon linceul comme Pénélope en entretenant la flamme du foyer pendant que tu bois du scotch dans un bar en Russie avec les autres correspondants étrangers ?

— Qu'est-ce qui te prend ?

J'ai secoué la tête et suis sortie du lit. Je me suis mise à rassembler mes vêtements de rechange.

— Je suis crevée, c'est tout, Jude.

Crevée, c'était un euphémisme. Je n'avais pas dormi plus de deux heures au cours des trois dernières nuits.

— Et je n'arrive pas à voir où on va. C'est déjà assez dur comme ça, maintenant qu'on n'est que tous les deux. J'ai pas envie de devenir le cliché de la femme coincée à la maison avec un gamin et une énorme dépression post-partum pendant que tu te fais tirer dessus dans tous les bleds pourris de ce côté-ci de l'équateur.

— À en croire les événements récents, c'est dans mon propre appartement que je suis le plus en danger, a commenté Judah. (Puis il a tressailli en voyant mon expression.) Pardon, je suis vraiment trop con. C'était un accident, je le sais bien.

J'ai jeté mon manteau encore trempé sur mes épaules et j'ai ramassé mon sac.

— *Ciao*, Judah.

— *Ciao* ? Comment ça, *ciao* ?

— Prends-le comme tu voudras.

— Ce que je *veux*, c'est que tu arrêtes de tout dramatiser et que tu t'installes chez moi. Je t'aime, Lo !

Les mots m'ont fait l'effet d'une gifle. Je me suis arrêtée dans l'entrée. La fatigue pesait sur mon cou comme une entité maléfique, et elle m'attirait vers le bas.

Les mains gantées de latex blanchâtre, le son d'un rire...

— Lo ? a appelé Judah d'une voix hésitante.

— Je ne peux pas, là, j'ai dit, me tournant vers le couloir.

Je ne savais pas de quoi je parlais. *Je ne peux pas partir, je ne peux pas rester, je ne peux pas supporter cette discussion, cette vie, tout ce bordel.*

— Écoute… Il faut que j'y aille.

— Alors, pour ce boulot ? a-t-il dit avec un peu de colère dans la voix. Celui que j'ai refusé. T'es en train de me dire que j'aurais pas dû ?

— Je ne t'ai jamais demandé de faire ça.

Ma voix tremblait.

— Je ne te l'ai jamais demandé. Alors ne rejette pas la responsabilité sur moi, merci.

J'ai pris mon sac et je me suis dirigée vers la porte.

Il n'a rien dit. Il n'a pas essayé de me retenir. Dans la rue, je titubais comme si j'étais à moitié saoule. C'est seulement quand je suis montée dans le métro que la réalité de ce qui venait de se passer m'a heurtée de plein fouet.

5

Les ports, j'adore ça. J'aime l'odeur du goudron et de l'air marin, j'aime le cri des mouettes. Je ne sais pas si c'est parce que j'ai pris le ferry pour la France chaque été pendant des années, mais dans les ports, j'éprouve un sentiment de liberté que je ne retrouve jamais dans les aéroports. Les aéroports, ça m'évoque le boulot, les contrôles de sécurité, les retards. Les ports, en revanche… Je ne sais pas. Tout autre chose. L'évasion, peut-être.

Pendant tout le voyage en train, j'avais évité de penser à Judah et tâché de m'occuper l'esprit en faisant des recherches sur Internet. Richard Bullmer avait seulement quelques années de plus que moi, mais son CV était assez long pour que, à côté de lui, je me sente incurablement inadaptée : une liste de boîtes et de postes de directeur à faire pâlir d'envie, chaque nouvelle fonction constituant un tremplin vers un niveau encore plus élevé de richesse et d'influence.

Lorsque j'ai ouvert sa page Wikipédia sur mon téléphone, j'ai vu la photo d'un bel homme bronzé aux cheveux très noirs, bras dessus bras dessous avec une blonde de moins de trente ans d'une beauté à couper le souffle. « Richard Bullmer avec son épouse, l'héritière Anne Lyngstad, lors de leur mariage à Stavanger », disait la légende.

Étant donné son titre, je m'étais figurée qu'il était né avec une petite cuiller en argent dans la bouche, mais d'après Wikipédia en tout cas, j'avais été injuste. Certes, il avait grandi dans une belle aisance : écoles privées, Eton et Balliol College. Mais pendant sa première année à l'université, il avait perdu son père – sa mère avait déjà disparu du tableau, ce point n'était pas tout à fait clair – et le patrimoine familial avait été englouti par les droits de succession et les dettes, ce qui fait qu'il s'était retrouvé à l'âge de dix-neuf ans seul et sans foyer.

Dans de telles circonstances, le fait qu'il avait réussi à obtenir un diplôme à Oxford était déjà remarquable, mais il avait également créé une start-up d'e-commerce durant sa troisième année. Le lancement en Bourse de la société en 2003 avait été la première d'une série de réussites, qui culminait avec ce navire ultra sélect à dix cabines conçu pour offrir une retraite grand luxe au large des côtes scandinaves. « Idéal pour le mariage de vos rêves, pour impressionner vos clients lors d'un voyage d'entreprise éblouissant, ou simplement pour des vacances prestigieuses que votre famille et vous n'oublierez jamais », ai-je lu dans le dossier de presse tandis que le train filait vers le nord. Sur la page suivante figurait un plan du pont où se trouvaient les cabines.

Il y avait quatre suites spacieuses dans le nez du bateau – il me semble qu'on dit la proue – et une partie séparée à l'arrière avec six cabines plus petites disposées en fer à cheval. Chaque cabine était numérotée, les numéros pairs et impairs répartis des deux côtés d'un couloir central. La cabine n° 1 se situait à l'extrémité de la proue, tandis que les cabines n° 9 et n° 10 se trouvaient côte à côte à la poupe. Sans doute serais-je dans l'une des plus petites – les suites devaient être réservées aux VIP. L'échelle n'apparaissait pas sur le plan, et j'ai fait la grimace en repensant aux ferries que je prenais autrefois pour traverser la Manche, avec leurs petites chambres oppressantes, sans hublot. L'idée de passer cinq jours dans ce genre de réduit ne m'emballait pas franchement, mais sur un yacht comme celui-ci, les espaces devaient quand même être bien plus conséquents.

J'ai tourné la page, espérant trouver une photo d'une des cabines pour me rassurer, mais au lieu de ça je suis tombée sur le cliché d'un assortiment somptueux de spécialités scandinaves disposées sur une nappe blanche. Apparemment, le chef de l'*Aurora* avait fait ses classes dans les cuisines du Noma et de l'El Bulli. J'ai bâillé et ai pressé les poings contre mes orbites. La fatigue et les événements de la nuit précédente m'ont de nouveau submergée.

Le visage de Judah au moment où je l'avais quitté, avec ses points de suture à la lèvre, est apparu dans mon esprit et j'ai sursauté. Est-ce que nous avions rompu ? Est-ce que je l'avais plaqué ? Chaque fois que je tentais de reconstituer la conversation, mon cerveau éreinté faisait des siennes. Il ajoutait des mots que je n'avais pas prononcés, complétait les réponses que j'aurais voulu trouver sur le moment ; il justifiait ma conduite en rendant Judah plus insensible et plus insultant qu'il ne l'avait été, ou tentait au contraire de me convaincre que tout allait s'arranger en insistant sur son amour inconditionnel. Je ne lui avais pas *demandé* de refuser ce boulot. Alors pourquoi aurais-je dû, tout à coup, lui en être reconnaissante ?

Tout endolorie, j'ai somnolé dans le taxi pendant une trentaine de minutes entre la gare et le port. Lorsque la voix joviale du chauffeur a fait irruption dans mon sommeil, elle m'a fait l'effet d'une giclée d'eau glacée. Hébétée, vaseuse, je suis sortie de la voiture sous un soleil de plomb et j'ai senti la piqûre salée du vent.

Le chauffeur m'avait déposée juste devant la passerelle de l'*Aurora*, mais en voyant le bateau au bout du ponton métallique, j'ai eu du mal à croire qu'on était au bon endroit. Je reconnaissais bien ce que j'avais vu sur la brochure – des panneaux de verre réfléchissant le soleil, sans une trace de doigt ou d'eau salée, et de la peinture blanche si fraîche qu'on aurait pu croire qu'elle avait été posée le matin même. Mais ce qui manquait sur le papier, c'était l'échelle. L'*Aurora* était tellement *petit* – il ressemblait davantage à un grand yacht qu'à un paquebot de croisière. Maintenant, je comprenais ce qu'ils entendaient par « ultra sélect » ; j'avais vu de plus gros bateaux faire du cabotage autour des îles grecques. Il paraissait impossible que tout ce qu'évoquait la brochure – bibliothèque, solarium, spa, sauna, bar à cocktails et autres équipements apparemment indispensables aux heureux élus qui profitaient de la croisière – puisse se loger dans ce vaisseau minuscule. On aurait presque dit un jouet et, en m'engageant sur l'étroite passerelle métallique, je me suis soudain imaginé que l'*Aurora* était un bateau emprisonné dans une bouteille – un bateau nain, parfait, isolé et irréel – et je me suis vue rapetisser à chaque pas en avant. C'était une impression bizarre, comme de regarder dans un télescope par le mauvais bout, et ça m'a fait tourner la tête.

Le métal remuait sous mes pieds, les eaux huileuses, d'un noir d'encre, tourbillonnaient tout en bas, et pendant un instant j'ai eu l'illusion que j'étais en train de tomber, que l'acier se dérobait sous moi. J'ai fermé les yeux et je me suis accrochée au métal froid de la rambarde.

Puis j'ai entendu une voix de femme, en surplomb.

— C'est une odeur merveilleuse, vous ne trouvez pas ?

J'ai cligné des yeux. Une hôtesse se tenait à l'entrée du bateau. Elle avait les cheveux clairs, presque blond platine, et la peau brunie par le soleil. Elle était rayonnante, comme si elle accueillait une riche cousine d'Australie qu'elle n'avait pas vue depuis longtemps. J'ai respiré un bon coup, je me suis efforcée de retrouver mon équilibre et j'ai fait les quelques pas qui me séparaient de l'*Aurora Borealis.*

— Bienvenue, mademoiselle Blacklock, a-t-elle fait quand je suis montée.

Elle avait un accent un peu saccadé dont je n'arrivais pas à déterminer la provenance. Je ne sais pas comment elle se débrouillait, mais ses mots parvenaient à transmettre l'impression que me rencontrer était une expérience aussi inespérée et enthousiasmante que de gagner à la loterie.

— Je suis tout à fait *ravie* de vous accueillir à bord. Un de nos porteurs peut vous débarrasser de votre valise ?

J'ai regardé autour de moi, essayant de deviner comment elle savait qui j'étais. Mon sac a disparu avant que j'aie eu le temps de protester.

— Puis-je vous offrir une coupe de champagne ?

— Heu…

Je me distinguais d'emblée par mon sens de la repartie. L'hôtesse a pris ça pour un « oui » et je me suis retrouvée avec une flûte givrée à la main.

— Heu, merci.

L'intérieur de l'*Aurora* était époustouflant. Le bateau était peut-être petit, mais on y avait entassé assez de *clinquant* pour un navire dix fois plus gros. Devant moi s'élevait un long escalier en colimaçon dont le moindre centimètre carré avait été verni, recouvert de marbre ou drapé de soie sauvage. Le tout était éclairé par un lustre étincelant qui baignait l'endroit de petites éclaboussures de lumière. On aurait dit le reflet du soleil sur la mer par un jour d'été. C'était légèrement écœurant, et je ne parle pas d'un point de vue moral – même si, à bien y réfléchir, cela s'appliquait aussi –, à cause de l'impression de désorientation qui en résultait. Les cristaux agissaient comme des prismes sur chaque goutte de lumière, et on était ébloui au point de perdre l'équilibre. On se serait cru en train de regarder dans un kaléidoscope. L'effet, combiné avec le manque de sommeil, n'était pas franchement agréable.

L'hôtesse a dû remarquer mon ébahissement, car elle a arboré un sourire triomphal.

— Le grand escalier est vraiment impressionnant, n'est-ce pas ? Rien que sur ce lustre, il y a plus de deux mille cristaux Swarovski.

— La vache, ai-je commenté d'une voix faible.

Le sang pulsait dans mon crâne et j'ai essayé de me rappeler si j'avais emporté l'ibuprofène. J'avais du mal à ne pas cligner frénétiquement des yeux.

— Nous sommes *très* fiers de l'*Aurora*, a-t-elle poursuivi d'une voix chaleureuse. Je m'appelle Camilla Lidman et je suis responsable de l'hospitalité sur le bateau. Mon bureau se trouve sous le pont, et si je peux faire *quoi que ce soit* pour rendre votre séjour parmi nous plus agréable, *je vous en prie*, n'hésitez pas à me solliciter. Mon collègue Josef (elle a désigné un homme blond qui souriait à sa droite) va vous indiquer votre cabine et vous faire découvrir nos installations. Le dîner est à 20 heures, mais nous aimerions vous inviter à nous rejoindre à 19 heures dans le Lindgren Lounge pour une présentation des équipements du bateau et des merveilles que vous savourerez durant cette croisière. Ah ! Monsieur Lederer.

Un homme grand et brun d'une quarantaine d'années s'avançait sur le ponton derrière nous, suivi par un porteur qui bataillait avec une énorme valise.

Il a sursauté vivement lorsque le porteur a cogné le chariot contre un joint de la passerelle.

— Faites attention, je vous en prie ! Cette valise contient du matériel très fragile.

— Monsieur Lederer, s'est écriée Camilla Lidman avec le même enthousiasme quasi délirant qu'elle avait manifesté en m'accueillant.

Il fallait lui reconnaître ça – j'étais impressionnée par ses talents d'actrice, même si, dans le cas de M. Lederer, cela demandait sans doute moins d'efforts car il n'était pas désagréable à regarder.

— Laissez-moi vous accueillir à bord de l'*Aurora*. Je peux vous offrir une coupe de champagne ? Et Mme Lederer ?

— Mme Lederer ne viendra pas.

M. Lederer s'est passé la main dans les cheveux et a levé les yeux sur le lustre avec un soupçon de perplexité.

— Oh, je suis vraiment navrée.

Le front sans défaut de Camilla s'est plissé d'inquiétude.

— J'espère que tout va bien ?

— Oh, elle est en parfaite santé, a répondu M. Lederer. En fait, elle couche avec mon meilleur ami.

Il a souri et pris le champagne.

Camilla a cligné des yeux, puis elle a repris, sans trahir la moindre émotion :

— Josef, tu veux bien emmener Mlle Blacklock à sa cabine, s'il te plaît ?

Josef a acquiescé d'un petit mouvement de tête et désigné la partie de l'escalier qui menait vers le bas.

— Si vous voulez bien me suivre.

J'ai hoché bêtement la tête et je me suis laissé guider, sans lâcher ma flûte de champagne. Derrière nous, Camilla parlait à M. Lederer de son bureau sous le pont.

— Vous avez la cabine n° 9, la suite Linnæus, m'a annoncé Josef tandis que je le suivais dans la pénombre beige d'un couloir aveugle tapissé d'une épaisse moquette. Toutes les cabines portent le nom de grands scientifiques scandinaves.

— Et qui a droit au Nobel ? ai-je lancé nerveusement.

Le couloir me donnait une étrange impression de claustrophobie, comme si un poids intolérable pesait sur ma nuque. Ce n'était pas seulement la taille du bateau, mais l'éclairage, si faible qu'il en était soporifique, et le manque de lumière naturelle.

Josef a répondu sans sourciller :

— Pendant cette croisière, la suite Nobel sera occupée par Lord et Lady Bullmer. Lord Bullmer est l'un des directeurs de la Northern Lights Company, qui possède le bateau. Il y a dix cabines, m'a-t-il expliqué tandis que nous descendions une nouvelle série de marches, quatre à l'avant et six à l'arrière, toutes sur le pont central. Chaque cabine se compose d'une suite d'une à trois pièces, avec salle de bains privative équipée d'une baignoire et d'une douche séparée, lit double et terrasse privée. La suite Nobel dispose aussi d'un jacuzzi.

Une terrasse ? Quelque part, l'idée d'avoir une terrasse sur un bateau de croisière semblait complètement saugrenue, mais, en y réfléchissant, ce n'était pas plus bizarre que de se tenir sur le pont. Un jacuzzi ? Bah, moins on en dirait là-dessus, mieux ce serait.

— Chaque cabine dispose d'un steward attitré pour vous assister jour et nuit. Vos stewards seront moi-même et ma collègue Karla, que vous allez rencontrer dans la soirée. Nous nous ferons une joie de vous venir en aide de toutes les façons possibles pendant votre séjour sur l'*Aurora*.

— Donc, là, nous sommes sur le pont central, c'est ça ?

— Oui. Ce pont est entièrement consacré aux suites des passagers. À l'étage, vous trouverez la salle à manger, le spa, le lounge, la bibliothèque, le solarium et les autres espaces communs – qui portent tous le nom d'écrivains scandinaves : le lounge Lindgren, la salle à manger Jansson, etc.

— Jansson ?

— Tove Jansson.

— Ah, bien sûr. Les Moumines, ai-je répliqué stupidement.

Putain, ce que j'avais mal à la tête !

Nous avions atteint une porte lambrissée dont la discrète plaque annonçait : « 9 : LINNÆUS ». Josef m'a ouvert et s'est effacé pour me laisser entrer.

La cabine semblait, sans exagération, sept ou huit fois plus confortable que mon propre appartement – et pas tellement plus petite, avec ça ! Des penderies à miroir se dressaient à ma droite et, au centre, flanqué d'un sofa d'un côté et d'une coiffeuse de l'autre, trônait un lit immense avec des draps blancs fraîchement repassés qui m'ont paru furieusement attirants.

Mais ce qui m'a fait la plus forte impression, ce n'est pas l'espace – pourtant impressionnant –, c'est la clarté. Après l'éclairage artificiel du couloir exigu, la lumière que déversaient les portes-fenêtres de la véranda était aveuglante. La brise agitait les voilages blancs et j'ai remarqué que la porte coulissante était ouverte. J'en ai éprouvé un soulagement immédiat, comme si ma respiration se débloquait.

— On peut verrouiller les portes, m'a expliqué Josef, toujours dans mon dos, mais le loquet se désenclenche automatiquement en cas de conditions météorologiques extrêmes.

— Ah, formidable, ai-je répliqué d'un ton évasif.

Mais tout ce que j'avais en tête, c'était mon désir pressant de voir Josef s'en aller pour m'affaler sur le lit et sombrer dans un sommeil sans rêves.

J'ai tout de même continué à réprimer tant bien que mal mes bâillements, et je l'ai écouté m'expliquer les différentes fonctions de la salle de bains (oui, j'en ai déjà utilisé, merci), du frigo et du minibar (tout était gratuit, malheureusement pour mon foie), et me préciser que les glaçons seraient renouvelés deux fois par jour ; je pouvais les sonner, lui ou Karla, à *toute* heure du jour ou de la nuit.

Quand il est enfin devenu impossible d'ignorer mes bâillements déchirants, il m'a saluée d'une petite courbette, s'est excusé et m'a laissée prendre possession de la cabine.

Inutile de prétendre que je n'étais pas bluffée. Je l'étais. Surtout par le lit, qui m'invitait pour ainsi dire à grands cris à dormir trente ou quarante heures d'affilée. J'ai regardé la couette immaculée, les coussins décoratifs blancs et dorés, et le besoin de sommeil s'est emparé de moi, irrépressible, répandant des picotements de ma nuque au bout de mes doigts. Je commençais à être physiquement en manque et, comme une toxico, je comptais les heures me séparant de ma prochaine dose. Les trente minutes de somnolence inconfortable dans le taxi n'avaient fait qu'empirer les choses.

Mais je ne pouvais pas me coucher maintenant. Si je m'allongeais, je risquais de ne pas me réveiller, et je ne pouvais pas me permettre de louper le dîner. Peut-être pourrais-je couper à certaines activités plus tard dans la semaine, mais je *devais* absolument assister au repas et à la présentation du soir. C'était la première nuit à bord. Tout le monde établirait les premiers contacts et le réseautage irait bon train. Si je manquais ça, je partirais avec un désavantage énorme, et je n'arriverais jamais à combler mon retard.

J'ai donc étouffé un bâillement et suis sortie sur le balcon, dans l'espoir que l'air frais m'aiderait à émerger du nuage d'épuisement qui m'enveloppait chaque fois que j'arrêtais de bouger ou de parler.

La terrasse était délicieuse, tout à fait à la hauteur de l'idée qu'on peut se faire d'un balcon privatif sur un bateau de luxe. Le bastingage était en verre si bien que, de l'intérieur de la suite, on aurait presque pu s'imaginer qu'il n'y avait pas du tout de séparation entre soi et la mer. Il y avait deux transats et une petite table où l'on pouvait s'installer, le soir, pour profiter du soleil de minuit ou des aurores boréales, selon la saison.

Les cheveux au vent, j'ai passé un long, long moment à observer les petits bateaux qui entraient et sortaient laborieusement du port de Hull, et, soudain, quelque chose a changé. Pendant quelques instants, je n'ai pas compris d'où ça venait, puis j'ai réalisé. Le moteur, qui ronronnait discrètement depuis environ une demi-heure, était passé à la vitesse supérieure, et nous nous étions mis en mouvement. Avec un rugissement sourd, nous avons commencé à manœuvrer, nous nous sommes éloignés du quai et nous avons mis le cap sur le large.

Tandis que je contemplais le spectacle, debout sur la terrasse, le bateau s'est faufilé hors du port entre les feux vert et rouge qui délimitaient le chenal. J'ai senti son allure se modifier lorsque nous nous sommes retrouvés en pleine mer du Nord. Les vaguelettes régulières ont laissé place aux remous amples des grands fonds océaniques.

Lentement, le littoral s'est éloigné, et les immeubles de Hull se sont réduits à de petites crêtes à l'horizon, puis à une ligne sombre semblable à n'importe quelle côte. En la regardant disparaître, j'ai pensé à Judah, et à tout ce que j'avais laissé en plan. Mon téléphone semblait lourd dans ma poche. Je l'ai sorti, espérant un mot de lui avant d'être hors de portée des réseaux britanniques. *Au revoir. Bonne chance. Bon voyage**[1].

Mais il n'y avait rien. J'ai perdu une barre de signal, puis une autre, et le téléphone est resté muet dans ma main. La côte anglaise disparaissait, et il n'y avait pas d'autre bruit que celui des vagues qui se brisaient.

1. Les mots suivis d'un astérisque sont en français dans le texte.

De : Judah Lewis
À : Laura Blacklock
Envoyé le : mardi 22 septembre
Sujet : Tout va bien ?

Chérie, je n'ai pas eu de tes nouvelles depuis ton mail de dimanche. Je ne sais pas si nos messages se croisent. As-tu reçu ma réponse, ou le texto que je t'ai envoyé hier ?

Je commence à m'inquiéter un peu, et j'espère que tu ne t'imagines pas que je suis parti lécher mes blessures je ne sais pas où comme un connard. Ce n'est pas le cas. Je t'aime, tu me manques, et je pense à toi.

Ne t'en fais pas pour ce qui s'est passé à la maison, et tout va bien avec ma dent. Je crois qu'elle va se réimplanter comme a dit le toubib. Je m'automédique à la vodka en attendant.

Raconte-moi comment se passe la croisière – ou, si tu es occupée, envoie-moi un petit mot pour me dire que tout va bien pour toi.

Baisers tendres, J

De : Rowan Lonsdale
À : Laura Blacklock
Cc : Jennifer West
Envoyé le : mercredi 23 septembre
Sujet : Compte rendu

Lo, pourrais-tu, s'il te plaît, répondre au mail que je t'ai envoyé il y a deux jours pour te demander un compte rendu de la croisière ? Jenn me dit que tu n'as rien envoyé, or nous espérions un petit topo pour demain, au moins un encadré.
Merci de faire savoir à Jenn où tu en es *immédiatement*, et de me mettre en copie.

Rowan

Deuxième partie

6

Les riches, même leurs douches sont de qualité supérieure.

Les jets me pétrissaient et me massaient sous tous les angles, et leur vigueur impitoyable avait un effet engourdissant, si bien qu'au bout d'un moment je n'aurais su dire où se terminait mon corps et où commençait l'eau.

Je me suis fait un shampooing puis je me suis rasé les jambes, et à la fin je suis juste restée debout sous l'eau à regarder la mer, le ciel et les goélands qui volaient en cercle autour de nous. J'avais laissé la porte de la salle de bains ouverte de façon à voir le lit, la véranda et la mer. Et l'effet était vraiment… eh bien, je ne vais pas mentir, c'était plutôt pas mal. Il fallait bien justifier les huit mille dollars, voire davantage, que coûtait cette croisière.

C'était une somme légèrement obscène par rapport à mon salaire – ou même à celui de Rowan. Cela faisait des années que je bavais sur les articles qu'elle envoyait de villas aux Bahamas ou de yachts dans les Maldives, impatiente d'arriver au jour où, à mon tour, j'aurais assez d'ancienneté pour jouir de ce genre d'avantages en nature. Mais maintenant que j'y goûtais pour de bon, je me suis posé la question : comment faisait-elle pour supporter ces incursions régulières dans une vie qu'aucune personne « normale » ne pourrait jamais s'offrir ?

J'essayais distraitement de calculer combien de mois il me faudrait travailler pour me payer une semaine sur l'*Aurora* lorsque j'ai entendu quelque chose – un petit bruit indistinct sous le grondement de l'eau, que je n'ai pu situer, mais qui semblait provenir de ma chambre. Mon cœur s'est un peu emballé, mais j'ai continué de respirer fermement et régulièrement.

Soudain la porte de la salle de bains a volé vers moi, comme si quelqu'un l'avait poussée d'une main sûre et agile.

Elle s'est refermée dans un claquement – le bruit mat, sourd, d'une porte lourde faite de matériaux de qualité exceptionnelle – et je me suis retrouvée dans l'obscurité chaude et moite, avec le jet qui cognait sur le dessus de mon crâne et mon cœur qui battait assez fort pour que le sonar du bateau capte ses pulsations.

Je n'entendais rien à part le sifflement du sang dans mes oreilles et le rugissement de l'eau. Et je ne voyais rien à part le rougeoiement des commandes digitales de la douche. Merde. *Merde.* Pourquoi n'avais-je pas fermé la porte de la cabine à double tour ?

Arrête de paniquer, me suis-je dit. *Personne ne t'a fait de mal. Personne ne s'est introduit par effraction. Il y a de grandes chances que ce soit la femme de chambre venue pour ouvrir le lit, ou même un simple coup de vent. Arrête. De. Paniquer.*

J'ai tenté d'éteindre la douche à tâtons. L'eau est devenue gelée puis atrocement chaude, si bien que j'ai poussé un petit cri et fait un bond en arrière, me cognant la cheville contre le mur. Mais j'ai fini par trouver le bon bouton, le jet s'est arrêté et je suis allée actionner les lumières.

Elles ont inondé la petite pièce d'une lueur sans pitié, et je me suis regardée dans la glace – j'étais blanche comme un cadavre, j'avais les cheveux plaqués sur la tête, on aurait dit la fille dans *The Ring*.

Merde.

Est-ce que ça allait être comme ça, dorénavant ? Est-ce que j'allais devenir le genre de fille qui panique à l'idée de faire le trajet entre le métro et son appartement, ou de passer la nuit toute seule chez elle sans son mec ?

Non, pas question, putain. Je *refusais* de devenir ce genre de fille.

Il y avait un peignoir accroché à la porte ; je l'ai enfilé à la hâte et, toute tremblante j'ai respiré un bon coup.

Je refuse de devenir ce genre de fille.

J'ai ouvert la salle de bains. Mon cœur battait si fort et si vite que je voyais de petites étoiles.

Ne panique pas, me suis-je répété avec force.

La chambre était vide. Complètement vide. Et la porte *était* fermée à double tour ; même la chaîne était tirée. Il était impossible que quelqu'un soit entré. Peut-être avais-je juste entendu des bruits venus du couloir. Quoi qu'il en soit, manifestement, c'était le roulis du bateau qui avait fait claquer la porte.

J'ai revérifié la chaîne, et j'ai senti son poids dans la paume de ma main, sa solidité rassurante ; puis, les jambes flageolantes, je suis allée jusqu'au lit, je me suis allongée, encore sous le coup de la montée d'adrénaline, et j'ai attendu que mon pouls revienne à peu près à la normale.

Je me suis imaginée en train d'enfouir le visage dans l'épaule de Judah et, pendant une seconde, j'ai failli fondre en larmes, mais j'ai serré les dents et j'ai ravalé mes sanglots. Judah n'était pas la solution à tout cela. Le problème, c'était moi et mes crises de panique à la con.

Il ne s'est rien passé. Il ne s'est rien passé. Je me suis répété ces mots au rythme de mes respirations entrecoupées jusqu'à ce que je sente que je commençais à me calmer.

Il ne s'est rien passé. Ni aujourd'hui, ni l'autre jour. Personne ne t'a fait de mal.

OK.

Putain, j'avais besoin d'un verre.

Dans le minibar, il y avait du tonic, de la glace et une demi-douzaine de mini bouteilles de gin, de whisky et de vodka. J'ai versé de la glace dans un grand verre puis j'ai vidé deux mini bouteilles par-dessus. Ma main tremblait toujours un peu. J'ai fini mon mélange par une rasade de tonic et je l'ai vidé d'un trait.

Le gin était tellement fort que je me suis étranglée, mais l'alcool s'est répandu dans mes cellules et mes vaisseaux sanguins, et je me suis sentie tout de suite mieux.

Une fois le verre vide, j'ai sorti mon téléphone de mon sac. Pas de réseau, mais il y avait le wifi.

J'ai cliqué sur « courrier » et j'ai regardé, en me rongeant les ongles, les mails se charger un à un dans la boîte de réception. Ce n'était pas tout à fait aussi terrible que je l'avais redouté – on était dimanche, après tout –, mais en faisant défiler la liste, je me suis aperçue que j'étais tendue comme un élastique sur le point de craquer, et en même temps j'ai compris ce que je cherchais, et pourquoi. Pas un mot de Judah. J'ai senti mes épaules s'affaisser.

J'ai répondu aux quelques mails urgents, laissé les autres de côté, puis j'ai cliqué sur « nouveau message ».

Cher Judah, j'ai commencé, mais les mots ne venaient pas. Je me suis demandé ce qu'il pouvait bien être en train de faire. De préparer son sac ? À l'étroit, déjà, dans quelque vol en classe éco ? Ou était-il couché dans une chambre d'hôtel anonyme, à écrire des tweets et des textos en pensant à moi ?

Une fois de plus, j'ai revécu le moment où je lui avais écrasé la lourde lampe métallique sur la figure. Qu'est-ce qui m'avait pris ?

Rien du tout, je me suis dit. *Tu étais à moitié endormie. Ce n'est pas ta faute. C'est un accident.*

Selon Freud, les accidents, ça n'existe pas, a soufflé la voix à l'arrière de ma tête. *Peut-être que c'est toi...*

J'ai secoué la tête, refusant d'entendre ça.

Cher Judah, je t'aime.
Tu me manques.
Je suis désolée.

J'ai effacé le mail et j'en ai commencé un autre.

À : Pamela Crew
De : Laura Blacklock
Envoyé le : dimanche 20 septembre
Objet : Tout va bien

Coucou Maman, suis bien en sécurité à bord du bateau qui est grave chic. Tu adorerais ! Je voulais juste te rappeler de passer prendre Delilah ce soir. J'ai laissé son panier sur la table et les croquettes sont sous l'évier. J'ai dû faire changer la serrure – Mme Johnson à l'étage au-dessus a la nouvelle clé.
Gros bisous et MERCI !
Lo

J'ai appuyé sur « envoi », puis j'ai ouvert Facebook et j'ai écrit un message à ma meilleure amie, Lissie.

Cet endroit est complètement dingue. Le minibar de ma cabine – pardon, je veux dire de ma SUITE, putain : elle est IMMENSE ! – est gratuit et ILLIMITÉ. Au temps pour mon professionnalisme et pour mon foie. On se voit à mon retour, si je tiens toujours debout. Bises, Lo

Je me suis versé un autre gin et j'ai rouvert le mail pour Judah. Il fallait que j'écrive quelque chose. Impossible de laisser les choses telles qu'elles étaient lorsque j'étais partie. J'ai réfléchi un moment, puis j'ai tapé : Cher J., je suis désolée de m'être comportée comme une vraie garce avant mon départ. Ce que j'ai dit – c'était incroyablement injuste. Je t'aime tant. J'ai été forcée d'arrêter car les larmes m'empêchaient de voir l'écran. J'ai repris ma respiration, puis je me suis frotté les yeux et j'ai terminé : Envoie-moi un texto quand tu arrives là-bas. Bon voyage. Baisers, Lo.

J'ai rafraîchi ma boîte de réception, sans trop y croire cette fois, mais rien de neuf ne s'est téléchargé. J'ai poussé un soupir et j'ai terminé mon deuxième gin. Le réveil à côté du lit affichait 18 h 30, ce qui signifiait que c'était l'heure d'enfiler ma première robe de bal.

Après m'avoir informée que le *dress code* pour le dîner à bord était « formel » (traduction : dément), Rowan m'avait recommandé de louer au moins sept robes de soirée de façon à éviter de porter la même deux fois. Mais comme elle n'avait pas proposé de casquer, j'en avais seulement loué trois, ce qui faisait trois de plus que si j'avais été livrée à moi-même.

Dans la boutique, ma préférée était la plus extravagante – un long fourreau blanc argenté parsemé de strass qui, selon les affirmations tout à fait dépourvues de sarcasme de la vendeuse, me faisait ressembler à Liv Tyler dans *Le Seigneur des anneaux*. Je ne sais pas si j'avais réussi à garder le degré de sérieux requis dans ces circonstances, car elle n'avait pas cessé de me lancer des coups d'œil suspicieux pendant que j'essayais les autres.

Mais je ne me sentais pas assez d'attaque pour les strass, d'autant qu'il était possible qu'il y ait des invités en jean, pour ce que j'en savais, alors j'ai choisi la plus discrète – une longue robe moulante à bretelles en satin gris foncé. Il y avait un petit bandeau de feuilles en dentelle en travers de l'épaule droite : la dentelle, il n'y avait pas moyen d'y couper. Apparement, la majorité des robes de bal sont conçues par des fillettes de cinq ans armées de pistolets à paillettes ; mais, au moins, celle-ci n'évoquait pas immédiatement une explosion dans une fabrique de Barbie.

Je me suis glissée dedans et j'ai remonté la fermeture Éclair, puis j'ai secoué ma trousse de maquillage pour en faire sortir la totalité de mes munitions. Ce soir, il allait falloir davantage qu'un peu de gloss pour me donner figure humaine. J'étais en train d'étaler de l'anticernes sur ma coupure à la pommette lorsque je me suis aperçue que mon mascara manquait à l'appel.

J'ai fouillé mon sac à main en essayant de me rappeler la dernière fois que je l'avais vu. Puis j'ai compris. Il se trouvait dans mon autre sac – on me l'avait piqué avec tout le reste. Je n'en porte pas tout le temps, mais en l'absence de longs cils noirs, mon regard *smoky* avait l'air bizarre et un peu disproportionné, comme si je n'avais pas terminé mon maquillage. Pendant un bref instant, j'ai envisagé d'improviser avec de l'eye-liner liquide, mais c'était ridicule et j'ai cherché une dernière fois dans mon sac : j'ai tout vidé sur le lit, juste au cas où ma mémoire m'aurait trompée, ou dans le vain espoir d'en trouver un de rechange dans la doublure. J'étais en train de tout ranger lorsque j'ai entendu un bruit dans la cabine voisine – le grondement de la chasse d'eau pressurisée, reconnaissable malgré le bourdonnement sourd du moteur.

J'ai pris la clé magnétique et je suis sortie dans le couloir, pieds nus.

Sur la porte de frêne à ma droite, une petite plaque annonçait : « 10 : PALMGREN. » À ce qu'il semblait, la réserve d'éminents savants scandinaves s'était épuisée avant la fin de l'aménagement du bateau. J'ai frappé timidement.

Pas de réponse. Peut-être l'occupant de la cabine était-il sous la douche.

J'ai frappé de nouveau, trois coups secs, puis un grand coup pour être bien sûre de me faire entendre.

La porte s'est ouverte brusquement, comme si elle se tenait juste derrière.

— Quoi ? a-t-elle demandé, presque avant que la porte soit ouverte. Il y a un problème ?

Puis son expression a changé.

— Merde ! Qui êtes-vous ?

— Je suis votre voisine de cabine.

Elle était jeune et jolie, avec de longs cheveux bruns, et elle portait un tee-shirt miteux des Pink Floyd plein de trous, ce qui, je ne sais pourquoi, me l'a rendue sympathique.

— Laura Blacklock. Lo. Désolée, je sais que ça va faire super bizarre, mais je me demandais si je pourrais vous emprunter du mascara ?

Il y avait un fouillis de tubes et de crèmes sur la coiffeuse derrière elle, et elle portait plus qu'un peu de noir aux yeux elle-même, donc j'étais à peu près sûre de ne pas me planter.

— Oh…

Elle s'est troublée.

— OK. Deux minutes.

Elle a disparu à l'intérieur, me laissant là, puis elle est revenue avec un tube de Maybelline qu'elle m'a collé dans la main.

— Oh, merci ! Je vous le rapporte tout de suite.

— Gardez-le.

J'ai protesté, mais elle a balayé mes mots d'un geste de la main.

— Sérieusement, je ne veux pas le récupérer.

— Je nettoierai la brosse, lui ai-je proposé, mais elle a secoué la tête avec une certaine impatience.

— Je vous l'ai dit, je ne veux pas le récupérer.

— OK, ai-je répondu, déconcertée. Merci.

— De rien.

Elle m'a fermé la porte au nez.

Je suis retournée à ma cabine, intriguée par ce petit échange insolite. Je me sentais à côté de la plaque, ici, mais elle semblait encore moins dans son élément. La fille d'un invité, peut-être ? Je me suis demandé si je la verrais au dîner.

Je venais d'appliquer le mascara d'emprunt lorsqu'on a frappé à la porte. Peut-être avait-elle changé d'avis.

— Salut, ai-je dit en ouvrant la porte.

Mais c'était une autre fille, qui portait un uniforme d'hôtesse. Ses sourcils avaient été surépilés, ce qui lui donnait un air perpétuellement étonné.

— Bonjour, a-t-elle dit avec un accent chantant. Je m'appelle Karla et je m'occupe de votre suite avec Josef. Je passais vous faire une visite de courtoisie pour vous rappeler la présentation à…

— Je m'en souviens, ai-je dit, plus brusquement que je n'en avais l'intention. 19 heures dans la salle Fifi Brindacier ou je ne sais plus quoi.

— Ah, je vois que vous connaissez vos écrivains scandinaves sur le bout des doigts ! a-t-elle fait, radieuse.

— Les scientifiques, par contre, c'est pas trop mon rayon, ai-je concédé. Je monte tout de suite.

— Formidable. Lord Bullmer a hâte de vous souhaiter à tous la bienvenue à bord.

Après son départ, j'ai cherché dans mon sac le foulard assorti à la robe – une sorte de châle en soie grise qui me donnait l'impression d'être la quatrième sœur Brontë – et je m'en suis drapé les épaules.

J'ai fermé la porte derrière moi, j'ai glissé la clé magnétique dans mon soutien-gorge puis je suis montée vers le Lindgren Lounge.

7

Blanc. *Blanc*. Tout était blanc. Le plancher de bois clair. Les canapés en velours. Les longs rideaux en soie sauvage. Les murs impeccables. Un cinglant camouflet à ce qu'aurait dicté le sens pratique pour un lieu public – c'était volontaire, sans doute.

Là aussi, un lustre Swarovski était pendu au plafond, et je n'ai pas pu m'empêcher de marquer une pause dans l'entrée, plus qu'un peu étourdie. Ce n'était pas seulement la lumière, la manière dont elle étincelait et se réfractait dans les cristaux. C'était une question de proportion. Le lounge avait tout d'une réplique parfaite du salon d'un hôtel cinq étoiles, ou de la salle de réception du *Queen Elizabeth 2*, mais il était *petit*. Il ne pouvait y avoir plus de douze ou quinze personnes dans la pièce, mais elles remplissaient l'espace, et même le lustre était à la bonne échelle. C'était comme de regarder par la porte d'une maison de poupée, où tout est miniaturisé et pourtant légèrement disproportionné, les coussins juste un peu trop gros et trop raides pour les minuscules fauteuils, les verres à vin de la même taille que la fausse bouteille de champagne.

J'étais en train de parcourir les lieux du regard, à la recherche de la fille au tee-shirt Pink Floyd, lorsqu'une voix grave et enjouée s'est élevée dans le couloir derrière moi.

— Aveuglant, n'est-ce pas ?

Je me suis retournée pour découvrir le mystérieux M. Lederer.

— Si peu, ai-je dit.

Il m'a tendu la main.

— Cole Lederer.

Ce nom m'était plus ou moins familier, mais je n'arrivais pas à me rappeler où je l'avais entendu.

— Laura Blacklock.

Nous nous sommes serré la main, et je l'ai observé. Même lorsqu'il remontait péniblement la passerelle en jean et en tee-shirt un peu plus tôt, il était ce que Lissie aurait appelé « une bombe ». Et là, dans son smoking, il m'a rappelé l'un des principes qu'elle aime à répéter : en smoking, n'importe quel mec voit sa puissance de séduction augmenter de 33 %.

— Alors, a-t-il dit en prenant un verre sur un plateau présenté par une énième hôtesse scandinave souriante, qu'est-ce qui vous amène sur l'*Aurora*, mademoiselle Blacklock ?

— Oh, appelez-moi Lo. Je suis journaliste, je travaille pour *Velocity*.

— Eh bien, ravi de faire votre connaissance, Lo. Je peux vous offrir un verre ?

Il a pris une seconde flûte et me l'a tendue avec un sourire. Les mini bouteilles vides de la cabine ont dansé devant mes yeux, et j'ai hésité un instant, sachant que j'étais sur le point de trop boire, surtout si tôt. Je ne voulais pourtant pas paraître impolie. J'avais l'estomac vide, et l'effet du gin ne s'était pas estompé, mais un peu de champagne ne pouvait pas me faire grand mal, si ?

— Merci, ai-je dit enfin.

Il m'a passé le verre et ses doigts ont effleuré les miens. Était-ce accidentel ? J'ai bu une gorgée dans l'espoir de noyer ma nervosité.

— Et vous ? Quel est votre rôle ici ?

— Je suis photographe.

Soudain, j'ai compris où j'avais entendu son nom.

— Cole Lederer !

Je me serais volontiers mis une baffe. Dès la passerelle, Rowan l'aurait cramponné et ne l'aurait pas laissé filer.

— Bien sûr… c'est vous qui avez fait ce magnifique reportage sur la fonte des calottes glaciaires pour le *Guardian*.

— Exact.

Il m'a fait un grand sourire, ouvertement ravi d'être reconnu, alors qu'on aurait pu l'imaginer blasé – à un ou deux échelons près, ce mec était quasi au niveau de David Bailey.

— J'ai été invité à couvrir cette croisière… vous savez, faire des clichés atmosphériques des fjords, tout ça.

— Ce n'est pas le genre de trucs que vous faites, d'habitude, si ? ai-je avancé, hésitante.

— Non. En général, je couvre plutôt les espèces menacées ou les écosystèmes en péril, et je ne crois pas qu'on puisse dire que nos compagnons de voyage sont en voie d'extinction. Ils ont tous l'air fort bien nourris.

Nous avons promené le regard sur l'assistance. Pour ce qui s'agissait des hommes, j'étais forcée de me ranger à son avis. À l'autre bout de la pièce se tenait un petit groupe d'individus qui auraient sans doute pu survivre sur leurs propres réserves de graisse pendant plusieurs semaines en cas de naufrage. Les femmes, c'était une autre histoire. Elles affichaient toutes le corps mince, élégant de qui pratique le yoga Bikram en pleine chaleur et suit un régime macrobiotique. Si le bateau avait coulé, elles n'auraient pas tenu bien longtemps. Peut-être auraient-elles pu manger l'un des hommes.

J'ai reconnu quelques visages aperçus dans d'autres raouts de presse – il y avait Tina West, qui n'avait que la peau sur les os et portait visiblement plus que son poids en bijoux (c'était la rédactrice en chef du *Vernean Times*, dont la devise était : « 80 jours, ce n'est que le début ») ; Alexander Belhomme, qui écrivait des articles de tourisme et de gastronomie pour un grand nombre de magazines destinés aux ferries et aux avions – il était aussi lisse et rond qu'un morse ; et enfin Archer Fenlan, un célèbre spécialiste du « voyage extrême ».

Archer, qui avait dans les quarante ans mais paraissait plus vieux avec son visage buriné, se balançait nerveusement d'un pied sur l'autre, mal à l'aise en smoking et cravate. Je ne voyais pas du tout ce qu'il fabriquait ici : son truc, en principe, c'était plutôt de remonter l'Amazone en gobant des larves de papillons, mais peut-être faisait-il une petite pause, après tout.

Je n'ai pas vu trace de la fille de la cabine voisine.

— Bouh ! s'est exclamée une voix derrière moi.

Je me suis retournée brusquement.

Ben Howard. Que pouvait-il bien ficher là ? Il me souriait à travers une épaisse barbe de hipster qu'il avait fait pousser depuis notre dernière rencontre.

— Ben, ai-je dit d'une voix faible, tentant de contenir ma surprise. Comment vas-tu ? Tu connais Cole Lederer ? Ben travaillait avec moi à *Velocity*, avant. Maintenant il écrit pour… tu fais quoi en ce moment ? *Indie* ? Le *Times* ?

— On se connaît, avec Cole, a répliqué Ben avec décontraction. On a couvert l'affaire Greenpeace ensemble. Ça va, mon vieux ?

— Impec.

Ils se sont donné une espèce de demi-accolade virile, comme font les mecs qui sont trop métrosexuels pour une poignée de mains et pas assez cool pour se cogner les poings.

— T'as bonne mine, Blacklock, a fait Ben en se tournant vers moi.

Il m'a jeté un coup d'œil qui m'a donné envie de lui flanquer un coup de genou dans les couilles, mais cette saleté de robe était trop étroite.

— Sauf que… tu t'es remise… euh… au catch ?

Pendant une minute, je suis restée interdite. Puis j'ai compris : le bleu sur ma joue. Manifestement, ma maîtrise de l'anticernes n'était pas aussi parfaite que je le pensais.

En un éclair, le souvenir de la porte frappant ma pommette et de l'homme dans mon appartement – il faisait à peu près la même taille que Ben, avec les mêmes yeux liquides, foncés – s'est fait si vif que mon cœur s'est emballé et que j'ai senti ma poitrine se serrer. Pendant un long moment, je n'ai pas réussi à trouver les mots pour lui répondre. Je me suis contentée de le fixer sans essayer d'adoucir mon expression glaciale.

— Pardon, pardon, a-t-il dit, levant une main. C'est pas mes oignons, je sais. Bon sang, qu'est-ce qu'il est serré, ce col.

Il a tiré sur son nœud papillon.

— Alors, comment t'as décroché ce plan ? T'es en pleine ascension sociale ?

— Rowan est malade, ai-je rétorqué.

— Cole !

Une voix est venue rompre le silence gêné et nous nous sommes tous retournés. C'était Tina, qui glissait vers nous d'un pas élégant sur le parquet immaculé. Sa robe argentée luisait comme une peau de serpent. Elle a gratifié Lederer d'un long baiser sur chaque joue et nous a ignorés, Ben et moi.

— Mon chou, ça fait *beaucoup* trop longtemps. (Sa voix était enrouée par l'émotion.) Et quand vas-tu faire le shooting que tu nous as promis pour *Vernean* ?

— Salut, Tina, a répondu Cole, avec à peine un soupçon de lassitude dans la voix.

— Laisse-moi te présenter Richard et Lars, a-t-elle roucoulé.

Glissant son bras sous le sien, elle l'a entraîné vers le groupe d'hommes que j'avais remarqué en arrivant.

Il s'est laissé faire, non sans nous lancer un petit sourire contrit en s'éloignant. Ben l'a regardé partir et s'est retourné vers moi ; il a soulevé un sourcil avec un sens de l'à-propos si parfait que je n'ai pu m'empêcher d'éclater de rire.

— Je crois que nous savons qui est la reine du bal, n'est-ce pas ? a-t-il lancé, pince-sans-rire, et j'ai dû acquiescer. Alors comment ça va, toi, à part ça ? Toujours avec ton Amerloque ?

Que pouvais-je dire ? « Je ne sais pas » ? « Il y a de fortes chances que j'aie suffisamment déconné pour l'avoir perdu » ?

— Toujours indisponible, ai-je fini par répliquer, d'un ton acerbe.

— Dommage. Mais tu sais, ce qui se passe dans les fjords reste dans les fjords…

— Oh, va te faire voir, Howard !

Il a levé ses mains.

— Tu peux pas m'en vouloir de tenter le coup.

Bien sûr que si, ai-je pensé, mais je n'ai rien dit. J'ai attrappé un autre verre au vol et j'ai regardé autour de moi en quête d'un prétexte pour changer de sujet.

— Et qui sont les autres ? ai-je demandé. À part toi, je connais Cole, Tina et Archer. Oh, et Alexander Belhomme. Mais eux, là, c'est qui ?

D'un signe de tête, j'ai montré le petit groupe où se tenait Tina. Il y avait trois hommes et deux femmes, dont une qui avait à peu près mon âge mais environ cinquante mille livres de plus sur le dos, et l'autre… eh bien, l'autre était plus surprenante.

— C'est Lord Bullmer et ses potes. Tu sais, c'est le propriétaire du bateau et le… la figure de proue de la boîte, on dirait ?

J'ai essayé de reconnaître Lord Bullmer d'après la photo sur Wikipédia. Lorsque l'un des hommes s'est mis à rire à gorge déployée, en rejetant la tête en arrière, j'ai su que c'était lui. Il était grand, très sec, et vêtu d'un costume si bien coupé qu'il devait être fait sur mesure. En outre, il était extrêmement bronzé, comme un homme qui passe beaucoup de temps en plein air. Ses yeux bleu vif se réduisaient à des fentes quand il riait, et ses tempes étaient poivre et sel, mais c'était le gris prématuré des cheveux extrêmement noirs, non un signe de vieillesse.

— Il est tellement jeune. Ça fait bizarre, un type de notre âge qui est déjà lord, tu trouves pas ?

— Il est vicomte ou un truc comme ça, aussi, je crois. L'argent vient surtout de sa femme, bien sûr. C'est l'héritière des Lyngstad, une famille de constructeurs automobiles. Tu vois ?

J'ai fait oui de la tête. Mes connaissances en matière de business avaient beau être lacunaires, et la famille réputée pour préserver jalousement son intimité, j'avais entendu parler de la Fondation Lyngstad. Chaque fois qu'on montrait des images d'une quelconque catastrophe internationale, leur logo figurait sur les camions et les colis alimentaires. Je me suis soudain rappelé une photo que j'avais vue dans tous les journaux l'année précédente – peut-être une photo de Cole – qui représentait une mère syrienne devant un camion Lyngstad avec un bébé dans les bras. Elle présentait l'enfant au chauffeur tel un talisman pour faire arrêter le véhicule.

— Et c'est elle ?

J'ai désigné la blonde élancée qui me tournait le dos et riait à une réflexion d'un des hommes. Elle était vêtue d'une robe d'une simplicité bouleversante, en soie sauvage rose, qui m'a donné l'impression que j'avais cousu la mienne à partir de petits bouts de tissus récupérés dans la garde-robe de mon enfance. Ben a secoué la tête.

— Non, elle, c'est Chloe Jenssen. Ancien mannequin, et maintenant elle est mariée avec le blond, là, Lars Jenssen. C'est un poids lourd de la finance, il dirige un grand groupe d'investissement suédois. J'imagine que Bullmer l'a fait venir en tant qu'investisseur potentiel. La femme de Bullmer, c'est celle qui est à côté de lui, avec un foulard sur la tête.

Oh... C'était elle, la surprise. À l'inverse des autres membres du groupe, elle avait l'air… eh bien, elle avait l'air malade. Elle portait une sorte de kimono en soie grise informe de la même couleur que ses yeux, quelque part entre la robe de soirée et la robe de chambre, mais même d'ici je voyais qu'elle avait un tissu luxueux enroulé autour de la tête et que sa peau était pâle comme de la cire. Sa lividité formait un sacré contraste avec le reste du groupe, qui semblait d'une santé presque obscène à côté d'elle. Je me suis rendu compte que j'étais en train de la fixer et j'ai baissé les yeux.

— Elle a été malade, a inutilement précisé Ben. Cancer du sein. Je crois que c'était très grave.

— Quel âge a-t-elle ?

— À peine trente ans, il me semble. Elle est plus jeune que lui, en tout cas.

Tandis que Ben vidait son verre et se retournait en quête d'une serveuse, mes yeux ont été de nouveau aimantés par la jeune femme. Jamais, au grand jamais, je ne l'aurais reconnue d'après la photo que j'avais vue sur Internet. Peut-être que c'était le teint gris ou la soie trop ample, mais elle paraissait beaucoup plus vieille et, sans cette magnifique chevelure dorée, on aurait dit une tout autre personne.

Pourquoi était-elle ici plutôt que chez elle, allongée sur un canapé ? En même temps, pourquoi n'aurait-elle pas dû venir ? Peut-être qu'elle n'en avait plus pour longtemps. Qu'elle essayait de profiter au mieux du temps qui lui était imparti. Ou – juste une idée – peut-être était-elle en train de se dire qu'elle aimerait bien que cette autre femme en robe grise arrête de la fixer avec un air de pitié et lui fiche la paix.

J'ai de nouveau détourné le regard, et j'ai cherché quelqu'un de moins vulnérable pour en faire la cible de mes spéculations. Il ne restait dans le groupe qu'un seul individu dont j'ignorais l'identité, un homme grand, plus âgé, avec une barbe grisonnante taillée avec soin et une panse qui ne pouvait qu'être le résultat d'une quantité de longs et plantureux déjeuners.

— C'est qui, le sosie de Donald Sutherland, là ? ai-je demandé à Ben.

Il s'est retourné.

— Qui ça ? Ah, lui, c'est Owen White. Investisseur britannique. Un genre de Richard Branson, mais à plus petite échelle.

— Sans déconner, Ben, comment tu fais pour savoir tous ces trucs ? Tu as appris par cœur le *Who's who*, ou quoi ?

— Bah, non.

Ben m'a regardée avec une pointe d'incrédulité.

— J'ai appelé le service de presse pour leur demander la liste des invités et je les ai cherchés sur Google. Pas franchement besoin d'être Sherlock Holmes.

Merde. *Merde*. Pourquoi je ne l'avais pas fait, moi ? N'importe quel journaliste digne de ce nom aurait réagi comme lui – or je n'y avais même pas pensé. Mais bon, Ben n'avait sans doute pas passé les derniers jours dans un brouillard de manque de sommeil et de stress post-traumatique.

— Et si…

Les paroles que Ben s'apprêtait à prononcer ont été noyées par le *ting ting ting !* du métal contre une flûte de champagne, et Lord Bullmer est allé se placer au centre de la pièce. Camilla Lidman a reposé la flûte et la petite cuiller qu'elle tenait et a fait mine de s'avancer pour le présenter, mais il l'a retenue d'un signe de la main et elle est allée se fondre dans le décor avec un sourire modeste.

Un silence respectueux est tombé sur l'assemblée.

— Merci à toutes et à tous d'être venus nous rejoindre sur l'*Aurora* pour son premier voyage.

Il avait une voix chaude, et cet accent pur, sans marqueur social, auquel aspirent souvent les anciens élèves de *public schools*. Ses yeux bleus avaient quelque chose de magnétique qui retenait le regard.

— Je m'appelle Richard Bullmer, et ma femme Anne et moi aimerions vous souhaiter la bienvenue à bord de l'*Aurora*. Ce que nous avons cherché à faire de ce bateau, c'est rien moins qu'un chez-soi en mer.

— Un chez-soi en mer ? a chuchoté Ben. Peut-être que chez lui, il y a une terrasse qui donne sur la plage et un minibar à volonté. Mais chez moi, c'est sûr que non.

— Nous refusons de croire que le voyage doit forcément être synonyme de compromis, a continué Bullmer. Sur l'*Aurora*, tout se doit d'être à la hauteur de vos attentes, et si ce n'est pas le cas, mon équipe et moi tenons à être mis au courant.

Il a marqué une pause et adressé un petit clin d'œil à Camilla, comme pour convenir qu'elle serait sans doute en première ligne en cas de réclamation.

— Ceux parmi vous qui me connaissent savent ma passion pour la Scandinavie… pour la chaleur de son peuple… (il a adressé un petit sourire à Lars et à Anne)… pour l'excellence de sa cuisine… (il a désigné d'un signe de tête les petits-fours aux crevettes et à l'aneth qui circulaient dans l'assistance)… et pour la splendeur sans égale de la région elle-même : les sublimes forêts de Finlande, les îles éparpillées de l'archipel suédois, la majesté des fjords de la Norvège natale de mon épouse. Mais je crois que, pour moi, la caractéristique suprême du paysage scandinave ne se trouve pas à terre – c'est peut-être un paradoxe – mais dans le ciel – un ciel immense, et d'une clarté presque surnaturelle. Et ce sont ces cieux qui nous fournissent ce qui, pour beaucoup, constitue le sommet de l'expérience de l'hiver scandinave – l'*aurora borealis*. Avec la nature, rien n'est jamais certain, mais j'espère de tout cœur partager la majesté des aurores boréales avec vous au cours de ce voyage. C'est un spectacle que tout le monde devrait voir au moins une fois avant de mourir. Et à présent, je vous en prie, mesdames et messieurs, levons nos verres au voyage inaugural de l'*Aurora Borealis* – et puisse la beauté du phénomène qui lui donne son nom ne jamais s'estomper.

— À l'*Aurora Borealis*, avons-nous répondu en chœur, obéissants, avant de vider nos verres.

L'alcool commençait à faire son effet, émoussant toutes les sensations, même la brûlure à ma pommette.

— Viens donc, Blacklock, m'a lancé Ben, reposant son verre vide. Au boulot, c'est parti pour la lèche !

J'ai éprouvé une brève réticence à l'idée d'approcher le groupe en sa compagnie. La perspective d'être prise pour sa compagne était gênante, étant donné notre passé, mais il n'était pas question de laisser Ben établir des contacts pendant que je restais à la traîne. Tandis que nous traversions la pièce, j'ai vu Anne Bullmer toucher le bras de son mari et lui chuchoter quelque chose à l'oreille. Il a hoché la tête, elle a rajusté son châle et ils ont pris, ensemble, la direction de la porte ; attentionné, Richard lui tenait le bras. Nous sommes arrivés au centre de la salle, et elle a fait un sourire charmant, vestige de sa beauté évanouie qui a illuminé son fin visage aux traits tirés. J'ai remarqué qu'elle n'avait plus du tout de sourcils. Leur absence, couplée avec ses pommettes saillantes, lui donnait une apparence bizarre, évoquant un crâne.

— Vous voudrez bien m'excuser, j'en suis certaine, a-t-elle déclaré.

Elle parlait un anglais parfait, celui de la BBC, sans la moindre trace d'accent.

— Je suis très fatiguée… j'ai peur de devoir manquer le dîner de ce soir. Mais j'ai hâte de mieux faire votre connaissance demain.

— Bien sûr, ai-je répliqué avec maladresse, puis j'ai essayé de sourire. Je… j'ai hâte également.

— Je vais juste raccompagner mon épouse à sa cabine, a annoncé Richard Bullmer. Je serai de retour avant que le dîner soit servi.

Je les ai regardés s'éloigner, puis j'ai dit à Ben :

— Son anglais est incroyable. On ne devinerait jamais qu'elle est norvégienne.

— Je ne crois pas qu'elle ait beaucoup vécu en Norvège, en réalité. Elle a passé la plus grande partie de son enfance dans des pensionnats en Suisse, d'après ce que je sais. Bon, couvre-moi, Blacklock, je me lance.

Il a traversé la pièce à grands pas, picorant une poignée de canapés au passage, et s'est intégré au petit groupe avec l'aisance calculée d'un bon journaliste.

— Belhomme, a-t-il commencé, avec une espèce de fausse bonhomie d'ancien d'Eton, qui, je le savais, ne correspondait absolument pas à ses origines réelles, vu qu'il avait grandi dans une cité HLM de l'Essex. Quel plaisir de vous revoir ! Et vous devez être Lars Jenssen, monsieur, j'ai lu votre portrait dans *FT*. J'admire beaucoup votre position sur l'environnement : marier les principes et les affaires, ce n'est pas aussi facile qu'on pourrait le croire à vous lire.

Comme il y allait, le salopard : le réseau, c'était vraiment son truc. Rien d'étonnant à ce qu'il travaille sur de véritables sujets d'investigation au *Times* tandis que j'étais coincée dans l'ombre de Rowan à *Velocity*. J'aurais dû me joindre à eux. J'aurais dû m'immiscer dans la conversation exactement comme lui. C'était ma chance, et je le savais. Alors qu'est-ce que je fichais plantée là, mon verre dans mes doigts froids, incapable de me résoudre à faire le moindre mouvement d'approche ?

La serveuse est passée avec une bouteille de champagne et, sans grand discernement, je l'ai laissée remplir mon verre. Tandis qu'elle s'éloignait, j'ai bu une longue gorgée.

— Penny ? a dit une voix grave dans mon oreille.

J'ai pivoté sur moi-même pour découvrir que Cole Lederer se tenait derrière moi.

— Pardon, Penny qui ? ai-je réussi à dire, même si mes mains dégoulinaient de sueur froide.

Je *devais* me reprendre.

À voir son grand sourire, j'ai compris mon erreur.

— Ah, bien sûr, un penny pour savoir à quoi je pense, ai-je rétorqué, en colère contre moi-même, mais aussi contre lui et sa formule désuète.

— Excusez-moi, a-t-il fait, sans cesser de sourire. Ce n'est pas très original. Je ne sais pas pourquoi j'ai dit ça. C'est juste que vous aviez l'air pensive, plantée là comme ça à vous mordre la lèvre.

Je me mordais la lèvre ? Et pourquoi pas battre des cils, pendant que j'y étais ?

J'ai essayé de me rappeler à quoi je pensais, à part à Ben et à mon manque de talent pour le réseautage. La seule chose qui m'est venue à l'esprit, c'était le salopard qui s'était introduit dans mon appartement, mais il était hors de question de mettre ça sur le tapis dans ce contexte. Je voulais que Cole Lederer me respecte en tant que journaliste, pas qu'il ait pitié de moi.

— Oh… euh… je pensais à la politique ? ai-je enfin avancé.

Le champagne et la fatigue commençaient à se faire sentir. Mon cerveau semblait incapable de fonctionner correctement, et la migraine s'annonçait. Je me suis aperçue que j'étais déjà à moitié saoule, et qu'en plus ce n'était pas une ivresse agréable.

Cole m'a jeté un regard sceptique.

— Et vous, vous pensiez à *quoi*, au fait ? ai-je dit brusquement.

Ce n'est pas pour rien qu'on garde ses pensées pour soi, la plupart du temps : c'est risqué de les rendre publiques.

— À part à vos lèvres, vous voulez dire ?

J'ai résisté à l'envie de lever les yeux au ciel et j'ai essayé de prendre exemple sur Rowan, qui aurait flirté avec lui jusqu'à ce qu'il lui donne sa carte.

— Si vous tenez à le savoir, a continué Cole, prenant appui contre le mur tandis que le bateau était soulevé par une vague qui a fait s'entrechoquer les glaçons dans les seaux à champagne, je pensais à ma future ex-femme.

— Oh. Désolée.

Il était ivre également, mais il le cachait bien.

— Elle s'envoie le mec qui m'a servi de témoin quand on s'est mariés. Je me disais que j'aimerais bien lui rendre la pareille.

— Vous voulez vous taper sa demoiselle d'honneur ?

— Elle ou… un peu n'importe qui, en fait.

Oups. Dans le genre avances, c'était plutôt direct, pas de doute. Il m'a de nouveau gratifiée d'un grand sourire, réussissant par miracle à donner du charme à ses paroles, comme s'il tentait juste sa chance au lieu de se comporter comme un dragueur lourdingue de bas étage.

— Eh bien, à mon avis, vous n'allez pas avoir grand mal, ai-je dit d'un ton léger. Je suis presque certaine que Tina se ferait un plaisir de vous obliger.

Cole a poussé un petit rire nasal, et j'ai ressenti un tiraillement de culpabilité. J'imaginais ce que j'éprouverais si Ben et Tina se permettaient ce genre de blagues sur mon compte, supputant que j'étais prête à me jeter à la tête de Cole dans l'intérêt de ma carrière. Certes, Tina en faisait des tonnes. La belle affaire. Ce n'était pas franchement le crime du siècle.

— Désolée, ai-je lancé, regrettant de ne pouvoir effacer ma remarque. Ça ne volait pas haut.

— Ce n'était pas faux pour autant, a commenté Cole, pince-sans-rire. Tina tuerait père et mère pour un bon article. Ma seule crainte (il a pris une nouvelle gorgée de champagne et m'a souri), ce serait de ne pas en sortir vivant.

La voix d'un steward a interrompu notre conversation :

— Mesdames et messieurs, si vous voulez bien vous diriger vers la salle Jansson, le dîner va bientôt être servi.

Tandis que nous nous mettions en mouvement, j'ai senti un regard dans mon dos. La personne qui se tenait derrière moi était Tina, et elle m'observait d'un air pour le moins spéculatif.

8

Étonnamment, il a fallu beaucoup de temps au personnel pour nous guider tous dans la minuscule salle à manger située juste à côté. Je ne sais pas pourquoi, mais je m'étais attendue à un buffet, comme dans les ferries classiques. Bien sûr, la réalité était très différente ; nous aurions pu être dans un salon privé – si j'avais connu quelqu'un qui possédait des rideaux en soie sauvage et des verres en cristal taillé.

Lorsque nous nous sommes assis, ma tête palpitait et j'éprouvais un besoin pressant de nourriture – ou mieux encore, de café, même si je présumais que j'allais être forcée d'attendre le dessert. Qui paraissait loin.

Les convives avaient été répartis en deux tables de six, mais il y avait une place vide à chacune des deux. Une de celles-ci était-elle destinée à l'origine à la fille de la cabine n° 10 ? J'ai recompté l'assistance à mi-voix.

À la première table étaient installés Richard Bullmer, Tina, Alexander, Owen White et Ben. La place vide était située en face de Richard Bullmer.

À la seconde table, il y avait moi, Lars et Chloe Jenssen, Archer et Cole, avec une place libre à côté de lui.

— Vous pouvez débarrasser ça, a dit Cole à la serveuse qui arrivait avec une bouteille de vin, désignant les couverts inutilisés d'un geste de la main. Mon épouse n'a pas pu venir.

— Oh, mes excuses, monsieur.

Elle lui a fait une petite courbette, a glissé quelque chose à sa collègue, et les couverts ont été aussitôt retirés. Bon, ça expliquait une des absences. Il restait la place vide à la table 1, toutefois.

— Chablis ? a proposé la serveuse.

— Oui, merci.

Cole a levé son verre. Pendant ce temps, Chloe Jenssen s'est penchée par-dessus la table, la main tendue vers moi.

— Je ne crois pas qu'on ait été présentées.

Elle avait une voix grave, rauque, surprenante pour son petit gabarit, et un soupçon d'accent de l'Essex.

— Je m'appelle Chloe, Chloe Jenssen, mais je travaille sous le nom de Wylde.

Bien sûr. Maintenant qu'elle le disait, je la reconnaissais, avec ses fameuses pommettes larges, ses yeux slaves légèrement en amande et ses cheveux blond platine. Même sans maquillage de scène et éclairages flatteurs, elle jouissait d'une beauté presque surnaturelle, comme si on l'avait cueillie dans un minuscule village de pêcheurs islandais ou dans une datcha en Sibérie. Son physique donnait à l'histoire de sa découverte – le dénicheur de talents d'une agence de mannequin l'avait repérée dans un supermarché de province – des accents encore plus incongrus.

— Ravie de faire votre connaissance, ai-je répondu en lui serrant la main.

Ses doigts étaient froids, et sa poigne d'une puissance presque douloureuse. Ses énormes bagues m'ont écrasé les jointures. De près, elle était encore plus renversante et, par sa beauté austère, sa robe battait la mienne à plates coutures. Nous aurions aussi bien pu venir de différentes planètes. J'ai résisté à l'impulsion de tirer sur mon décolleté.

— Je m'appelle Lo Blacklock.

— Lo Blacklock !

Elle a émis un petit gazouillis en guise de rire.

— J'adore ! On dirait le nom d'une star de cinéma des années 50, avec une taille de guêpe et des seins jusqu'au menton.

— Si seulement…

En dépit de mon mal de crâne, j'ai affiché un grand sourire. Il y avait quelque chose de contagieux dans son amusement.

— Et c'est sans doute votre mari… ?

— Oui, c'est Lars.

Elle l'a regardé par-dessus la table, prête à le faire participer à la conversation et à le présenter, mais il était en grande discussion avec Cole et Archer, et elle s'est contentée de lever les yeux au ciel avant de se retourner vers moi.

— Ils attendent quelqu'un ?

J'ai désigné la place vide à la première table.

— Je pense que c'était pour Anne… vous savez, la femme de Richard ? Elle n'est pas bien. Elle a décidé de dîner dans sa cabine, je crois.

— Bien sûr.

J'aurais dû y penser.

— Vous la connaissez bien ?

Chloe a secoué la tête.

— Non. Je connais très bien Richard, par Lars, mais Anne ne quitte pas souvent la Norvège.

Elle a baissé la voix et poursuivi sur le ton de la confidence :

— On raconte que c'est une espèce d'ermite, en fait, alors j'ai été surprise de découvrir qu'elle était à bord – mais j'imagine que le cancer peut vous rendre…

Sa phrase a été interrompue par l'arrivée de cinq assiettes carrées de couleur sombre. De petits tas de mousse bien réguliers étaient disposés sur ce qui ressemblait à un lit de brins d'herbe. J'ai pris conscience que je n'avais pas la moindre idée de ce que je m'apprêtais à manger.

— Couteaux marinés à la betterave avec leur écume d'herbe de bison et leur buisson de salicorne séchée à l'air libre, a annoncé le steward.

Les serveurs se sont retirés et Archer a levé sa fourchette et piqué le petit tas à la couleur la plus fluorescente.

— Des couteaux, ça ? a-t-il dit, dubitatif.

Son accent du Yorkshire était un peu plus prononcé dans la vie réelle qu'à la télé.

— Je ne sais pas pourquoi, mais je n'ai jamais été tellement fan des coquillages crus. Ça me file les chocottes.

— Ah bon ? a fait Chloe.

Elle a esquissé un sourire énigmatique, à mi-chemin entre le flirt et l'incrédulité.

— Je croyais que c'était votre truc, les nourritures sauvages. Vous savez, les insectes, les lézards, tout ça…

— Si vous étiez payée pour bouffer des excréments, peut-être que vous ne cracheriez pas non plus sur un bon steak pendant vos jours de congé, a-t-il répliqué avec un grand sourire.

Puis il s'est tourné vers moi, main tendue.

— Archer Fenlan. Je ne sais pas si on a été présentés.

— Lo Blacklock, ai-je dit à travers une bouchée de quelque chose que *j'espérais* ne pas être de la bave de coucou, même si je n'en aurais pas mis ma main au feu. Nous nous sommes déjà rencontrés, en fait, mais vous n'allez pas vous en souvenir. Je travaille à *Velocity*.

— Ah oui. Vous bossez pour Rowan Lonsdale, alors ?

— C'est ça.

— Elle a aimé l'article que j'ai fait pour elle ?

— Oui, ça a très bien marché. Il y a eu beaucoup de tweets.

Douze aliments étonnamment délicieux que vous n'auriez pas crus comestibles, ou quelque chose dans ce goût-là. Le papier était illustré par une photo d'Archer en train de faire rôtir un truc innommable sur un feu de bois ; il souriait à l'objectif.

— Vous ne mangez pas ? a demandé Chloe, montrant l'assiette d'Archer d'un signe de tête.

La sienne était presque vide ; elle a passé son doigt sur une traînée d'écume et l'a léché. Archer a hésité, puis repoussé son entrée.

— Je crois que je vais passer mon tour. Je préfère attendre le prochain plat.

— C'est votre droit, a dit Chloe.

Elle a refait son sourire impénétrable. Un mouvement au niveau de ses genoux m'a attiré l'œil et j'ai vu que, sous la table, pas tout à fait cachés par la nappe, elle et Lars se tenaient la main ; le pouce de son mari caressait ses phalanges sur un rythme régulier. Cette vision avait quelque chose de si intime, bien que publique, que j'ai éprouvé un petit choc. Peut-être son personnage un peu aguicheur n'était-il qu'une façade.

J'ai compris qu'Archer était en train de s'adresser à moi, et j'ai reporté tant bien que mal mon attention sur lui :

— Je suis désolée. J'étais ailleurs. Que disiez-vous ?

— Un peu de vin ? Votre verre est vide.

J'ai baissé les yeux sur la table. Le chablis avait disparu – même si je me rappelais à peine l'avoir goûté.

— Oui, merci.

Tandis qu'il me servait, je me suis efforcée de calculer la quantité d'alcool que j'avais déjà absorbée. Pendant ce temps, Chloe s'est penchée vers moi et a demandé à voix basse :

— J'espère que je ne suis pas indiscrète, mais qu'est-il arrivé à votre joue ?

J'ai dû mal dissimuler ma surprise, car elle a balayé sa propre question de la main, l'air de dire : « Laissez tomber. »

— Désolée, ne faites pas attention à moi, ça ne me regarde pas. C'est juste que je… eh bien, les relations abusives, j'ai connu ça, c'est tout.

— Oh… non !

Pour une raison inconnue, le malentendu m'a fait honte, comme si c'était ma faute, ou comme si j'avais dit du mal de Judah dans son dos, même si ce n'était pas le cas.

— Non, ce n'est pas du tout ça. J'ai été cambriolée.

— Ah bon ? (Elle a eu l'air choqué.) En votre présence ?

— Ouaip. C'est de plus en plus courant, à ce qu'il semble, en tout cas c'est ce qu'a dit la police.

— Et il s'en est pris à vous physiquement ? Quelle horreur !

— Non, ce n'est pas ça.

J'éprouvais une étrange réticence à entrer dans les détails, pas seulement parce qu'en parler provoquait en moi de désagréables flash-back, mais aussi par orgueil. À cette table, je voulais être une professionnelle : la journaliste efficace, capable de tenir tête à tous. Je n'étais pas emballée à l'idée de me retrouver sous les traits d'une victime terrorisée, planquée dans sa propre chambre.

Mais maintenant, ils connaissaient presque toute l'histoire et, en refusant de donner des détails, j'aurais eu l'impression de me faire plaindre sans raison.

— C'est… c'était un accident, en fait. Il m'a claqué une porte à la figure. Je ne crois pas qu'il avait l'intention de me blesser.

La vérité, c'était que j'aurais mieux fait de rester dans ma chambre, la tête enfouie sous la couette. Imbécile de Lo, toujours besoin de chercher les emmerdes.

— Vous devriez prendre des cours d'autodéfense, a dit Archer. C'est comme ça que j'ai commencé, vous savez. Dans l'infanterie de marine. La taille n'a aucune importance ; même une fille de votre gabarit peut avoir le dessus sur un homme, avec les bons appuis. Tenez, je vais vous montrer.

Il a écarté sa chaise.

— Levez-vous.

J'ai obtempéré, un peu gênée ; avec une vivacité extraordinaire, il m'a empoigné le bras et l'a tordu dans mon dos, si bien que j'ai perdu l'équilibre. J'ai tenté de me raccrocher à la table de ma main libre, mais le mouvement de torsion à mon épaule a continué, et mes muscles ont protesté. J'ai poussé un petit cri – mi-douleur, mi-terreur – et du coin de l'œil j'ai vu l'indignation se peindre sur le visage de Chloe.

— Archer ! s'est-elle écriée. Archer… vous lui faites peur !

Il a lâché prise, et je me suis laissée retomber sur ma chaise, les jambes tremblantes, essayant de ne pas montrer à quel point mon épaule avait morflé.

— Désolé, a déclaré Archer avec un grand sourire en se rasseyant. J'espère que je ne vous ai pas fait mal. Je ne me rends pas compte de ma force. Mais vous voyez ce que je veux dire, c'est très difficile de se dégager, même si l'agresseur est plus costaud que vous. Je vous donne un cours quand vous voulez…

J'ai essayé de rire, mais ça sonnait faux.

— On dirait que vous avez besoin de boire un coup, a déclaré Chloe d'un ton péremptoire, et elle a rempli mon verre.

Puis, tandis qu'Archer se détournait pour parler à un serveur, elle a ajouté à voix basse :

— Ne faites pas attention à Archer. Je commence à croire que les rumeurs sur sa première femme étaient fondées. Et au fait, si vous voulez quelque chose pour couvrir ce bleu, passez à ma cabine un de ces jours. J'ai un vrai sac à malice. Niveau maquillage, on peut dire que j'assure pas mal. Dans le métier, on n'a pas trop le choix.

— Entendu.

Mon sourire était forcé, je le sentais, et j'ai pris une gorgée de vin pour cacher ma bouche.

— Merci.

Après le premier plat, on a interverti les places et je me suis retrouvée, avec un certain soulagement, à l'autre table, entre Tina et Alexander. Ils discutaient des mérites comparés des cuisines du monde, qui ne semblaient pas avoir de secret pour eux.

— Bien sûr, le seul type de sashimi qu'il soit vraiment *indispensable* d'essayer, c'est le fugu, a assuré Alexander avec emphase. C'est le goût le plus exquis qui soit.

— Le fugu ? ai-je fait, tentant de m'immiscer dans la conversation qui se croisait devant moi. Ce n'est pas celui qui est affreusement vénéneux ?

— Si, absolument, et c'est *ça* qui fait tout le sel de cette expérience. Je n'ai jamais pris de drogues. Je connais mes propres faiblesses, et je sais que j'ai une nature de Lotophage, alors j'ai toujours pensé que je ne serais pas capable de faire preuve de modération en la matière –, mais je suppose que l'ivresse que l'on éprouve après avoir mangé du fugu relève du même type de réaction neuronale. Le dîneur a joué aux dés avec la mort, et il a gagné.

— Ne dit-on pas, a lancé Tina d'une voix traînante tout en sirotant son vin, que l'art des plus grands maîtres sushi consiste à trancher le poisson aussi près que possible des morceaux vénéneux et à ne laisser qu'un soupçon de toxines dans la chair afin de rendre l'expérience de la dégustation plus intense ?

— Je l'ai entendu dire, oui, a confirmé Alexander. À très petites doses, les toxines sont censées avoir une action stimulante, même si la technique de découpe, en l'occurrence, est peut-être plutôt liée au prix faramineux du poisson, qui fait que le chef n'a pas intérêt à en gâcher la moindre partie.

— Et il en faut combien pour que ce soit mortel ? ai-je demandé. En quantité, je veux dire. Combien faudrait-il en manger ?

— Ah, ça, c'est toute la question, n'est-ce pas ? a répliqué Alexander.

Il s'est penché en travers de la table et, avec une lueur assez désagréable dans les yeux, s'est s'enflammé pour le sujet.

— Selon les morceaux, la charge toxique n'est pas la même, mais pour ce qui est des organes les plus vénéneux – à savoir le foie, les yeux et les ovaires –, il suffit d'une très, très petite quantité. Quelques grammes à peine. Il paraît que c'est presque mille fois plus mortel que le cyanure.

Il a piqué un peu de carpaccio de poisson sur sa fourchette et continué de parler, la bouche pleine de chair délicate.

— Ça doit être une mort tout à fait abominable. Le chef qui nous les a préparés à Tokyo s'est fait une joie de nous décrire minutieusement l'action du poison : il paralyse les membres, mais l'esprit de la victime reste clair, et elle demeure consciente pendant toute l'expérience, alors que ses muscles s'atrophient et qu'il lui devient impossible de respirer.

Il a avalé sa bouchée, léché ses lèvres humides et souri.

— À la fin, elle suffoque, tout simplement.

J'ai baissé les yeux sur les lanières de poisson cru dans mon assiette et, je ne sais pas si c'était le vin, la description fort précise d'Alexander ou la mer qui se faisait un peu plus agitée, mais j'ai eu soudain l'impression que ma faim s'était évanouie. Je me suis forcée à mastiquer.

— Parlez-nous un peu de vous, mon chou, a soudain dit Tina à ma grande surprise, reportant son attention sur moi. Vous travaillez pour Rowan, d'après ce que j'ai entendu ?

Tina avait fait ses débuts chez *Velocity* à la fin des années 80, et son chemin avait brièvement croisé celui de Rowan, qui parlait encore de sa férocité légendaire.

— C'est exact. (J'ai avalé en hâte mon morceau de poisson.) J'y suis depuis à peu près dix ans.

— Elle doit avoir une très haute opinion de vous, pour vous envoyer sur une croisière d'un tel standing. Joli coup, si je puis me permettre.

J'ai remué sur ma chaise. Que pouvais-je répondre à ça ? « En vérité, je crois qu'elle ne m'aurait jamais confié une telle responsabilité si elle n'était pas sous perf à l'hôpital » ?

— J'ai beaucoup de chance, ai-je fini par dire. C'est un vrai privilège d'être là, et Rowan sait que je suis très déterminée à faire mes preuves.

— Eh bien, profitez-en, c'est ce que je vous conseille.

Tina m'a donné une petite tape sur le bras, et j'ai senti ses bagues froides contre ma peau.

— On ne vit qu'une fois. En tout cas, c'est ce qu'on dit, non ?

9

On a encore changé de place à deux reprises mais, malheureusement, à aucun moment je ne me suis trouvée à proximité de Bullmer, et ce n'est qu'une fois le café servi, quand nous avons eu le loisir de retourner dans le Lindgren Lounge, que j'ai enfin pu l'accoster. Je traversais la pièce d'un pas hésitant, une tasse à la main, en un équilibre précaire malgré le bateau qui tanguait, lorsqu'un flash m'a aveuglée. J'ai trébuché, évitant de justesse de m'inonder de café. Quelques gouttes ont tout de même éclaboussé la couture de ma robe de location et le canapé blanc à côté de moi.

— Souriez, a soufflé une voix à mon oreille.

Le photographe était Cole.

— Merde, espèce d'*imbécile* ! me suis-je exclamée avec colère, puis j'ai eu immédiatement envie de me gifler.

La dernière chose dont j'avais besoin, c'était qu'il aille rapporter mon impolitesse à Rowan. Je devais être plus ivre que je ne le pensais. J'ai tenté tant bien que mal de cacher mon emportement :

— Pas vous. Moi, je voulais dire. Le canapé.

Il a vu mon malaise et ri.

— Bien rattrapé. Ne vous inquiétez pas, je ne vais pas le répéter à votre patronne. Mon ego n'est pas aussi fragile que ça.

— Je n'ai pas… (Ses paroles étaient si incroyablement proches de *mes* pensées que je ne savais pas comment finir.) J'ai juste…

— Laissez tomber. Où est-ce que vous filiez comme ça, d'ailleurs ? Vous traversiez cette pièce comme un fauve qui s'apprête à fondre sur une antilope estropiée.

— Je…

Ce n'était pas très reluisant, mais ma tête me lançait sous l'effet conjugué de la fatigue et de l'alcool et, en un sens, il semblait plus facile de dire la vérité.

— J'espérais m'entretenir avec Richard Bullmer. J'ai essayé de lui parler toute la soirée. Mais je n'en ai pas eu l'occasion.

— Et vous étiez en train de vous lancer quand j'ai tout gâché, a dit Cole, une lueur dans les yeux.

Il a souri de nouveau, et j'ai réalisé que c'étaient ses incisives qui lui donnaient un petit air de loup, de prédateur.

— Bon, eh bien, en tout cas, je peux arranger ça. Bullmer !

J'ai eu un mouvement de recul lorsque Richard Bullmer a interrompu sa conversation avec Lars pour se tourner vers nous.

— Quelqu'un m'appelle ?

— Absolument, a fait Cole. Viens dire un mot à cette charmante jeune femme, pour rattraper ma goujaterie.

Bullmer a ri. Il a pris sa tasse, qui était posée sur le bras d'un fauteuil, et s'est approché d'un pas nonchalant. Il marchait avec aisance, malgré le léger roulis, et il m'a fait l'impression d'un individu en très bonne forme physique. Sous son costume bien taillé, ses muscles étaient sans doute durs comme de la corne.

— Richard, a dit Cole, je te présente Lo. Lo, je te présente Richard. Je l'ai surprise en la prenant en photo à l'improviste alors qu'elle venait te parler, et elle a renversé son café.

J'ai senti mes joues s'empourprer, mais Bullmer a secoué la tête en jetant à Cole un regard désapprobateur.

— Tu sais que je t'ai demandé d'être discret avec ce truc.

Il a désigné le lourd appareil photo qui pendait au cou de Cole.

— Tout le monde n'a pas envie de se faire mitrailler par un paparazzi à des moments inopportuns.

— Bah, ils adorent ça, a dit Cole gaiement. Faut leur faire goûter l'expérience totale de la célébrité, en plus de la vie de palace.

— Je suis sérieux, a renchéri Richard et, même s'il souriait, il n'y avait plus trace de plaisanterie dans sa voix. Anne, en particulier. (Il a baissé d'un ton.) Tu sais qu'elle a des complexes depuis…

Cole a fait oui de la tête et son sourire s'est évanoui lentement.

— Oui, bien sûr, mon vieux. C'est différent. Mais Lo, ici présente, ça ne la dérange pas. Ça vous dérange, Lo ?

Il a passé un bras autour de mes épaules, m'écrasant contre lui si bien que mon épaule a heurté son appareil, et je me suis efforcée de sourire.

— Non, j'ai déclaré, embarrassée. Non, bien sûr que non.

— C'est l'idée, a dit Bullmer avec un petit clin d'œil.

C'était une drôle de mimique – la même que celle que j'avais remarquée auparavant pendant son discours. Ce n'était pas condescendant, comme ça aurait pu être le cas. C'était plutôt comme s'il tentait d'aplanir un déséquilibre qu'il savait intimidant. *Ne me regardez pas comme un millionnaire international*, disait ce clin d'œil. *Je suis juste un type ordinaire, accessible.*

J'étais encore en train de réfléchir à la meilleure façon de réagir lorsque Owen White lui a donné une petite tape sur l'épaule. Bullmer s'est retourné.

— Que puis-je faire pour vous, Owen ?

Avant que j'aie le temps d'ouvrir la bouche, l'occasion s'était envolée.

— Je..., ai-je réussi à balbutier.

Il m'a regardée par-dessus son épaule.

— Vous savez quoi, c'est toujours difficile de parler dans ce genre de soirées. Pourquoi est-ce que vous ne passeriez pas à ma cabine demain, après les activités programmées ? On pourra bavarder au calme...

— Merci, ai-je dit, tâchant de ne pas laisser transparaître une gratitude pathétique.

— Super. C'est la cabine n° 1. Je m'en réjouis d'avance.

— Désolé, a chuchoté Cole dont le souffle a soulevé les cheveux coincés derrière mon oreille. J'ai fait de mon mieux. Qu'est-ce que je peux dire ? C'est un homme très demandé. Comment puis-je me rattraper ?

— Ça ne fait rien, ai-je répliqué, gênée.

Il était tellement près de moi que j'en éprouvais un certain malaise, et j'avais envie de m'écarter un peu, mais la voix de Rowan résonnait dans ma tête : « Le réseau, Lo ! »

— Dites-moi… Parlez-moi un peu de vous, plutôt. Qu'est-ce qui vous a décidé à prendre part à cette croisière ? Vous avez dit que ce n'était pas trop votre genre, en général.

— Richard est un vieil ami, a répondu Cole.

Il a pris un café sur le plateau que présentait une serveuse, et en a bu une gorgée.

— Nous étions à Balliol ensemble. Alors quand il m'a demandé de venir, je me suis senti obligé de dire oui.

— Vous êtes très proches ?

— Je ne dirais pas ça, non. Nous n'évoluons pas franchement dans les mêmes cercles : quand l'un est un photographe en galère et que l'autre est marié à l'une des femmes les plus riches d'Europe, un certain gouffre se crée. (Il a fait un grand sourire.) Mais c'est un brave type. À le voir, on pourrait s'imaginer qu'il est né avec une cuiller en argent dans le bec, mais c'est plus compliqué que ça. Il a traversé de sacrées épreuves, aussi, et je suppose que c'est pour ça qu'il s'accroche d'autant plus fort à… eh bien, à tout ça.

D'un geste de la main, il a désigné le décor qui nous entourait : la soie, le cristal, les meubles cirés.

— Il sait ce que c'est de tout perdre. Encore plus des êtres aimés.

J'ai pensé à Anne Bullmer, et à la façon dont Richard l'avait raccompagnée à sa cabine en dépit de la salle pleine d'invités qui attendaient de lui parler. Et je me suis dit que, peut-être, je comprenais ce que voulait dire Cole.

Il était à peu près 23 heures lorsque je suis enfin retournée dans ma chambre. J'étais saoule. Très, très saoule. Même s'il était difficile de dire exactement à quel point, car nous étions maintenant en pleine mer, et le roulis et le champagne se mêlaient dans un mouvement nauséeux… Le champagne… et le vin… oh, et les shots d'aquavit glacé. Zut, qu'est-ce qui m'avait pris ?

J'ai eu un éclair de lucidité lorsque je suis arrivée à ma porte. Je savais pourquoi je m'étais bourré la gueule. Je savais exactement pourquoi. Parce que si j'étais suffisamment ivre, je dormirais du sommeil du juste. Je ne pouvais pas me permettre une autre nuit presque blanche, pas ici.

Mais j'ai repoussé cette idée et j'ai entrepris de chercher ma carte magnétique là où je l'avais planquée, dans mon soutien-gorge.

— T'as besoin d'un coup de main, Blacklock ? a fait une voix pâteuse derrière moi.

L'ombre de Ben Howard s'est dessinée devant moi.

— Non, ça va, j'ai dit, lui tournant le dos de façon à lui cacher mes manœuvres maladroites.

Une vague a heurté le bateau, et j'ai manqué perdre l'équilibre. *Fous le camp, Ben.*

— T'es sûre ?

Il s'est penché sur moi et il a regardé par-dessus mon épaule sans vergogne.

— Oui.

J'étais tellement furieuse que j'en avais les dents serrées.

— Je suis sûre.

— Parce que je pourrais t'aider.

Il a fait un sourire lascif, et montré d'un petit signe de tête le haut de ma robe, que je retenais pour ne pas qu'il tombe :

— On dirait qu'une main supplémentaire te ferait pas de mal. Ou même deux.

— Va te faire foutre ! ai-je répliqué.

Quelque chose était coincé sous mon omoplate gauche, un truc chaud et dur qui rappelait furieusement une carte. Si seulement je parvenais à l'atteindre…

Il s'est approché, et avant que j'aie réalisé ce qu'il s'apprêtait à faire, il a plongé la main dans mon décolleté. J'ai senti ses boutons de manchette érafler ma peau, puis ses doigts se sont refermés sur mon sein nu et il a pressé fort, d'une manière qui était censée être érotique.

Et qui ne l'était pas.

Je n'ai pas réfléchi du tout. Il y a eu un bruit de tissu qui se déchire, un peu comme un grognement de chat, et mon genou a rencontré son entrejambe avec une telle force qu'il n'a même pas poussé un cri ; il s'est juste écroulé à terre avec un petit gémissement faible, haletant.

Moi, j'ai fondu en larmes.

Quelque vingt minutes plus tard, assise sur le lit de ma cabine, toujours en pleurs, j'essuyais le mascara d'emprunt sur mes joues. Ben était vautré à côté de moi, un bras autour de mes épaules, l'autre tenant le seau à glace contre son entrejambe.

— Je suis désolé, a-t-il répété, la voix enrouée par la douleur contenue. Je t'en prie, Lo, je t'en prie, ne pleure plus. Je suis vraiment désolé. Je me suis comporté comme un connard fini, un vrai salopard. Je l'ai mérité.

— Ce n'est pas toi, ai-je sangloté, même si je n'étais pas sûre qu'il puisse comprendre mes mots. Je n'en peux plus, Ben. Depuis que j'ai croisé le cambrioleur, je suis juste… je crois que je deviens folle.

— Quel cambrioleur ?

Je lui ai tout raconté – entre deux hoquets. Tout ce que je n'avais pas dit à Jude. L'effet que ça m'avait fait, de me réveiller, de me rendre compte qu'il y avait quelqu'un dans mon appartement, que personne n'allait m'entendre si je criais, que je n'avais aucun moyen d'appeler à l'aide, aucune chance de me défendre contre l'intrus, que j'étais vulnérable, plus vulnérable que je ne l'aurais jamais imaginé.

— Je suis désolé, ne cessait de répéter Ben, comme un mantra.

Il me frottait le dos de sa main libre.

— Je suis vraiment désolé.

Sa sympathie maladroite n'a réussi qu'à faire redoubler mes larmes.

— Écoute, ma chérie…

Oh, non.

— Ne m'appelle pas comme ça.

Je me suis redressée, j'ai écarté mes cheveux de mon visage, et je me suis dégagée de son étreinte.

— Désolé, c'est juste… C'est sorti tout seul.

— Je m'en fiche, tu n'as plus le droit de me parler comme ça, Ben.

— Je sais… Mais Lo, si je suis honnête, je n'ai jamais…

— Arrête !

— Lo, j'ai vraiment été trop con. Je le sais bien…

— J'ai dit *arrête* ! Ça suffit.

Il a secoué la tête. Ses mots, je ne sais comment, étaient parvenus à faire cesser mes pleurs. Peut-être était-ce le spectacle qu'il donnait, dévasté, recroquevillé sur lui-même, et terriblement malheureux.

— Mais Lo…

Avec ses yeux marron de chiot, son regard était doux à la lueur de la lampe de chevet.

— Lo, je…

— Non !

J'ai parlé d'une voix plus forte et plus cinglante que je n'en avais l'intention, mais il fallait que je le fasse taire. Je ne savais pas au juste ce qu'il s'apprêtait à dire, mais il n'était pas question de le laisser parler. J'étais coincée avec lui sur ce bateau pour les cinq prochains jours, je ne pouvais pas le laisser s'humilier davantage, sans quoi ce voyage deviendrait intenable lorsque nous serions obligés de nous croiser à la lumière du jour.

— Ben, non, ai-je répété plus doucement. Ça fait longtemps que c'est fini. D'ailleurs, c'était toi qui voulais rompre, tu te rappelles ?

— Je sais, a-t-il répondu, fébrile. Je sais. J'ai agi comme un crétin.

— Mais non.

Puis, comme j'avais l'impression d'être malhonnête, j'ai repris :

— Enfin si, c'est vrai. Mais je sais que je n'étais pas facile à vivre, non plus… Écoute, on s'en fiche, c'est du passé maintenant. On est amis, OK ?

C'était beaucoup dire, mais il a hoché la tête.

— OK, alors ne fous pas ça en l'air.

— D'accord.

Il s'est levé à grand-peine et s'est essuyé le visage avec la manche de son smoking, puis l'a regardée d'un air malheureux.

— J'espère qu'il y a un service de blanchisserie à bord.

— J'espère qu'il y a une couturière, aussi.

J'ai désigné la déchirure qui courait sur tout le côté de la robe en soie grise.

— Ça va aller, toi ? s'est enquis Ben. Je peux rester. En tout bien tout honneur. Je pourrais dormir sur le canapé.

— Tu pourrais, c'est vrai, ai-je acquiescé en jaugeant la longueur du sofa, puis j'ai secoué la tête en réalisant ce que mes mots semblaient impliquer. Non. Il est assez grand pour dormir dessus, mais non, je n'ai pas besoin de toi. Retourne à ta cabine. Faut pas déconner : on est à bord d'un bateau au milieu de la mer, je ne peux pas rêver plus sûr, comme endroit.

— Entendu.

Il s'est dirigé, un peu boitillant, vers la porte et l'a entrouverte, mais n'est toujours pas parti.

— Je… Je suis désolé. Sincèrement.

Je savais ce qu'il attendait. Pas seulement mon pardon, mais quelque chose de plus, quelque chose qui lui indiquerait que la pression de sa main sur mon sein n'avait pas été totalement malvenue.

Mais il n'était pas question de lui faire cette faveur.

— Va te coucher, Ben, ai-je dit, très fatiguée et très sobre.

Il est resté planté sur le seuil encore quelques instants, juste une milliseconde de *trop*, assez pour que j'aie le temps de me demander, avec au creux de l'estomac un roulis qui me rappelait celui du bateau, ce que je ferais s'il ne s'en allait pas. S'il fermait la porte et revenait dans la pièce. Mais il a fini par partir. J'ai mis le verrou derrière lui et me suis laissée tomber sur le canapé, la tête entre les mains.

Pas trop tôt. Au bout d'un certain temps, je me suis levée, me suis versé un whisky pris dans le minibar et l'ai bu en trois longues gorgées. J'ai frissonné, je me suis essuyé la bouche et j'ai ôté ma robe, que j'ai laissée par terre comme une peau abandonnée.

J'ai défait mon soutien-gorge, enjambé le triste petit tas de vêtements, puis je me suis écroulée sur le lit et j'ai sombré dans un profond sommeil.

Je ne sais pas ce qui m'a réveillée, mais j'ai repris conscience aussi brusquement que si quelqu'un m'avait fait une piqûre d'adrénaline dans le cœur. Je suis restée étendue, raide de peur, le cœur battant à deux cents à l'heure, et j'ai cherché à me rappeler ce que j'avais dit à Ben quelques heures auparavant.

Tout va bien. Tu es en parfaite sécurité. Nous sommes sur un bateau, au milieu de la mer – personne ne peut entrer ou sortir. C'est à peu près l'endroit le plus sûr du monde.

Je cramponnais les draps aussi fort que si la rigidité cadavérique s'était déjà emparée de moi. Je me suis obligée à détendre mes doigts et les ai pliés doucement. La douleur dans mes articulations s'est estompée. Je me suis concentrée sur ma respiration ; inspirer et expirer lentement et régulièrement, jusqu'à ce que, enfin, mon cœur se calme à son tour.

Mon pouls rapide battait toujours dans mes oreilles. À part le chuchotement rythmé des vagues et le bourdonnement sourd du moteur, qui résonnait partout dans le yacht, je n'entendais rien.

Merde. *Merde*. Il fallait que je me reprenne.

Je ne pouvais pas m'automédiquer à coups d'alcool fort tous les soirs pendant le reste de la croisière, pas sans saboter ma carrière. Alors, quelle alternative ? Les somnifères ? La méditation ? Ça ne semblait pas tellement mieux.

J'ai allumé la lumière et consulté mon téléphone : 3 h 04. Puis j'ai rafraîchi ma boîte mail. Il n'y avait pas de mot de Judah, mais j'étais trop éveillée pour me rendormir. J'ai poussé un soupir, j'ai pris mon livre, ouvert sur la table de chevet, et je me suis mise à lire. Mais j'avais beau essayer de me concentrer sur les mots, une idée qui trottait dans un coin de ma cervelle me tracassait. Ce n'était pas seulement de la paranoïa. *Quelque chose* m'avait tirée du sommeil. Un son qui m'avait rendue nerveuse et stressée comme une accro à la meth. Pourquoi n'arrêtais-je pas de penser à un hurlement ?

J'étais en train de tourner la page lorsque j'ai entendu un bruit qui se distinguait à peine du ronronnement du moteur et du clapotis des vagues, si léger que le frottement du papier le couvrait presque.

C'était la porte de la véranda de la cabine voisine qui s'ouvrait doucement.

J'ai retenu mon souffle, tendu l'oreille.

Et il y a eu un *plouf*.

Pas un petit *plouf*.

Non, un énorme *plouf*.

Le genre de *plouf* que fait un corps quand il tombe à l'eau.

JUDAH LEWIS
Le 24 septembre à 8 h 50
Salut tout le monde, suis un peu inquiet pour Lo. Elle n'a pas donné signe de vie depuis quelques jours, depuis qu'elle est partie en voyage de presse. Quelqu'un a eu des nouvelles ? Je commence à m'en faire un peu. Bises.

J'aime Commenter Partager

LISSIE WIGHT : Salut Jude ! Elle m'a envoyé un message dimanche – c'était le 20 je crois ? Elle disait que le bateau était incroyable !

J'aime Commenter le 24 septembre à 9 h 02

JUDAH LEWIS : Oui, elle m'a aussi écrit ce jour-là, mais elle n'a pas répondu à mon mail ni à mon texto lundi. Et elle n'a rien posté ici ni sur Twitter.

J'aime Commenter le 24 septembre à 9 h 03

JUDAH LEWIS : Personne ? **Pamela Crew ? Jennifer West ? Carl Fox ?** Désolé si je vous tague un peu au hasard, c'est juste que ce n'est pas son genre, franchement.

J'aime Commenter le 24 septembre à 10 h 44

PAMELA CREW : Elle m'a envoyé un mail dimanche, mon chou. Elle disait que le yacht était charmant. Tu veux que je demande à son père ?

J'aime Commenter le 24 septembre à 11 h 13

JUDAH LEWIS : Oui, je veux bien, Pam. Je ne voudrais pas vous inquiéter, tous les deux, mais il me semble que normalement elle aurait dû me contacter depuis. Cela dit, je ne sais pas, peut-être qu'elle a essayé de téléphoner sans succès, le réseau est mauvais.

J'aime Commenter le 24 septembre à 11 h 21

JUDAH LEWIS : Pam, elle t'a dit le nom du yacht ? Je ne le retrouve nulle part.

J'aime Commenter le 24 septembre à 11 h 33

PAMELA CREW : Coucou Judah. Désolée, je viens de téléphoner à son père, il n'a pas de nouvelles non plus. Le bateau s'appelait l'*Aurora*, il me semble. Tiens-moi au courant si tu as des nouvelles. Bye, bisous

J'aime Commenter le 24 septembre à 11 h 48

JUDAH LEWIS : Merci Pam. Je vais essayer de contacter l'équipage. Mais si quelqu'un a des nouvelles, merci de m'écrire en MP.

J'aime Commenter le 24 septembre à 11 h 49

JUDAH LEWIS : Rien ?

J'aime Commenter le 24 septembre à 15 h 47

JUDAH LEWIS : Sérieux, tout le monde, rien du tout ?

J'aime Commenter le 24 septembre à 18 h 09

Troisième partie

10

J'ai agi sans réfléchir.

J'ai couru à la véranda, j'ai ouvert les portes-fenêtres et je me suis penchée par-dessus le bastingage, cherchant désespérément à apercevoir quelque chose – ou quelqu'un – dans le roulis des vagues. La surface sombre était éclaboussée de lumières vives qui provenaient des hublots du bateau, ce qui rendait presque impossible de distinguer quoi que ce soit dans les rouleaux, mais pendant un instant j'ai cru voir une forme blanche sous la crête d'une vague noire, comme une main de femme. Elle a roulé sur elle-même et s'est attardée juste en dessous de la surface de l'eau, avant de couler.

Je me suis tournée vers la terrasse qui jouxtait la mienne.

Un panneau occultant en verre dépoli séparait les deux vérandas, mais en me mettant sur la pointe des pieds j'ai quand même repéré deux choses.

La première, c'était qu'il y avait une trace sur la barrière de sécurité en verre. Une trace sombre et visqueuse. Une trace qui ressemblait beaucoup à du sang.

La seconde était plutôt un constat, et un constat qui m'a noué les tripes. La personne qui se tenait là – celle qui avait jeté ce corps par-dessus bord – n'avait pas pu manquer ma course irréfléchie, stupide, jusqu'à la terrasse. En toute probabilité, cet individu devait se tenir sur le balcon voisin quand je m'étais précipitée sur le mien. Il avait dû entendre ma porte se refermer violemment. Il avait dû voir mon visage.

Je suis rentrée comme une flèche, claquant la porte-fenêtre derrière moi, et j'ai vérifié que ma cabine était fermée à double tour. Puis j'ai mis la chaîne. Mon cœur battait la chamade, mais je me sentais calme, plus calme que je ne l'avais été depuis une éternité.

C'était arrivé. Il était là, le danger réel, et je tenais le coup.

Une fois la porte de la cabine bien fermée, j'ai couru revérifier la baie vitrée. Il n'y avait pas de serrure à pêne dormant, juste un loquet ordinaire, mais il était mis, et je ne pouvais pas faire mieux.

Puis j'ai pris le combiné posé sur la table de nuit, les doigts tremblant à peine, et j'ai appuyé sur le 0 pour obtenir le personnel de bord.

— Allô ? a fait une voix chantante. Comment puis-je vous aider, mademoiselle Blacklock ?

Pendant un instant, j'ai été tellement déconcertée qu'elle sache que c'était moi que j'ai perdu le fil de mes pensées. Puis j'ai compris : le numéro de ma chambre avait dû s'afficher sur le téléphone de la réception. Bien sûr que c'était moi. Qui d'autre téléphonerait de ma chambre au milieu de la nuit ?

— Bbb… bonsoir ! ai-je réussi à articuler.

Malgré mes tremblements, ma voix était étonnamment calme. J'ai repris :

— Bonsoir, qui est à l'appareil, s'il vous plaît ?

— C'est Karla, votre hôtesse de cabine, mademoiselle Blacklock. Je peux vous aider ?

Un soupçon d'inquiétude transparaissait sous ses manières guillerettes.

— Tout va bien ?

— Non, ça ne va pas du tout. Je…

Je me suis arrêtée, consciente de l'énormité de ce que je m'apprêtais à dire.

— Mademoiselle Blacklock ?

— Je crois… (J'ai avalé ma salive.) Je crois que je viens d'assister à un meurtre.

— Oh mon Dieu.

Karla, ébranlée, a dit quelque chose en suédois ou en danois. Puis elle s'est reprise un peu et elle m'a demandé :

— Vous êtes en danger, mademoiselle Blacklock ?

Étais-je en danger ? J'ai regardé la porte de la chambre. J'étais à peu près certaine que personne ne pouvait entrer.

— Non, non, je pense que ça va. Ça s'est passé dans la cabine voisine, la n° 10. Palmgren. Je… je crois que quelqu'un a jeté un corps par-dessus bord.

Ma voix s'est brisée, et j'ai soudain eu envie de rire – ou peut-être de pleurer. J'ai pris une profonde inspiration et je me suis pincé l'arête du nez pour essayer de me maîtriser.

— Je vais vous envoyer quelqu'un immédiatement, mademoiselle Blacklock. Ne bougez pas. Je vous appellerai quand il sera à la porte, pour que vous sachiez qui c'est. Ce ne sera pas long, je vous rappelle tout de suite.

Puis elle a raccroché.

J'ai reposé le récepteur sur son support, avec une étrange impression de dissociation, presque comme si j'étais en train de vivre une expérience extracorporelle. Ma tête me lançait. Puis j'ai pris conscience qu'il fallait que je m'habille avant l'arrivée des secours.

J'ai pris le peignoir là où il était suspendu, derrière la porte de la salle de bains, et j'ai eu une hésitation. Lorsque j'étais montée dîner, je l'avais laissé par terre, avec les vêtements que je portais dans le train. Je me rappelais avoir regardé par-dessus mon épaule le champ de bataille que je laissais derrière moi – tas de fringues par terre, maquillage éparpillé sur le meuble, mouchoirs pleins de rouge à lèvres dans le lavabo. Je m'étais dit : *je verrai ça plus tard.*

Il n'y avait plus rien. Le peignoir avait été remis en place, mes vêtements et sous-vêtements sales avaient disparu, emportés Dieu sait où comme par magie.

Sur la coiffeuse, mes cosmétiques avaient été proprement disposés côte à côte, ainsi que ma brosse à dents et mon dentifrice. Seuls mes tampons et mes cachets se trouvaient encore dans ma trousse de toilette, un détail témoignant d'une espèce de fausse pudeur encore plus horripilante que le fait qu'on ait déballé toutes mes affaires, et qui m'a fait tiquer.

Quelqu'un était venu dans ma chambre. Rien d'étonnant à cela. Service de bord, c'est bien ce que ça veut dire, bon sang. Mais quelqu'un avait tripoté mes affaires, touché mes collants déchirés et mon eye-liner à moitié usé.

Pourquoi cette pensée m'a-t-elle donné envie de pleurer ?

J'étais assise sur le lit, la tête entre les mains, tentée par le contenu du minibar lorsque le téléphone a sonné : alors que je tendais la main vers le combiné, on a frappé à la porte.

J'ai décroché.

— Allô ?

— Allô, mademoiselle Blacklock ?

C'était Karla.

— Oui. Il y a quelqu'un à l'extérieur. J'ouvre ?

— Oui, oui, je vous en prie. C'est notre chef de la sécurité, Johann Nilsson. Je vais vous laisser avec lui pour l'instant, mademoiselle Blacklock, mais n'hésitez pas à me rappeler à n'importe quel moment si vous avez encore besoin d'aide.

Elle a raccroché, et on a de nouveau frappé. J'ai ajusté plus étroitement la ceinture de mon peignoir et je suis allée ouvrir.

Dehors se tenait un homme que je n'avais encore jamais vu, vêtu d'une espèce d'uniforme. Je ne sais pas à quoi je m'attendais – un genre d'habit de policier. Mais le sien ressemblait davantage à une tenue de marin, comme un commissaire de bord, ou quelque chose dans ce goût-là. Âgé d'environ quarante ans, il était tellement grand qu'il a été obligé de se baisser pour passer la porte. Sa chevelure était en bataille, comme s'il avait été tiré de son lit, et ses yeux d'un bleu si vif qu'on aurait presque dit qu'il portait des lentilles de couleur. J'étais en train de le dévisager lorsque je me suis rendu compte, tout à coup, qu'il me tendait la main.

— Bonsoir. Mademoiselle Blacklock, je présume ?

Il parlait très bien anglais. Avec à peine un soupçon d'accent scandinave, si léger qu'il aurait presque pu passer pour un Écossais ou un Canadien.

— Je me présente, Johann Nilsson. Je suis le responsable de la sécurité sur l'*Aurora*. Si je comprends bien, vous avez vu quelque chose qui vous a perturbée.

— Oui, ai-je répondu d'une voix ferme, douloureusement consciente, soudain, que j'étais en peignoir, avec du mascara qui dégoulinait sur les joues, tandis qu'il était habillé de pied en cap, en tenue officielle.

J'ai resserré ma ceinture une fois de plus, d'un geste nerveux.

— Oui. J'ai vu… entendu… qu'on jetait quelque chose par-dessus bord. Je… Je crois que c'était… ça devait être… un corps.

— Vous avez vu, ou entendu ? a fait Nilsson, penchant la tête sur le côté.

— J'ai entendu un *plouf*… un *plouf* très, très bruyant. De toute évidence, c'était quelque chose de très gros qui était tombé… ou qu'on avait poussé. Alors j'ai couru sur la véranda et j'ai vu quelque chose – on aurait dit un corps – en train de disparaître dans les vagues.

Nilsson affichait un air grave mais circonspect, et à mesure que je parlais son visage s'est assombri de plus en plus.

— Et il y avait du sang sur le bastingage en verre, ai-je ajouté.

À ces mots, il a pincé les lèvres et désigné la porte-fenêtre d'un petit signe de tête.

— Sur votre terrasse ?

— Le sang ? Non. Celle d'à côté.

— Vous pouvez me montrer ?

J'ai fait « oui » de la tête, j'ai resserré une nouvelle fois ma ceinture, et je l'ai regardé défaire le loquet de la porte-fenêtre.

Dehors, le vent s'était levé et il faisait très froid. Je l'ai précédé sur l'étroit balcon, d'une exiguïté pénible avec le corps massif de Nilsson derrière moi. Il semblait prendre toute la place mais, en un sens, j'étais contente qu'il soit là. Je ne pense pas que je serais parvenue à mettre le nez dehors si j'avais été seule.

— Là.

J'ai montré la vitre entre ma terrasse et celle de la cabine n° 10.

— Regardez par là.

Nilsson a jeté un coup d'œil par-dessus la barrière, puis s'est retourné vers moi, les sourcils un peu froncés.

— Je ne vois pas ce que vous voulez dire. Vous pouvez me montrer ?

Il s'est reculé, tendant une main vers le garde-corps en signe d'invitation, et je me suis avancée. Malgré moi, mon cœur battait à tout rompre. Je ne m'attendais pas à voir le meurtrier, ni à me prendre un poing dans la figure, et je ne m'attendais pas non plus à être accueillie à coups de revolver. Mais j'ai éprouvé un terrible sentiment de vulnérabilité en regardant par-dessus la séparation sans savoir ce que je risquais de trouver de l'autre côté.

Mais ce que j'ai trouvé, c'est… rien du tout.

Pas de tueur prêt à bondir. Pas de tache de sang. La paroi en verre brillait au clair de lune, propre et virginale, sans même une trace de doigt.

Je me suis retournée vers Nilsson. Mon visage devait être figé par le choc. J'ai secoué la tête, essayé de trouver mes mots. Il m'observait avec une certaine sympathie dans ses yeux bleus.

C'est cette sympathie qui m'a fait le plus mal.

— Elle était là, ai-je protesté avec colère. Il l'a essuyée, visiblement.

— Il ?

— L'assassin ! L'assassin, merde !

— Inutile d'être grossière, mademoiselle Blacklock, a-t-il répliqué d'une voix douce, avant de rentrer dans la cabine.

Je l'ai suivi, et il a précautionneusement verrouillé la porte derrière moi. Puis il s'est planté là, les bras ballants, attendant que je dise quelque chose. Je sentais son eau de Cologne – une odeur pas désagréable, boisée. Mais tout à coup, la chambre spacieuse m'a paru oppressante.

— Quoi ? ai-je finalement riposté, tentant sans succès de contenir mon agressivité. Je vous ai dit ce que j'ai vu. Vous prétendez que je mens, c'est ça ?

— Allons voir à côté, a-t-il fait, diplomate.

J'ai tiré une fois de plus sur ma ceinture en éponge, maintenant si serrée qu'elle me cisaillait l'estomac, et je l'ai suivi, pieds nus, dans le couloir. Il a toqué un coup à la porte de la cabine n° 10. Comme personne n'a répondu, il a sorti un passe de sa poche et ouvert.

Nous sommes restés dans l'entrée. Nilsson n'a rien dit, mais je sentais sa présence dans mon dos tandis que je contemplais la chambre, bouche bée.

Elle était vide. Pas seulement inoccupée, mais complètement vide. Il n'y avait pas de valises. Pas de vêtements. Pas de cosmétiques dans la salle de bains. Même le lit était dépourvu de draps.

— Il y avait une fille, ai-je déclaré, la voix mal assurée.

J'ai plongé mes mains dans les poches de mon peignoir pour éviter qu'il ne me voie serrer les poings de toutes mes forces.

— Il y avait une fille. Dans cette chambre. J'ai *parlé* avec elle. Elle était là !

Nilsson n'a pas fait de commentaire. Il a traversé la suite, ouvert la porte de la terrasse et regardé dehors. Il a mis un soin presque insultant à inspecter la paroi. Mais même de là où je me tenais, je voyais bien qu'il n'y avait rien. Le verre luisait au clair de lune, légèrement aspergé de gouttelettes d'eau salée, mais à part ça, immaculé.

— Elle était là ! ai-je répété, détestant l'accent d'hystérie que je percevais dans ma voix. Pourquoi vous refusez de me croire ?

— Je n'ai pas dit que je ne vous croyais pas.

Nilsson est revenu à l'intérieur et il a refermé la porte-fenêtre. Puis il m'a précédée dans le couloir, et il a verrouillé la cabine derrière nous.

— Ne vous sentez pas obligé, ai-je dit avec amertume.

Ma porte était encore ouverte, et il m'a escortée à l'intérieur.

— Mais je vous le répète, elle était là. Elle m'a prêté… Oh !

Sur une inspiration soudaine, je me suis précipitée dans la salle de bains.

— Elle m'a prêté un tube de mascara. Putain, il est où ?

J'ai fouillé les cosmétiques rangés soigneusement, mais il n'était pas là. Où était-il passé ?

— Il est là, quelque part, ai-je protesté, affolée. Je sais qu'il est là.

J'ai promené mes yeux égarés sur la pièce, et quelque chose a attiré mon regard, un éclat couleur rose shocking derrière le miroir rétractable à côté du lavabo. Je l'ai sorti… un innocent petit tube rose avec un bouchon vert.

— Voilà !

Je l'ai brandi triomphalement vers lui, comme une arme. Nilsson a reculé d'un pas, puis il a délicatement saisi le mascara dans ma main.

— Je vois, a-t-il dit, mais avec tout le respect que je vous dois, mademoiselle Blacklock, je ne sais pas trop ce que ça prouve, à part que vous avez emprunté du maquillage à quelqu'un aujourd'hui…

— Qu'est-ce que ça prouve ? Ça prouve qu'elle était bien là ! Ça prouve qu'elle existe !

— Ça prouve que vous avez vu une jeune fille, oui, mais…

Je l'ai interrompu, désespérée :

— Qu'est-ce qu'il vous faut de plus ? Qu'est-ce que vous voulez encore de moi ? Je vous ai expliqué ce que j'ai entendu… ce que j'ai vu. Il y avait une fille dans cette cabine, et maintenant elle a disparu. Vérifiez la liste des passagers, il y a forcément une invitée qui manque. Pourquoi n'êtes-vous pas plus inquiet ?

— La cabine est vide, a-t-il déclaré avec douceur.

— Je sais ! ai-je hurlé. (Puis, en voyant l'expression de Nilsson, j'ai fait un effort surhumain pour me maîtriser.) Je sais, c'est justement ce que j'essaie de vous dire, bon sang !

— Non, a-t-il répliqué de la même voix tranquille. Ce que je suis en train de vous expliquer, mademoiselle Blacklock, c'est qu'elle a *toujours* été vide. Il n'y avait pas d'invité dans cette cabine. Il n'y en a jamais eu.

11

Je l'ai dévisagé, bouche bée.

— Comment ça ? ai-je enfin réussi à articuler. Comment ça, pas d'invité ?

— La cabine était réservée pour un investisseur du nom d'Ernst Solberg. Mais il s'est désisté à la dernière minute… pour des raisons personnelles, d'après ce que j'ai compris.

— Alors la fille que j'ai vue, elle n'était pas censée être là ?

— Peut-être qu'elle faisait partie du personnel, ou alors c'était une femme de ménage.

— Ça, *non*. Elle était en train de s'habiller. Elle *dormait* là.

Il n'a rien dit. Il n'en avait pas besoin, la question allait de soi. Si elle dormait là, où se trouvaient tous ses bagages ?

— Quelqu'un a pu emporter ses affaires, ai-je suggéré d'une voix faible. Entre le moment où il m'a vue et votre arrivée.

— Vraiment ?

La voix de Nilsson était calme, sa question n'était pas sceptique, ni moqueuse, juste… perplexe. Il ne comprenait pas mon point de vue. Il s'est assis sur le canapé et les ressorts ont grincé sous son poids. J'étais médusée.

Il avait raison. Il était tout à fait impossible que quelqu'un ait vidé la chambre entre-temps. Je ne savais pas avec précision combien de temps s'était écoulé entre le moment où j'avais appelé Karla et celui où Nilsson s'était présenté à ma porte, mais cela ne pouvait pas être plus de quelques minutes. Cinq, sept au maximum. À peine, sans doute.

La personne qui se trouvait là aurait eu le temps, à la limite, d'essuyer le sang sur la vitre, mais c'était tout. Il ou elle n'aurait jamais pu vider ainsi la cabine de fond en comble. Qu'aurait-il fait des affaires ? Si on les avait jetées par-dessus bord, je l'aurais entendu. Et il ne s'était pas écoulé suffisamment de temps pour pouvoir tout remballer et transporter les bagages ailleurs.

— Merde, ai-je lâché, le visage entre les mains. *Merde.*

— Mademoiselle Blacklock, a dit Nilsson avec lenteur. (J'ai tout de suite eu le pressentiment que je n'allais pas apprécier sa prochaine question.) Mademoiselle Blacklock, qu'est-ce que vous avez bu, hier soir ?

J'ai levé les yeux, exhibant mon maquillage ravagé et la fureur dans mes yeux bouffis par le sommeil.

— Je vous demande pardon ?

— J'ai juste demandé…

Il était inutile de nier. Il y avait trop de gens qui m'avaient vue au dîner de la veille en train d'écluser du champagne, du vin, puis des shots après le dîner.

— C'est vrai, j'ai bu, ai-je admis d'une voix mauvaise. Mais si vous pensez qu'un demi-verre de vin suffit à me transformer en pochtronne hystérique qui ne fait pas la distinction entre la réalité et son imagination, vous vous fourrez le doigt dans l'œil.

Il n'a rien répliqué, mais il a tourné les yeux vers la poubelle à côté du minibar, où s'entassaient un bon nombre de mignonnettes de gin et de whisky et une plus petite quantité de canettes de tonic.

Il y a eu un silence. Nilsson n'a pas insisté, mais ce n'était pas nécessaire. Salopes de femmes de ménage.

— OK, j'ai bu, mais je n'étais *pas* saoule. Pas à ce point-là. Je sais ce que j'ai vu. Pourquoi j'inventerais un truc pareil ?

Il a paru accepter ces mots et a hoché la tête.

— Très bien, mademoiselle Blacklock.

Il s'est frotté le visage, et j'ai entendu son début de barbe crisser contre sa main. Il était fatigué. J'ai remarqué tout à coup, de manière tout à fait incongrue, que sa veste d'uniforme était boutonnée de travers.

— Écoutez, il est tard, vous êtes fatiguée.

— C'est *vous* qui êtes fatigué, ai-je répliqué avec une malveillance manifeste.

Il a hoché la tête sans rancœur.

— Oui, je suis fatigué. Je crois qu'il n'y a rien que nous puissions faire avant demain matin.

— Une femme a été jetée…

— Il n'y a pas de preuve ! m'a-t-il interrompue d'un ton qui trahissait son exaspération. Je suis désolé, mademoiselle Blacklock, a-t-il continué, plus calme. Je n'aurais pas dû vous contredire. Mais je ne trouve pas qu'il y ait matière à réveiller les autres passagers pour l'instant. Un peu de sommeil nous fera du bien. (Autrement dit, *vous pourrez dessaouler.*) Nous tenterons de résoudre cette énigme dans la matinée. Peut-être que, si je vous présente l'équipage du bateau, nous parviendrons à retrouver cette fille. Nous sommes sûrs qu'il ne s'agit pas d'une passagère, n'est-ce pas ?

— Elle n'était pas au dîner hier soir, ai-je concédé. Mais si c'était quelqu'un du personnel ? Et si elle avait disparu, et que nous tardions à lancer l'alerte ?

— Je vais immédiatement en parler au capitaine et au commissaire de bord, les mettre au courant de la situation. Mais à ma connaissance, le staff est au complet et personne ne manque à l'appel ; dans le cas contraire, quelqu'un l'aurait remarqué. C'est un bateau très petit et l'équipe est très soudée, il serait difficile à qui que ce soit de disparaître, même pendant quelques heures, sans que personne le remarque.

— Je crois juste que..., ai-je repris, avant qu'il m'interrompe, poliment et fermement cette fois.

— Mademoiselle Blacklock, je ne vais pas réveiller l'équipage et les passagers sans raison valable. Je suis désolé. Je vais informer le capitaine et le commissaire de bord, et ils prendront les mesures qu'ils estimeront nécessaires. D'ici là, peut-être pourriez-vous me donner une description de la fille que vous avez vue. Je reconsulterai la liste des passagers et m'arrangerai pour que les employées qui correspondent à votre description se trouvent à la cantine du personnel afin que vous les rencontriez demain matin après le petit déjeuner.

— D'accord, ai-je dit à contrecœur.

J'étais vaincue. Je *savais* ce que j'avais vu, ce que j'avais entendu, mais Nilsson ne céderait pas : ça, au moins, c'était une évidence. Et que pouvais-je faire, là, en pleine mer ?

— Alors… Son âge, sa taille ? Elle était Caucasienne, Asiatique, Noire… ?

— Un peu moins de trente ans. À peu près la même taille que moi. Blanche, avec la peau très pâle, en fait. Elle parlait anglais.

— Avec un accent ?

— Non, elle était Anglaise… ou alors parfaitement bilingue. Elle avait de longs cheveux bruns… Je ne me souviens pas de la couleur de ses yeux. Marron foncé, je crois. Je ne sais plus trop. Plutôt mince… Elle était juste… jolie. C'est tout ce que je me rappelle.

— Jolie ?

— Oui, jolie. Des traits agréables. Une belle peau. Elle avait les yeux maquillés. Très maquillés. Ah, et elle portait un tee-shirt Pink Floyd.

Nilsson a noté tout ça avec un air solennel, puis il s'est levé. Les ressorts ont grincé en signe de protestation, ou peut-être de soulagement.

— Merci, mademoiselle Blacklock. Et maintenant, je pense que nous ferions mieux d'aller dormir, l'un comme l'autre.

Il s'est frotté le visage. Il avait tout d'un gros ours blond tiré de force de son hibernation.

— Je vous attends à quelle heure, demain ?

— Qu'est-ce qui vous conviendrait ? 10 heures ? 10 heures 30 ?

— Plus tôt que ça. Je ne vais pas dormir, pas maintenant.

J'étais hypertendue, et je savais que je n'arriverais jamais à retrouver le sommeil.

— Eh bien, mon service commence à 8 heures. C'est trop tôt ?

— C'est parfait, ai-je répondu d'un ton ferme.

Réprimant un bâillement, il s'est éloigné à pas lourds dans le couloir. J'ai fermé ma porte à double tour, et je suis allée m'étendre sur le lit en contemplant la mer. Les vagues étaient noires et luisantes dans le clair de lune. Sous moi, je sentais le bateau se soulever en rythme.

Le sang cognait dans mes oreilles, et mon cœur exécutait dans ma poitrine un staccato colérique.

J'étais furieuse – mais je ne savais pas trop pourquoi. Parce que le corps d'une femme était, en cet instant, en train de s'enfoncer dans les ténèbres de la mer du Nord, sans doute pour ne jamais être retrouvé ? Ou mon indignation venait-elle d'un sentiment plus mesquin, plus vil – j'étais vexée parce que Nilsson ne m'avait pas crue ?

Peut-être qu'il a raison, m'a chuchoté une petite voix méchante. Des images ont défilé devant mes yeux : – comment je m'étais recroquevillée, terrorisée, dans la douche, parce que le vent avait fait claquer une porte ; comment je m'étais défendue contre un agresseur imaginaire en attaquant Judah. *Es-tu vraiment sûre de toi à 100 % ? Tu n'es pas très fiable, comme témoin. Et au fond, tu as vu quoi, en réalité ?*

J'ai vu le sang, me suis-je dit avec fermeté. *Et une fille a disparu. Qu'on m'explique ça.*

J'ai éteint la lumière et tiré la couverture sur moi, mais je n'ai pas dormi. J'ai regardé la mer, qui s'élevait et s'abaissait dans un silence étrange, hypnotique, derrière les épaisses vitres antitempête. Et j'ai pensé : *Il y a un assassin sur ce bateau. Or personne ne le sait, à part moi.*

12

— Mademoiselle Blacklock ?

On a de nouveau frappé, et j'ai entendu qu'on actionnait un passe puis la porte, puis la porte s'est ouverte d'un centimètre et la chaîne s'est tendue.

— Mademoiselle Blacklock, c'est Johann Nilsson. Est-ce que tout va bien ? Il est 8 heures. Vous m'avez demandé de vous appeler.

Quoi ? Je me suis redressée sur les coudes à grand-peine, la tête lourde. Qu'est-ce qui m'avait pris de demander à être réveillée si tôt ?

— Une seconde ! ai-je réussi à lancer. J'avais la bouche sèche comme si j'avais avalé des cendres, et j'ai bu un peu d'eau dans le verre posé à côté du lit. C'est alors que le souvenir de la nuit précédente m'est revenu.

Le bruit qui m'avait réveillée en pleine nuit.

Le sang sur la paroi en verre.

Le corps.

Le *plouf*…

J'ai sorti mes jambes du lit et, en posant le pied par terre, j'ai senti le roulis du bateau et j'ai été prise d'une violente nausée.

J'ai couru à la salle de bains, et j'ai eu tout juste le temps de me placer au-dessus de la cuvette des W-C pour dégobiller le contenu du dîner de la veille sur la porcelaine blanche impeccable.

Je n'ai rien dit, mais peut-être le son des éclaboussures de vomi a-t-il suffi à communiquer le fond de ma pensée, car la porte s'est refermée très doucement, et j'ai pu me relever et m'inspecter sans témoin.

J'avais une mine affreuse, des croûtes de mascara incrustées sur les joues, de la bile dans les cheveux et les yeux injectés de sang. L'hématome sur ma pommette complétait parfaitement l'ensemble.

La mer était plus agitée ce matin-là et, sur le lavabo, tous les objets s'entrechoquaient. Je me suis emmitouflée dans mon peignoir et je suis allée entrouvrir la porte, le moins possible.

— Il faut que je prenne une douche, ai-je annoncé, laconique. Vous voulez bien m'attendre ?

Et j'ai refermé derrière moi.

Dans la salle de bains, j'ai tiré la chasse d'eau et essuyé les rebords de la cuvette, m'efforçant de faire disparaître toute trace de mon malaise. Lorsque je me suis redressée, le souffle court et sifflant, ce n'est pas mon visage blême et ravagé qui a attiré mon regard, mais le tube de mascara Maybelline, debout bien droit sur le lavabo, telle une sentinelle. Puis le bateau a tangué de nouveau, tous les cosmétiques posés sur le meuble ont glissé, et le tube est tombé dans la poubelle. Je l'ai récupéré et l'ai serré dans mon poing.

C'était la seule preuve tangible que la fille avait bien existé, que je n'étais pas en train de devenir folle.

Dix minutes plus tard, j'étais vêtue d'un jean et d'une chemise blanche toute propre, repassée par la personne qui avait défait ma valise. Même si j'étais toujours pâle, mon visage était net. J'ai retiré la chaîne de sécurité et j'ai ouvert la porte. Nilsson parlait dans une radio. En me voyant, il a cligné des yeux et coupé l'appareil.

— Je suis désolé, mademoiselle Blacklock. Je n'aurais peut-être pas dû vous réveiller, mais vous avez tellement insisté la nuit dernière…

— C'est bon, ai-je marmonné entre mes dents.

Je ne voulais pas paraître sèche, mais si j'ouvrais trop la bouche, je risquais de vomir de nouveau. Dieu merci, le roulis du bateau justifiait ma nausée. Il n'y avait rien de très chic à n'avoir pas le pied marin, mais ça craignait moins, sur le plan professionnel, que de passer pour une alcoolique.

— J'ai parlé avec l'équipage, a expliqué Nilsson. Aucune disparition n'a été constatée, mais je suggère que vous m'accompagniez dans les quartiers du personnel pour voir si la femme avec qui vous vous êtes entretenue s'y trouve. Cela permettrait de vous tranquilliser.

J'étais sur le point de protester : *Elle ne faisait pas partie du staff, sauf si les femmes de ménage s'amusent à faire les chambres vêtues d'un simple tee-shirt Pink Floyd*. Mais j'ai préféré m'abstenir. Je voulais voir le pont inférieur de mes propres yeux.

Je l'ai suivi jusqu'à une petite porte de service à côté de l'escalier. Elle était dotée d'un digicode sur lequel il a rapidement tapé six chiffres. De l'extérieur, j'aurais cru qu'elle abritait un placard, mais en fait elle donnait sur un petit palier mal éclairé et une volée de marches étroites qui conduisaient vers les profondeurs du bateau. En descendant, j'ai réalisé, avec un certain malaise, que nous devions maintenant être en dessous du niveau de la mer.

Nous avons débouché dans un autre couloir exigu qui contrastait avec la partie du bateau destinée aux passagers : le plafond était plus bas, la température plus élevée de plusieurs degrés, et les murs, plus rapprochés, étaient peints en gris terne. L'éclairage était dispensé par des néons faiblards, avec une espèce de clignotement malsain qui fatiguait les yeux instantanément.

De part et d'autre se trouvaient huit ou dix cabines exiguës là où il n'y en avait que deux sur le pont supérieur. Nous sommes passés devant une porte entrouverte, et j'ai aperçu un réduit sans hublot, éclairé par la même lumière fluorescente grisâtre ; à l'intérieur, une femme originaire du Sud-Est asiatique, assise sur une couchette, remontait ses collants. Elle a levé les yeux nerveusement lorsque Nilsson est passé. À ma vue, son visage s'est figé ; on aurait cru un lapin aux abois pris dans les phares d'une voiture. Pendant un instant elle est restée assise, sans bouger, puis avec un sursaut elle a claqué la porte d'un coup de pied. Le bruit a résonné telle une détonation dans l'espace confiné.

Je me suis sentie rougir comme un voyeur pris sur le fait, et je me suis dépêchée de rattraper Nilsson.

— Par ici, a-t-il dit par-dessus son épaule, et nous avons passé une porte où était inscrit : « Mess du personnel ».

La pièce, au moins, était plus grande, et le sentiment de claustrophobie qui montait en moi s'est un peu apaisé. Là aussi, le plafond était bas, et il n'y avait pas de fenêtre, mais le mess donnait sur une petite salle à manger, une espèce de modèle réduit de cantine d'hôpital. Il n'y avait que trois tables, de chacune environ six places. Les surfaces en Formica, les mains courantes en acier et une forte odeur de cuisine industrielle soulignaient la différence entre ce pont-ci et celui du dessus.

Camilla Lidman, assise seule à l'une des tables, buvait un café en examinant un tableau Excel sur un ordinateur portable. De l'autre côté de la salle, cinq filles installées ensemble mangeaient des viennoiseries. Elles ont levé les yeux lorsque nous sommes entrés.

— *Hej*, Johann, a lancé l'une d'elles, avant d'ajouter quelques mots de suédois, ou peut-être de danois, je ne savais pas trop.

— Parlons en anglais, s'il vous plaît, a réclamé Nilsson, car nous avons une invitée parmi nous. Mlle Blacklock essaie de retrouver une femme qu'elle a vue dans la cabine voisine de la sienne, la n° 10, Palmgren. Il s'agit d'une femme blanche, avec de longs cheveux bruns, âgée d'une petite trentaine d'années, et qui parle très bien anglais.

— Eh bien, il y a moi et Birgitta, a dit l'une des filles avec un sourire, faisant un petit signe de tête en direction de son amie, en face d'elle. Je m'appelle Hanni. Mais je ne crois pas être allée dans la cabine Palmgren. Je travaille surtout derrière le bar. Et toi, Birgitta ?

Mais je secouais déjà la tête. Hanni et Birgitta avaient toutes les deux le teint pâle et les cheveux bruns, mais ni l'une ni l'autre n'était la fille de la cabine ; en outre, même si l'anglais d'Hanni était excellent, elle avait un accent scandinave marqué.

— Je m'appelle Karla, mademoiselle Blacklock, a dit l'une des deux filles blondes. Nous nous sommes rencontrées hier, si vous vous en souvenez. Et nous avons parlé au téléphone la nuit dernière.

— Bien sûr, ai-je répliqué trop occupée à scruter le visage des autres filles pour prêter vraiment attention à ses mots.

Karla et la quatrième fille de la table étaient toutes les deux blondes, tandis que la cinquième avait le teint mat et les cheveux coupés très court, presque à la garçonne. Et surtout, aucune d'entre elles ne possédait ce visage mobile, impatient, qui m'était resté à l'esprit.

— Ce n'est pas l'une d'entre vous, ai-je dit. Y a-t-il quelqu'un d'autre qui corresponde à cette description ? Et les femmes de ménage ? L'équipage ?

Birgitta a froncé les sourcils et a parlé à Hanni en suédois. Hanni a secoué la tête et repris la parole en anglais.

— Dans l'équipage proprement dit, il n'y a presque que des hommes. Il y a une femme, mais elle est rousse, et elle a quarante ou cinquante ans. Iwona, une des femmes de ménage, pourrait correspondre à votre description, par contre. Elle est polonaise.

— Je vais aller la chercher, a indiqué Karla.

Elle s'est levée avec un sourire.

— Il y a Eva, a fait Nilsson, pensif, tandis que Karla quittait la pièce. C'est une de nos masseuses, a-t-il ajouté à mon intention.

— Elle est au spa, je pense, a précisé Hanni. Elle se prépare pour la journée. Mais elle a pas loin de quarante ans, peut-être même plus.

— Nous irons lui parler tout à l'heure, a fait Nilsson.

— N'oubliez pas Ulla.

C'était la première fois que la fille aux cheveux courts ouvrait la bouche.

— Ah oui. Ulla est une des hôtesses des cabines avant et de la suite Nobel. Elle est de service ?

— Oui, mais elle termine dans pas longtemps.

— Mademoiselle Blacklock, a fait une voix derrière moi.

Je me suis retournée : Karla poussait vers moi une collègue, une petite boulotte d'une bonne quarantaine d'années avec les cheveux teints en noir et des racines grises apparentes.

— Je vous présente Iwona.

— Je peux aider vous ? a dit Iwona, avec un fort accent polonais. Il y a un problème ?

J'ai secoué la tête.

— Je suis vraiment désolée…

Je ne savais pas si je devais adresser ma réponse à Iwona, à Nilsson ou à Karla.

— Ce n'est… Vous n'êtes pas la femme que j'ai vue. Mais je tiens juste à vous dire… Je ne cherche pas à lui causer des ennuis. Je ne l'accuse pas de vol, ni rien dans ce goût-là. Je m'inquiète pour elle : j'ai entendu un cri.

— Un cri ?

Les sourcils étroits d'Hanni ont presque disparu sous sa frange, et elle a échangé un regard avec Karla, qui a ouvert la bouche pour dire quelque chose ; mais juste à ce moment-là, Camilla Lidman a parlé pour la première fois.

— Je suis certaine que la femme que vous cherchez ne fait pas partie de l'équipe, mademoiselle Blacklock.

Elle a traversé la pièce et s'est postée à côté de la table, une main sur l'épaule d'Hanni.

— Elles l'auraient dit, s'il y avait une raison de s'inquiéter. Nous sommes une équipe… comment dit-on ? Très soudée.

— Nous sommes très proches, a renchéri Karla.

Elle a promené ses yeux sur Camilla Lidman puis sur moi, et elle a souri, même si ses sourcils arqués, trop épilés, lui donnaient l'air anxieux et sapaient la crédibilité de ses paroles.

— Bon, tant pis.

Il n'y avait rien à tirer de ces filles. L'allusion au cri avait été une erreur : à présent, elles serraient les rangs. Et peut-être que leur parler en présence de Camilla et de Nilsson avait été une erreur également.

— Ne vous en faites pas, je vais aller parler à… Eva, c'est ça ? Et à Ulla. Merci de m'avoir accordé une minute. Mais si vous entendez quelque chose, quoi que ce soit, je suis à la cabine n° 9. Linnæus. N'hésitez surtout pas à venir me trouver, à n'importe quelle heure.

— Nous n'avons rien entendu, a tranché Hanni d'une voix ferme. Mais bien sûr, nous vous tiendrons au courant si ça change. Passez une excellente journée, mademoiselle Blacklock.

— Merci.

Tandis que je faisais demi-tour, le bateau a tangué un grand coup, et les filles ont poussé de petits glapissements joyeux en rattrapant leurs cafés. J'ai trébuché, et je serais tombée si Nilsson ne m'avait pas retenue.

— Ça va, mademoiselle Blacklock ?

J'ai hoché la tête, mais en fait sa main m'avait fait mal au bras. Le choc avait réveillé une douleur aiguë dans mon crâne, et j'ai regretté de n'avoir pas pris une aspirine avant de sortir.

— J'aime bien le fait que l'*Aurora* soit un bateau de taille modeste, pas un de ces monstres qu'on voit dans les Caraïbes, mais ça signifie qu'on ressent nettement plus la houle que sur un plus gros vaisseau. Vous êtes sûre que ça va ?

— Très bien, oui, ai-je répondu, laconique, en me frottant le bras. Allons voir Eva.

— D'abord, faisons un détour par la cuisine. De là, nous pourrons nous rendre au spa puis nous terminerons par la salle du petit déjeuner.

Il avait à la main la liste du personnel sur laquelle il rayait des noms.

— En principe, on aura vu tout le monde, à part peut-être deux membres de l'équipage et quelques hôtes de cabine que nous irons trouver pour finir.

— Très bien.

En vérité, je voulais sortir – sortir de cet espace confiné et de ces couloirs mal aérés, échapper à l'éclairage glauque et à ce sentiment d'être piégée sous la surface de l'eau. J'ai eu un flash affreux : le bateau heurtant un obstacle, l'eau qui jaillissait des bouches béantes, à l'affût des dernières poches d'air.

Mais je ne pouvais pas renoncer maintenant. Car cela reviendrait à admettre ma défaite, à reconnaître que Nilsson avait raison. L'odeur de cuisine devenait de plus en plus forte. Un parfum de bacon et de graisse chaude, et l'acidité caractéristique des croissants au beurre en train de cuire, mais aussi des effluves de poisson bouilli, de sauce aux oignons et de sucre. Ce mélange m'a fait saliver, mais ce n'était pas agréable. Une fois de plus j'ai serré les dents et je me suis accrochée à la rampe, tandis que le bateau abordait une nouvelle vague, me retournant l'estomac au passage.

J'étais sur le point de demander à Nilsson de faire demi-tour lorsqu'il a poussé une porte en acier avec deux petits hublots. Des têtes coiffées de blanc se sont tournées vers nous. Leurs visages ont trahi une surprise polie lorsqu'ils m'ont vue debout derrière Nilsson.

— *Hej, alla !* a dit Nilsson, puis il a ajouté quelque chose en suédois.

Il s'est tourné vers moi.

— Je suis désolé, le personnel du pont parle l'anglais, mais pas tous les cuisiniers. J'expliquais juste la raison de notre présence.

Il y a eu des sourires et des hochements de tête, et l'un des chefs s'est approché, la main tendue.

— Bonjour, mademoiselle Blacklock, a-t-il dit dans un anglais excellent. Je m'appelle Otto Jansson. Tous les membres de mon équipe se feront un plaisir de vous aider, même s'ils ne parlent pas tous très bien anglais. Je peux servir d'interprète. Que voulez-vous savoir ?

Mais je ne pouvais pas parler. J'ai avalé ma salive, le regard happé par sa main tendue dans le gant en latex blanchâtre, tandis que le sang sifflait dans mes oreilles.

J'ai relevé la tête et croisé ses yeux bleus amicaux, puis j'ai fixé de nouveau le gant, les poils noirs qui transparaissaient sous le caoutchouc, et je me suis dit : *Je ne dois pas crier.*

Jansson a regardé sa main à son tour, puis il a ri et retiré le gant de l'autre main.

— Oh pardon, j'avais oublié que je portais ça. C'est obligatoire, dans la restauration, vous savez ?

Il a jeté le gant pâle et flasque dans la poubelle puis a serré fermement ma main molle. Ses doigts étaient chauds, avec un résidu de latex.

— Je cherche une fille, ai-je annoncé, consciente de ma brusquerie, mais trop ébranlée pour faire un effort de politesse. Brune, mon âge ou un peu moins. Jolie, avec le teint pâle. Elle n'a pas d'accent… elle est soit anglaise soit parfaitement bilingue.

— Je suis désolé, a dit Jansson d'une voix contrite et qui paraissait sincère. Je pense que personne de mon équipe ne correspond à cette description, mais je vous invite à regarder par vous-même si vous trouvez la fille que vous cherchez. Je n'ai que deux femmes parmi mes employés, et ni l'une ni l'autre ne parlent très bien anglais. Jameela est par là, à côté du passe-plat, et Ingrid s'occupe des salades, derrière le gril.

J'ai tendu le cou pour voir les deux femmes, et j'ai constaté qu'il avait raison. Aucune des deux ne ressemblait même de loin à la fille que j'avais vue. Bien qu'elle ait la tête penchée et qu'elle me tourne à moitié le dos, j'étais certaine que Jameela était la femme asiatique que j'avais aperçue dans la cabine. Elle devait être pakistanaise ou bangladaise et elle était minuscule, sans doute à peine un mètre cinquante. Ingrid, quant à elle, était scandinave et pesait au moins quatre-vingt-dix kilos, en outre elle faisait bien trente centimètres de plus que moi. Tandis que je l'observais, elle a posé ses mains sur ses hanches, me faisant face, presque agressive, même si je me rendais compte qu'il était injuste de voir ça comme ça – c'était sa stature qui lui donnait un côté menaçant.

— Ça ne fait rien, ai-je dit. Désolée pour le dérangement.

— *Tack*, Otto, a fait Nilsson, puis il a ajouté une blague en suédois qui a fait rire Otto.

Le chef a donné une petite tape dans le dos de Nilsson et lui a glissé quelque chose qui l'a fait s'esclaffer à son tour, d'un rire profond qui venait du ventre. Nilsson a fait un signe de la main au reste de l'équipe.

— *Hej då !* a-t-il lancé, puis il m'a guidée dans le couloir.

— Je suis désolé, a-t-il dit par-dessus son épaule. La langue officielle du bateau est l'anglais et nous avons pour règlement de ne pas parler d'autres langues devant nos invités anglophones, mais j'ai jugé qu'étant donné les circonstances…

Il a laissé sa phrase en suspens et j'ai acquiescé.

— Ça ne fait rien. Autant que tout le monde soit à l'aise et comprenne bien ce qu'on lui demande.

Nous étions en train de passer de nouveau devant les cabines de l'équipage, et j'ai jeté un œil dans celles qui étaient ouvertes, toujours choquée par leur aspect terne et exigu. Je ne pouvais pas imaginer passer des semaines, voire des mois, dans ces espaces sans fenêtres. Peut-être Nilsson a-t-il compris mon silence dans son dos, car il a repris la parole.

— Elles sont un peu petites, pas vrai ? Mais à part l'équipage de navigation, il n'y a qu'une douzaine d'employés sur le bateau, donc nous n'avons pas besoin de beaucoup d'espace. Et, croyez-moi, elles sont plus confortables que celles qu'on trouve souvent sur les bâtiments de la concurrence.

Je n'ai pas dit ce que je pensais, que ce n'était pas l'espace en lui-même qui était choquant, mais le contraste avec les pièces aérées et lumineuses du pont central. En vérité, les chambres n'étaient pas pires que celles de nombreux ferries naviguant sur la Manche que j'avais pris par le passé ; elles étaient même plus spacieuses que certaines. Mais ce qui était perturbant, c'était le gouffre séparant les nantis des autres, cette illustration à peine modernisée de la dialectique du maître et de l'esclave.

— Tout le monde partage sa cabine ? ai-je demandé, tandis que nous dépassions un réduit plongé dans l'ombre où quelqu'un était en train de s'habiller, la porte entrouverte, tandis que son ou sa camarade de chambrée ronflait.

Nilsson a fait non de la tête.

— Seulement les employés non qualifiés. Les femmes de ménage, les nouvelles recrues, etc. Mais les autres ont leur propre chambre.

Nous avons gravi l'escalier qui menait au pont supérieur puis Nilsson a pénétré dans la partie du bateau réservée aux invités.

— Je suis désolé que ça n'ait pas donné grand-chose. J'avais espéré qu'une des filles serait la femme que vous avez vue, et que ça pourrait vous tranquilliser.

— Écoutez…

Je me suis frotté le visage, sentant au passage le bourrelet dur de ma cicatrice et le mal au crâne lancinant qui me gagnait.

— Je ne sais pas trop si…

— Ne baissons pas les bras, allons parler à Eva, a dit Nilsson d'une voix ferme.

Le bateau semblait peiner, avançant laborieusement d'une grosse vague à une autre. J'ai ravalé un renvoi de bile. Une sueur froide suintait le long de ma colonne vertébrale, sous ma chemise. Pendant un instant, j'ai presque envisagé de battre en retraite dans ma cabine. Ce n'était pas seulement ma tête. Je devais finir de lire le dossier de presse et commencer à rédiger l'article que Rowan attendait. Ben, Tina, Alexander et tous les autres étaient sans doute déjà en train de prendre des notes et de trier les photos de presse, j'en étais douloureusement consciente.

Mais je me suis reprise. Si je voulais que Nilsson me prenne au sérieux, il fallait en terminer avec cette tournée. Et même si monter les échelons à *Velocity* était mon souhait le plus cher, il y avait des choses plus importantes dans la vie.

Nous avons trouvé Eva à l'accueil du spa. C'était une salle magnifique, à l'atmosphère très paisible, presque entièrement vitrée, avec de longs rideaux qui se sont gonflés d'air lorsque nous avons ouvert la porte. Les baies donnaient sur le pont, et la pièce semblait d'une clarté éblouissante après le sinistre labyrinthe des cabines inférieures.

Une femme brune d'une quarantaine d'années au physique saisissant, avec de grosses créoles en or, a levé les yeux vers nous.

— Johann ! a-t-elle lancé d'une voix plaisante. Que puis-je faire pour toi ? Et vous devez être…

— Lo Blacklock.

J'ai tendu la main. Je me sentais mieux à présent que nous étions remontés, et ma nausée se dissipait dans la brise marine.

— Bonjour, mademoiselle Blacklock, a-t-elle dit en souriant.

Sa poignée de main était ferme, ses doigts décharnés mais puissants. Son anglais était incroyablement bon – presque aussi bon que celui de la fille dans la cabine –, mais ce n'était pas elle. Elle était beaucoup trop vieille, et sa peau soigneusement hydratée s'était un peu fanée au soleil.

— Que puis-je faire pour vous ?

— Je suis désolée. Je cherchais quelqu'un, et les filles en bas ont suggéré que ça pourrait être vous, mais ce n'est pas le cas.

— Mlle Blacklock a vu une femme hier soir, est intervenu Nilsson. Dans la cabine à côté de la sienne. Une fille de moins de trente ans, avec de longs cheveux bruns et le teint pâle. Mlle Blacklock a entendu des bruits qui l'ont inquiétée, et nous essayons de déterminer s'il s'agissait d'une des employées du bateau.

— Ce n'était pas moi, je le crains, a dit Eva avec douceur.

Aucune trace dans sa voix de cet instinct de protection un peu tribal qu'avaient manifesté les autres filles. Elle a poussé un petit rire.

— Pour être honnête, ça fait longtemps que j'ai dépassé la trentaine. Vous avez interrogé les hôtesses ?

Hanni et Birgitta sont toutes les deux brunes, et elles ont à peu près cet âge-là. Ulla aussi.

— Oui, on leur a parlé, a répliqué Nilsson. Et on s'apprêtait à aller voir Ulla.

— Je ne veux pas lui créer des ennuis, ai-je annoncé. À cette femme, je veux dire. Je m'inquiète pour elle. Si vous voyez qui ça pourrait bien être…

— Je suis désolée de ne pas pouvoir vous venir en aide.

Elle m'a répondu directement, et elle avait l'air plus sincère que tous ceux à qui je m'étais adressée jusque-là. Elle a froncé ses beaux sourcils épilés à la perfection.

— Vraiment désolée. Si j'entends parler de quoi que ce soit…

— Merci.

— Merci, Eva, a répété Nilsson.

— De rien, a dit Eva.

Elle nous a raccompagnés à la porte.

— Ce sera un plaisir de vous voir tout à l'heure, mademoiselle Blacklock.

— Tout à l'heure ?

— À 11 heures. C'est l'expérience du spa pour les dames, dans votre programme ?

— Merci. À tout à l'heure, dans ce cas.

En tournant les talons, j'ai eu une pensée coupable pour les pages non lues du dossier de presse et je me suis demandé ce que j'avais bien pu rater d'autre.

Nous avons pris la sortie qui donnait sur le pont ; un grand coup de vent a rabattu la porte, qui m'a échappé des mains et a rebondi violemment contre un butoir en caoutchouc placé là à cet effet. Nilsson l'a refermée, et je me suis avancée vers le bastingage, frissonnante.

— Vous avez froid ? m'a crié Nilsson par-dessus le grondement du vent et le bruit des moteurs.

J'ai secoué la tête.

— Non, enfin, je veux dire, si, un peu, mais j'ai besoin d'air frais.

— Vous avez toujours la nausée ?

— Ici, ça va. Mais j'ai mal à la tête.

Accrochée à l'acier froid du garde-corps, surplombant les terrasses des cabines situées à la poupe, je me suis penchée sur l'eau, et j'ai plongé les yeux dans la mer immense qui s'étendait de tous côtés, d'une profondeur et d'un froid inimaginables. J'ai pensé aux mètres de ténèbres tourbillonnantes en dessous de nous, à l'obscurité et au silence. *Quelque chose – quelqu'un – pourrait tomber pendant des jours dans ces profondeurs noires, avant de s'échouer enfin sur les hauts-fonds sans lumière.*

J'ai songé à la fille de la nuit précédente. Combien il aurait été facile pour quelqu'un – Nilsson, Eva, n'importe qui… – de se glisser derrière moi, de me pousser légèrement…

J'ai frémi.

Que s'était-il donc passé ? Je ne pouvais pas avoir imaginé une chose pareille. Le cri et le *plouf*, peut-être. Mais pas le sang. Ça, je n'aurais pas pu l'imaginer.

J'ai pris une bonne bouffée de l'air pur de la mer du Nord, je me suis retournée et j'ai souri à Nilsson d'un air déterminé, secouant la tête pour dégager les mèches que le vent avait rabattues sur mon visage.

— Alors, quelle est notre position ?

— Nous sommes dans les eaux internationales. En route pour Trondheim, je pense.

— Trondheim ?

J'ai essayé de reconstituer mentalement le speech de la veille au soir.

— Je croyais que Lord Bullmer avait dit qu'on allait d'abord à Bergen.

— Un changement de programme, sans doute. Je sais que Lord Bullmer tient beaucoup à vous faire admirer une aurore boréale. Si les conditions sont particulièrement bonnes ce soir, il aura peut-être voulu se dépêcher de filer vers le nord. Ça peut aussi être une suggestion du capitaine, pour des raisons climatiques. Nous n'avons pas d'itinéraire fixe. Nous pouvons tout à fait nous plier aux caprices de nos passagers. Peut-être tout simplement quelqu'un a-t-il exprimé un désir pressant de voir Trondheim hier soir au dîner.

— Il y a quoi, à Trondheim ?

— À Trondheim même ? Eh bien, il y a une cathédrale célèbre. Et la vieille ville est très pittoresque. Mais ce sont surtout les fjords qui valent le coup. Ça, et le fait, bien sûr, que la ville est beaucoup plus au nord que Bergen, ce qui augmente les chances de voir une *aurora*. Mais il est possible également que nous devions monter encore plus au nord, jusqu'à Bodø ou même Tromsø. À cette période de l'année, il y a encore une part d'incertitude.

— Je vois.

Sans raison apparente, ses mots m'ont désarçonnée. C'est une chose de savoir qu'on participe à un voyage organisé. C'en est une autre de se rendre compte qu'on n'a pas son mot à dire sur sa trajectoire.

— Mademoiselle Blacklock…

Je l'ai coupé :

— Appelez-moi Lo. Je vous en prie.

— Lo, donc.

Le visage large et bonhomme de Nilsson semblait peiné.

— Je ne veux pas que vous pensiez que je ne vous crois pas, Lo, mais à tête reposée…

J'ai fini sa phrase :

— Est-ce que je suis toujours sûre de moi ?

Il a hoché la tête. J'ai poussé un soupir triste, repensant à mes doutes de la nuit précédente. La question muette de Nilsson faisait écho à la petite voix désagréable, inquisitrice qui sifflait à mes oreilles.

— La vérité, c'est que je n'en sais rien. Il était tard et, vous avez raison, j'avais bu. J'aurais pu me tromper pour ce qui est du cri et du *plouf*. Quant au sang… je suppose qu'il est *possible* que ce soit une illusion d'optique, même si je suis à peu près sûre de ce que j'ai vu. Mais la femme dans la cabine, je n'aurais absolument pas pu l'imaginer. C'est juste impossible. Je l'ai *vue*. Je lui ai *parlé*. Si elle n'est pas à bord, franchement, où est-elle ?

Il y a eu un long silence.

— Eh bien, nous n'avons pas encore parlé à Ulla, a-t-il dit enfin. D'après votre description, je doute un peu que ce soit elle, mais nous devons au moins exclure cette éventualité.

Il a sorti sa radio et s'est mis à pianoter sur les touches.

— Je ne sais pas pour vous, mais un café ne me ferait pas de mal, alors je peux peut-être lui demander de nous retrouver dans la salle du petit déjeuner.

Nous nous trouvions dans la pièce où nous avions dîné la veille, mais les deux grandes tables avaient été divisées en une demi-douzaine. Il n'y avait personne à l'exception d'un jeune serveur aux cheveux d'un blond presque blanc avec la raie sur le côté. Il s'est avancé pour m'accueillir avec un sourire :

— Mademoiselle Blacklock ? Vous êtes prête pour le petit déjeuner ?

— Oui, s'il vous plaît, j'ai répondu distraitement, parcourant les lieux du regard. Où puis-je m'asseoir ?

— Où vous voulez.

Il a désigné d'un geste les tables vides.

— La plupart des autres passagers ont choisi de prendre leur petit déjeuner dans leur cabine. Peut-être à côté de la fenêtre ? Je peux vous apporter du thé, du café ?

— Du café, s'il vous plaît. Avec du lait, sans sucre.

— Et une tasse pour moi, s'il te plaît, Bjorn, a dit Nilsson. (Puis, regardant derrière le jeune homme :) Ah, bonjour Ulla.

Je me suis retournée et j'ai vu une fille d'une beauté à couper le souffle, avec un lourd chignon noir, qui traversait la pièce pour s'approcher de notre table.

— Bonjour, Johann.

Son accent a fini de faire pencher la balance, mais j'étais certaine, même avant qu'elle ouvre la bouche, que ce n'était pas la fille de la cabine n° 10. Elle était d'une beauté exceptionnelle, avec une peau aussi blanche et lumineuse que de la porcelaine, qui créait un contraste saisissant avec ses cheveux noirs. La passagère inconnue était elle aussi très belle, mais elle ne possédait pas ce charme délicat, classique, d'un tableau de la Renaissance. En outre, Ulla devait mesurer pas loin d'un mètre quatre-vingts ; or celle que je cherchais faisait à peu près ma taille, nettement plus modeste. Nilsson m'a jeté un regard interrogateur, mais j'ai secoué la tête.

Bjorn est revenu avec deux tasses sur un plateau et un menu pour moi. Nilsson s'est éclairci la gorge.

— Tu prendras une tasse de café avec nous, Ulla ?

— Merci, a-t-elle fait, en secouant la tête de telle sorte que son lourd chignon s'est balancé sur sa nuque. J'ai déjà pris mon petit déjeuner, mais je vais m'asseoir un peu avec vous.

Elle s'est glissée sur une chaise de l'autre côté de la table et nous a regardés tous deux avec un sourire interrogateur. Nilsson a toussé de nouveau.

— Mademoiselle Blacklock, je vous présente Ulla. C'est l'hôtesse des cabines de l'avant du bateau, donc des Bullmer, des Jenssen, de Cole Lederer et d'Owen White. Ulla, Mlle Blacklock cherche une jeune fille qu'elle a aperçue hier et dont elle aimerait beaucoup retrouver la trace. Elle ne figure pas sur la liste des passagers, donc nous nous sommes dit qu'elle devait faire partie de l'équipage, mais jusqu'ici, tous nos efforts ont été vains. Mademoiselle Blacklock, vous voulez bien décrire la fille que vous avez vue ?

J'ai répété pour la centième fois ma brève description.

— Ça vous rappelle quelqu'un ?

Je me rendais compte que ma voix commençait à prendre des tonalités implorantes.

— *N'importe qui* qui corresponde à cette description ?

— Eh bien, je suis brune, comme vous le voyez, a dit Ulla en riant. Mais ce n'était pas moi, alors à part ça je ne sais pas trop. Il y a Hanni, elle est brune aussi, et Birgitta…

Je l'ai coupée :

— Je les ai rencontrées. Ce n'est pas elles. Quelqu'un d'autre ? Les femmes de ménage ? L'équipage ?

— N-non…, a répondu Ulla lentement. Dans le personnel, il y a aussi Eva, mais elle est trop âgée. Vous êtes allée voir en cuisine ?

— Laissez tomber.

Je commençais à désespérer. À force, on aurait dit un cauchemar récurrent : tous ces entretiens, une personne après l'autre, tandis que le souvenir de la fille brune se mettait à se dissoudre dans un mirage, glissant entre mes doigts comme de l'eau. Plus je voyais de visages, correspondant chacun un peu à l'image que j'en avais gardé, plus il était difficile de conserver celle-ci dans ma mémoire.

Et pourtant, elle avait quelque chose de singulier, cette fille, un je-ne-sais-quoi que j'étais certaine de reconnaître si je la revoyais. Pas ses traits, elle était jolie, mais d'une façon assez banale. Pas ses cheveux, ni le tee-shirt Pink Floyd. Non, c'était quelque chose qui tenait à *elle*, à la pétulance et à la vivacité de son expression lorsqu'elle avait jeté un regard furtif dans le couloir, et à sa surprise en me voyant.

Était-il vraiment possible qu'elle soit morte ?

Mais l'autre possibilité n'était pas tellement plus réjouissante. Car si elle ne l'était pas, la seule autre hypothèse – et tout d'un coup, je n'ai plus su si c'était mieux ou pire –, c'était que j'étais en train de devenir folle.

13

Lorsque mon petit déjeuner est arrivé, Ulla et Nilsson ont tous deux pris congé, et j'ai mangé en regardant par la fenêtre. Ici, avec la vue sur la mer et le pont, je me sentais un peu mieux. J'ai réussi à avaler une quantité respectable de nourriture. J'ai senti l'énergie revenir peu à peu dans mes membres et ma nausée se calmer enfin. J'ai compris que si je m'étais sentie tellement mal toute la matinée, c'était au moins en partie à cause de l'hypoglycémie. Quand j'ai l'estomac vide, je suis toujours un peu en vrac.

Mais si le repas et la vue sur les flots ont amélioré mon état physique, je ne pouvais toujours pas m'empêcher de repasser dans ma tête les événements de la nuit précédente, de revoir la conversation avec la fille, l'étonnement sur son visage, la pointe d'agacement avec laquelle elle avait fourré le mascara dans ma main. Il s'était passé quelque chose, j'en étais sûre. J'avais pris le film en plein milieu, et je me creusais la cervelle pour comprendre qui était qui. J'avais interrompu la passagère alors qu'elle était en train de *faire* quelque chose. Mais quoi ?

Dans tous les cas, ça avait sans doute un lien avec sa disparition. Et quoi qu'en pense Nilsson, je refusais de croire qu'elle nettoyait la suite. Personne ne fait les chambres vêtue d'un tee-shirt Pink Floyd qui descend jusqu'aux cuisses. Et d'ailleurs elle n'avait pas *l'air* d'une femme de ménage. On n'a pas des cheveux et des ongles comme les siens avec un salaire de femme de ménage. L'éclat de son épaisse crinière brune trahissait des années de soins hydratants et de balayages coûteux. De l'espionnage industriel ? Une passagère clandestine ? Une liaison secrète ? Je me suis rappelé la lueur froide qui était passée dans l'œil de Cole lorsqu'il avait parlé de son ex-femme, et les paroles rassurantes mais creuses de Camilla Lidman. J'ai pensé à la masse puissante de Nilsson, à la façon dont Alexander s'était attardé lourdement sur le sujet du poison la veille au dîner. Or chaque possibilité semblait moins crédible que la précédente.

C'était son visage qui me troublait. Plus je m'efforçais de m'en souvenir, plus il devenait flou. Les autres détails – sa taille, la couleur de ses cheveux, l'état de ses ongles –, je me les représentais sans difficulté. Mais ses traits… Un nez bien dessiné, ses sourcils fins et bruns, soigneusement épilés… C'était à peu près tout. Je pouvais dire ce qu'elle n'était *pas* : grassouillette, vieille, couverte d'acné. Dire ce qu'elle *était* se révélait beaucoup plus difficile. Son nez était… normal. Sa bouche, normale. Pas *large*, *en forme de cœur*, pas *boudeuse*, pas *pulpeuse*. Juste normale. Je n'arrivais pas à mettre le doigt sur un signe distinctif.

Cette fille, ça aurait pu être moi.

Je savais ce que voulait Nilsson. Il voulait que j'oublie ce que j'avais entendu, le cri, le coulissement furtif de la porte vitrée, et cet affreux *plouf*.

Il voulait que je me mette à douter de ma propre version des faits. Il ne faisait semblant de me prendre au sérieux que pour me pousser à me discréditer. Il me laissait poser toutes mes questions – au point de me convaincre de ma propre faillibilité.

Et, d'un certain côté, je ne pouvais pas lui en vouloir. C'était le voyage inaugural de l'*Aurora* : le bateau était plein de journalistes, de photographes et de gens influents. On ne pouvait guère imaginer pire moment pour un incident pareil. Je voyais déjà les gros titres : « MORTELLE CROISIÈRE : UNE PASSAGÈRE SE NOIE PENDANT UN VOYAGE DE PRESSE SUR UN BATEAU DE LUXE ». En tant que chef de la sécurité, Nilsson serait le premier à en subir les conséquences. À tout le moins, si une catastrophe se produisait sous sa responsabilité, pendant la toute première croisière qu'il supervisait, il perdrait son boulot.

Mais, pire encore, le genre de publicité que risquerait d'engendrer une mort inexpliquée pourrait suffire à faire couler toute l'entreprise. Un truc pareil pourrait bien saborder l'*Aurora* avant même son lancement, et si cela se produisait, tout le monde à bord perdrait son emploi, du capitaine à Iwona, la femme de ménage.

J'en étais consciente.

Mais j'avais entendu *quelque chose*. Un bruit qui m'avait réveillée en sursaut avec la conviction que quelque part, tout près, une autre femme se trouvait en grand danger. Je *savais* ce que c'était d'être cette fille – de prendre conscience, en un instant, que vous n'aviez aucune prise sur votre vie, que les murs qui assuraient votre sécurité étaient fragiles.

Et, quoi que puisse dire Nilsson, s'il ne lui était rien arrivé, elle était où, cette fille ? Le cri, le sang – tout cela, j'aurais pu l'imaginer. Mais elle – je ne l'avais pas inventée, j'en avais la certitude. Or elle ne pouvait pas s'être évaporée sans une aide extérieure.

Je me suis frotté les yeux et, en sentant sous mes doigts les résidus granuleux de mon maquillage de la veille, j'ai repensé à la seule chose qui prouvait qu'elle n'était pas le pur produit de mon imagination : le mascara Maybelline.

Des idées un peu fantasques m'ont traversé l'esprit, l'une après l'autre. J'allais le rapporter en Angleterre dans un sachet en plastique et faire relever les empreintes digitales. Non, mieux encore, je commanderais un test ADN. Il y a de l'ADN, sur une brosse de mascara, non ? Dans *Les Experts : Miami*, ils n'auraient pas hésité à monter tout un dossier d'accusation sur un cil égaré. On devait bien pouvoir faire *quelque chose.*

Je me suis vue au poste de police de Crouch End avec un tube de mascara dans un sachet, exigeant des analyses médico-légales poussées auprès d'un policier qui aurait du mal à contenir un sourire amusé. *Quelqu'un* allait me croire. Il le fallait. Et si l'on ne me croyait pas, je… je paierais moi-même les tests.

J'ai sorti mon téléphone dans l'intention de chercher sur Google « prix d'une analyse d'ADN à titre privé », mais avant même d'avoir déverrouillé l'écran, j'ai réalisé à quel point c'était dingue. Je n'allais pas obtenir une expertise digne de la police auprès d'une entreprise internet spécialisée dans l'adultère. Et que pourraient m'apprendre les résultats, de toute façon, si je n'avais pas une base de données à laquelle les comparer ?

Du coup, j'ai simplement consulté ma boîte mail. Rien venant de Judah. En fait, pas de nouveau message du tout. Il n'y avait pas de réseau, mais j'étais en toute logique connectée au wifi du bateau, et j'ai tenté de rafraîchir la page. Rien ne s'est produit. La petite icône de mise à jour a mouliné un certain temps puis les mots « La connexion a échoué » se sont affichés.

Avec un soupir, j'ai rangé le portable dans ma poche et j'ai examiné les myrtilles posées sur mon assiette. Les pancakes étaient délicieux, mais je n'avais plus d'appétit. Cela semblait impossible, surréaliste : j'avais assisté à un meurtre – ou plutôt j'avais entendu un meurtre – et pourtant j'étais là, en train d'essayer de me forcer à avaler des pancakes et du café.

L'assassin savait-il qu'il avait été entendu, que son méfait avait été dénoncé ? Avec le boucan que j'avais fait, et les questions que j'avais posées dans tout le bateau, s'il ne s'en était pas aperçu la nuit précédente, il le savait désormais.

Une vague a giflé le flanc du bateau ; j'ai repoussé mon assiette et je me suis levée.

— Vous désirez autre chose, mademoiselle Blacklock ? a demandé Bjorn, et j'ai sursauté.

Il avait surgi comme par magie d'une porte encastrée dans les lambris au fond de la salle. Elle était presque impossible à repérer si l'on ne connaissait pas son existence. M'avait-il observée ? Y avait-il une sorte de *judas* ?

J'ai fait de mon mieux pour sourire en titubant sur le sol qui tanguait légèrement :

— Non, merci, Bjorn. Merci de votre aide.

— Passez une excellente matinée. Vous avez des projets ? Si vous n'y êtes pas encore allée, la vue depuis le jacuzzi sur le pont supérieur est sublime.

Je me suis soudain imaginée, seule, dans le jacuzzi. Une main gantée de latex me poussait la tête sous l'eau…

— Je suis censée aller au spa, je crois. Mais je vais peut-être aller m'allonger un peu dans ma cabine, d'abord. Je suis très fatiguée. Je n'ai pas bien dormi, cette nuit.

— Bien sûr.

Il a prononcé : « bien zur ».

— Je comprends tout à fait. Un peu d'air et air vous fera du bien, peut-être !

— Air et air ?

— Ce n'est pas l'expression ? Air et air, repos et relaxation ?

— Oh ! (J'ai rougi.) Repos et relaxation. Oui, bien sûr. Désolée… Comme je vous l'ai dit, je suis exténuée…

Je me rapprochais doucement de la porte, et j'ai eu soudain la chair de poule à l'idée des yeux invisibles qui étaient susceptibles d'observer notre échange. Au moins, dans ma cabine, je serais certaine d'être seule.

— Reposez-vous bien !

— J'y compte, merci.

J'ai fait demi-tour pour m'en aller – et je suis tombée nez à nez avec Ben Howard, l'œil vitreux.

— Blacklock !

— Howard.

— Hier soir…, a-t-il commencé, mal à l'aise.

J'ai secoué la tête. Il n'était pas question de discuter de ça devant le très suave Bjorn, qui souriait à l'autre bout de la salle. Je l'ai coupé :

— N'en parlons plus. Nous avions tous les deux trop bu. Tu te réveilles juste ?

— Oui.

Il a réprimé un énorme bâillement.

— Après avoir quitté ta cabine, je suis tombé sur Archer, et on s'est retrouvés à jouer au poker avec Lars et Richard Bullmer jusqu'à pas d'heure.

— Ah.

Je me suis mordu la lèvre.

— À quelle heure tu es allé te coucher ?

— Dieu seul le sait. Quatre heures et quelques, je crois.

— C'est juste que…

Je me suis interrompue. Nilsson ne me croyait pas. J'en arrivais à un point où c'était à peine si je me croyais moi-même. Mais Ben… il me croirait, non ?

J'ai repensé au temps où nous étions ensemble, à la façon dont notre histoire s'était terminée… Tout d'un coup, je n'en ai plus été si sûre.

— Laisse tomber. Je t'expliquerai plus tard. Va prendre ton petit déjeuner.

— Tout va bien ? Tu as une mine épouvantable.

— Super. Merci.

— Non, je veux juste dire que… on dirait que tu n'as pratiquement pas fermé l'œil de la nuit.

— C'est le cas.

J'essayais de contenir mon agressivité, mais l'anxiété et la fatigue me rendaient plus brusque que je n'en avais l'intention. Puis, comme le bateau essuyait une autre vague, j'ai ajouté :

— Je trouve que la mer est un peu forte.

— Ah bon ? J'ai de la chance, je n'ai jamais le mal de mer.

Il y avait un insupportable soupçon d'ironie dans sa voix, et j'ai résisté à la tentation de faire une remarque blessante.

— Ça ne fait rien, nous serons à Trondheim tôt demain matin.

— Demain ?

Ma voix a dû trahir ma consternation, car il m'a fixée d'un regard inquisiteur.

— Oui. Pourquoi ? Qu'est-ce que ça peut faire ?

— Je pensais… j'imaginais, qu'aujourd'hui…

J'ai laissé ma phrase en suspens.

Il a haussé les épaules.

— C'est loin, tu sais.

— Bon, tant pis.

Il fallait que je regagne ma chambre, et que je réfléchisse à tout ça – que j'essaie de déterminer ce que j'avais vu et ce que je n'avais pas vu.

— Je vais retourner à ma cabine pour m'allonger un peu.

— OK. À plus tard, Blacklock.

Ben parlait avec gaieté, mais ses yeux, lorsqu'il m'a regardée m'éloigner, étaient emplis d'inquiétude.

Je croyais que je me dirigeais vers l'escalier qui menait au pont central, mais j'ai dû tourner au mauvais endroit, car j'ai atterri dans la bibliothèque, modèle réduit des bibliothèques lambrissées des maisons de campagne, qui comprenait même les lampes de lecture à abat-jour vert.

J'ai poussé un soupir, et j'ai essayé de comprendre où je m'étais trompée et si je pouvais éviter de revenir sur mes pas et d'affronter Ben à nouveau. Il semblait impossible de se perdre sur un si petit bateau, mais il y avait quelque chose de très déconcertant dans la manière dont les pièces s'emboîtaient, comme un casse-tête en bois conçu pour éliminer le moindre espace vide. Circuler dans ce labyrinthe était d'autant plus compliqué que le roulis affectait mon sens de l'orientation.

Par-dessus le marché, nous n'étions pas sur un ferry, et il n'y avait ni plans, ni signalisation de base – sans doute pour favoriser l'impression qu'il s'agissait d'une demeure privée que l'on partageait, comme par hasard, avec un tas de richards.

Il y avait deux issues. Un peu au pif, j'ai ouvert la porte qui donnait sur le pont. Au moins, dehors, je pourrais distinguer l'avant de l'arrière. Quand je suis sortie, le vent m'a giflé le visage et j'ai entendu près de moi une voix rauque, éraillée par le tabac.

— Ma chérie, c'est un miracle que vous soyez debout ! Comment ça va, ce matin ?

J'ai tourné la tête. C'était Tina, qui se tenait debout sous un abri fumeur en verre incurvé, une cigarette à la main.

Elle a pris une longue bouffée.

— Un peu HS ?

Je me suis retenue de faire demi-tour et de partir en courant. J'étais censée agrandir mon réseau. Je ne pouvais pas laisser une gueule de bois, dont j'étais seule responsable, m'en empêcher. J'ai esquissé un sourire que j'espérais convaincant.

— Oui. Je n'aurais pas dû picoler autant.

— Ça, j'ai été assez impressionnée par la quantité que vous avez descendue, a-t-elle dit, légèrement railleuse. Comme disait mon ancien patron quand j'ai commencé à l'*Express*, à l'époque où les déjeuners s'éternisaient *vraiment* : « Si vous tenez mieux l'alcool que la personne que vous interviewez, c'est comme si vous teniez déjà votre premier scoop. »

Je l'ai regardée à travers le nuage de fumée. À en croire les ragots qui circulaient au bureau, elle avait gravi les échelons en écrasant ses rivales et, une fois qu'elle avait percé le plafond de verre, elle avait retiré l'échelle derrière elle. Je me souvenais que Rowan avait dit un jour : « Tina est une de ces femmes qui pensent que le plus petit soupçon d'œstrogènes dans une salle de conférences constitue une menace à leur propre existence. »

Pourtant, je n'arrivais pas tout à fait à faire cadrer ses commentaires avec la femme qui se tenait devant moi. Je connaissais au moins une ex-collègue qui devait sa carrière à Tina et, en la voyant maintenant, avec ses yeux lourdement maquillés et moqueurs, je me suis dit que, pour sa génération, ça ne devait pas être facile d'être une femme journaliste, de se faire une place dans les rangs serrés des réseaux d'influence masculins à la force des ongles. De nos jours, ça restait encore assez dur, alors… Peut-être n'était-ce pas sa faute si Tina n'avait pu faire profiter ses consœurs de sa progression.

— Venez par ici, ma chérie. Je vais vous confier un petit secret.

Elle m'a fait signe d'approcher. Ses bagues tintaient sur ses doigts squelettiques.

— Un petit verre pour remettre la machine en route. Suivi d'une bonne baise, longue et lente.

Il n'y avait qu'une réaction possible qui ne commençait pas par *beeeuuurrk*, et c'était un silence neutre. Tina a émis un petit rire de gorge enroué.

— Je vous ai choquée.

— Pas vraiment. C'est juste que… vous savez… on manque un peu de candidats.

— J'ai trouvé que vous aviez l'air en termes fort amicaux avec Ben Howard, hier soir. Il est sexy, ce petit salaud…, a-t-elle articulé d'une voix traînante.

J'ai réprimé un frisson.

— Il y a des années, nous étions ensemble, avec Ben. Et je n'ai aucune envie de remettre le couvert.

— Bien vu, ma chérie.

Elle m'a donné une petite tape amicale sur le bras, et ses bagues ont cliqueté contre ma peau.

— Comme disent les Afghans, un homme ne se baigne jamais deux fois dans le même lac.

Je ne savais trop quoi répliquer à ça.

— Vous vous appelez comment, déjà ? Louise, c'est ça ?

— Lo. C'est un diminutif de Laura, en fait.

— Enchantée, Lo. Et vous travaillez avec Rowan à *Velocity*. Pas vrai ?

— Oui, c'est ça. Je rédige plusieurs rubriques. (Puis, me surprenant moi-même :) Mais j'espère la remplacer pendant son congé de maternité. C'est en partie pour ça qu'on m'a confié cette croisière, je pense. Ils veulent tâter le terrain. Voir comment je me débrouille.

Cela dit, si c'était effectivement un test, j'étais bien partie pour le louper en beauté. Accuser mes hôtes de dissimuler un décès ne faisait sans doute pas partie des intentions de *Velocity*.

Tina a de nouveau tiré sur sa cigarette, puis elle a craché un brin de tabac et m'a évaluée du regard.

— C'est beaucoup de responsabilités. Mais c'est une bonne chose de vouloir progresser. Et que ferez-vous quand elle reviendra ?

J'ai ouvert la bouche pour répondre, puis me suis arrêtée. Que comptais-je faire, au juste ? Reprendre mon ancien job ? J'étais encore en train de réfléchir lorsqu'elle a repris la parole.

— Passez-moi un coup de fil quand on sera de retour au bureau. Je cherche toujours des pigistes, en particulier des petites nanas futées avec un peu d'ambition.

— J'ai une clause d'exclusivité dans mon contrat, ai-je dit avec une pointe de regret.

J'appréciais le compliment, et je ne voulais pas avoir l'air de dédaigner son offre, mais j'étais à peu près certaine que je n'aurais pas le droit de faire des extras pour elle.

— Comme vous voudrez.

Elle a haussé les épaules. Le nez du bateau a piqué dans le creux d'une vague, et elle a trébuché contre la rambarde métallique.

— Flûte, ma clope s'est éteinte. Vous n'avez pas du feu, par hasard, mon chou ? J'ai laissé le mien dans le lounge.

— Je ne fume pas.

— Zut.

Elle a jeté son mégot par-dessus bord et nous avons regardé le vent l'emporter dans un tourbillon. Il a disparu avant d'atteindre l'eau. J'aurais dû lui donner ma carte ou, au moins, commencer à la cuisiner sur les prochains numéros de *Vernean*, essayer de savoir où elle en était dans son entreprise de léchage de pompes de Lord Bullmer… C'est ce qu'aurait fait Rowan. Ben, quant à lui, aurait sans doute déjà décroché un contrat de pigiste… rien à fiche de la clause d'exclusivité.

Mais, sur le moment – avec Nilsson qui était sans doute en train de décrédibiliser ma version des faits auprès du capitaine –, ma carrière ne semblait pas si importante que ça. Le mieux aurait encore été d'essayer de savoir où Tina se trouvait la nuit précédente. Après tout, Ben jouait au poker avec Lars, Archer et Bullmer, ce qui laissait un nombre relativement restreint d'individus susceptibles de se trouver dans la cabine n° 10. Tina était-elle assez forte pour pousser une femme par-dessus bord ? Je l'ai examinée à la dérobée tandis qu'elle s'efforçait de rejoindre la porte d'un pas hésitant, ses talons étroits dérapant sur le pont en métal peint aspergé de sel. Elle était fine comme un lévrier, mais je pouvais imaginer une force sèche dans ses bras, et, si l'on en croyait Rowan, son absence de scrupules compensait largement le gabarit.

— Et vous, alors ? ai-je dit en lui emboîtant le pas. Vous vous êtes bien amusée, hier soir ?

Elle s'est arrêtée net, la poignée de la lourde porte à la main, les doigts serrés sur le métal, les tendons du dos de sa main saillants comme des câbles d'acier. Elle s'est tournée pour me dévisager.

— Pardon ?

Elle avait le cou penché en avant, comme un vélociraptor, et me fusillait du regard.

— Je…

Je me suis interrompue, surprise par sa réaction.

— Je n'ai pas… Je me demandais juste…

— Eh bien, je vous suggère de vous occuper de vos affaires et de garder vos insinuations pour vous. Vous êtes assez intelligente pour savoir qu'il ne serait pas très avisé de vous faire des ennemies dans la profession.

Puis elle a lâché la porte, qui a claqué derrière elle.

Je suis restée plantée là, médusée, et je l'ai regardée s'éloigner à travers la porte vitrée embuée, sans comprendre ce qui venait de se passer.

J'ai secoué la tête, et je me suis reprise. Il était inutile de chercher à en savoir davantage pour l'instant. Le mieux, c'était de retourner dans ma cabine et de mettre à l'abri la seule preuve matérielle dont je disposais.

J'avais fermé la porte à clé lorsque j'étais sortie rejoindre Nilsson mais, en descendant prudemment les marches pour rejoindre le pont central et en croisant les femmes de ménage qui traînaient leurs aspirateurs et poussaient leurs chariots couverts de serviettes et de draps propres, j'ai songé que j'avais oublié de mettre le panneau « Ne pas déranger ».

La suite avait été nettoyée avec un soin maniaque. Le lavabo avait été récuré, les vitres astiquées et débarrassées de toute trace d'embrun ; même ma robe de soirée déchirée avait disparu comme par magie.

Mais rien de tout cela ne m'intéressait. Je suis allée droit à la salle de bains, jusqu'à la rangée bien alignée de cosmétiques sur la coiffeuse.

Où était-il ?

J'ai poussé le rouge à lèvres et le gloss, le dentifrice, la crème hydratante, le démaquillant, la plaquette de cachets entamée… mais il n'était pas là. Nulle trace du tube rose et vert. Sous le lavabo, alors ? Dans la poubelle ? Rien.

Je suis retournée dans la chambre, j'ai ouvert les tiroirs l'un après l'autre, regardé sous les chaises. Où était-il ? Où était-il donc ?

Je me suis mise à plat ventre pour regarder sous le lit, mais je connaissais déjà la réponse. Le mascara – mon unique lien avec la disparue – s'était volatilisé.

Harrington Echo, samedi 26 septembre

UNE TOURISTE LONDONIENNE
PORTÉE DISPARUE
AU COURS D'UNE CROISIÈRE
SUR UN BATEAU NORVÉGIEN

Les amis et parents de Laura Blacklock, une jeune Londonienne de 32 ans, se disent « de plus en plus inquiets » pour sa sécurité. Mlle Blacklock, qui réside à West Grove, dans le quartier d'Harringay, a été portée disparue par son compagnon, Judah Lewis (35 ans) alors qu'elle effectuait un séjour sur le bateau de croisière de luxe l'*Aurora Borealis*.

M. Lewis, qui ne se trouvait pas à bord avec Mlle Blacklock, a expliqué qu'il avait commencé à s'inquiéter en constatant qu'elle ne répondait pas à ses messages. Plusieurs autres tentatives de la contacter ont échoué également.

Un porte-parole de l'Aurora Borealis, qui est parti de Hull dimanche dernier pour son voyage inaugural, a confirmé que Mlle Blacklock n'avait pas été vue depuis une escale à Trondheim prévue mardi 22 septembre, mais l'équipage a expliqué qu'on avait d'abord supposé que Mlle Blacklock avait décidé d'écourter son périple. Ce n'est que lorsqu'elle n'est pas rentrée au Royaume-Uni vendredi et que son compagnon a lancé l'alerte que les responsables de la croisière ont pris conscience que sa défection n'était pas prévue.

Pamela Crew, la mère de la disparue, a affirmé que ce silence ne ressemblait pas du tout à sa fille, et elle a demandé à quiconque aurait vu Mlle Blacklock, qui se fait également appeler Lo, de se faire connaître.

Quatrième partie

14

J'ai essayé de résister à la panique qui s'emparait de moi.

Quelqu'un était venu dans ma chambre.

Quelqu'un qui *savait.*

Qui savait ce que j'avais vu, ce que j'avais entendu, et ce que j'avais répété.

Le minibar avait été réapprovisionné, et j'ai tout à coup éprouvé le désir viscéral de prendre un verre, mais j'ai réprimé cette impulsion et je me suis mise à faire les cent pas dans la cabine. Elle paraissait si spacieuse la veille, mais à présent les murs semblaient se refermer sur moi.

Quelqu'un était entré. Mais qui ?

Le réflexe de hurler, de m'enfuir, de me cacher sous le lit pour ne jamais ressortir était presque irrésistible, mais il n'y avait pas d'échappatoire, pas avant notre escale à Trondheim.

Cette prise de conscience m'a arrachée à mes pensées, et je me suis immobilisée, les mains sur la coiffeuse, les épaules voûtées ; j'ai examiné mon visage blême, hagard dans la glace. Le manque de sommeil n'était pas seul responsable. L'épuisement avait creusé de profonds cernes sous mes yeux, mais il y avait quelque chose dans mon regard lui-même qui m'a saisie : une expression d'effroi, de bête traquée.

Un grondement plaintif s'est élevé à l'extérieur, et je me suis rappelé avec un sursaut les femmes de ménage. J'ai respiré un grand coup, je me suis redressée et je me suis ébrouée pour écarter mes cheveux de mon visage. Puis j'ai passé une tête dans le couloir, où résonnait encore le bourdonnement de l'aspirateur. Iwona, la Polonaise qu'on m'avait présentée en bas, était en train de faire la chambre de Ben, juste au bout du couloir. La porte était grande ouverte.

— Excusez-moi ! ai-je lancé. (Elle n'a pas entendu, je me suis avancée un peu.) Excusez-moi !

Elle a sursauté et s'est retournée vers moi, la main sur le cœur.

— Pardon ! a-t-elle fait, hors d'haleine, poussant le bouton du bout du pied pour éteindre l'appareil.

Elle était vêtue du même uniforme bleu marine que les autres femmes de ménage, et sa figure aux traits un peu lourds était empourprée par l'effort.

— Je suis eu surprise.

— Je suis désolée, ai-je répliqué d'une voix contrite. Je ne voulais pas vous faire peur. J'ai une question : c'est vous qui avez fait ma chambre ?

— Oui, j'ai faite déjà. Quelque chose est pas propre ?

— Non, c'est très propre. Magnifique, en fait. C'est juste que je me demandais : vous n'auriez pas vu un mascara ?

— Masse… ?

Elle a secoué la tête, visiblement perdue.

— Qu'est-ce que c'est ?

— Du mascara. Pour les yeux… comme ça.

J'ai mimé le geste, et son visage s'est éclairé.

— Ah ! Oui, je sais.

Puis elle a dit quelque chose comme « touche doux rêche ». Je ne savais pas du tout si en polonais ça voulait dire « mascara » ou « je l'ai mis à la poubelle », mais j'ai hoché la tête.

— Oui, oui, dans un tube rose et vert. Comme…

J'ai sorti mon téléphone, dans l'espoir de taper « Maybelline » sur Google, mais le wifi ne fonctionnait toujours pas.

— Oh zut, tant pis. Mais il est rose et vert. Vous l'avez vu ?

— Oui. Je le vu hier soir quand je nettoyer.

— Merde. Mais pas ce matin ?

— Non.

Elle a secoué la tête, l'air troublé.

— N'est pas dans salle de bains ?

— Non.

— Je suis désolée. Je n'ai pas vu. Je peux demander Karla, hôtesse, si possible de… heu… comment on dit… acheter un neuf… ?

Ses mots laborieux et son expression inquiète m'ont fait prendre conscience, tout à coup, de l'effet que devait lui faire la scène : j'avais l'air d'une folle qui accuse à demi-mot une femme de ménage d'avoir volé un mascara usé. J'ai secoué la tête et j'ai posé ma main sur son bras.

— Je suis désolée. Cela n'a pas d'importance. Ne vous en faites pas.

— Mais si, important !

— Non, franchement non. C'est sans doute moi. J'ai dû le laisser dans une poche.

Mais je connaissais la vérité. Le mascara avait disparu.

De retour dans ma cabine, j'ai fermé la porte à double tour et j'ai remis la chaîne, puis j'ai pris le téléphone, j'ai fait le zéro et j'ai demandé à être mise en relation avec Nilsson. Après une interminable musique d'attente, une femme, sans doute Camilla Lidman, a repris la ligne.

— Mademoiselle Blacklock ? Merci d'avoir attendu. Je vous le passe.

Il y a eu un déclic et un crépitement, puis une voix grave.

— Allô ? Ici Johann Nilsson. Je peux vous aider ?

— Le mascara a disparu, ai-je fait, sans préambule.

Il y a eu un silence. J'ai senti qu'il tentait de fouiller sa mémoire bien organisée.

— Le mascara, ai-je répété, impatiente. Celui dont je vous ai parlé hier soir, celui que m'a donné la femme de la cabine n° 10. Qui *prouve* ma version des faits, vous comprenez ?

— Je ne vois…

— Quelqu'un est venu dans ma cabine et l'a pris.

Je m'efforçais de me contenir. J'avais l'impression étrange que si je ne parlais pas calmement et distinctement, je risquais de me mettre à hurler dans le téléphone.

— Pourquoi quelqu'un ferait-il une chose pareille, s'il n'avait rien à cacher ?

De nouveau, il y a eu un long silence.

— Nilsson ?

— Je vais venir vous voir. Vous êtes dans votre cabine ?

— Oui.

— Je serai là dans une dizaine de minutes. Je suis avec le capitaine, nous devons terminer quelque chose, mais je vous rejoins dès que possible.

— Au revoir.

J'ai raccroché avec violence, plus en colère qu'apeurée, mais je ne savais pas si c'était contre moi-même, ou contre Nilsson.

Je me suis remise à faire les cent pas, passant en revue les événements de la nuit précédente, les images, les sons et les terreurs qui m'encombraient la cervelle. Le sentiment que je n'arrivais pas à surmonter, c'était celui d'une violation : quelqu'un était venu dans ma *chambre*. Quelqu'un avait profité du fait que j'étais occupée avec Nilsson pour venir fouiller dans mes affaires et escamoter la seule preuve tangible qui venait accréditer mon témoignage.

Mais qui avait accès à une clé ? Iwona ? Karla ? Josef ?

On a frappé. C'était Nilsson ; il paraissait à la fois belliqueux, bourru et épuisé, un drôle de cocktail. Ses cernes bleuâtres n'étaient pas aussi impressionnants que les miens, mais pas loin.

— Quelqu'un a pris le mascara, ai-je répété.

Il a hoché la tête.

— Je peux entrer ?

Je me suis effacée pour le laisser passer.

— Je peux m'asseoir ?

— Je vous en prie.

Il s'est assis. Le canapé a protesté doucement, et je me suis installée sur la chaise de la coiffeuse, en face de lui. Nous n'avons parlé ni l'un ni l'autre. J'attendais qu'il commence – peut-être faisait-il de même, ou qu'il cherchait ses mots. Il s'est pincé l'arête du nez, un geste délicat et comique qui jurait avec sa stature imposante.

— Mademoiselle Blacklock…

— Lo, ai-je dit fermement.

Il a poussé un soupir et repris :

— Lo, dans ce cas. J'ai parlé au capitaine. Il ne manque personne de l'équipe, nous en sommes maintenant tout à fait certains. Nous avons également questionné tous les membres du personnel, et aucun n'a vu quoi que ce soit de suspect dans cette cabine, ce qui nous amène à la conclusion que…

— Hé.

Je l'ai interrompu avec virulence, comme si l'empêcher de prononcer ces mots devait avoir une quelconque incidence sur la conclusion à laquelle le capitaine et lui étaient arrivés.

— Mademoiselle Blacklock…

— Non. Non, vous n'avez pas le droit de faire ça.

— Pas le droit de faire quoi ?

— De m'appeler « Mlle Blacklock » une minute et de me dire que vous respectez mes inquiétudes, etc. pour me rembarrer la minute d'après comme si j'étais une pauvre hystérique qui n'a pas vu ce qu'elle a vu.

— Je ne…

Une fois de plus, je l'ai coupé, trop furieuse pour écouter.

— Vous ne pouvez pas tout avoir. Soit vous me croyez, soit… Oh, non, attendez !

Je me suis arrêtée en plein élan, stupéfaite de ne pas y avoir pensé auparavant.

— Et la vidéosurveillance ? Vous n'avez pas un système de ce genre ?

— Mademoiselle Blacklock…

— Vous pourriez consulter les enregistrements du couloir. La fille y sera, c'est forcé !

— Mademoiselle Blacklock ! a-t-il repris, plus fort. J'ai parlé à M. Howard.

— Quoi ?

— J'ai parlé à M. Howard, a-t-il fait d'une voix plus lasse. Ben Howard.

— Et ?

Mon cœur s'est mis à battre la chamade.

— Qu'est-ce que Ben peut bien savoir de tout ça ?

— Sa chambre est en face de la cabine vide. Je suis allé lui demander s'il avait entendu quelque chose, s'il pouvait corroborer le bruit de chute que vous dites avoir entendu.

— Il n'était pas là. Il était en train de jouer au poker.

— Je sais, oui. Mais il m'a dit…

Nilsson a laissé sa phrase en suspens.

Oh, Ben, me suis-je dit, et mon estomac s'est noué d'un coup. *Ben, espèce de traître. Qu'as-tu fait ?*

Je savais ce qu'il avait dit. Je le savais rien qu'à voir le visage de Nilsson, mais il n'était pas question de laisser celui-ci s'en tirer à si bon compte.

— Oui ? ai-je relancé entre mes dents serrées.

J'allais le forcer à assumer ses insinuations. Il allait être obligé de mettre les points sur les *i*, et de cracher son venin une syllabe après l'autre.

— Il m'a parlé de l'homme dans votre appartement. Le cambrioleur.

— Ça n'a aucun rapport.

— Ça, heu…

Il a toussé, croisé d'abord les bras, puis les jambes. L'image d'un homme de sa carrure, mal à l'aise sur un canapé, en train d'essayer de disparaître, était tellement incongrue qu'elle en devenait presque drôle. Je n'ai rien dit. Le regarder se tortiller comme un ver était presque jouissif. *Vous le savez*, pensais-je avec méchanceté, *vous le savez, que vous êtes en train de vous comporter comme le dernier des connards.*

— M. Howard m'a dit que vous, heu, que vous dormiez mal depuis le… euh… le cambriolage, est-il parvenu à bredouiller.

Je n'ai rien répliqué. Je suis restée là à le regarder avec froideur, pétrifiée de rage contre lui, mais surtout contre Ben Howard. C'était la dernière fois que je lui faisais une confidence. Est-ce que je n'apprendrais donc jamais ?

— Et puis il y a l'alcool. (Son visage blond, fripé, paraissait déconfit.) L'alcool… euh… ne fait pas bon ménage avec…

Il n'a pas fini sa phrase. Il a tourné la tête vers la salle de bains, vers le tas pathétique de mes effets personnels.

— Avec quoi ?

Je parlais d'une voix grave et dure qui n'avait rien à voir avec mon ton habituel.

Nilsson a levé les yeux au plafond.

— Avec… les antidépresseurs, a-t-il déclaré tout bas.

Son regard a ricoché de nouveau sur la plaquette entamée, froissée, à côté du lavabo, avant de revenir se poser sur moi, empreint d'un embarras manifeste.

Mais les mots avaient été prononcés. Il ne pouvait pas les retirer, et nous le savions tous les deux.

Je suis restée muette, mais mes joues me brûlaient comme si j'avais reçu une gifle. C'était donc ça. Ben Howard lui avait vraiment tout balancé, ce petit merdeux. Il avait dû parler à Nilsson, quoi ? Quelques minutes à tout casser. Et en une conversation, non seulement il n'avait rien dit pour soutenir ma version des faits, mais il avait révélé le moindre détail de ma biographie à sa disposition, réussissant au passage à me faire passer pour une névrosée atteinte d'un déséquilibre chimique, une paumée peu digne de foi.

Oui. C'est vrai. Je prends des antidépresseurs. Et alors ?

Je les prends depuis des années, ces cachets – et, depuis des années, je picole avec. J'ai eu des crises de panique, pas des hallucinations. Mais tout ça, on s'en fout, n'est-ce pas ?

Et puis même si j'avais été atteinte de psychose grave, cela n'enlevait rien au fait que, cachets ou pas, *j'avais vu ce que j'avais vu.*

— Alors, c'est comme ça, ai-je fini par dire, d'une voix sèche et sans émotion. Vous pensez qu'à cause d'une simple poignée de médicaments, je suis une cinglée paranoïaque qui ne fait pas la différence entre la réalité et la fiction ? Vous êtes conscient du fait qu'il y a des centaines de milliers de personnes qui prennent le même médicament que moi ?

— Ce n'est absolument pas ce que j'ai voulu dire, a contré Nilsson, gêné. Mais c'est un fait que nous n'avons aucune preuve pour étayer votre récit, et, mademoiselle Blacklock, sauf votre respect, ce que vous croyez être arrivé ressemble beaucoup à votre propre expér…

— *Non !* ai-je crié, et je me suis levée d'un bond, surplombant son corps avachi. Je vous l'ai dit, vous n'avez *pas* le droit de faire ça. De me parler avec obséquiosité *et* de traiter avec mépris ce que je vous ai dit. C'est vrai, je manque de sommeil. C'est vrai, j'avais bu. C'est vrai, j'ai été victime d'un combriolage. Sauf que ça n'a *aucun rapport* avec ce que j'ai vu.

— Mais c'est bien ça le problème, non ?

Il s'est levé à son tour, un peu agacé, les joues rouges.

— Vous n'avez rien *vu*. Vous avez croisé une fille, et ça, il y en a beaucoup sur ce bateau, puis beaucoup plus tard vous avez entendu un *plouf*. De là, vous avez tiré des conclusions hâtives qui se rapprochent beaucoup de l'expérience traumatisante que vous avez vous-même vécue il y a tout juste quelques nuits. Votre raisonnement est biaisé. Et ça ne justifie pas une enquête pour meurtre, mademoiselle Blacklock.

— Sortez !

Je sentais que j'étais sur le point de me laisser aller à un éclat vraiment débile.

— Mademoiselle…

— *Sortez !*

Je me suis précipitée vers la porte et je l'ai ouverte avec violence. J'avais les mains tremblantes.

— Sortez ! À moins que vous ne vouliez que j'appelle le capitaine pour lui dire qu'une femme seule qui voyage sur son bateau vous a demandé plusieurs fois de quitter sa cabine et que vous avez refusé. FOUTEZ-MOI LE CAMP D'ICI !

Nilsson a enfoncé sa tête dans son cou et s'est dirigé vers la sortie d'un pas raide. Il s'est arrêté un instant, comme s'il s'apprêtait à dire quelque chose, mais peut-être à cause de mon expression, il a eu un sursaut et s'est détourné.

— Au revoir, mademoiselle…

Mais je n'ai pas attendu d'en entendre davantage. J'ai claqué la porte et je me suis jetée sur le lit pour pleurer toutes les larmes de mon corps.

15

Il n'y a aucune raison, en théorie, que j'aie besoin de ces cachets pour affronter la vie. J'ai eu une enfance très heureuse, des parents aimants – rien à redire. Je n'ai pas été battue ou violentée, et on n'exigeait pas de moi de n'obtenir que des A. Je n'ai connu qu'amour et encouragements. Mais pour une raison ou pour une autre, ça n'a pas été suffisant.

Mon amie Erin dit que nous avons tous des démons en nous, des voix qui chuchotent que nous ne valons rien, que si nous ne réussissons pas à décrocher telle ou telle promotion ou à passer tel ou tel examen avec brio, nous allons révéler au monde que nous ne sommes que des minables, des bons à rien, des parasites. Peut-être qu'elle a raison. Peut-être que mes démons ont une voix un peu plus forte que la moyenne.

Mais selon moi, ce n'est pas aussi simple que ça. La dépression dans laquelle j'ai sombré après la fac n'avait rien à voir avec mes exams et mon amour-propre, c'était un phénomène plus bizarre, plus chimique, qu'aucune thérapie par la parole ne parvenait à régler.

La thérapie comportementale, la psychologie, la psychothérapie, rien de tout cela ne fonctionnait aussi bien que les cachets. Lissie dit que l'idée de rééquilibrer chimiquement ses humeurs la fait flipper : elle aurait trop peur que le produit altère sa véritable personnalité. Mais je ne vois pas les choses comme ça. Pour moi, c'est comme du maquillage : ce n'est pas un déguisement, mais une façon de me *rapprocher* de ma vraie personnalité, d'être moins à vif. D'être le meilleur moi que je puisse être.

Ben m'a vue sans « maquillage ». Et il est parti. Je suis restée en colère pendant longtemps mais, en définitive, j'ai compris que je ne pouvais pas lui en vouloir. L'année de mes vingt-cinq ans a été vraiment abominable, c'est le moins qu'on puisse dire. Si j'avais pu me plaquer moi-même, je l'aurais fait.

Mais ça n'excusait pas ce qu'il venait de faire cette fois.

— Ouvre-moi !

Le cliquetis du clavier d'ordinateur s'est arrêté et j'ai entendu les pieds d'une chaise racler le sol. Puis la porte de la cabine s'est entrouverte prudemment.

— Oui ?

Ben a paru surpris de me voir.

— Lo ! Qu'est-ce que tu fais là ?

— À ton avis ?

Il a eu l'élégance de prendre un air penaud.

— Ah, ça.

— Oui, *ça*.

Je l'ai écarté pour entrer dans la chambre.

— Tu as tout raconté à Nilsson, ai-je dit d'une voix sévère.

— Écoute…

Il a levé une main pour m'apaiser, mais ça ne risquait pas d'avoir l'effet escompté.

— Me parle pas comme si j'étais une demeurée. Comment t'as pu faire ça, Ben ? Combien de temps il t'a fallu pour tout balancer – ma dépression, les médocs, le fait que j'ai failli perdre mon boulot ? Tu lui as raconté tout ça ? Tu lui as parlé des journées où je ne pouvais pas m'habiller, où je ne pouvais pas quitter la maison ?

— Non ! Bien sûr que non. Bon sang, comment peux-tu imaginer une chose pareille ?

— Seulement les médocs, alors ? Et le fait que j'ai été cambriolée et quelques autres petits détails croustillants, histoire de bien souligner qu'on ne peut pas me faire confiance ?

— Non ! Ça ne s'est pas passé comme ça ! C'est juste que je… merde, c'est sorti tout seul. Je ne sais pas comment. Il fait bien son boulot.

— Mais c'est toi, le journaliste ! « *No comment* », ça te dit rien ?

— *No comment*, a-t-il grogné.

— Tu n'as pas idée de ce que tu as fait.

J'avais les poings serrés, mes ongles rentraient dans mes paumes. Je me suis forcée à ouvrir les mains et je les ai frottées contre mon jean.

— Comment ça ? Écoute, attends deux secondes, j'ai besoin d'un café. T'en veux un ?

J'aurais voulu lui dire d'aller se faire foutre. Mais, en vérité, j'avais bien envie d'un café. J'ai hoché la tête sèchement.

— Avec du lait, sans sucre, c'est ça ?

— C'est ça.

— Il y a des choses qui n'ont pas changé, a-t-il lancé en remplissant la machine à espresso d'eau minérale et en insérant une capsule en alu.

Je lui ai jeté un regard noir.

— Un tas de choses ont changé, et tu le sais. Comment as-tu *pu* lui raconter ça ?

— Je suis… je ne sais pas.

Il a passé sa main dans ses cheveux décoiffés, en a attrapé les racines comme s'il pouvait y puiser une excuse.

— Je l'ai croisé alors que je revenais du petit déjeuner. Il m'a arrêté dans le couloir et il a commencé à me dire qu'il s'inquiétait pour toi – il a parlé de bruits dans la nuit. J'avais la gueule de bois, franchement, je ne pigeais pas tout ce qu'il racontait. D'abord, j'ai cru qu'il parlait du cambriolage. Puis il s'est mis à dire que tu semblais être en détresse… Putain, Lo, je suis désolé, ce n'est pas comme si j'étais allé toquer à sa porte parce que je tenais à lui parler. C'était à quel sujet, tout ça, d'ailleurs ?

— Ça n'a pas d'importance.

J'ai pris le café qu'il me tendait. Il était trop chaud, et je l'ai posé en équilibre sur mes genoux.

— Si, ça en a. Manifestement, ça t'a tourneboulée. Il s'est passé quelque chose, la nuit dernière ?

À 95 %, à peu près, j'avais envie de dire à Ben Howard d'aller se faire voir, et qu'il avait perdu toute ma confiance en bavant sur ma vie privée et en décrédibilisant mon témoignage auprès de Nilsson. Par malheur, les 5 % restants étaient particulièrement puissants.

— Je…

J'ai ravalé la boule dans ma gorge, luttant contre le désir de dire à *quelqu'un* ce qui s'était passé. Peut-être que si je racontais tout à Ben, il suggérerait quelque chose à quoi je n'avais pas pensé ? Il *était* journaliste, après tout. Et, même si ça me faisait mal de le reconnaître, il était assez respecté dans la profession.

J'ai respiré un bon coup, puis j'ai répété l'histoire que j'avais racontée à Nilsson la nuit précédente, avec force détails cette fois, car il était vital pour moi de le convaincre.

— Et ce qu'il y a, Ben, c'est qu'elle *était* là, ai-je conclu. Il faut que tu me croies.

— Oh là, oh là !

Il a cligné des yeux.

— Bien sûr, que je te crois.

— C'est vrai ?

J'étais tellement surprise que j'ai cogné la tasse de café sur la table.

— Tu es sûr ?

— Évidemment. L'imagination, ça n'a jamais été ton fort.

— Nilsson refuse de me croire, lui.

— Je vois bien pourquoi Nilsson ne *veut* pas te croire. Un crime en pleine croisière, c'est toujours épineux.

J'ai hoché la tête. Je connaissais aussi bien que lui – aussi bien que n'importe quel journaliste de voyages – les rumeurs qui abondaient au sujet des bateaux de croisière. Ce n'est pas qu'il y a plus de criminels parmi les propriétaires que dans n'importe quel autre secteur de l'industrie du voyage, c'est juste qu'il existe une zone grise inhérente aux crimes commis en mer.

L'*Aurora* n'était pas comme certains bateaux sur lesquels j'avais écrit des articles, qui ressemblaient plus à des villes flottantes qu'à de simples embarcations, mais, dans les eaux internationales, il jouissait du même statut légal ambivalent. Dans des cas de disparitions avérées, il est courant que les choses soient passées sous silence. En l'absence d'une juridiction clairement établie, l'enquête est trop souvent laissée aux services de sécurité internes, qui sont employés par l'armateur et ne peuvent pas se permettre de froisser les susceptibilités, qu'ils le veuillent ou non.

Je me suis frotté les bras, saisie d'un froid soudain malgré la chaleur de la cabine qui sentait un peu le renfermé. J'étais venue voir Ben pour le pourrir, me défouler. La dernière chose à laquelle je me serais attendue, c'était de le voir réceptif à mon malaise.

— Le truc qui m'inquiète le plus…, ai-je repris lentement, avant de m'interrompre.

— C'est quoi ?

— Elle… elle m'a prêté un tube de mascara. C'est comme ça que je l'ai rencontrée. Je ne savais pas que la cabine était vide, alors j'ai cogné à la porte pour savoir si je pouvais lui en emprunter.

— Et alors ?

Ben a pris une nouvelle gorgée de café. Penché sur sa tasse, il semblait dérouté : il ne voyait pas du tout où je voulais en venir.

— Et… il a disparu.

— Quoi ? Le mascara ? Comment ça, il a disparu ?

— Quelqu'un l'a pris dans mes affaires pendant que j'étais avec Nilsson. Pour tout le reste, je pourrais presque me faire une raison, mais s'il n'y a pas d'embrouille, pourquoi voler le mascara ? C'était la seule preuve tangible qu'il y *avait* quelqu'un dans cette cabine, or maintenant cette preuve a disparu.

Ben s'est levé et est allé à la porte-fenêtre. Il a tiré les voilages, un geste qui m'a paru bizarre, superflu. Un bref instant, j'ai eu l'impression étrange qu'il évitait de me regarder, et qu'il cherchait quoi dire.

Puis il s'est retourné et s'est rassis au bout du lit, avec une expression de détermination purement professionnelle.

— Qui d'autre était au courant ?

— Pour le mascara ?

C'était une bonne question, une question – je m'en suis aperçue avec un pincement au cœur – que je n'avais pas pensé à me poser.

— Heu… personne à part Nilsson… il me semble.

Cette idée n'avait rien de rassurant. Nous nous sommes regardés un long moment. Les yeux de Ben me renvoyaient les questions perturbantes qui se sont mises soudain à bouillonner dans mon cerveau. J'ai fini par répondre.

— Mais il était avec moi au moment où le mascara a été escamoté.

— Tout le temps ?

— Eh bien… plus ou moins… Non, attends, il y a un trou. J'ai pris mon petit déjeuner. Et j'ai discuté avec Tina.

— Donc ça peut être lui qui l'a pris.

— Oui, ça peut être lui.

Était-ce *lui* qui s'était introduit dans ma cabine ? Était-ce *comme ça* qu'il était au courant que je prenais des médocs, et qu'il était déconseillé de les mélanger avec de l'alcool ?

— Écoute, a repris Ben après un silence. Je pense que tu devrais aller voir Richard Bullmer.

— Lord Bullmer ?

— Oui. Comme je te l'ai dit, j'ai joué au poker avec lui hier soir, et ça a l'air d'être un mec bien. Il est inutile de perdre ton temps avec Nilsson. Le patron, c'est Bullmer. Mon père disait toujours : « En cas de réclamation, faut toujours s'adresser au sommet de la hiérarchie. »

— Ce n'est pas tout à fait un problème de service après-vente, Ben.

— Ça ne change rien. D'autant que ce Nilsson, il n'a pas l'air franchement net, non ? Et s'il y a quelqu'un sur ce bateau qui peut lui demander des comptes, c'est Bullmer.

— Mais est-ce qu'il le fera ? Lui demander des comptes, je veux dire ? Il a tout aussi intérêt à étouffer l'affaire que Nilsson. Et même plus. Cette histoire peut ternir leur image, tu l'as dit toi-même. Si ça se sait, l'avenir de l'*Aurora* sera très fragilisé. Qui aurait envie de claquer des dizaines de milliers de livres dans une croisière de luxe sur un bateau où une fille est morte ?

— Je suis sûr qu'il existe un marché de niche, a fait Ben avec un petit sourire en coin.

Un frisson m'a parcourue. Il a insisté.

— Écoute, ça ne peut pas faire de mal d'aller le voir. Au moins, on sait où il était la nuit dernière, alors qu'on ne peut pas en dire autant de Nilsson.

— Tu es sûr que personne parmi vous ne s'est absenté, quand vous étiez en train de jouer ?

— Absolument sûr. Nous étions dans la cabine des Jenssen – il n'y a qu'une porte et j'étais assis juste en face toute la soirée. Des gens se sont levés pour aller pisser, des trucs comme ça, mais ils ont tous utilisé les toilettes de la suite. Chloe est restée lire à côté de nous pendant un moment, puis elle est allée dans la chambre – et on ne peut en sortir qu'en repassant par le salon. Personne n'a bougé avant 4 heures, au plus tôt. Tu peux écarter les quatre hommes, plus Chloe.

J'ai froncé les sourcils et je me suis mise à recompter les passagers sur mes doigts.

— Alors ça fait… toi, Bullmer… Archer… Lars et Chloe. Ce qui nous laisse Cole, Tina, Alexander, Owen White et Lady Bullmer. Plus le personnel.

Ben a tiqué.

— Lady Bullmer ? Je pense que tu vas un peu loin.

— Quoi ? ai-je dit, sur la défensive. Peut-être qu'elle n'est pas aussi malade qu'elle en a l'air.

— Ouais, c'est ça, ça fait quatre ans qu'elle simule un cancer avec récidive et un traitement atroce de chimio et de radiothérapie, rien que pour se donner un alibi dans le meurtre d'une inconnue.

— Pas la peine de faire le malin. C'était juste histoire de dire.

— Je pense que les passagers, c'est une fausse piste, cela dit. On ne peut pas ignorer que Nilsson et toi, vous étiez les seuls à connaître l'existence du mascara. Si ce n'est pas lui qui l'a pris, il a dû en donner l'ordre à la personne qui l'a fait.

— Eh bien…

Je me suis arrêtée. Un sentiment de malaise, presque de culpabilité, m'a envahie.

— Quoi ?

— Je… j'essayais de réfléchir. Quand Nilsson m'a fait faire le tour du personnel… Je ne suis pas sûre à 100 %… Il n'est pas impossible que j'y aie fait allusion.

— Bon sang, Lo !

Il m'a fixée d'un regard dur.

— Tu en as parlé, ou pas ? Ça a son importance.

— Je le sais bien, ai-je répondu, agacée.

Le bateau a monté et descendu une vague, et la nausée s'est emparée de moi à nouveau. J'ai senti les pancakes à moitié digérés se retourner péniblement dans mon ventre. J'ai essayé de repenser aux conversations que j'avais eues sous le pont, mais j'avais du mal à recoller les morceaux. J'avais une telle gueule de bois, j'étais tellement distraite par la lumière artificielle et glauque de ces cabines étroites et sans fenêtres. J'ai fermé les yeux, sentant le canapé vaciller et s'incliner sous moi, et je me suis remémoré la cantine du personnel, les visages agréables, resplendissants de propreté, des filles tournées vers moi. Qu'est-ce que j'avais bien pu raconter, *bordel* ?

— Je ne m'en souviens plus, j'ai dit enfin. Franchement, je n'y arrive pas. Mais ce n'est pas impossible que j'en aie parlé. Je ne *pense* pas que je l'ai fait, mais je ne peux pas *garantir* que je ne l'ai pas fait.

— Chiotte ! C'est que ça élargit considérablement la liste des suspects.

J'ai hoché la tête d'un air grave.

— Écoute, a repris Ben, peut-être qu'un autre des passagers a vu quelque chose. Quelqu'un qui est entré et sorti de la cabine vide, ou la personne qui est venue dans la tienne pour voler le mascara. Il y a qui, dans les suites arrière ?

— Euh… (J'ai énuméré les occupants en comptant sur mes doigts.) Eh bien, il y a moi dans la 9, toi dans la 8, Alexander est dans la… je crois que ça doit être la 6 ?

— Tina est dans la 5, a ajouté Ben, pensif. Je l'ai vue rentrer hier soir. Ce qui signifie qu'Archer doit être dans la 7. OK. On va faire du porte-à-porte ?

— OK.

Pour une raison ou pour une autre – parce que j'avais évacué ma colère, parce qu'il me croyait ou tout simplement parce que nous avions un plan –, je me sentais déjà mieux. Mais soudain, j'ai aperçu l'heure sur l'ordinateur portable de Ben.

— Merde. Je ne peux pas, pas maintenant. Y a ce truc à la con au spa, pour les nanas, faut que j'y aille.

— Ça se termine à quelle heure ?

— Aucune idée. Mais à mon avis, pour le déjeuner, au plus tard. C'est quoi, le programme pour les mecs ?

Ben s'est levé pour aller consulter une brochure posée sur le bureau.

— Visite du pont. Sympa, le sexisme : la technologie pour les mecs, l'aromathérapie pour les meufs. Ah non, attends, il y a une matinée au spa pour les hommes demain. C'est peut-être juste une question de place.

Il a pris un carnet et un crayon sur la coiffeuse.

— Il faut que j'y aille aussi, mais voyons si on arrive à dénicher quelques infos ce matin, et on n'a qu'à se retrouver ici après le déjeuner pour toquer à la porte des passagers restants. Et ensuite, on n'aura qu'à aller voir Bullmer avec tout ça. Peut-être qu'il acceptera de modifier l'itinéraire du bateau et de faire intervenir la police locale.

J'ai hoché la tête. Nilsson ne m'avait pas prise au sérieux, mais si nous trouvions quelque chose pour corroborer ma version des faits – ne serait-ce que quelqu'un d'autre qui aurait entendu le grand *plouf* –, il serait nettement plus difficile pour Bullmer de l'ignorer.

— Je n'arrête pas de penser à elle, ai-je dit tout à coup pendant que nous atteignions la porte.

Ben s'est arrêté, la main sur le loquet.

— Comment ça ?

— À la fille… la fille de la cabine n° 10. À ce qu'elle a dû ressentir quand il l'a attaquée – je me demande si elle était vivante quand elle est passée par-dessus bord. Je n'arrête pas d'imaginer la sensation qu'elle a dû éprouver, le choc de l'eau froide, la vue du bateau qui s'éloignait…

Avait-elle hurlé quand les vagues s'étaient refermées sur elle ? Avait-elle essayé d'appeler à l'aide tandis que l'eau salée se répandait dans ses poumons, que sa poitrine se soulevait péniblement, que le froid se faisait plus mordant et que l'oxygène désertait son sang…

Et son corps, qui dérivait dans l'obscurité glacée et silencieuse des profondeurs de la mer, blanc comme un squelette, et les poissons qui mordillaient ses yeux, et ses cheveux qui flottaient dans les courants comme une traînée de fumée noire…

— Non, a dit Ben. Ne te laisse pas déborder par ton imagination.

— Je sais ce que ça fait.

Il a ouvert la porte.

— Tu ne comprends pas ? Je sais ce qu'elle a dû ressentir, quand quelqu'un est venu l'attaquer au milieu de la nuit. C'est pour ça qu'il faut que je découvre qui lui a fait ça.

Et aussi parce que, si je ne le découvrais pas, je risquais d'être la prochaine sur la liste.

16

Quand je suis arrivée, Chloe et Tina attendaient dans le spa. Accoudée à l'accueil, Tina lisait quelque chose sur l'ordinateur portable qu'Eva avait laissé ouvert derrière le guichet, et Chloe, voluptueusement nichée dans un luxueux fauteuil en cuir vintage, jouait sur son téléphone. J'ai été étonnée de constater que, sans son maquillage et à la lumière du jour, elle était méconnaissable : les immenses yeux charbonneux et les pommettes saillantes de la veille au soir avaient perdu un peu de leur éclat et de leur distinction.

Elle a surpris mon regard dans le miroir et m'a adressé un grand sourire.

— Vous vous demandez où sont passées mes peintures de guerre ? Apparemment, on a prévu pour moi un soin du visage, alors je les ai enlevées. Je vous l'ai dit, je suis très, très douée, avec mes pinceaux.

— Oh, je ne…

J'ai laissé ma phrase en suspens, me sentant rougir.

— Le principal, c'est de redessiner les contours, a dit Chloe.

Elle a pivoté pour me faire face et m'a lancé un clin d'œil.

— Franchement, ça va vous changer la vie. Avec ce que j'ai dans ma cabine, je peux vous métamorphoser en n'importe qui : Kim Kardashian, Natalie Portman, qui vous voudrez.

J'étais sur le point de répondre sur le même ton badin lorsqu'un mouvement furtif a attiré mon regard : avec stupéfaction, j'ai vu que l'une des parois en miroir derrière l'accueil remuait et s'ouvrait vers l'intérieur. Encore une porte ? Combien de passages dérobés y avait-il dans ce bateau ?

Tina a levé la tête de l'écran et Eva est entrée souriant poliment.

— Je peux vous aider, mademoiselle West ? a-t-elle demandé. Nous conservons les informations personnelles de nos clients sur cet ordinateur, et je crains donc que nous ne puissions autoriser les invités à l'utiliser. Si vous souhaitez avoir accès à un ordinateur, Camilla Lidman se fera un plaisir de vous en faire apporter un en cabine.

Tina s'est redressée et a remis l'appareil dans le bon sens.

— Désolée, ma chère.

Elle a eu l'élégance de prendre un air penaud.

— Je, ah… je cherchais juste la liste des soins.

Étant donné qu'elle se trouvait dans le dossier de presse, l'excuse était un peu faiblarde.

— Je serais ravie de vous l'imprimer, a répliqué Eva.

Il n'y avait pas trace d'irritation dans sa voix, mais elle regardait Tina avec une certaine circonspection.

— Nous proposons les massages, pédicures et soins du visage habituels, etc. Les manucures et les soins capillaires ont lieu dans cette pièce.

Elle a indiqué le fauteuil sur lequel était installée Chloe.

Je me demandais justement où se faisaient les autres activités, car il n'y avait que ce fauteuil dans le spa, et il n'y avait pas davantage de place sur le pont supérieur, à ma connaissance – le jacuzzi et le sauna en occupaient la plus grande partie –, lorsque la porte du pont s'est ouverte et qu'Anne Bullmer a fait son entrée. Elle avait un peu meilleure mine que la veille, la peau moins cireuse, les traits légèrement moins tirés, mais ses yeux marron foncé étaient entourés d'ombres profondes, comme si elle n'avait pas dormi.

— Je suis désolée, a-t-elle dit, essoufflée, s'efforçant de sourire. Il me faut une éternité pour monter les marches, en ce moment.

— Tenez !

Chloe s'est levée en toute hâte et est allée se mettre dans un coin inoccupé de la pièce.

— Prenez donc mon siège !

— Ce n'est pas la peine, a déclaré Anne.

Chloe a fait mine d'insister, mais Eva a coupé leur échange poli avec un sourire.

— Nous allons nous diriger vers les cabines de soin, de toute façon, mesdames. Lady Bullmer, si vous voulez bien vous asseoir ici ? Mesdemoiselles West et Blacklock et madame Jenssen, suivez-moi, s'il vous plaît.

En bas ? Avant que j'aie le temps de me demander ce qu'elle entendait par là, elle a ouvert la porte-miroir derrière le bureau – qui a basculé vers l'intérieur d'une pression de sa main – et, l'une après l'autre, nous nous sommes mises à descendre une série de marches étroites dans la pénombre.

Le contraste avec la réception lumineuse et aérée était extrême, et je me suis surprise à cligner des yeux, tâchant de m'habituer à l'éclairage faiblard. De petites bougies chauffe-plats étaient placées à intervalles réguliers le long de l'escalier, mais leur lueur tremblotante ne faisait qu'épaissir la pénombre alentour, et lorsqu'une forte vague a heurté le bateau, j'ai eu une brève bouffée de vertige. Peut-être était-ce lié à ma claustrophobie, ou au fait que, d'une simple pichenette, Chloe (qui était juste derrière moi), aurait pu me faire dégringoler sur Tina et Eva. Si je me cassais le cou, il n'y aurait aucun moyen d'affirmer que je n'avais pas simplement trébuché dans le noir.

Après une descente qui m'a semblé interminable, nous nous sommes arrêtées dans un petit vestibule. On entendait le gargouillis d'une fontaine nichée dans le mur, le genre qui fait perpétuellement couler de l'eau recyclée sur un globe de pierre. Ce son aurait dû être apaisant, et sans doute l'aurait-il été sur la terre ferme, mais sur un bateau l'effet produit était tout différent. J'ai commencé à penser fuites, sorties de secours. Étions-nous en dessous du niveau de la mer ? Il n'y avait pas le moindre hublot.

J'ai commencé à sentir ma gorge se serrer et j'ai fermé les poings. *Ne panique pas. Pour l'amour de Dieu, ne te fais pas une crise d'angoisse ici.*

Un. Deux. Trois…

Je me suis aperçue qu'Eva était en train de parler, et j'ai essayé de me concentrer sur ses mots plutôt que sur le plafond bas et l'espace étouffant. Peut-être qu'une fois que nous serions réparties dans les box, moins à l'étroit, je me sentirais mieux.

— … Trois cabines à ce niveau, disait-elle. Plus le fauteuil en haut, donc j'ai pris la liberté de sélectionner des soins que nous pouvons effectuer simultanément.

J'ai dit une prière silencieuse : *Faites qu'on m'installe en haut*. Mes ongles s'enfonçaient dans mes paumes.

— Mademoiselle West, je vous ai inscrite pour une séance d'aromathérapie avec Hanni en salle 1, a fait Eva, consultant sa liste. Madame Jenssen, vous avez un soin du visage avec Klaus en salle 2. J'espère que ça ne vous dérange pas que ce soit un homme ? Mademoiselle Blacklock, je vous ai prévu un enveloppement de boue avec Ulla en salle 3.

J'ai senti ma respiration s'accélérer.

— Et Lady Bullmer ? a demandé Chloe. Quel est son programme ?

— Une manucure à l'étage.

— Heu… (Je parlais d'un ton mal assuré.) Je suppose que je ne… je ne pourrais pas avoir une manucure, moi aussi ?

— Je suis désolée, a fait Eva, qui semblait sincère. Mais il n'y a qu'un fauteuil là-haut. Je serais ravie de vous programmer une manucure pour cet après-midi, après votre enveloppement. À moins que vous ne préfériez un autre soin ? Nous pouvons vous proposer du reiki, un massage suédois, un massage thaïlandais, une séance de réflexologie… Nous avons aussi un caisson d'isolation sensorielle – si vous n'avez jamais essayé, c'est incroyablement relaxant.

— Non ! me suis-je écriée d'instinct.

Tina et Chloe ont tourné la tête, et j'ai compris que j'avais parlé très fort. J'ai fait un effort pour baisser la voix :

— Non, non, merci. L'isolation sensorielle, ce n'est pas… ce n'est pas trop mon truc.

Rien que l'idée d'être étendue dans un cercueil en plastique verrouillé et rempli d'eau…

— Pas de problème, a répliqué Eva en souriant. Eh bien, si vous êtes toutes prêtes, on peut commencer. Les cabines de soin sont au bout du couloir. Elles disposent toutes d'une douche individuelle. Les peignoirs et les serviettes sont fournis.

J'ai hoché la tête ; j'entendais à peine ses instructions. Lorsqu'elle a tourné les talons pour remonter, j'ai suivi Chloe et Tina le long du couloir, espérant que ma peur grandissante ne se voyait pas sur mon visage. Je ne pouvais pas faire ça. Je ne pouvais pas laisser mes phobies m'empêcher de faire du bon boulot. *Salut, Rowan, non, je n'ai pas testé le spa, parce qu'il était situé deux étages sous le pont et qu'il n'y avait pas de fenêtres. Désolée.* Pas question. J'allais me sentir mieux une fois que nous aurions quitté ce couloir étroit, que nous déboucherions dans les cabines de soin.

J'avais espéré que le quart d'heure spa me donnerait l'occasion de parler à Tina, Anne et Chloe, et de les sonder sur leurs faits et gestes la veille au soir, mais lorsque Chloe a disparu dans son box et que la porte s'est refermée sur elle, j'ai compris que ce ne serait pas le cas.

De l'autre côté du couloir, Tina s'était arrêtée devant une porte où était apposée une plaque « Salle de soin n° 1 », et j'attendais qu'elle entre et me laisse passer, mais elle s'est retournée pour me faire face, la main sur la poignée.

— Mon chou, a-t-elle commencé, assez mal à l'aise, je, heu… j'ai peut-être été un peu brusque, la dernière fois qu'on a discuté.

Pendant un instant, je n'ai pas du tout saisi de quoi elle parlait, puis ça m'est revenu : notre rencontre sur le pont, la rage froide qu'avaient déclenchée mes questions. Pourquoi s'était-elle montrée si susceptible, effectivement, lorsque je l'avais interrogée sur sa soirée de la veille ?

— Qu'est-ce que je peux dire… gueule de bois… manque de nicotine. Mais ce n'était pas une raison pour vous sauter à la gorge.

Tout dans son maintien et sa manière de s'exprimer révélait qu'elle était plutôt du genre à exiger des excuses qu'à en présenter.

— Pas grave, ai-je lâché, un peu raide. Je comprends tout à fait. Moi non plus, je ne suis pas du matin. Je… considérez que c'est oublié.

Cependant, j'ai senti que le mensonge me faisait monter le rouge aux joues.

Tina a avancé la main et m'a pressé doucement le bras, dans ce qui, je suppose, était censé être un geste amical, mais j'ai senti le froid de ses bagues sur ma peau, et quand la porte s'est refermée derrière elle, je me suis laissée envahir par le frisson que j'avais réprimé.

Une fois de plus, j'ai respiré un grand coup et j'ai frappé à la porte de la salle de soin n° 3.

— Entrez, mademoiselle Blacklock, a fait une voix à l'intérieur.

Ulla a ouvert, tout sourire, en uniforme du spa. Je suis entrée dans la pièce et j'ai regardé autour de moi. C'était petit, mais pas aussi étroit que le couloir, et comme il n'y avait qu'Ulla et moi, l'atmosphère semblait nettement moins étouffante. J'ai senti ma gorge se desserrer un peu.

La salle était éclairée par les mêmes bougies électriques que celles de l'escalier et, au milieu, il y avait un lit surélevé couvert d'un film de plastique transparent. Un drap blanc était plié au pied.

— Bienvenue au spa, mademoiselle Blacklock, a lancé Ulla. Aujourd'hui, vous allez faire l'expérience d'un enveloppement de boue. Vous l'avez déjà fait ?

J'ai secoué la tête, sans rien dire.

— C'est très agréable, et ça permet de purifier la peau en profondeur. Pour commencer, je vous demanderais de retirer vos vêtements, de vous allonger sur le lit et de vous couvrir avec le drap, s'il vous plaît.

— Je garde mes sous-vêtements ?

J'essayais de parler d'une voix dégagée, comme si le spa n'avait pas de secret pour moi.

— Non, la boue les salirait, a rétorqué Ulla d'un ton sans appel.

Ma consternation a dû transparaître sur mon visage, car elle s'est penchée pour attraper ce qui ressemblait à un mouchoir en papier froissé dans un placard.

— Si vous préférez, des slips jetables sont à votre disposition. Certaines personnes les mettent, d'autres pas, c'est à votre convenance. Et maintenant, je vais vous laisser vous déshabiller. La douche est par là, si vous le souhaitez.

Elle a indiqué une porte à la gauche du lit, et elle est sortie de la pièce avec un sourire ; je me suis mise à retirer mes vêtements. Mon malaise allait croissant. J'ai empilé mes frusques sur la chaise avec mes chaussures puis, une fois nue, j'ai enfilé la mince culotte en papier et je me suis hissée sur le lit. Le plastique me collait désagréablement à la peau. J'ai tiré le drap blanc jusque sous mon menton.

Presque aussitôt – assez vite pour me donner l'impression désagréable qu'il y avait peut-être bien une caméra quelque part – on a frappé doucement et j'ai entendu la voix d'Ulla.

— Vous êtes prête, mademoiselle Blacklock ?

— Oui, ai-je répondu d'une voix enrouée.

Elle est entrée, portant un saladier de boue tiède.

— Si vous voulez bien vous allonger sur le ventre, a-t-elle dit d'une voix douce.

Je me suis exécutée.

C'était très difficile avec le plastique qui s'accrochait à ma peau, et j'ai senti le drap glisser, mais Ulla l'a promptement remis en place. Elle a actionné un bouton à côté de la porte et la pièce s'est emplie du chant des baleines et du bruit des vagues. Une fois de plus, j'ai été envahie par l'image de la masse d'eau juste de l'autre côté de la fine coque métallique.

— Vous pourriez… ? ai-je marmonné, la tête dans le matelas. Il n'y a pas autre chose, comme musique ?

— Bien sûr.

Elle a encore appuyé sur un bouton et des cloches et des carillons tibétains ont retenti.

— C'est mieux ?

J'ai fait oui de la tête.

— Maintenant, si vous êtes bien prête… ?

Une fois que j'ai réussi à me détendre un peu, le soin s'est avéré étonnamment apaisant. Je me suis même habituée à la sensation de me faire masser avec de la boue, presque nue, par une inconnue. Au milieu de la séance, je me suis aperçue, avec un sursaut, qu'Ulla était en train de me dire quelque chose.

— Désolée, ai-je bredouillé d'une voix ensommeillée. Vous disiez ?

— Si vous voulez bien vous retourner, a-t-elle murmuré.

J'ai roulé sur le dos.

La boue glissait et me faisait déraper sur le plastique. Ulla a enveloppé le haut de mon corps dans le drap, et elle s'est mise à me masser les jambes.

Elle est remontée méthodiquement le long de mon corps, et a fini par étaler la boue sur mon front, mes joues et mes paupières closes, avant de reprendre la parole d'une voix douce.

— Mademoiselle Blacklock, maintenant, je vais vous envelopper pour permettre à la boue de faire son effet, et je reviendrai dans environ une demi-heure pour vous aider à vous débarrasser et à vous nettoyer. Si vous avez besoin de quoi que ce soit, vous n'avez qu'à appuyer sur ce bouton, à votre droite.

Elle a placé ma main contre un interrupteur installé sur le flanc du lit.

— Vous avez tout ce qu'il vous faut ?

— Tout ce qu'il me faut, ai-je acquiescé avec mollesse.

La tiédeur de la chambre et les sonorités douces des carillons étaient incroyablement soporifiques. J'avais du mal à me rappeler ce qui s'était passé la veille au soir. Du mal à m'en soucier. Je n'avais qu'une seule envie, c'était dormir…

J'ai senti le film extensible se refermer sur moi, puis, par-dessus, quelque chose de lourd et chaud – une serviette, sans doute. Malgré mes paupières closes, j'ai réalisé que l'éclairage avait été tamisé.

— Je serai juste à côté, a-t-elle dit. Puis j'ai entendu le déclic sourd de la porte qui se refermait.

J'ai cessé de lutter contre la fatigue, et j'ai laissé la chaleur et la pénombre se refermer sur moi.

J'ai rêvé de la fille, coulée à des kilomètres au-dessous de nous dans les profondeurs froides et ténébreuses de la mer du Nord. J'ai rêvé de ses yeux rieurs, vitreux et gorgés d'eau salée, de sa peau douce, ridée, en décomposition, de son tee-shirt déchiré par des rochers, en lambeaux.

Seuls restaient ses longs cheveux noirs, qui surnageaient dans l'eau comme des algues, s'emmêlaient dans des coquillages et des filets de pêche, pour s'échouer tels des écheveaux de corde effilochée, tandis que le mugissement des vagues qui s'écrasaient sur la rive résonnait dans mes oreilles, assourdissant.

Je me suis réveillée péniblement, pleine d'effroi. Il m'a fallu un petit moment pour me rappeler où je me trouvais, et plus longtemps encore pour comprendre que le grondement que j'entendais n'était pas le fruit de mon imagination.

Je suis descendue du lit en frissonnant. Combien de temps étais-je restée là ? La serviette chaude s'était refroidie, et la boue sur ma peau avait séché et se craquelait. Le bruit semblait venir de la douche.

Le cœur battant, je me suis approchée, j'ai pris mon courage à deux mains, et j'ai ouvert brusquement la porte de la salle de bains. Une onde de vapeur chaude m'a enveloppée. J'ai traversé l'épais nuage de buée pour aller éteindre le jet, me faisant à moitié tremper au passage. Ulla était-elle venue l'allumer ? Mais dans ce cas, pourquoi ne m'avait-elle pas réveillée ?

Tandis que la douche crachait ses dernières gouttes et s'arrêtait enfin avec un gargouillis, je suis repartie vers la porte à tâtons, mes cheveux dégoulinants collés sur le visage, et j'ai cherché l'interrupteur.

Je l'ai actionné : la lumière a inondé la pièce. C'est là que je l'ai vu.

En travers du miroir couvert de buée, en lettres d'une vingtaine de centimètres de haut, on avait écrit les mots : « ARRÊTE DE FOUINER ».

BBC News, lundi 28 septembre

LAURA BLACKLOCK,
L'ANGLAISE PORTÉE DISPARUE :
UN CORPS RETROUVÉ
PAR DES PÊCHEURS DANOIS.

Des pêcheurs danois qui draguaient le fond de la mer du Nord près de la côte norvégienne ont trouvé le corps d'une femme.
Scotland Yard a été contacté pour assister la police norvégienne dans son enquête sur la découverte d'un corps aux premières heures de la matinée de lundi par des pêcheurs danois, ce qui vient étayer l'hypothèse selon laquelle la défunte pourrait être Laura Blacklock, 32 ans, la journaliste anglaise disparue la semaine dernière au cours d'un séjour en Norvège. Un porte-parole de Scotland Yard a confirmé que ses services avaient été mis à contribution dans l'enquête, mais a refusé de commenter l'éventualité d'un lien entre la macabre découverte et la disparition de Mlle Blacklock.

La police norvégienne a déclaré que le corps était celui d'une jeune femme blanche, et que la procédure d'identification était en cours.

Judah Lewis, le compagnon de Laura Blacklock, contacté à son domicile du nord de Londres, a refusé de s'exprimer, si ce n'est pour dire qu'il était « dévasté par l'absence prolongée de Laura ».

Cinquième partie

17

Pendant une seconde, j'ai été incapable de réagir. Je suis restée plantée là, à contempler les lettres dégoulinantes, le cœur battant, et j'ai cru que j'allais vomir. Mes oreilles bourdonnaient et j'ai entendu un gémissement, pareil à celui d'un animal effrayé – c'était un son affreux, entre la terreur et la douleur, et une partie de moi inconnue, détachée, a su qu'il provenait de ma propre gorge.

Puis la pièce s'est mise à tournoyer et les murs à se rapprocher. J'ai réalisé que j'étais en train de faire une crise de nerfs et que j'allais tomber dans les pommes. J'ai chancelé jusqu'au lit, sur lequel je me suis couchée en position fœtale, et je me suis efforcée de calmer ma respiration. Je me suis rappelé ce que disait mon thérapeute comportementaliste : *Respiration calme, consciente, Lo, et relaxation progressive – un muscle à la fois. Respiration calme... relaxation consciente. Calme... et consciente. Consciente... et... calme.*

Je le détestais déjà à l'époque. Même en ce temps-là, c'est tout juste si ça avait un effet sur mes crises d'angoisse, alors maintenant qu'il y avait vraiment de quoi paniquer, il ne fallait pas rêver.

Calme... et consciente... J'ai entendu sa voix suffisante dans ma tête, et d'une façon ou d'une autre, le souvenir bien net de la rage qu'il déclenchait chez moi est parvenu à me donner assez de force pour que je puisse ralentir ma respiration irrégulière et, enfin, me redresser, passer la main dans mes cheveux humides et chercher un téléphone autour de moi.

Effectivement, il y en avait un à l'entrée, à côté d'un emballage de boue vide. J'avais les mains tremblantes, recouvertes d'une couche de boue craquelée qui m'a gênée pour décrocher et pour composer le 0, mais quand j'y suis parvenue et que j'ai entendu une voix à l'accent scandinave dire : « Allô, puis-je vous aider ? », je n'ai rien répondu, je suis restée figée, le doigt au-dessus des touches.

Puis j'ai raccroché le combiné.

Le message avait disparu. Je voyais le miroir de la salle de douche depuis l'endroit où j'étais assise, et à présent, avec le système de ventilation qui tournait, la buée s'était dissipée. Tout ce que je voyais, c'étaient deux coulures d'eau à l'emplacement des deux *R* d'« ARRÊTE », et c'était tout.

Nilsson n'allait jamais me croire.

Une fois douchée et rhabillée, j'ai repris le couloir. Les deux autres cabines étaient ouvertes, et j'ai regardé à l'intérieur, mais elles étaient vides et déjà nettoyées, pour les prochains visiteurs. Combien de temps avais-je dormi ?

La réception du spa aussi était déserte, à l'exception d'Eva, qui était assise au bureau et saisissait quelque chose sur l'ordinateur portable. Lorsque je suis sortie par la porte dérobée, elle a levé les yeux et souri.

— Ah ! Mademoiselle Blacklock. Vous avez apprécié votre soin ? Ulla est descendue retirer vos bandelettes il y a un petit moment, mais vous dormiez profondément. Elle comptait redescendre dans un quart d'heure. J'espère que ça ne vous a pas trop désorientée de vous réveiller toute seule.

— Pas de problème. Et Tina et Chloe, elles sont parties quand ?

— Il y a une vingtaine de minutes, je dirais.

D'un signe de tête, j'ai montré la porte derrière moi, désormais refermée et invisible à moins de connaître le secret du miroir.

— C'est la seule entrée pour le spa ?

— Ça dépend de ce que vous entendez par entrée, a-t-elle répondu, troublée par la question. C'est la seule entrée, mais ce n'est pas la seule sortie. Il y a une issue de secours en bas, qui donne sur les quartiers du personnel, mais elle est… comment on dit ? Sens unique ? Elle s'ouvre uniquement vers l'extérieur. Et elle est équipée d'une alarme, donc je ne vous conseille pas d'en faire usage, sans quoi ça déclencherait une évacuation ! Pourquoi cette question ?

— Sans raison.

J'avais commis une erreur en m'épanchant auprès de Nilsson dans la matinée. Il n'était pas question de remettre ça avec elle.

— Le déjeuner est servi dans le Lindgren Lounge, a dit Eva, mais ne vous en faites pas, vous n'avez rien manqué : c'est un buffet, donc tout le monde est libre d'aller et venir. Oh, et j'ai presque oublié, a-t-elle ajouté tandis que je m'apprêtais à sortir, est-ce que M. Howard vous a trouvée ?

— Non.

Je me suis arrêtée net, la main sur la porte.

— Pourquoi ?

— Il est passé, il vous cherchait. Je lui ai expliqué que vous étiez en soin et qu'il ne pouvait pas vous voir en personne, mais il est descendu laisser un message pour vous à Ulla. Vous voulez que j'essaie de le retrouver ?

— Non, non. Je vais passer le voir directement. Quelqu'un d'autre est descendu ?

Elle a secoué la tête.

— Non. Je n'ai pas bougé d'ici. Mademoiselle Blacklock, vous êtes *sûre* que tout va bien ?

Je n'ai pas répondu. J'ai fait demi-tour et je suis sortie du spa. J'ai senti une sueur glacée se répandre sur ma peau, et une terreur froide m'a envahie jusqu'aux tréfonds de mon être.

Le Lindgren Lounge était vide à l'exception de Cole, qui était assis à une table, son appareil photo posé devant lui, et de Chloe. Installée à l'autre bout de la pièce, elle regardait par la fenêtre en picorant distraitement sa salade. Elle a levé les yeux quand je suis entrée et m'a fait signe de m'asseoir à côté d'elle.

— Salut ! C'était génial le spa, hein ?

— Heu, oui, ai-je répliqué en tirant la chaise, puis, réalisant combien je devais paraître bizarre et désagréable, j'ai fait un nouvel essai. Enfin oui, bien sûr.

Mon soin était super. C'est juste que… j'ai du mal avec les espaces confinés. Je suis un peu claustrophobe.

— Oh ! (Son visage s'est éclairé.) Je me demandais pourquoi vous aviez l'air tellement tendu en bas. J'ai cru que vous aviez la gueule de bois.

— Eh bien, ai-je répondu avec un petit rire qui sonnait faux. Ça aussi, sans doute.

Était-il possible que ç'ait été elle, dans le spa ? Bien sûr. Mais Ben avait été formel : la nuit dernière, elle n'avait pas quitté la suite.

Et Tina, dans ce cas ? J'ai repensé à ses muscles nerveux, à sa réaction agressive lorsque je lui avais demandé où elle avait passé la nuit, et je n'ai eu aucun mal à l'imaginer en train de pousser quelqu'un pardessus bord.

Était-il possible que ce soit *Ben* ? De fait, il était descendu au spa et, après tout, je n'avais que sa parole en guise d'alibi pour la nuit précédente.

J'ai eu envie de hurler. J'étais en train de perdre la tête.

— Au fait, ai-je dit à Chloe, l'air de ne pas y toucher. Vous avez joué au poker, hier soir, n'est-ce pas ?

— Non, je n'ai pas joué. Mais j'étais avec eux, oui. Le pauvre Lars s'est fait tondre, mais bon, il peut se le permettre.

Elle a émis un petit ricanement un peu cruel, et Cole a levé les yeux et lui a lancé un grand sourire.

— La question va vous paraître bizarre mais… est-ce que quelqu'un est sorti de la cabine, dans la soirée ?

— Franchement, je ne peux pas dire. Je suis allée dans la chambre, au bout d'un moment. Le poker, c'est si ennuyeux à regarder. Cole est passé aussi, n'est-ce pas, Cole ?

— Seulement une petite demi-heure. Comme dit Chloe, le poker, quand on n'y joue pas, ce n'est pas vraiment un spectacle palpitant. Je me rappelle qu'Howard est sorti, cela dit. Il est allé chercher son portefeuille.

Ma bouche s'est asséchée d'un coup.

— Pourquoi vous demandez ça ?

— Sans importance.

Je me suis efforcée de sourire, et j'ai changé de sujet de peur de le voir insister.

— Comment sont les photos ?

— Jetez-y un œil, si vous voulez.

Il m'a lancé son appareil avec une telle désinvolture que j'ai poussé un petit cri de surprise et manqué le laisser tomber.

— Vous n'avez qu'à appuyer sur le bouton « Play », à l'arrière, pour les faire défiler. S'il y en a qui vous plaisent, je vous enverrai un tirage.

J'ai commencé à examiner les clichés, à rebours. On voyait d'abord des nuages et des mouettes, puis la partie de poker de la veille au soir : Bullmer en train de rire en ramassant les jetons de Ben, et Lars en train de faire la grimace en abattant une paire de deux tandis que Ben avait un brelan de cinq. Une photo, prise également la veille au soir, m'a presque coupé le souffle. C'était un portrait de Chloe, en très gros plan. Elle jetait un coup d'œil vers l'objectif. On voyait les minuscules poils sur ses joues, dorés à la lumière artificielle, et le sourire qui étirait les coins de sa bouche, et il y avait quelque chose de si intime et de si tendre dans cette image que je me suis sentie indiscrète rien qu'à la regarder. Je me suis tournée vers elle, presque sans le vouloir, et je me suis demandé s'il y avait quelque chose entre elle et Cole. Elle a levé les yeux à son tour.

— Qu'est-ce qu'il y a ? Vous en avez trouvé une de moi ?

J'ai secoué la tête, et je me suis empressée de passer à la photo suivante avant qu'elle ait le temps de regarder le petit écran au-dessus de mon épaule. C'était un portrait de moi, celui que Cole avait fait la nuit précédente, lorsqu'il m'avait prise au dépourvu et m'avait fait renverser mon café. Il avait appuyé sur le déclencheur au moment précis où je levais la tête, alarmée, et mon expression m'a filé un frisson.

J'ai appuyé sur le bouton pour continuer.

Encore des vues du bateau… une de Tina sur le pont qui jetait un regard perçant à l'objectif, un regard de rapace ; une de Ben portant un sac à dos gigantesque. J'ai repensé à l'énorme valise de Cole. Que transportait-il donc dedans ? Du matériel photo, à l'en croire, mais jusque-là, je ne l'avais vu utiliser que ce petit numérique.

Puis je suis arrivée au bout des photos de la croisière, et je suis tombée sur des images d'une quelconque fête mondaine. Je m'apprêtais à lui rendre l'appareil lorsque mon cœur a fait un bond dans ma poitrine : je suis restée figée. Sur l'écran, un homme en train de manger un petit-four.

— Qui est-ce ? a demandé Chloe par-dessus mon épaule. Attendez, ce n'est pas Alexander Belhomme, dans le fond, qui discute avec Archer ?

C'était bien eux. Mais ce n'était ni Alexander ni Archer que je regardais.

C'était la serveuse qui portait le plateau de petits-fours.

Elle était de profil, et ses cheveux bruns s'échappaient de sa barrette et lui retombaient sur la joue.

Mais j'en étais presque certaine… presque tout à fait certaine : c'était la femme de la cabine n° 10.

18

J'ai rendu l'appareil à Cole d'un geste prudent, les mains tremblantes, me demandant si je devais dire quelque chose. C'était une preuve – une preuve irréfutable – que Cole, Archer et Alexander s'étaient trouvés dans la même pièce que la femme que j'avais vue. Devais-je demander à Cole s'il la connaissait ?

Je suis restée immobile, dans les affres de l'indécision, tandis qu'il éteignait son appareil et s'employait à le ranger.

Merde. *Merde*. Devais-je dire quelque chose ?

Je ne savais pas du tout quoi faire. Il était possible que Cole n'ait pas saisi l'importance de la photo qu'il avait prise. La fille était à moitié hors du cadre, le sujet principal en était un tout autre individu, un homme que je n'avais jamais vu.

Si Cole avait quelque chose à cacher, il aurait été stupide de ma part de signaler ce que j'avais remarqué. Il nierait, puis il effacerait sans doute l'image.

D'un autre côté, il était très probable qu'il ne savait pas du tout qui était la fille, et qu'il serait d'accord pour me confier le cliché. Mais si j'en parlais maintenant, devant Chloe… sans compter ceux qui étaient susceptibles de nous écouter…

J'ai repensé à la façon dont Bjorn avait surgi de derrière les lambris au petit déjeuner et, par réflexe, j'ai regardé par-dessus mon épaule. Il ne fallait surtout pas que l'histoire du mascara se reproduise. Je n'allais pas commettre deux fois la même erreur. Si je prenais la décision d'en parler à Cole, je devais le faire en privé. La photo était restée en sécurité dans sa carte mémoire jusque-là, elle pouvait bien y demeurer un petit peu plus longtemps.

Je me suis levée, les jambes flageolantes.

— Je… en fait, je n'ai pas très faim, ai-je annoncé à Chloe. Et je suis censée voir Ben Howard.

— Oh, j'ai oublié, a-t-elle fait d'un ton désinvolte. Il est passé tout à l'heure, il vous cherchait. Je l'ai croisé en remontant du spa. Apparemment, il avait quelque chose d'important à vous dire.

— Il a dit où il allait ?

— Je crois qu'il est retourné bosser un peu dans sa cabine.

— Merci.

Bjorn est apparu de nouveau, tel un génie, derrière le paravent invisible.

— Je peux vous apporter quelque chose à boire, mademoiselle Blacklock ?

J'ai fait non de la tête.

— Merci, mais je viens de me rappeler que je dois voir quelqu'un. Vous pourriez faire porter un sandwich dans ma suite ?

— Bien sûr.

Je me suis échappée avec une petite moue désolée à l'intention de Cole et de Chloe.

Je marchais à toute vitesse dans le couloir qui menait aux cabines de la poupe lorsque, dans un virage, je suis tombée sur Ben – littéralement. Nous nous sommes rentrés dedans avec une telle violence que j'en ai eu le souffle coupé.

— Lo ! (Il m'a pris le bras.) Je t'ai cherchée partout.

— Je sais. Qu'est-ce que tu fabriquais au spa ?

— T'as pas entendu ce que je viens de dire ? Je te cherchais.

Je l'ai dévisagé. Avec son regard inquiet au-dessus de sa barbe brune, il était l'image même de l'innocence. Pouvais-je lui faire confiance ? Je n'en avais pas la moindre idée. Quelques années plus tôt, j'aurais juré que je connaissais Ben comme si je l'avais fait… jusqu'au moment où il m'avait plaquée. À présent, j'avais appris que je ne pouvais même pas me faire pleinement confiance, alors quant aux autres…

— Tu es entré dans ma cabine de soin ? lui ai-je demandé avec brusquerie.

— Quoi ?

Il m'a regardée sans comprendre.

— Non, bien sûr que non. On m'a dit que tu faisais un enveloppement de boue. Je ne pense pas que tu aurais apprécié que je pointe mon nez. J'étais censé m'adresser à une certaine Ulla, mais elle n'était pas là, alors j'ai glissé un mot sous ta porte et je suis remonté.

— Je n'ai pas vu de mot.

— Pourtant, j'en ai laissé un. Qu'est-ce que tu me fais, là ?

J'avais dans la poitrine une boule qui me semblait sur le point d'exploser – un mélange de peur et de frustration. Comment pouvais-je savoir si Ben disait la vérité ? Il aurait été assez stupide de mentir au sujet du mot, cela dit. Même s'il avait tracé le message dans la buée, pourquoi s'embêter à me raconter des bobards sur un prétendu mot ? Peut-être qu'*il y en avait* un, et que je ne l'avais tout bonnement pas vu, dans ma panique.

— Quelqu'un m'a laissé un message, j'ai lâché. Écrit dans la vapeur d'eau sur le miroir de la douche attenante, pendant que j'étais enveloppée dans la boue. Ça disait « Arrête de fouiner ».

— *Quoi ?*

Son visage rose s'est affaissé sous l'effet du choc, et il est resté bouche bée. Si c'était du cinéma, je ne l'avais jamais vu jouer aussi bien.

— Tu es sérieuse ?

— À 100 %.

— Mais… mais tu n'as vu personne entrer ? Il y a une autre porte dans la salle de bains ?

— Non. Qui que ce soit, il ou elle a dû passer par la cabine. Je…

J'éprouvais une honte bizarre à l'admettre, mais j'ai redressé la tête, refusant de m'excuser.

— Je me suis endormie. Il n'y a qu'une entrée au spa et Eva dit que personne n'est descendu à part Tina, Chloe… et toi.

— Et le personnel du spa, m'a rappelé Ben. En plus, il doit bien y avoir une sortie de secours en bas, non ?

— Il y en a une, mais elle ne s'ouvre que dans un sens. Elle donne sur les quartiers de l'équipage, mais on ne peut pas l'ouvrir de l'extérieur. J'ai posé la question.

Ben ne semblait guère convaincu.

— Ça ne doit pas être si dur que ça de la forcer, non ?

— Non, mais elle est reliée à une alarme. Son ouverture déclencherait des sirènes dans tout le bateau.

— Mouais, j'imagine que pour quelqu'un qui connaît bien le système, il y aurait moyen de bricoler les réglages de l'alarme. Mais Eva n'était pas tout le temps à son poste, tu sais.

— Comment ça ?

— Elle n'était pas là quand je suis remonté. Anne Bullmer était là, elle attendait que son vernis à ongles sèche. Mais Eva était partie. Alors si elle prétend qu'elle est restée là tout le temps, elle ne dit pas la vérité.

Oh putain ! Je me suis revue couchée dans cette cabine, à demi nue sous la mince pellicule de plastique et les serviettes. Quelqu'un – n'importe qui – aurait pu entrer et placer une main sur ma bouche, envelopper ma tête dans un film de plastique…

— Bon, tu voulais me voir pour quoi, au fait ? l'ai-je relancé, tentant de paraître normale.

Ben a paru mal à l'aise.

— Ah… ça. Eh bien, tu sais qu'on a fait une visite du pont ?

J'ai fait oui de la tête.

— Archer essayait d'envoyer un texto, je crois, et il a laissé tomber son téléphone. C'est moi qui l'ai ramassé, et il était ouvert à la page « Contacts ».

— Et ?

— Il y avait seulement écrit « Jess », mais on voyait la photo d'une fille qui ressemblait beaucoup à celle que tu as décrite. Un peu moins de trente ans, longs cheveux bruns, yeux marron… et surtout, elle portait un tee-shirt Pink Floyd.

J'ai senti une sueur glacée dégouliner le long de ma colonne vertébrale. J'ai repensé à Archer la veille au soir, à son visage hilare tandis qu'il me tordait le bras dans le dos, à la remarque désapprobatrice de Chloe : « Je commence à croire que les rumeurs sur sa première femme étaient fondées »…

— C'est à elle qu'il essayait d'envoyer un texto ?

— Je ne sais pas. Il a pu appuyer sur un bouton par erreur en laissant échapper le téléphone.

J'ai sorti mon propre téléphone par réflexe, prête à chercher « Jess Archer Fenlan » sur Google, mais la barre de recherche ne se chargeait pas. Internet ne fonctionnait toujours pas, et mes mails n'arrivaient pas.

— Tu as Internet, toi ?

— Non, il y a un problème avec le routeur, apparemment. Je suppose que c'est assez normal qu'il y ait du cafouillage pendant un voyage inaugural, mais c'est pénible. Archer a poussé une gueulante au déjeuner ; il a fait une méchante scène à la pauvre Hanni. À un moment donné, j'ai cru qu'elle allait fondre en larmes. En tout cas, elle est allée en parler à Camilla Machin-Chose, et apparemment ça va être rétabli sous peu. Y a intérêt, putain, j'ai un article à envoyer fissa !

J'ai fait la grimace en remettant mon portable dans ma poche. Se pouvait-il que ce soit Archer qui ait écrit le message sur le miroir ? J'ai repensé à sa force, à l'éclair de cruauté que j'avais surpris dans son sourire la veille au soir, et j'ai eu la nausée à l'imaginer traverser la cabine sur la pointe des pieds pendant que je dormais.

— Nous avons visité les salles des machines, a continué Ben, presque comme s'il lisait mes pensées. C'est trois ponts plus bas. Nous sommes sans doute passés très près de la sortie de secours du spa.

— Tu l'aurais remarqué, si quelqu'un s'était détaché du groupe ?

— Ça m'étonnerait. Les salles des machines sont très étroites, et nous étions obligés de nous faufiler les uns après les autres, dans ces espaces confinés. Le groupe ne s'est vraiment rassemblé que lorsque nous sommes remontés.

J'ai soudain éprouvé un poisseux sentiment de claustrophobie, comme si l'opulence étouffante du yacht se refermait sur moi.

— Faut que je descende de ce bateau, ai-je lâché. N'importe où.

— Lo.

Ben a avancé sa main vers mon épaule, mais je me suis arrachée à son étreinte, j'ai titubé jusqu'à la porte du pont et je l'ai ouverte malgré le vent.

Une bourrasque m'a heurtée au visage tel un coup de poing, et j'ai trébuché jusqu'au bastingage ; je me suis penchée par-dessus bord, sentant le bateau tanguer sous moi. Les vagues gris foncé s'étendaient tel un désert – des milles et des milles, jusqu'à l'horizon. Pas le moindre signe de terre en vue, pas même une autre embarcation. J'ai fermé les yeux, revoyant l'icône de recherche internet en train de tourner sans succès. Il n'y avait littéralement aucun moyen d'appeler à l'aide.

— Ça va ? ai-je entendu derrière moi.

Les mots étaient à moitié mangés par le vent.

Ben m'avait suivie. J'ai plissé mes paupières pour éviter les gouttelettes salées qui heurtaient le flanc du bateau et j'ai secoué la tête.

— Lo… ?

— Ne me touche pas, ai-je sifflé entre mes dents serrées.

Puis le bateau a abordé une vague particulièrement importante, j'ai senti mon estomac se contracter et j'ai vomi par-dessus bord. J'ai vomi jusqu'à avoir les larmes aux yeux et plus rien dans l'estomac que de la bile acide.

J'ai remarqué, avec une sorte de plaisir mauvais, que j'avais éclaboussé la coque et le hublot du dessous. *Elle n'est plus si parfaite, la peinture, maintenant*, me suis-je dit en m'essuyant la bouche avec ma manche.

— Ça va ? a répété Ben derrière moi.

J'ai fermé les poings sur le bastingage.

Sois sympa, Lo…

Je me suis forcée à hocher la tête.

— Je me sens un peu mieux, oui. Je n'ai jamais eu le pied marin.

— Oh, Lo.

Il a passé un bras autour de moi et m'a pressé l'épaule, et je me suis laissé faire, résistant à l'envie de me dégager.

J'avais besoin que Ben soit de mon côté. J'avais besoin qu'il me fasse confiance, qu'il croie que je lui faisais confiance…

Un relent de fumée de cigarette est monté dans mes narines et j'ai entendu le clic-clac de talons hauts sur le pont.

— Oh merde.

Je me suis redressée, m'écartant de Ben presque comme sans le faire exprès.

— Voilà Tina, on peut retourner à l'intérieur ? Je n'ai pas la force de l'affronter, là.

Pas maintenant. Pas avec des larmes en train de sécher sur les joues et du vomi sur la manche. Ce n'était pas tout à fait l'image de la jeune femme ambitieuse et pro que je cherchais à offrir.

— Bien sûr, a dit Ben, prévenant, et il m'a tenu la porte tandis que nous nous précipitions à l'intérieur, juste au moment où Tina faisait son apparition.

Après le rugissement du vent, le couloir m'a paru bien silencieux et d'une chaleur étouffante. Sans rien dire, nous avons regardé Tina s'approcher tranquillement du bastingage et se pencher sur l'eau, à quelques pas à peine de l'endroit où j'avais dégobillé quelques instants auparavant.

— Si tu veux savoir, a lâché Ben, sans quitter des yeux le dos de Tina, je parierais que c'est elle. C'est une salope sans cœur.

Je l'ai regardé, choquée. Il arrivait à Ben d'être hostile envers ses collègues féminines, mais je n'avais jamais entendu une telle aversion dans sa voix.

— *Pardon ?* Tu dis ça parce que c'est une femme ambitieuse ?

— Ce n'est pas seulement ça. Tu n'as jamais bossé avec elle. Des carriéristes, j'en ai rencontré, dans ma vie, mais elle, c'est une tout autre espèce. Je te jure qu'elle tuerait pour un article ou une promotion, et elle s'en prend en particulier aux femmes, à ce qu'il semble. Je ne peux pas supporter ce genre de nanas. Elles sont leur pire ennemi.

J'ai gardé le silence. Il y avait une certaine misogynie dans ses propos, mais en même temps, son opinion était tellement semblable à celle de Rowan que c'en était troublant.

Certes, Tina était au spa avec moi lorsque le message était apparu. Et ce matin, elle était montée un peu vite sur ses grands chevaux…

— Je lui ai demandé où elle était hier soir, ai-je dit à contrecœur. Elle a réagi de façon très bizarre. Elle m'a dit que je ferais mieux d'éviter de me faire des ennemis.

— Oh, *ça*, a fait Ben.

Il a souri, mais ce n'était pas un sourire agréable : il avait quelque chose de très malveillant.

— Tu ne lui feras jamais admettre ça, mais il se trouve que je sais qu'elle était avec Josef.

— *Josef ?* Tu veux dire le responsable des cabines ? Tu te fiches de moi ?

— Eh non. Je l'ai appris par Alexander pendant la visite. Il a vu Josef sortir de la cabine de Tina sur la pointe des pieds aux petites heures du matin en tenue… disons, *déshabillée*.

— Ça alors !

— Ça alors, comme tu dis. Qui aurait cru que le dévouement de Josef auprès des passagers allait jusque-là. Il n'est pas vraiment mon genre mais je me demande si je pourrais persuader Ulla de faire de même…

Je n'ai pas ri. J'avais vu les pièces étroites, sans soleil, juste deux ponts en dessous.

Jusqu'où pouvait aller quelqu'un pour échapper à leur exiguïté ?

Cependant, Tina s'est retournée et nous a aperçus, Ben et moi, à l'intérieur. Elle a jeté sa cigarette par-dessus bord et m'a adressé un petit clin d'œil avant de repartir dans l'autre sens, et je me suis soudain sentie mal à l'idée que tous les hommes ricanaient dans son dos à cause de sa petite aventure.

— Et Alexander, dans ce cas ? ai-je dit d'un ton accusateur. Sa cabine est à l'arrière, comme les nôtres. Et qu'est-ce qu'il fabriquait à espionner Tina au milieu de la nuit ?

Ben a poussé un petit rire.

— Tu plaisantes ? Il doit peser plus de cent cinquante kilos. Je ne le vois pas en train de balancer le corps d'une femme par-dessus bord.

— Il n'a pas joué au poker, donc on ne sait pas du tout où il se trouvait, si ce n'est qu'il rôdait dans les couloirs au petit matin.

Je me suis rappelé également, avec un frisson glacé, qu'il était sur la photo que j'avais vue sur l'appareil de Cole.

— Il est gros comme un morse. En plus, il est malade du cœur. Tu l'as vu monter les escaliers ? Ou mieux, tu l'as entendu ? On croirait une locomotive à vapeur, et quand il arrive en haut des marches, tu as peur qu'il rende l'âme et qu'il te dégringole dessus. Je ne l'imagine vraiment pas en train de se bagarrer contre qui que ce soit sans se prendre une raclée.

— Peut-être qu'elle était très saoule. Ou droguée. Je parie que n'importe qui peut jeter une femme inconsciente par-dessus bord, il suffirait de faire levier.

— Si elle était inconsciente, qu'est-ce que tu fais du hurlement que tu as entendu ? a demandé Ben.

J'ai senti une rage soudaine monter en moi.

— Putain, tu sais quoi, j'en ai ras le bol que tout le monde cherche la petite bête et mette en doute ce que je dis, comme si je devais avoir réponse à tout. Je n'en sais *rien*, Ben, je ne sais plus quoi penser. OK ?

Il s'est radouci :

— OK. Je suis désolé, je ne cherchais pas à te coincer. Je pensais tout haut, c'est tout. Alexander…

— Qui invoque mon nom ? a lancé une voix venant du bout du couloir.

Nous nous sommes retournés. Je me suis sentie devenir toute rouge. Depuis combien de temps Alexander était-il là ? Avait-il entendu mes spéculations ?

— Oh, salut, Belhomme, a fait Ben sans hésitation.

Il ne semblait pas décontenancé le moins du monde.

— Justement, on parlait de vous.

— C'est ce que j'ai entendu.

Alexander nous a rejoints, un peu essoufflé. Ben avait raison, je m'en suis aperçue. Le plus petit effort le mettait hors d'haleine.

— Pour en dire du bien, j'espère ?

— Bien sûr. Nous parlions juste du dîner de ce soir. Lo me racontait que vous vous y connaissiez extrêmement bien en gastronomie.

Pendant un instant, je n'ai rien trouvé à dire, stupéfaite par l'aisance dans le mensonge qu'avait acquise Ben depuis notre séparation. À moins qu'il ait toujours été un maître en tromperie, et que je ne l'aie simplement jamais remarqué ?

Puis j'ai vu que Ben et Alexander attendaient que je dise quelque chose, et j'ai bafouillé :

— Oh oui, vous vous rappelez, Alexander ? Vous m'avez parlé du fugu.

— Bien sûr. C'est une sensation *tellement* forte. Je suis persuadé que nous avons la responsabilité d'extraire de la vie la plus petite *once* de sensation, vous ne trouvez pas ? Sinon, la vie n'est qu'un interlude bref, cruel et violent avant la mort.

Il a fait un grand sourire un peu carnassier, et a glissé quelque chose sous son bras. C'était un livre, un roman de Patricia Highsmith.

— Vous faites quoi ? a demandé Ben d'un ton léger. Il nous reste quelques heures de liberté avant le dîner, il me semble ?

— Ne le dites à personne, a chuchoté Alexander, mais mon teint n'est pas *tout à fait* naturel.

Il a touché sa joue qui, maintenant qu'il le faisait remarquer, était un peu orangée.

— Alors je vais au spa pour une petite retouche. Ma femme dit toujours que j'ai meilleure mine avec un léger hâle.

— Je ne savais pas que vous étiez marié, ai-je déclaré, espérant que ma surprise ne transparaissait pas trop dans ma voix.

Alexander a hoché la tête.

— Pour mon malheur. Trente-huit ans cette année. La peine est moins longue pour un meurtre, si j'ai bien compris !

Il a émis un rire grinçant et j'ai frémi intérieurement. S'il n'avait pas entendu ce que nous disions tout à l'heure, c'était une remarque bizarre. S'il *avait* entendu, c'était de très mauvais goût.

— Profitez bien du spa, ai-je lancé sans conviction.

Il a souri de nouveau.

— J'y compte bien. On se voit au dîner !

Il s'apprêtait à s'en aller lorsque, soudain poussée par un élan que je n'arrivais pas tout à fait à analyser, je me suis écriée :

— Alexander, attendez…

Il s'est retourné, un sourcil arqué. J'ai senti mon courage m'abandonner, mais j'ai poursuivi.

— Je… ça risque de vous paraître un peu bizarre, mais j'ai entendu des bruits la nuit dernière, venant de la cabine n° 10, celle qui se trouve au bout du bateau. Elle est censée être vide, mais il y avait une femme dedans hier, sauf que maintenant on ne la trouve nulle part. Vous n'auriez pas vu ou entendu quelque chose, vous ? Un *plouf* ? Ou un autre son inhabituel ? Ben dit que vous ne dormiez pas.

— *En effet*, je ne dormais pas, a lâché Alexander, pince-sans-rire. J'ai des insomnies, c'est ce qui arrive, vous savez, quand on a mon âge, et changer de lit n'arrange pas les choses. Alors je suis monté sur le pont pour une petite promenade nocturne. Et ce faisant, j'ai repéré quelques allées et venues. Notre chère amie Tina a reçu une petite visite de notre personnel de cabine, visiblement *très* prévenant. Et l'appétissant M. Lederer rôdait par ici, à un moment. Je ne sais pas ce qu'il fabriquait hors de ses quartiers. Sa cabine est à l'opposé. Je me suis même demandé s'il n'était pas monté pour vous voir…

Il m'a regardée d'un air inquisiteur et je suis devenue rouge comme une tomate.

— Non, pas du tout. Se peut-il qu'il soit allé dans la cabine n° 10 ?

— Aucune idée, a dit Alexander d'un ton contrit. Je l'ai juste aperçu qui tournait dans le couloir. Il retournait dans sa suite afin d'établir un alibi pour ses crimes, peut-être ?

— Quelle heure était-il ? a demandé Ben.

Alexander a fait une moue.

— Hmm… il devait être dans les 4 heures, quatre heures et demie, je pense.

J'ai échangé un coup d'œil avec Ben. J'avais été réveillée à 3 h 04. Donc le fait que Josef ait été aperçu à 4 heures innocentait sans doute Tina – il devait avoir passé un certain temps avec elle. Mais Cole… quelle raison pouvait-il bien avoir de s'aventurer de ce côté du bateau à cette heure-là ?

J'ai repensé à son énorme valise de matériel sur la passerelle.

— Et qui était la femme que j'ai vue sortir de *votre* cabine ? s'est enquis Alexander, non sans malice, en regardant Ben.

Ben a cligné des yeux.

— Pardon ? Vous êtes sûr que vous parlez de la bonne cabine ?

— La n° 8, c'est bien ça ?

— Oui, c'est bien la mienne, a confirmé Ben avec un rire gêné. Mais je peux vous assurer que personne n'y est entré à part moi.

— Vraiment ?

Alexander a poussé un petit gloussement.

— Si vous le dites. C'est vrai qu'il faisait sombre. J'ai dû me tromper.

Il a recalé son livre sous son bras.

— Bon, si vous n'avez pas d'autres questions, chers amis ?

— N-non, ai-je dit, un peu à contrecœur. Du moins pas pour l'instant. Je peux venir vous voir si je pense à autre chose ?

— Bien sûr. Dans ce cas, *adieu**, en attendant le dîner, où j'apparaîtrai bronzé comme un jeune Adonis, et rôti comme une dinde de Noël. *Ciao*, *ciao*…

Il est reparti dans le couloir, le souffle court.

— C'est un sacré numéro, hein ? a commenté Ben lorsqu'il a disparu.

— Il est… Il en fait vraiment des tonnes. Tu penses qu'il le fait exprès ? Ou qu'il est comme ça vingt-quatre heures sur vingt-quatre ?

— Aucune idée. J'ai l'impression qu'au départ il devait s'agir d'une espèce de pose, mais que c'est devenu une seconde nature.

— Et sa femme, tu l'as déjà rencontrée ?

— Non. Mais apparemment elle existe bel et bien. D'après ce qu'on raconte, c'est une espèce de dragon, la fille d'un comte allemand. Il paraît que c'était une vraie beauté, dans sa jeunesse. Ils ont une maison incroyable à South Kensington, bourrée d'œuvres d'art, un Rubens et un Titien ou deux, des trucs complètement dingues. *Hello !* a fait un article là-dessus il y a quelque temps, et il y a eu plein de rumeurs comme quoi c'étaient des trucs pillés par les nazis. Ils se sont fait un peu enquiquiner par l'IFAR[1], mais je crois que c'étaient des conneries.

— Je n'arrive pas à savoir si on peut tirer quelque chose d'utile de tout ce qu'il a raconté.

Je me suis frotté le visage, essayant de dissiper la fatigue qui commençait à s'abattre sur moi tel un nuage noir.

— Cette histoire à propos de Cole, c'était bizarre, non ?

— Heu, oui… Je suppose. Mais si c'était autour de 4 heures, est-ce que ça nous aide vraiment ? Et, pour être honnête, je commence à penser qu'il invente des trucs pour se rendre intéressant. Par exemple, quand il a dit qu'il y avait une fille dans ma cabine, c'était carrément n'importe quoi. Tu me *crois* là-dessus, j'espère ?

— Je…

J'ai senti une boule remonter dans ma gorge. J'étais si épuisée. Mais je ne pouvais pas me reposer. La vache, pour ce qui était de profiter de cette croisière pour lancer ma carrière, c'était loupé ! Si je continuais à chercher les embrouilles comme ça, j'allais finir avec un carnet d'adresses rempli d'ennemis, et non de contacts.

— Oui, bien sûr, suis-je parvenue à dire.

Ben m'a dévisagée, comme pour deviner si je disais la vérité.

— Bien, a-t-il fait enfin. Parce que, je le jure, il n'y avait personne dans ma chambre. À moins que quelqu'un y soit entré pendant que je n'y étais pas, bien sûr.

1. International Foundation for Art Research.

— Tu crois qu'il nous a entendus ? ai-je demandé, plus pour changer de sujet que pour connaître sa réponse. Avant, je veux dire ? Quand il a débarqué derrière nous – on s'imagine mal qu'un type tellement gros puisse faire une entrée aussi silencieuse.

Ben a haussé les épaules.

— J'en doute. Je ne pense pas qu'il soit du genre rancunier, de toute façon.

Je n'ai rien dit, mais au fond de moi, je n'étais pas certaine d'être d'accord. Pour moi, Alexander était *le type même* du mec rancunier, et du genre à savourer sa vengeance, par-dessus le marché.

— Qu'est-ce que tu veux faire ? a demandé Ben. Tu veux que je vienne avec toi chez Bullmer ?

J'ai fait non de la tête. J'avais besoin de retourner dans ma cabine, d'avaler quelque chose. Et en plus, je n'étais pas du tout sûre de vouloir que Ben m'accompagne pour aller trouver Lord Bullmer.

19

Ma chambre était fermée à clé mais, sur la coiffeuse, un sandwich était disposé sur un plateau avec une bouteille d'eau minérale. À en juger par la condensation sur le plastique, il était là depuis un moment.

Je n'avais pas faim, mais je n'avais rien avalé depuis le petit déjeuner, et j'avais presque tout vomi, donc je me suis assise et forcée à manger. C'étaient des crevettes et de l'œuf dur sur du pain de seigle compact et, en mastiquant, j'ai regardé la mer monter et descendre par l'ouverture, son mouvement incessant faisant écho aux pensées qui se succédaient sans trêve dans mon cerveau agité.

Cole, Alexander et Archer s'étaient trouvés dans la même pièce que la fille – j'en étais certaine. Son visage n'était pas tourné vers l'appareil, et il m'était difficile de me rappeler distinctement les traits de celui que j'avais aperçu quelques instants par la porte de la cabine la veille, mais le saisissement que j'avais éprouvé en voyant la photo avait été pareil à un électrochoc – je *devais* m'accrocher à cette certitude.

Archer, au moins, avait un alibi, mais l'idée m'est venue qu'il reposait entièrement sur le témoignage de Ben, qui avait ses propres raisons de vouloir couvrir les allées et venues des joueurs. Et il fallait regarder les choses en face : il m'avait menti de façon délibérée. Sans la remarque fortuite de Cole, je n'aurais jamais su que Ben lui-même avait quitté la pièce.

Mais *Ben* ? Ça ne pouvait pas être lui. Si j'avais la possibilité de faire confiance à une seule personne sur ce bateau, cela devait bien être lui, non ?

Je n'en étais plus si sûre.

J'ai avalé le dernier morceau de pain, je me suis essuyé les doigts sur la serviette et je me suis relevée, sentant le plancher qui ondulait sous mes pieds. Pendant que je mangeais, une brume marine avait envahi l'atmosphère et la pénombre régnait désormais dans la chambre, aussi j'ai allumé la lumière avant de consulter mon téléphone. Rien. J'ai actualisé mes mails, espérant sans espérer un mot de quelqu'un, n'importe qui. Je n'osais pas penser à Judah ni à ce que signifiait son silence.

Lorsque la notification « La connexion a échoué » est apparue, mon estomac s'est noué, un mélange de peur et de soulagement. Du soulagement car cela voulait dire que Judah avait peut-être tenté de me contacter. Que son silence ne signifiait pas ce que je redoutais qu'il signifie.

Mais de la peur parce que, plus longtemps durait la panne d'Internet, plus je me mettais à penser que quelqu'un s'employait délibérément à m'empêcher d'accéder au Web. Et ça commençait à m'inquiéter, c'est le moins qu'on puisse dire.

La porte de la cabine n° 1, la Nobel, était du même bois blanc anonyme que les autres, mais on voyait, rien qu'au fait qu'elle se trouvait à la proue du bateau, au bout d'un long couloir, qu'elle devait avoir quelque chose de tout à fait spécial.

J'ai toqué prudemment. Je ne sais pas trop ce que j'espérais – Richard Bullmer, ou peut-être même une femme de chambre –, ni l'un ni l'autre ne m'aurait surprise. Mais j'ai été décontenancée lorsque la porte s'est ouverte sur Anne Bullmer.

De toute évidence, elle avait pleuré : ses yeux sombres étaient rougis et cernés, et il y avait des traces de larmes sur ses joues décharnées.

J'ai perdu le fil de la question que j'avais préparée avec soin. Des phrases ont défilé dans mon esprit, toutes plus déplacées les unes que les autres. *Ça va ? Qu'est-ce qui ne va pas ? Je peux faire quelque chose ?*

Je n'ai rien dit de tout ça, je me suis contentée d'avaler ma salive.

— Oui ? a-t-elle lancé, un soupçon de défi dans la voix.

Elle s'est essuyé les yeux avec le coin de son peignoir en soie puis a relevé le menton.

— Je peux vous aider ?

J'ai dégluti une nouvelle fois, puis je me suis lancée :

— Je… Oui, je l'espère. Je suis désolée de vous déranger, vous devez être fatiguée après la matinée au spa.

— Pas spécialement, a-t-elle répliqué d'un ton plutôt sec.

Je me suis mordu la lèvre. Peut-être avais-je manqué de tact en faisant allusion à sa maladie.

— En fait, j'espérais m'entretenir avec votre mari.

— Richard est occupé, je le crains. C'est à quel sujet ? Je peux faire quelque chose ?

— Je... je ne crois pas, ai-je répondu, mal à l'aise. Puis je me suis demandé s'il valait mieux m'excuser et partir, ou rester pour m'expliquer.

J'avais honte de la déranger, mais ça ne me paraissait guère mieux de m'en aller si brusquement après avoir frappé à la porte. Ma gêne venait en partie de ses larmes – devais-je la laisser à l'intimité de son chagrin, ou rester et lui offrir mon réconfort ? Mais c'était aussi que je trouvais son visage émacié et lisse très déstabilisant. Sur tous les autres plans, elle semblait intouchable. Voir une femme comme Anne Bullmer, si privilégiée, avec tous les avantages que l'argent pouvait acheter – les médicaments et les traitements de pointe, les meilleurs médecins –, la voir lutter ainsi pour sa survie était presque insoutenable.

J'avais envie de partir en courant, mais en avoir conscience m'a forcée à ne pas me défiler.

— Eh bien, je regrette, a-t-elle dit. Ça peut attendre un peu ? Vous voulez que je lui transmette un message ?

— Je...

Je me suis tortillé les doigts. Que pouvais-je bien dire ? Il n'était pas question pour moi d'enquiquiner cette femme fragile et malheureuse avec mes soupçons.

— Je... il m'a promis une interview, ai-je balbutié, me remémorant les mots qu'il avait lancés avec désinvolture après le dîner.

C'était à moitié vrai, après tout.

— Il m'a dit de venir le trouver dans sa cabine cet après-midi.

— Oh.

Son visage s'est éclairé.

— Je suis désolée. Il a dû oublier. Je crois qu'il est allé au jacuzzi avec Lars et quelques autres. Vous devriez pouvoir le coincer au dîner.

Je n'avais pas l'intention d'attendre si longtemps, mais je n'en ai rien dit et me suis contentée de hocher la tête.

— Est-ce que je… nous vous verrons au dîner ? ai-je demandé, furieuse de buter sur chaque mot.

Bordel de merde. Elle est malade, elle n'a pas la lèpre !

Elle a acquiescé.

— Je l'espère. Je me sens un peu mieux aujourd'hui. Je me fatigue très vite, mais ça serait une capitulation de laisser mon corps l'emporter trop souvent.

— Vous êtes toujours sous traitement ?

Elle a secoué la tête, faisant frissonner le foulard en soie douce qui enveloppait son crâne.

— Pas en ce moment. J'ai terminé ma dernière série de chimiothérapie, pour l'instant en tout cas. Je vais suivre une radiothérapie à notre retour, puis nous verrons.

— Eh bien, bonne chance, ai-je lancé, puis j'ai tressailli en prenant conscience que ma remarque innocente semblait faire de sa survie une sorte de jeu de hasard. Et, heu, merci.

— Pas de problème.

Elle a refermé la porte et je suis repartie, les joues en feu.

Je n'étais jamais allée au jacuzzi, mais je connaissais son emplacement – sur le pont supérieur au-dessus du Lindgren Lounge, juste à côté du spa. J'ai monté les marches recouvertes de moquette épaisse pour rejoindre le restaurant, espérant retrouver cette sensation de lumière et d'espace que j'avais ressentie plus tôt, sauf que j'avais oublié la brume. Lorsque je suis arrivée à l'extérieur, c'est un mur gris qui m'a accueillie, enveloppant le bateau dans ses plis, si bien qu'on y voyait à peine d'un bout du pont à l'autre, ce qui créait une impression insolite, assourdie.

Le brouillard avait rafraîchi l'atmosphère et les poils de mes bras se sont couverts de buée. Tandis que je tentais, tant bien que mal, de me repérer, frissonnante dans le vent, j'ai entendu le grondement prolongé, sinistre, d'une corne de brume.

Tous mes repères se dissolvaient dans ce halo blanc, et il m'a fallu plusieurs minutes pour localiser l'escalier menant au pont supérieur. Finalement, j'ai compris qu'il devait se trouver à ma droite, plus près de la proue du bateau. Je ne voyais pas du tout comment on pouvait prendre plaisir à se prélasser dans un jacuzzi par un temps pareil, et pendant un instant, je me suis demandé si Lady Bullmer ne s'était pas trompée. Mais en contournant l'extrémité vitrée du restaurant, j'ai entendu des rires. J'ai levé la tête : des lumières brillaient dans la brume. Il y avait des gens assez cinglés pour se déshabiller, même par ce froid.

J'ai regretté de n'avoir pas apporté de manteau, mais il était trop tard pour redescendre en chercher un, donc j'ai croisé les bras et j'ai grimpé les marches glissantes, vertigineuses, menant au pont supérieur, guidée par les voix.

Un panneau de verre était posé au milieu. J'ai fait le tour, et ils étaient là – Lars, Chloe, Richard Bullmer et Cole – assis dans le jacuzzi le plus grand que j'aie jamais vu. Il devait faire au moins deux mètres cinquante ou trois mètres de large, et ils étaient appuyés contre les parois, immergés jusqu'aux épaules. La vapeur qui émanait des remous était telle que j'ai eu d'abord du mal à distinguer les baigneurs.

— Mademoiselle Blacklock ! a lancé Richard Bullmer d'une voix chaleureuse qui portait sans mal par-dessus le grondement des jets. Vous vous êtes bien remise de la soirée d'hier ?

Il a sorti dans l'air froid un bras bronzé et musclé, couvert de vapeur et de chair de poule, et j'ai serré sa main dégoulinante. La chaleur de sa poigne s'est dissipée immédiatement tandis que le vent glacial heurtait mes mains… mouillées, à présent.

— Vous êtes venue faire trempette ? a demandé Chloe en riant, m'invitant d'un geste à rejoindre le chaudron de bulles.

— Merci, ai-je décliné, m'efforçant de ne pas grelotter, mais il fait un peu froid.

— Il fait meilleur dans l'eau, je vous assure !

Bullmer a fait un clin d'œil.

— Jacuzzi chaud, douche froide…

Il a désigné une vaste douche d'eau de pluie au-dessus du plateau. Il n'y avait rien pour régler la température, juste un bouton avec un point bleu au centre qui m'a fait frissonner involontairement rien qu'à le regarder.

— … et direct au sauna.

Il a agité le pouce vers une cabine en bois coincée derrière la paroi de verre. J'ai penché la tête et j'ai vu une porte vitrée dégoulinante de condensation et, à travers les ruisselets de gouttes, le rougeoiement d'un brasero.

— Ensuite, vous vous rincez, et vous recommencez aussi souvent que votre cœur peut le supporter.

— Ce n'est pas trop ma tasse de thé, ai-je déclaré d'un ton gêné.

— Vous ne pouvez pas savoir tant que vous n'avez pas essayé, a répliqué Cole.

Il a fait un grand sourire, dévoilant ses incisives pointues.

— Je dois dire, sortir du sauna en courant pour sauter sous la douche froide a été une expérience assez incroyable. Ce qui ne me tue pas me rend plus fort, comme on dit, hein ?

J'ai tressailli.

— Merci, mais je crois que je vais m'abstenir.

— Comme vous voudrez, a souri Chloe.

Elle a tendu son bras d'un geste langoureux, éclaboussant au passage l'appareil photo de Cole posé un peu plus loin, afin d'attraper un verre de champagne givré sur une petite table placée à côté du jacuzzi.

— Écoutez…

J'ai respiré un bon coup et je me suis adressée directement à Lord Bullmer, essayant d'ignorer les visages curieux des autres.

— Lord Bullmer…

Il m'a interrompue :

— Appelez-moi Richard.

Je me suis mordu la lèvre et j'ai acquiescé, essayant de rassembler mes idées.

— Richard, j'espérais vous parler de quelque chose, mais je ne sais pas si c'est le bon moment. Est-ce que je pourrais passer vous voir plus tard, dans votre cabine ?

Il a haussé les épaules :

— Pourquoi attendre ? S'il y a une chose que j'ai apprise dans les affaires, c'est que le bon moment, c'est presque toujours *maintenant*. Ce qu'on prend pour de la prudence est presque toujours de la lâcheté… et vous vous faites coiffer au poteau par quelqu'un d'autre.

— Eh bien…, ai-je commencé, avant de m'interrompre, ne sachant trop que faire.

Je ne souhaitais pas m'exprimer devant les autres. Mais la perspective de me faire coiffer au poteau n'était pas rassurante.

— Prenez donc un verre, a proposé Bullmer.

Il a appuyé sur un bouton au bord du jacuzzi et une fille est apparue comme par miracle, à pas de loup. C'était Ulla.

— Oui, monsieur ?

— Du champagne pour Mlle Blacklock.

— Tout de suite, monsieur.

Elle s'est éclipsée.

J'ai respiré un bon coup. Je n'avais pas le choix. Personne ne pouvait détourner le bateau à part Bullmer, et si je ne me lançais pas maintenant, l'occasion risquait de ne pas se représenter. Il valait mieux parler tout de suite, devant témoins, que de risquer… J'ai enfoncé mes ongles dans ma paume pour repousser cette éventualité.

J'ai ouvert la bouche. *Arrête de fouiner*, a sifflé la voix dans ma tête, mais je me suis forcée à parler.

— Lord Bullmer…

— Richard.

— Richard, je ne sais pas si vous avez parlé à votre responsable de la sécurité, Johann Nilsson. Vous l'avez vu aujourd'hui ?

— Nilsson ? Non.

Bullmer a froncé les sourcils.

— Il rend des comptes au capitaine, pas à moi. Pourquoi cette question ?

— Eh bien…

Mais j'ai été interrompue par Ulla qui arrivait près de moi avec une flûte et une bouteille dans un seau à glace.

— Heu, merci, ai-je bredouillé.

Je n'avais pas tellement envie de boire pour l'instant – pas après les commentaires acides de Nilsson un peu plus tôt, et à cause de la gueule de bois persistante. Et je trouvais incongru d'évoquer mes soupçons en sirotant du champagne. Mais je me suis de nouveau sentie dans une position intenable : j'étais l'invitée de Bullmer, je représentais *Velocity*, et j'étais censée impressionner tous ces gens par mon professionnalisme et les éblouir par mon charme. Au lieu de ça, je m'apprêtais à lancer la plus terrible de toutes les accusations possibles contre son personnel et ses hôtes. Le moins que je pouvais faire, c'était d'accepter de trinquer avec lui.

J'ai pris le verre et j'ai bu une timide gorgée en essayant de mettre de l'ordre dans mes pensées. Le liquide aigrelet m'a fait frissonner. J'ai failli faire la grimace avant de réaliser à quel point cela semblerait insultant pour Bullmer.

— Je… C'est difficile.

— Nilsson, a repris Bullmer, encourageant. Vous étiez en train de me demander si je l'avais vu.

— Ah oui. Eh bien, la nuit dernière, j'ai dû l'appeler. Je… j'ai entendu des bruits venant de la cabine à côté de la mienne. La n° 10.

Je me suis tue.

Richard écoutait, mais les trois autres également – avec une certaine avidité, même dans le cas de Lars. Bon, puisque je n'avais pas le choix, peut-être que je pouvais tourner la chose à mon avantage. J'ai jeté un bref regard aux baigneurs, essayant d'interpréter leurs réactions, de repérer la moindre trace de culpabilité ou d'anxiété. Les lèvres humides et rouges de Lars étaient retroussées dans une expression de scepticisme, et les yeux verts de Chloe élargis par une franche curiosité. Seul Cole paraissait inquiet.

— Palmgren, oui, a dit Bullmer.

Il fronçait les sourcils, perplexe.

— Je croyais qu'elle était vide. Solberg a annulé, non ?

— Je suis allée sur la terrasse, ai-je dit, gagnant de l'assurance.

J'ai jeté un nouveau coup d'œil circulaire sur mon auditoire.

— Et quand j'ai regardé par-dessus la paroi de séparation, je n'ai vu personne, mais il y avait du sang sur la rambarde en verre.

— Grands dieux ! s'est exclamé Lars.

Il souriait ouvertement à présent, n'essayant même pas de cacher son incrédulité.

— Ça sort tout droit d'un roman, votre histoire.

Essayait-il délibérément de démolir mon récit, de me déstabiliser ? Ou était-ce juste sa façon d'être ? Je n'aurais su le dire.

— Continuez, a dit Lars d'un ton proche du sarcasme. Le suspense est insoutenable, je suis sur des charbons ardents.

J'ai continué à m'adresser à Richard. Je parlais plus vite, d'une voix plus ferme.

— Votre agent de sécurité m'a fait entrer dans la cabine, mais elle était vide. Et le sang sur la vitre avait été…

Il y a eu un tintement et un plouf. Je me suis arrêtée net.

Nous nous sommes tous tournés vers Cole, qui tenait quelque chose sur le bord du jacuzzi. Du sang dégoulinait de sa main sur le revêtement en bois pâle.

— Ça va, je crois, a-t-il lancé d'une voix mal assurée. Je suis désolé, Richard. Je ne sais pas comment je me suis débrouillé, mais j'ai renversé mon champagne et…

Il a montré une poignée d'éclats de verre tachés de sang.

Chloe a avalé sa salive et fermé les yeux de toutes ses forces.

— Eurrrk !

Son visage était blême, verdâtre.

— Oh, mon Dieu, Lars…

Richard a posé sa flûte et s'est hissé hors du jacuzzi. Son corps presque nu fumant dans l'air glacial, il a attrapé un des peignoirs blancs posés sur le banc. Pendant un moment il n'a rien dit, il a juste examiné avec calme la main de Cole qui pissait le sang sur le pont et jeté un œil à Chloe, qui semblait sur le point de s'évanouir. Puis il a émis une série d'ordres, tel un chirurgien aboyant ses instructions en salle d'opération.

— Cole, pour l'amour du ciel, reposez ces morceaux de verre. Je vais sonner Ulla pour qu'elle vienne vous nettoyer. Lars, emmenez Chloe s'allonger, elle est blanche comme un linge. Donnez-lui un Valium si nécessaire. Eva a accès à l'armoire à pharmacie. Et mademoiselle Blacklock…

Il s'est tourné vers moi et a marqué une pause, semblant peser ses mots avec soin tout en resserrant son peignoir.

— Mademoiselle Blacklock, allez donc vous installer au restaurant, s'il vous plaît, et dès que j'en aurai terminé avec cet incident, nous passerons en revue tout ce que vous avez vu et entendu.

20

Au bout d'une heure en sa compagnie, je comprenais tout à fait comment Richard Bullmer en était arrivé là dans la vie.

Il ne m'a pas simplement fait raconter mon histoire ; il m'a cuisinée sur le moindre mot, me mettant au pied du mur pour me faire préciser les détails, exhumant des choses que je ne croyais même pas savoir, comme la forme exacte de la tache de sang sur la paroi de verre, et le fait qu'elle ressemblait à une traînée plutôt qu'à des éclaboussures.

Il ne comblait pas les lacunes par des spéculations oiseuses, n'essayait pas de m'orienter ou de me forcer à trancher sur les points dont je n'étais pas certaine. Il se contentait de me bombarder de questions entre deux gorgées de café noir bouillant ; ses yeux bleus étaient très animés : *À quelle heure ? Combien de temps ? C'était quand ? Fort comment, le bruit ? À quoi elle ressemblait ?* Au fur et à mesure, l'accent cockney qu'il affectait d'ordinaire a disparu pour laisser place au phrasé impeccable d'un ancien d'Eton, et il parlait d'une voix tout à fait professionnelle. Il était concentré, toute son attention focalisée sur mon histoire, et son visage ne trahissait pas la moindre émotion.

Si quelqu'un était passé sur le pont et nous avait aperçus à travers la vitre, il n'aurait jamais pu deviner que je venais de lui dire une chose susceptible de ruiner son affaire, et de lui révéler la présence potentielle d'un psychopathe à bord de son yacht. En exposant les faits, je m'attendais à retrouver chez lui un écho du désarroi de Nilsson, ou de l'omerta que m'avaient opposé les hôtesses, mais j'ai eu beau l'examiner avec soin, je n'ai rien vu de tel sur son visage, pas trace d'accusation ou de censure. À en croire l'impassibilité qu'il affichait, nous aurions pu être en train de faire des mots croisés, et je n'ai pu m'empêcher d'être impressionnée par son stoïcisme, même s'il avait un côté assez déstabilisant. Cela n'avait pas été agréable d'avoir affaire au scepticisme et à l'exaspération de Nilsson, mais au moins il y avait quelque chose de très humain dans sa réaction. Bullmer, je n'avais pas la moindre idée de ce qu'il ressentait. Était-il furieux, ou inquiet, et le cachait-il seulement très bien ? Ou était-il aussi serein et calme qu'il en avait l'air ?

Peut-être, me suis-je dit tandis qu'il me faisait raconter une fois de plus ma conversation avec la fille, peut-être ce sang-froid était-il une qualité indispensable pour accomplir ce qu'il avait accompli – se hisser à la force du poignet à une situation où des centaines de postes et des millions de livres d'investissement dépendaient de lui.

Enfin, lorsque nous avons terminé de disséquer mon récit, Bullmer est resté silencieux un moment, la tête penchée, les sourcils froncés. Puis il a jeté un coup d'œil à la Rolex qu'il portait à son poignet bronzé, et il a repris la parole.

— Merci, mademoiselle Blacklock. Je pense que nous sommes allés aussi loin que possible. Le personnel va vouloir mettre la table pour le dîner dans peu de temps. Je suis désolé, il est clair que tout cela a été pour vous une expérience perturbante et terrifiante. Si vous me le permettez, je voudrais en discuter avec Nilsson et le capitaine Larsen pour m'assurer que rien n'a été négligé, et peut-être pouvons-nous nous revoir demain matin à la première heure pour parler des prochaines étapes. D'ici là, j'espère de tout cœur que vous allez réussir à vous détendre assez pour apprécier le dîner et le reste de la soirée.

— Ce sera quoi, la prochaine escale ? D'après ce que j'ai compris, nous nous dirigeons vers Trondheim, mais ne pourrions-nous pas nous arrêter avant ? Il me semble que je dois signaler ça à la police le plus vite possible.

— Peut-être, oui, a dit Bullmer en se levant. Mais nous y serons tôt demain matin, donc attendre me paraît tout de même la meilleure solution. Si nous nous arrêtions quelque part au milieu de la nuit, je pense que notre chance de trouver un poste de police ouvert serait assez mince. Mais je vais devoir m'entretenir avec le capitaine pour voir quel est le mode d'action le plus approprié. Si l'incident s'est produit dans les eaux britanniques ou internationales, il est possible que la police norvégienne ne puisse pas intervenir. C'est une question de juridiction légale, vous comprenez, leur bon vouloir n'entre pas en ligne de compte. Cela va dépendre.

— Et si c'est le cas ? Si nous étions en eaux internationales ?

— Le bateau est immatriculé aux îles Caïman. Je vais demander au capitaine quel impact cela peut avoir sur la situation.

Je me suis sentie défaillir. J'avais lu des comptes rendus d'enquêtes sur des bateaux immatriculés aux Caraïbes : un unique policier était envoyé de l'île pour faire un rapport hâtif et se débarrasser du problème – et encore, lorsqu'une disparition était avérée. Que se passerait-il dans l'affaire présente, où l'unique preuve tangible de l'existence de la fille s'était volatilisée depuis longtemps ?

Cependant, parler avec Bullmer m'avait soulagée. Au moins, contrairement à Nilsson, il semblait me croire, prendre mon récit au sérieux.

Il m'a tendu la main pour prendre congé, et lorsque ses yeux bleus perçants ont croisé les miens, il a souri pour la première fois. C'était un sourire curieusement asymétrique, qui tirait davantage sur un côté de son visage que sur l'autre, mais il lui allait bien, et il s'en dégageait une sympathie désabusée.

— Il y a une chose que je dois vous dire, ai-je ajouté soudain.

Il a haussé les sourcils et laissé retomber sa main.

— Oui ?

— Je…

J'ai avalé ma salive. J'aurais préféré éviter le sujet, mais puisque Bullmer allait sans doute s'entretenir avec Nilsson, cela reviendrait forcément à ses oreilles. Il valait mieux qu'il l'entende de ma bouche.

— J'ai bu, dans la soirée… avant que ça se produise. Et je prends des antidépresseurs. J'en prends depuis des années, depuis mes vingt-cinq ans, à peu près. Je… j'ai fait une dépression. Et Nilsson, je crois qu'il a eu l'impression que…

J'ai dégluti une nouvelle fois. Bullmer a écarquillé les yeux.

— Vous êtes en train de me dire que Nilsson a jeté le doute sur votre histoire sous prétexte que vous prenez un traitement contre la dépression ?

La brusquerie de ses mots m'a fait un peu sursauter, mais j'ai acquiescé.

— Pas ouvertement… mais oui. Il m'a fait observer que les médicaments ne font pas bon ménage avec l'alcool, et je crois qu'il a pensé que…

Bullmer n'a rien dit. Il se contentait de me regarder, impassible, et je me suis mise à bafouiller, comme si j'essayais de défendre Nilsson.

— C'est juste que j'ai été cambriolée, avant d'embarquer pour la croisière. Il y a un homme… qui s'est introduit dans mon appartement et m'a agressée. Nilsson l'a appris, et je pense qu'il en a déduit, eh bien, non pas que j'avais tout inventé, mais que… j'avais peut-être eu une réaction un peu excessive.

— J'ai honte qu'un membre du personnel de ce bateau ait pu faire de telles insinuations, a déclaré Bullmer.

Il m'a pris la main, qu'il a serrée comme dans un étau.

— Je vous prie de me croire, mademoiselle Blacklock, je prends votre récit tout à fait au sérieux.

— Merci.

Mais ce simple mot ne rendait pas justice au soulagement que j'éprouvais : enfin, *enfin,* on me croyait.

Et ce n'était pas n'importe qui, c'était Richard Bullmer, le propriétaire de l'*Aurora*. Si quelqu'un avait le pouvoir de tirer tout cela au clair, c'était bien lui.

En retournant vers ma cabine, j'ai frotté mes yeux brûlants de fatigue, puis j'ai attrapé mon portable dans ma poche pour regarder l'heure. Presque 17 heures. Comment le temps avait-il filé ainsi ?

Par réflexe, j'ai ouvert ma boîte mail et lancé une actualisation, mais il n'y avait toujours pas de connexion, et j'ai éprouvé un léger malaise. Cette panne durait depuis trop longtemps, maintenant, non ? J'aurais dû en parler à Bullmer, mais il était trop tard. Il s'était glissé par une de ces sorties dérobées que je trouvais un peu perturbantes, sans doute pour parler au capitaine ou pour appeler la terre par radio.

Et si Jude m'avait envoyé un mail ? Ou qu'il m'avait appelée ? Même si je doutais que nous nous trouvions encore assez près de la côte pour qu'il y ait un signal. Continuait-il à m'ignorer ? Pendant quelques instants, j'ai senti ses mains dans mon dos, mon visage contre sa poitrine, la chaleur de son corps à travers son tee-shirt, et la nostalgie m'a saisie avec une telle puissance que j'en ai presque trébuché.

Au moins, nous serions à Trondheim le lendemain. Et là, personne ne pourrait m'empêcher d'accéder à Internet.

— Lo ! a fait une voix derrière moi.

Je me suis retournée : c'était Ben qui s'approchait.

Ce n'était pas un homme très corpulent, mais on aurait dit qu'il occupait tout l'espace, par un effet de perspective à la *Alice au Pays des Merveilles* qui donnait l'impression que le couloir se rétrécissait à l'infini tandis que Ben grossissait démesurément à mesure qu'il avançait.

Il s'est mis à marcher à côté de moi en direction de nos cabines.

— Tu as vu Bullmer ? Comment ça s'est passé ?

— Bien, je pense. J'ai l'impression qu'il m'a crue, en tout cas.

Je n'ai pas parlé de l'idée qui m'était venue après le départ de Richard, à savoir qu'il n'était pas allé jusqu'à montrer son jeu. En sortant de notre entrevue, je me sentais confiante et apaisée, mais en repensant à ses mots, j'avais réalisé qu'il n'avait rien *promis.* En fait, il n'avait rien dit qui, hors contexte, puisse prouver qu'il accordait foi à mon récit. Il y avait eu beaucoup de « si c'est vrai… », et de « si ce que vous dites est exact… ». Rien de très concret, en définitive.

— Super, a fait Ben. Il va dérouter le bateau ?

— Je ne sais pas. Il a l'air de penser que ça ne servirait pas à grand-chose de changer d'itinéraire maintenant, qu'il vaut mieux tâcher d'arriver à Trondheim le plus tôt possible demain matin.

Nous étions arrivés au niveau de nos cabines, et j'ai sorti ma clé magnétique.

— La vache, j'espère qu'on ne va pas encore être obligés de se taper un dîner à huit plats ce soir, ai-je soupiré en ouvrant ma porte. Il faut que je dorme assez pour être cohérente demain quand j'irai voir les flics de Trondheim.

— C'est toujours ce que tu comptes faire, alors ?

Il a posé sa main sur le chambranle, m'empêchant de m'en aller ou de fermer la porte, même s'il m'a semblé que ce n'était pas calculé.

— Oui. Aussitôt que le bateau arrive à quai, je file au commissariat.

— Ça ne dépend pas de ce que dit le capitaine sur la position du bateau ?

— Sans doute, si. Je pense que Bullmer doit être en train de lui en parler. Mais je veux à tout prix laisser une trace auprès des autorités, même si elles ne peuvent pas enquêter. Plus vite mon témoignage sera enregistré dans un dossier officiel, plus je me sentirai en sécurité.

— Je comprends, a dit Ben sans hésiter. Eh bien, quoi qu'il arrive demain, les flics n'auront pas de préjugés. Le mieux, c'est de t'en tenir aux faits ; expose-les de façon claire et posée comme tu l'as fait avec Bullmer. Ils te croiront. Tu n'as aucune raison de mentir.

Il a retiré son bras et reculé d'un pas.

— Tu sais où me trouver si tu as besoin de moi, OK ?

— OK.

Je lui ai fait un sourire las, et je m'apprêtais à refermer la porte lorsqu'il m'a coincée de nouveau en reposant sa main sur le chambranle.

— Ah, au fait, j'ai failli oublier, a-t-il dit, désinvolte. T'es au courant, pour Cole ?

— Sa main ?

J'avais presque oublié, mais l'image m'est revenue avec une netteté choquante – le sang dégoulinant goutte à goutte sur le pont, le visage livide de Chloe.

— Le pauvre. Il va avoir besoin de points de suture ?

— Je ne sais pas, mais il y a autre chose. Il s'est démerdé pour flanquer son appareil photo dans le jacuzzi, en même temps. Il est hors de lui, il dit qu'il ne comprend pas ce qui lui a pris de le laisser si près du bord.

— Tu te fiches de moi ?

— Pas du tout. D'après lui, l'objectif est récupérable, mais l'appareil en lui-même et la carte SD sont foutus.

J'ai eu l'impression que la pièce tournait un peu, comme si la perspective se distordait tout à coup, et j'ai revu, tel un flash irritant, la photo de la fille sur le petit écran – une photo qui désormais était sans doute perdue à jamais. Ben a poussé un petit rire.

— Pas la peine d'en faire un tel drame ! Il doit être assuré, j'en suis certain. C'est juste dommage pour les photos. Il nous les a montrées au déjeuner. Certains clichés étaient extra. Il y avait un très beau portrait de toi pris hier soir.

Il s'est arrêté et m'a touché le menton du bout des doigts.

— Hé, ça va ?

— Ça va.

Je me suis dégagée dans un sursaut, puis j'ai essayé de m'arracher un sourire convaincant.

— Je suis juste… je crois que c'est la dernière fois de ma vie que je pars en croisière. Ça ne me réussit vraiment pas… Tu sais… la mer… le côté confiné. Là, tout ce dont j'ai envie, c'est arriver à Trondheim.

Mon cœur battait la chamade, et je n'avais qu'une hâte, que Ben retire sa main de la porte et s'en aille. J'avais besoin de me remettre les idées en place et d'assimiler toutes ces informations.

— Tu voudrais bien… euh ?

J'ai fait un petit signe de tête vers la main de Ben. Il s'est redressé en riant de bon cœur.

— Bien sûr ! Excuse-moi. Je ne devrais pas jacasser comme ça. Tu veux sans doute te préparer pour le dîner… n'est-ce pas ?

— Voilà !

J'ai parlé d'une voix aiguë, un peu fausse. Ben a reculé, et j'ai fermé la porte avec un sourire contrit.

Une fois débarrassée de lui, j'ai mis le verrou puis je me suis laissée glisser par terre, le dos contre la porte. J'ai ramené mes jambes contre ma poitrine et j'ai posé mon front sur mes genoux. Une image flottait derrière mes paupières fermées. C'était Chloe, en train d'attraper sa flûte de champagne, renversant quelques gouttelettes d'eau sur l'appareil de Cole posé sur le pont à côté.

Il était impensable que Cole ou n'importe qui d'autre ait pu renverser l'appareil dans l'eau par accident. Il n'était pas sur le rebord du jacuzzi. Quelqu'un avait profité du chahut provoqué par mon annonce et par le bris du verre, l'avait ramassé et jeté dedans. Et je n'avais absolument aucun moyen de savoir de qui il s'agissait. Cela aurait pu se produire à n'importe quel moment, même après que nous avions tous quitté le pont. Cela aurait pu être pour ainsi dire n'importe quel invité ou membre du personnel… ou Cole lui-même.

J'ai eu l'impression que les murs se refermaient sur moi, sur la pièce mal aérée, avec sa chaleur étouffante, et j'ai su que j'avais besoin de sortir.

Sur la terrasse, la bruine marine enveloppait encore le bateau, mais j'ai inspiré de grandes bouffées d'air glacial, laissant la fraîcheur me remplir les poumons et m'arracher à ma stupeur. Je devais *réfléchir*. J'avais l'impression d'avoir toutes les pièces du puzzle sous les yeux. Avec un peu d'efforts, il devait m'être possible de les rassembler. Si seulement je n'avais pas eu une telle migraine…

Je me suis penchée au-dessus du bastingage, comme je l'avais fait la nuit précédente, et j'ai repensé à ce moment : la porte vitrée en train de se refermer furtivement, l'énorme *plouf* brisant le silence, la tache de sang sur le verre. Et soudain, j'ai eu la certitude absolue que je ne l'avais *pas* imaginé. Je n'avais rien inventé. Ni le mascara. Ni le sang. Ni le visage de la femme de la cabine n° 10. Surtout, je ne l'avais pas imaginée, elle. Et pour elle, je ne pouvais pas lâcher l'affaire. Parce que je savais ce que ça faisait *d'être* elle, de se réveiller au milieu de la nuit avec un intrus dans sa chambre, de sentir dans ses tripes que quelque chose de terrible était sur le point de se produire et que l'on ne pouvait rien faire pour l'empêcher.

L'air nocturne de septembre m'a soudain paru froid, très froid, et je me suis rappelé à quel point nous étions au nord – presque au niveau du cercle arctique. Je tremblais convulsivement. J'ai sorti mon téléphone de ma poche, et j'ai tenté une fois de plus de voir s'il y avait du réseau. J'ai brandi l'appareil aussi haut que possible, comme si cela allait suffire à améliorer la réception, mais il n'y avait aucune barre de signal.

Le lendemain, en revanche… Le lendemain, nous serions à Trondheim et, quoi qu'il arrive, je descendrais de ce bateau et me rendrais directement au poste de police le plus proche.

21

En me maquillant pour le dîner ce soir-là, j'ai eu l'impression de m'affubler de peintures de guerre : couche après couche, je me composais le masque calme, professionnel qui allait me permettre de supporter cette épreuve.

Une grande partie de moi n'aspirait qu'à se pelotonner sous la couette. La perspective d'échanger des propos oiseux avec un groupe d'individus parmi lesquels se dissimulait un assassin potentiel, ou de manger de la nourriture servie par quelqu'un qui avait peut-être tué une femme la nuit précédente, c'était une idée terrifiante et surréaliste.

Mais d'un autre côté, j'étais obstinée, et je refusais de céder. En appliquant du mascara emprunté à Chloe devant le miroir de la salle de bains, je me suis surprise à chercher dans mon reflet la fille en colère, idéaliste qui avait commencé ses études de journalisme quinze ans plus tôt. Je me remémorais mes rêves d'alors : devenir journaliste d'investigation et changer le monde. En définitive, j'avais atterri dans la presse touristique, à la rédaction de *Velocity,* pour payer les factures et, presque malgré moi, j'avais commencé à aimer ça – je m'étais même mise à me délecter des avantages en nature, à rêver d'un poste comme celui de Rowan et à m'imaginer à la tête de mon propre magazine. Et c'était bien comme ça. Je n'avais pas honte de ce que j'étais devenue ; comme la plupart des gens, j'avais pris le boulot que j'avais trouvé, et j'avais essayé de faire de mon mieux avec les circonstances. Mais comment pourrais-je la regarder dans les yeux, cette fille dans le miroir, si je n'avais pas le courage de me mouiller pour mener l'enquête lorsqu'un sujet comme celui-ci me tendait les bras ?

J'ai pensé à toutes les femmes que j'avais admirées, correspondantes de guerre dans le monde entier. À celles qui avaient dénoncé des régimes corrompus, qui étaient allées en prison pour protéger leurs sources, qui avaient risqué leur vie pour révéler la vérité. Je ne voyais pas Martha Gellhorn obéir à une injonction « d'arrêter de fouiner », ou Kate Adie se planquer dans sa chambre d'hôtel parce qu'elle avait peur de ce qu'elle risquait de découvrir.

« ARRÊTE DE FOUINER ». Le message était gravé dans ma mémoire. Après avoir achevé mon maquillage par un trait de gloss, j'ai soufflé sur la glace et tracé du doigt un mot dans la buée qui troublait mon reflet : « NON ».

Tandis que je sortais de la salle de bains pour enfiler mes chaussures de soirée, une petite voix, plus égoïste, m'a rappelé que j'étais plus en sécurité parmi les autres que seule. Personne ne pouvait me faire du mal dans une pièce pleine de témoins.

J'étais en train de lisser ma robe lorsqu'on a frappé à la porte.

— Qui est-ce ?

— C'est Karla, mademoiselle Blacklock.

J'ai ouvert la porte. Karla se tenait là, souriant avec son expression de surprise perpétuelle.

— Bonsoir, mademoiselle Blacklock. Je voulais juste vous rappeler que le dîner sera servi dans dix minutes, et il y a un apéritif dans le Lindgren Lounge, quand vous souhaiterez nous rejoindre.

— Merci, ai-je dit. (Puis, presque par réflexe, tandis qu'elle s'apprêtait à s'en aller, j'ai ajouté :) Karla ?

— Oui ?

Elle s'est retournée, les sourcils arqués de telle sorte que son visage rond semblait presque affolé.

— Je peux vous aider pour autre chose ?

— Je… je ne sais pas. C'est juste que…

J'ai respiré un grand coup, tentant de trouver la meilleure formulation.

— Lorsque je suis venue vous parler ce matin dans les quartiers du personnel, j'ai eu l'impression que… que vous aviez autre chose à me dire. Que vous ne vouliez peut-être pas parler devant Mlle Lidman. Et je voulais juste vous dire que, demain, je vais aller voir la police à Trondheim pour leur expliquer ce que j'ai vu. S'il y a quoi que ce soit – n'importe quoi – que vous vouliez ajouter, ce serait le bon moment. Je peux m'assurer que ça reste anonyme.

J'ai repensé à Martha Gellhorn et à Kate Adie, au genre de reporter que je voulais être autrefois.

— Je suis journaliste, ai-je insisté d'un ton aussi convaincant que possible. Vous le savez. Nous protégeons nos sources, ça fait partie du métier.

Karla n'a rien dit ; elle s'est contentée de se tordre les doigts.

— Karla ?

Pendant un instant, j'ai cru que des larmes perlaient dans ses yeux bleus, mais elle les a retenues d'un battement de cils.

— Je ne…, a-t-elle commencé, avant de marmonner quelque chose dans sa propre langue.

— Ne vous en faites pas. Vous pouvez vous confier à moi. Je vous promets que ça restera entre nous. Vous avez peur de quelqu'un ?

— Ce n'est pas ça, a-t-elle répondu, l'air malheureux. Mais j'ai de la peine pour vous. Johann prétend que vous avez tout inventé, que vous êtes… comment on dit ? paranoïaque, et que vous… vous cherchez à vous faire remarquer en inventant des histoires. Et je suis persuadée que ce n'est pas le cas. Je pense que vous êtes quelqu'un de bien, et que vous croyez ce que vous dites. Mais, mademoiselle Blacklock, nous avons besoin de nos emplois. Si la police dit qu'il s'est passé quelque chose sur le bateau, personne ne va vouloir voyager avec nous, et ce ne sera pas forcément très facile de retrouver du travail. J'ai un petit garçon, Erik, qui est chez ma mère, et elle a besoin de l'argent que je leur envoie. Et juste parce que quelqu'un a peut-être laissé une amie utiliser une cabine vide, ça ne signifie pas qu'elle a été tuée, vous comprenez ?

Elle s'est détournée.

— Attendez.

J'ai avancé une main pour tenter de la retenir.

— Qu'est-ce que vous êtes en train de me dire ? Il y avait *bien* une fille dans la cabine ? Quelqu'un l'a fait entrer en douce ?

Elle s'est écartée de moi.

— Tout ce que je dis, mademoiselle Blacklock, c'est : ne faites pas d'histoires s'il ne s'est rien passé.

Puis elle est repartie dans le couloir d'un pas vif, elle a composé le code de la porte du personnel et elle a disparu.

En montant au Lindgren Lounge, je me suis surprise à repasser la conversation dans ma tête, tâchant d'interpréter ses propos. Avait-elle *vu* quelqu'un dans la cabine, ou seulement soupçonné sa présence ? Peut-être était-elle déchirée entre sa sympathie pour moi et sa crainte de ce qui risquait de se produire si ce que je disais était vrai ?

Devant le lounge, j'ai subrepticement consulté mon téléphone, espérant contre toute attente que nous soyons assez proches de la côte pour avoir du réseau, mais toujours rien. Tandis que je le rangeais dans mon sac à main, Camilla Lidman s'est approchée d'un pas souple.

— Je peux vous débarrasser, mademoiselle Blacklock ?

Elle a montré le sac. J'ai secoué la tête.

— Non, merci.

Mon téléphone était réglé pour émettre un bip lorsqu'il se connectait à un réseau itinérant. Si nous obtenions un signal, je voulais être en mesure d'agir tout de suite.

— Très bien. Puis-je vous offrir du champagne ?

Elle a désigné un plateau sur une petite table près de l'entrée, j'ai acquiescé et pris une flûte. Je savais que j'avais intérêt à garder les idées claires en prévision du lendemain, mais un petit remontant ne pouvait pas me faire de mal.

— Pour votre information, mademoiselle Blacklock, a-t-elle ajouté, la conférence de ce soir sur les aurores boréales a été annulée.

Je lui ai jeté un regard vide ; une fois de plus, j'avais oublié de consulter le programme.

— Il devait y avoir une présentation des aurores boréales après le dîner, a-t-elle expliqué en voyant mon expression. Un exposé de Lord Bullmer accompagné des photos de M. Lederer mais, malheureusement, Lord Bullmer a été retenu par une urgence et M. Lederer s'est blessé à la main, donc la soirée a été reprogrammée pour demain, une fois que le groupe sera revenu de Trondheim.

J'ai acquiescé de nouveau, et j'ai parcouru la pièce des yeux pour voir qui d'autre manquait à l'appel.

Bullmer et Cole étaient tous deux absents, comme l'avait dit Camilla. Chloe n'était pas là non plus et, quand je me suis enquis d'elle auprès de Lars, il m'a expliqué qu'elle ne se sentait pas bien et qu'elle était restée allongée dans sa chambre. Anne était là, malgré sa pâleur, et lorsqu'elle a porté son verre à ses lèvres, sa robe a glissé, dévoilant un hématome violacé sur sa clavicule. Elle m'a vu y poser les yeux une seconde avant de les détourner en toute hâte, et elle a émis un petit rire timide.

— Je sais, c'est affreux, n'est-ce pas ? J'ai trébuché dans la douche, mais je marque si facilement, maintenant ! Ça a l'air bien pire que ça ne l'est en réalité. C'est un des effets secondaires de la chimiothérapie, hélas.

Tandis que nous nous installions pour dîner, j'ai repéré Ben qui me montrait le siège à côté du sien, en face d'Archer, mais j'ai fait semblant de ne pas le voir, et j'ai pris la place la plus proche de l'endroit où je me tenais, à côté d'Owen White. Il était en train de gratifier Tina d'un laïus sur ses intérêts financiers et son rôle dans la société d'investissement pour laquelle il travaillait.

Je n'écoutais que d'une oreille distraite la discussion de mes autres voisins de table, mais je me suis soudain aperçue qu'ils avaient changé de sujet et qu'Owen avait baissé la voix comme à dessein.

— … pour être honnête, confiait-il à Tina, je ne suis pas convaincu à 100 % de la viabilité de ce montage financier, c'est tout de même un secteur très ciblé. Mais, à mon avis, Bullmer ne devrait pas avoir trop de mal à trouver des fonds ailleurs. Déjà, il est plein aux as, ou plutôt Anne l'est, donc il peut se permettre d'attendre l'entrée en lice de l'investisseur idéal. C'est dommage que Solberg n'ait pas pu venir, parce que lui, en revanche, c'est tout à fait son domaine.

Tina a hoché la tête d'un air avisé, puis la conversation a dérivé vers d'autres sujets – des destinations de vacances, la nature des cubes de gelée vert fluo qui venaient d'apparaître dans nos assiettes, flanqués de petits tas d'herbes qui devaient être des algues. J'ai promené mon regard sur la salle. Archer parlait à Ben en riant à gorge déployée. Il avait l'air ivre, son nœud papillon était déjà de travers. Anne, à la même table, discutait avec Lars. Il n'y avait pas trace des larmes de l'après-midi, mais elle semblait toujours un peu tourmentée et son sourire avait quelque chose de forcé.

— Vous vous interrogez sur notre hôtesse ? a fait une voix grave de l'autre côté de la table. (Je me suis retournée vers Alexander, qui buvait une gorgée de vin.) C'est une sacrée énigme, n'est-ce pas ? Elle a l'air si fragile, et pourtant on dit que c'est elle qui soutient le trône de Richard. Quand on se retrouve à la tête d'une fortune pareille à l'âge où la plupart des enfants en sont toujours à baver dans leurs corn-flakes, on doit être forcé de se forger un caractère d'acier.

— Vous la connaissez bien ?

Alexander a secoué la tête.

— Jamais rencontrée. Richard passe la moitié de sa vie dans des avions, mais elle, elle ne quitte presque jamais la Norvège. Pour moi, c'est tout à fait incompréhensible. Comme vous le savez, le voyage est ma raison d'être, et je ne conçois pas qu'on puisse se limiter à un petit pays insignifiant comme la Norvège quand tous les restaurants de toutes les capitales du monde vous tendent les bras. Ne jamais goûter au cochon de lait d'El Bulli, ne jamais s'immerger dans la magnifique fusion de cultures du Gaggan à Bangkok ! Mais je suppose que c'est en réaction à son éducation : je crois qu'elle a perdu ses parents dans un accident d'avion à l'âge de huit ou neuf ans, et qu'elle a passé le reste de son enfance à être trimballée dans toute l'Europe, d'un pensionnat chic à l'autre, par ses grands-parents. Je peux comprendre qu'elle ait eu le désir de prendre le contre-pied de cette existence à l'âge adulte.

Il a levé sa fourchette, et nous commencions à peine à manger lorsqu'il y a eu un bruit à la porte. J'ai levé les yeux : Cole s'approchait de la table d'un pas mal assuré.

— Monsieur Lederer !

Une hôtesse s'est empressée d'apporter une chaise supplémentaire parmi celles qui étaient rangées sur le côté.

— Mademoiselle Blacklock, je peux juste vous demander de…

Je me suis un peu décalée, et elle a installé un siège au bout de la table. Cole s'y est laissé tomber lourdement. Il avait la main bandée et, c'était évident qu'il avait bu.

— Non, pas de champagne, a-t-il dit en réponse à Hanni qui était apparue en silence avec un plateau. Je prendrai un scotch.

Hanni a hoché la tête et s'est éloignée à la hâte. Cole s'est appuyé contre le dossier de sa chaise et il a passé sa main sur sa barbe naissante.

— Désolée pour votre appareil photo, ai-je lancé prudemment.

Il a fait la grimace, et j'ai compris qu'il était déjà très saoul.

— C'est un cauchemar, putain ! Et le pire, c'est que c'est ma faute. Je suis trop con. J'aurais dû faire des sauvegardes.

— Toutes les photos ont disparu ?

Cole a haussé les épaules.

— Sans doute, oui. Je connais un mec à Londres qui arrivera peut-être à récupérer une partie des données mais, en tout cas, quand je mets la carte dans mon ordinateur, il ne se passe rien du tout, elle n'apparaît même pas.

— Je suis vraiment navrée.

Mon cœur battait à toute vitesse. Je n'étais pas certaine que c'était raisonnable mais, après tout, je n'avais plus rien à perdre, et je me suis lancée :

— Il n'y avait que des photos de la croisière ? Il m'a semblé voir une image qui avait été faite ailleurs… ?

— Ah oui, j'ai permuté les cartes, il restait quelques clichés d'un shooting que j'ai fait il y a deux semaines au Magellan.

Je connaissais le Magellan : c'était un club de Piccadilly très sélect, exclusivement réservé aux hommes, dont la vocation était de servir de point de rencontre aux diplomates et aux « gentlemen voyageurs ». Les femmes pouvaient néanmoins y venir en tant qu'invitées, et j'y avais assisté à une ou deux cérémonies pour représenter Rowan.

— Vous en êtes membre ? lui ai-je demandé.

Il a poussé un ricanement méprisant.

— Certainement pas, putain ! Pas mon style, même s'ils m'acceptaient, ce qui m'étonnerait bien – les endroits où le port du jean est interdit, ce n'est pas pour moi. Le Frontline, déjà, c'est plus à mon goût. Mais Alexander, lui, est membre. Et Bullmer aussi, je crois. Vous savez bien comment ça marche : faut être soit le dernier des snobs, soit le dernier des richards, et par chance je ne suis ni l'un ni l'autre.

Sa dernière remarque est tombée au moment d'un blanc dans la conversation. Dans le silence, sa voix altérée par l'alcool a résonné trop fort ; j'ai vu quelques têtes se tourner, et Anne adresser à la serveuse un signe qui voulait dire : *Apportez-lui à manger avant de lui servir son whisky.*

— Qu'est-ce que vous faisiez là-bas, dans ce cas ? j'ai demandé, plus bas, comme si je pouvais le persuader de modérer le volume de sa voix par mimétisme.

— Des photos pour *Harper's Magazine*.

Son assiette est arrivée, et il a commencé à harponner des morceaux de nourriture au hasard, les enfournant dans sa bouche sans prendre garde à leur architecture fragile ni à leur goût.

— Le lancement de je ne sais plus quoi, il me semble. La vache !

Il a baissé les yeux sur sa main, la fourchette en équilibre précaire contre le bandage.

— Ça fait super mal. Pas question que j'aille visiter la cathédrale de Trondheim demain, je vais aller chez le médecin pour me faire examiner et récupérer des antalgiques dignes de ce nom.

Après le dîner, nous avons emporté nos cafés au lounge, et je me suis retrouvée debout à côté d'Owen White, à scruter le brouillard à travers la porte-fenêtre. Il m'a saluée d'un signe de tête poli, mais il n'avait pas l'air pressé d'entamer la conversation. J'ai essayé de penser à ce qu'aurait fait Rowan. Devais-je tenter de le charmer ? Ou le planter là pour aller parler à quelqu'un qui soit d'une utilité plus directe à *Velocity* ? Archer, peut-être ?

J'ai jeté un coup d'œil à celui-ci par-dessus mon épaule. Il était très, très saoul. Il avait acculé Hanni contre une fenêtre, dans un coin de la pièce, et sa large carrure l'empêchait efficacement de s'échapper. Un pichet de café à la main, elle souriait poliment, mais non sans appréhension. Elle a dit quelque chose en montrant le café ; elle cherchait à prendre congé, mais il a posé un bras lourd autour de ses épaules en riant – un geste possessif de vieil oncle libidineux qui m'a flanqué un début de chair de poule.

Hanni a encore dit quelques mots que je n'ai pas saisis, puis elle s'est dégagée de sa prise avec une agilité qui témoignait d'un certain entraînement en la matière. Pendant quelques instants, Archer a arboré une expression furieuse, mais il a fini par laisser tomber et il est allé parler avec Ben.

Je me suis retournée vers Owen en soupirant. Je n'aurais su dire si c'était un soupir de soulagement pour Hanni, ou de résignation : il n'y avait rien à faire, cela me répugnait d'affronter des individus désagréables, même pour le bien de ma carrière.

Owen, à côté, semblait inoffensif, rassurant, même si je me suis aperçue, en examinant à la dérobée son reflet sur la vitre opaque, que je ne savais pas du tout s'il pouvait être d'une quelconque utilité à *Velocity*. Ben me l'avait décrit comme un investisseur, mais White était resté tellement discret depuis le début de la croisière que je ne savais même pas ce qu'il faisait au juste. Peut-être serait-il un partenaire idéal du groupe, si le propriétaire de *Velocity* décidait un jour de se lancer dans un secteur plus rentable. En tous les cas, je n'avais aucune envie de m'aventurer de l'autre côté de la pièce.

— Alors, euh, ai-je commencé, gênée. J'ai l'impression que nous n'avons pas été présentés. Je m'appelle Laura Blacklock, je suis journaliste de voyage.

— Owen White, a-t-il répondu, laconique, mais son ton n'avait rien de cassant ; ce n'était pas un bavard, c'est tout.

Il m'a tendu la main, et je l'ai serrée maladroitement avec ma main gauche, qui tenait un petit-four :

cela semblait un meilleur choix que ma main droite, encombrée d'une tasse de café brûlant.

— Et qu'est-ce qui vous amène sur l'*Aurora*, monsieur White ?

— Je travaille pour un groupe d'investisseurs. (Il a pris une longue gorgée de café.) Bullmer espérait, je pense, que je leur recommande l'*Aurora*.

— Mais… d'après ce que vous disiez à Tina, ce ne sera pas le cas ? ai-je hasardé, me demandant s'il était grossier d'avouer que j'avais entendu leur conversation, même si je n'avais guère pu faire autrement.

Il a hoché la tête sans se formaliser.

— En effet. Je dois l'avouer, ce n'est pas tout à fait mon secteur, mais j'ai été flatté d'être invité, et je suis trop vénal pour refuser un voyage gratuit. Comme je le disais à Tina, c'est dommage que Solberg n'ait pas pu venir.

— Il était censé occuper la cabine n° 10, non ?

Owen White a acquiescé. Tout à coup, j'ai réalisé que je ne savais pas qui était ce Solberg, et que j'ignorais la raison de son absence.

— Vous le connaissiez… enfin, je veux dire, vous le connaissez ? Solberg ?

— Oui, très bien. Nous travaillons dans le même domaine. Il est basé en Norvège, tandis que mes bureaux se trouvent à Londres, mais c'est un petit monde, on est amené à rencontrer tous ses concurrents. Ça doit être la même chose dans le journalisme de voyage, j'imagine.

Il a souri en mettant un petit-four dans sa bouche, et je l'ai imité, comme pour confirmer la pertinence de sa remarque.

— Alors, si c'est plutôt sa spécialité à lui, pourquoi n'est-il pas venu ?

Owen White n'a rien dit, et pendant quelques instants je me suis demandé si j'étais allée trop loin, puis, il a avalé sa bouchée et j'ai réalisé que c'était simplement son petit-four qui lui posait problème.

— Il y a eu un cambriolage, a-t-il bredouillé, la bouche encore à moitié pleine. À son domicile, je crois. On lui a volé son passeport, mais je pense que ça n'explique qu'en partie son absence. Sa femme et ses enfants étaient à la maison au moment des faits, d'après ce que j'ai compris, et ils étaient assez secoués. On peut dire ce qu'on veut sur les entreprises scandinaves… (il a fait une nouvelle pause afin de déglutir, héroïquement cette fois)… mais elles comprennent l'importance de faire passer la famille avant les affaires. Dites donc, je vous conseille d'éviter ce nougat, sauf si vous avez une excellente dentition. J'ai peut-être bien perdu un plomb, pauvre de moi.

— Pas le nougat ! ai-je entendu derrière moi tandis que j'essayais d'assimiler ce que je venais d'entendre : Alexander fonçait sur nous.

— Owen, *je vous en prie*, dites-moi que vous n'avez pas fait ça.

— Eh si.

Owen a pris une gorgée de café et s'est rincé la bouche, avec un petit tressaillement.

— À mon grand regret.

— Il devrait y avoir un avertissement pour les dents fragiles sur ce truc, au minimum. Vous ! (Il m'a montrée du doigt.) Ce qu'il nous faut, c'est une grande enquête journalistique, les révélations explosives de

Velocity sur les liens obscurs de Richard Bullmer avec l'industrie de la cosmétique dentaire. Entre ça et l'autre *incident*, je me dis que les futurs passagers de ce bateau vont avoir *beaucoup* de mal à se trouver une assurance, vous ne croyez pas ?

— L'autre incident ? ai-je répliqué, essayant de me rappeler ce que j'avais dit à Alexander.

J'étais certaine de ne pas lui avoir raconté toute mon histoire. Lars avait-il répété la conversation dans le jacuzzi ?

— De quel autre incident parlez-vous ?

— Eh bien, a dit Alexander en écarquillant comiquement les yeux, la main de Cole, bien sûr. Vous pensiez à quoi ?

Après le café, le groupe a commencé à se disperser. Owen s'est éclipsé sans dire au revoir, et Lars a pris congé bruyamment avec une blague sur Chloe. Bullmer n'était toujours nulle part, et Anne non plus.

— Vous voulez prendre un dernier verre au bar ? m'a demandé Tina tandis que je déposais ma tasse vide sur une petite table. Alexander va nous jouer un air, il ne faut pas rater le spectacle.

— Je… je ne sais pas.

J'étais toujours en train de retourner dans ma tête ce qu'Owen White m'avait dit sur le cambriolage chez Solberg. Qu'est-ce que cela signifiait ?

— Je ferais mieux d'aller me coucher.

— Ben ? a demandé Tina d'un ton caressant.

Il m'a regardée.

— Lo ? Tu veux que je te raccompagne à ta cabine ?

— Pas la peine, merci.

Je me suis éloignée. J'étais presque à la porte lorsque j'ai senti une main me saisir le poignet. Je me suis retournée : c'était Ben.

— Hé, a-t-il dit à mi-voix. Qu'est-ce qui se passe ?

J'ai jeté un regard derrière lui sur les autres invités qui s'attardaient, riant et bavardant avec insouciance tandis que les hôtesses nettoyaient autour d'eux.

— On ne va pas se lancer là-dedans, pas ici. Il ne se passe rien du tout.

— Alors pourquoi tu t'es comportée si bizarrement pendant tout le dîner ? Tu as vu que je t'avais gardé une chaise et tu as fait exprès de m'ignorer.

— Il n'y a rien.

Je ressentais une pression douloureuse à mes tempes, comme si la colère que j'avais réprimée toute la soirée commençait à se réveiller.

— Je ne te crois pas. Allez, Lo, crache le morceau.

— Tu m'as menti.

C'est sorti en un chuchotement furieux avant que j'aie le temps de me demander si c'était bien sage de balancer ce genre d'accusations. Ben a eu l'air déconcerté.

— Quoi ? Non, je ne t'ai pas menti !

— Ah bon ? Alors tu n'as jamais quitté la cabine pendant la partie de poker ?

— Non !

C'était son tour de jeter des regards par-dessus son épaule vers les autres convives. Tina nous observait, de l'autre côté de la pièce, et il s'est retourné vers moi, baissant la voix.

— Non, je ne suis pas sorti… Ah si, attends, c'est vrai que je suis allé chercher mon portefeuille. Mais ce n'était pas un mensonge… pas vraiment.

— Pas un mensonge ? Tu m'as juré que personne n'avait quitté cette cabine. Et je découvre par Cole que non seulement *tu* es sorti, mais que n'importe qui d'autre aurait pu sortir, pendant ton absence.

— Mais ça n'a rien à voir, bordel, a-t-il marmonné. Je ne sais plus à quel moment je suis parti, mais c'était au tout début de la soirée. Pas du tout à l'heure dont tu parlais.

— Dans ce cas, pourquoi mentir ?

— Ce n'était pas un mensonge ! Je n'ai pas réfléchi, c'est tout. Sans déconner, Lo…

Je ne l'ai pas laissé finir. J'ai dégagé mon poignet et je l'ai planté là.

J'étais tellement obnubilée par ce qui venait de se passer que j'ai heurté quelqu'un. C'était Anne. Elle était adossée au mur, comme si elle essayait de rassembler ses forces. Pour rejoindre les autres ou pour retourner à sa cabine ? Elle avait l'air éreinté, le teint gris, et les cernes autour de ses yeux étaient plus sombres que jamais.

— Oh, je suis désolée ! ai-je bafouillé. (Puis, repensant au bleu sur sa clavicule, j'ai ajouté :) J'espère que je ne vous ai pas fait mal ?

Un sourire a plissé sa bouche, sans atteindre son regard.

— Ça va, merci. Je suis très fatiguée, c'est tout. Parfois…

Elle a dégluti, et sa voix s'est brisée quelques instants, perdant un peu de son accent anglais cristallin.

— Parfois, on dirait que c'est un peu trop, tout ça… Vous voyez ce que je veux dire ? Quelle *mise en scène* !

— Je vois, oui, ai-je acquiescé, pleine de compassion.

— Si vous voulez bien m'excuser, je vais me coucher, a-t-elle dit.

J'ai hoché la tête et me suis dirigée vers la poupe.

J'étais presque arrivée à ma suite lorsqu'une voix courroucée a retenti derrière moi.

— Lo ! Lo, attends, tu ne peux pas lancer ce genre d'accusations et te tirer comme ça.

Merde. Ben. J'ai éprouvé le désir pressant de me faufiler dans ma cabine et de claquer la porte, mais je me suis forcée à me retourner pour lui faire face, le dos contre le lambris.

— Je n'ai lancé aucune accusation. J'ai juste répété ce qu'on m'a dit.

— Mais tu as presque insinué que tu me soupçonnais ! On se connaît depuis plus de dix ans ! Tu te rends compte de ce que ça me fait de t'entendre m'accuser d'un pareil mensonge ?

Il semblait sincèrement offensé, mais j'ai refusé de me laisser attendrir. C'était la tactique préférée de Ben lors de nos engueulades, à l'époque où nous étions ensemble. Lorsque je lui faisais des reproches, il détournait la conversation en prétendant que je l'avais blessé et que j'agissais de manière irrationnelle. D'innombrables fois, je m'étais retrouvée à m'excuser pour l'avoir contrarié, *lui* – pendant ce temps, mes propres sentiments restaient complètement ignorés et nous finissions par perdre de vue le problème qui avait provoqué le désaccord. Je n'allais pas me faire avoir comme ça, cette fois-ci.

— Je n'insinue rien du tout, ai-je dit, essayant de garder une voix égale. J'expose des faits.

— Des faits ? Ne sois pas ridicule !

J'ai croisé les bras.

— Qu'est-ce que tu veux dire par là ?

— Que tu es parano, a-t-il répliqué avec véhémence. Tu vois un croque-mitaine derrière chaque coin de porte. Peut-être que Nilsson…

Il s'est interrompu. J'ai fermé le poing autour de ma minaudière, palpant la bosse de mon portable à travers les paillettes.

— Continue. Peut-être que Nilsson… quoi ?

— Rien.

— Peut-être que Nilsson avait raison ? Peut-être que j'imagine des choses ?

— Je n'ai pas dit ça.

— Mais c'est ce que tu pensais, non ?

— Je te demande juste de prendre du recul et de te regarder un peu, Lo. De considérer tout ça de façon rationnelle, je veux dire.

Je me suis forcée à garder mon calme, et j'ai souri.

— Je suis rationnelle. Mais je serai très heureuse de prendre un peu de recul. Dont acte.

Là-dessus, je suis entrée dans ma suite et je lui ai claqué la porte au nez.

— Lo ! Je l'ai entendu crier.

Il a tambouriné à la porte puis il y a eu une pause.

— *Lo !*

Je n'ai rien dit, mais j'ai mis le verrou et la chaîne. Personne ne passerait par cette porte à moins de l'enfoncer à coups de bélier. Surtout pas Ben Howard.

— Lo !

Il a frappé de nouveau.

— Écoute, tu veux bien me *parler*, au moins ? C'est n'importe quoi, là. Qu'est-ce que tu vas raconter à la police demain ?

Je l'ai ignoré, j'ai jeté mon sac sur le lit, retiré ma robe du soir et je suis allée dans la salle de bains ; j'ai fermé la porte et allumé les robinets de la baignoire pour noyer sa voix. Lorsque enfin je suis entrée dans l'eau brûlante et que j'ai coupé l'eau, le seul son que j'entendais était le doux murmure de la ventilation. Dieu merci, il devait avoir laissé tomber. Pas trop tôt.

J'avais laissé mon téléphone dans la chambre, donc je ne savais pas trop quelle heure il était lorsque je suis sortie du bain. J'avais les doigts tout ridés et je me sentais lourde de sommeil, mais d'une façon plaisante, tout à fait différente de l'épuisement nerveux des derniers jours. Je me suis brossé les dents, séché les cheveux et enveloppée dans le peignoir blanc. J'ai pensé à la bonne nuit de sommeil qui m'attendait et à la déclaration cohérente, soigneusement préparée, que je ferais au commissariat le lendemain.

Et ensuite… Bon sang, je défaillais presque de soulagement rien que d'y penser. Ensuite je prendrais un bus, un train, ou n'importe quel fichu moyen de transport qu'on pouvait trouver à Trondheim, je filerais à l'aéroport et je rentrerais *chez moi*.

Lorsque je suis ressortie de la salle d'eau, j'ai retenu mon souffle, craignant un peu que les coups sur la porte et les cris de Ben ne reprennent, mais il n'y avait pas un son. Je me suis dirigée vers l'entrée à pas de loup sur l'épaisse moquette pâle, et je suis allée regarder par le judas. Il n'y avait personne. En tout cas, personne que je puisse voir – je n'apercevais qu'une partie du couloir, mais à moins qu'il ne soit couché sur le seuil, Ben était parti.

J'ai poussé un soupir et pris mon sac à main pour regarder l'heure sur mon portable et régler l'alarme. Je n'allais pas attendre un appel de Karla : je voulais être réveillée et quitter le bateau le plus tôt possible.

Sauf que mon téléphone ne se trouvait pas à l'intérieur.

J'ai renversé le sac et l'ai secoué, mais je savais déjà que c'était inutile. Petit comme il était je voyais bien que rien ne pouvait rester caché à l'intérieur. Il n'était pas sur le lit. Se pouvait-il qu'il ait glissé par terre ?

Je me suis efforcée de réfléchir posément.

J'aurais pu l'avoir laissé à la table du dîner, mais je ne l'avais pas sorti, et de toute façon je me rappelais très bien l'avoir tâté à l'intérieur de mon sac pendant ma dispute avec Ben. Et j'aurais remarqué qu'il était trop léger lorsque je l'avais jeté sur le lit.

J'ai regardé dans la salle de bains, au cas où je l'aurais apporté avec moi machinalement, mais il n'était pas là non plus.

Je me suis mise à fouiller avec davantage d'acharnement : j'ai jeté la couette par terre, j'ai poussé le lit – et c'est là que je l'ai vue : une empreinte de pied, une empreinte mouillée, sur la moquette à côté de la porte de la véranda.

Je me suis figée.

Se pouvait-il que ce soit la mienne ? Quand j'étais sortie du bain ?

Cependant, je savais que c'était impossible. Je m'étais essuyé les pieds dans la salle de bains, et je ne m'étais pas approchée de la baie vitrée. Je me suis avancée, et j'ai effleuré du bout des doigts la forme humide et froide : en fait, c'était une trace de chaussure. On reconnaissait bien la marque du talon.

Il n'y avait qu'une seule possibilité.

Je me suis relevée, j'ai fait coulisser la porte de la véranda, et je suis sortie sur le balcon. Là, je me suis penchée par-dessus le bastingage pour essayer de regarder la terrasse vide à gauche de la mienne. La séparation en verre dépoli était haute et abrupte, mais si vous aviez assez de cran, que vous n'aviez pas le vertige et que la perspective de finir noyé ne vous arrêtait pas, il était *tout juste* envisageable de la franchir.

Je tremblais – mon peignoir ne me protégeait guère du vent froid de la mer du Nord –, mais il me restait une dernière chose à essayer, même si j'allais beaucoup le regretter et me sentir très conne s'il s'avérait que j'avais tort.

Prudemment, j'ai fermé la baie vitrée de la véranda jusqu'à entendre le déclic.

Puis j'ai essayé de la tirer dans l'autre sens.

Elle s'est ouverte sans la moindre résistance.

Je suis rentrée et j'ai refait la même chose, puis j'ai examiné la serrure. Comme je le pensais, il n'y avait pas moyen de verrouiller la porte de la véranda de façon à empêcher un intrus de pénétrer dans la chambre. C'était logique, d'ailleurs. En principe, la seule personne à pouvoir se trouver dehors était un occupant de la suite. On ne pouvait pas prendre le risque de laisser quelqu'un s'y enfermer accidentellement par mauvais temps sans moyen de donner l'alarme. Sans parler d'un enfant qui aurait enfermé son père ou sa mère à l'extérieur dans un moment de conflit et aurait ensuite été incapable de débloquer la serrure.

Et puis, qu'y avait-il à craindre ? La véranda donnait sur la mer ; il paraissait impossible d'y accéder de l'extérieur.

Sauf qu'en fait, ce n'était pas impossible. Pas pour quelqu'un de très culotté et de très stupide.

À présent je comprenais. Toutes les serrures, les verrous et les panneaux « Ne pas déranger » du monde seraient inutiles, puisque le balcon offrait un accès royal à quiconque avait accès à la cabine vide et assez de force dans les bras pour se hisser par-dessus la paroi de séparation.

Ma chambre n'était pas protégée et ne l'avait jamais été.

J'ai enfilé mon jean, mes bottes et mon sweat à capuche préféré. Puis j'ai vérifié que la porte était bien verrouillée et je me suis blottie sur le sofa, un coussin contre la poitrine.

Il était impensable de dormir, à présent.

N'importe quel membre du personnel pouvait ouvrir la suite vide avec son passe magnétique. Quant aux invités…

J'ai réfléchi à la disposition des cabines. À la droite de la mienne, il y avait celle d'Archer, l'ex-marine, doté d'une force physique qui me faisait tressaillir lorsque j'y repensais. Et à gauche… à gauche, il y avait la n° 10, et ensuite celle de Ben Howard.

Ben. Qui avait jeté le doute sur mon récit auprès de Nilsson. Qui avait menti au sujet de son alibi.

Et pour les photos sur l'appareil de Cole, il était au courant avant moi. Ses mots me sont revenus comme dans un rêve : « Il nous les a montrées au déjeuner. Il y avait des clichés extra… »

Ben Howard. La seule personne à bord à qui je croyais pouvoir faire confiance.

J'ai pensé au téléphone, à la stupidité et au culot qu'il avait fallu pour s'introduire dans ma suite afin de le voler pendant que je prenais mon bain. On avait risqué gros pour le prendre, et la question était : *Pourquoi ? Pourquoi maintenant ?* Mais je pensais connaître la réponse.

Sur le bateau, tant qu'Internet ne fonctionnait pas, le coupable n'avait rien à craindre. Il m'était impossible d'émettre un appel sans passer par Camilla Lidman. Mais une fois que nous nous serions rapprochés de la côte…

J'ai serré le coussin plus fort contre ma poitrine, et j'ai pensé à Trondheim, à Judah et à la police.

Il fallait seulement que je tienne jusqu'à l'aube.

Mystères en Série : Un lieu de discussion pour détectives en chambre

Merci de lire les règles du forum *avant* de commencer un fil, et de vous abstenir de poster tout commentaire susceptible de nuire à des affaires en cours et/ou de tenir des propos diffamatoires. Les messages violant ces règles seront retirés.

Lundi 28 septembre, 10 h 03 : Anglaise disparue

Jesuissherlockée : Salut tout le monde, quelqu'un a suivi l'affaire Lorna Blacklock ? Apparemment, on a retrouvé un corps.

JemappelleMarpleJaneMarple : Je crois que c'est Laura Blacklock, en fait, tu pourras vérifier. Oui, j'ai suivi l'affaire. Vraiment tragique, et hélas, pas si rare que ça : j'ai lu quelque part que plus de 160 personnes ont été portées disparues au cours de croisières ces dernières années, et presque aucune de ces affaires n'a été élucidée.

Jesuissherlockée : Oui, il me semble que j'ai entendu ça, moi aussi. J'ai lu dans le *Daily Mail* que son ex était à bord du bateau. Y a une grande interview larmoyante où il raconte à quel point il est inquiet. D'après lui, elle a débarqué de son plein gré. C'est moi, ou c'est un chouia suspect ? On ne dit pas qu'un tiers des femmes sont assassinées par leurs ex, leurs compagnons, etc. ?

JemappelleMarpleJaneMarple : « Un tiers des femmes sont assassinées par leurs ex, leurs compagnons, etc. » Je suppose que tu veux dire que dans le cas des femmes qui sont assassinées, un tiers d'entre elles sont tuées par un compagnon ou un ex, pas un tiers des femmes en général ! Mais oui, ce genre de proportions semble plausible. Et bien sûr il y a le petit ami. Sa déclaration sonne un peu faux, et apparemment il n'était pas en Angleterre à ce moment-là... Hum... bien pratique. Pas si compliqué que ça de prendre un avion pour la Norvège, hein ?

Informanonyme : Je suis un habitué de MeS (même si j'ai changé mon pseudo car je ne veux pas trahir mon identité) et en fait j'ai des infos de première main sur cette affaire, je suis un ami de la famille. Je ne veux pas en dire trop de peur de me rendre reconnaissable ou d'empiéter sur l'intimité des proches de Lo, mais je peux vous dire que Judah est complètement dévasté par sa disparition, et je ferais bien attention à ne pas insinuer le contraire, ou vous risquez fort de voir ce fil supprimé.

JemappelleMarpleJaneMarple : Inform, je trouverais tes affirmations plus convaincantes si tu tombais le masque, et quoi qu'il en soit, je n'ai rien dit de diffamatoire. J'ai juste souligné que personnellement je ne trouvais pas sa déclaration convaincante. Où est la diffamation, j'aimerais bien le savoir ?

Informanonyme : Écoute, MJM, je n'ai pas envie de débattre de cette question avec toi, mais je connais super bien la famille. J'ai été au lycée avec Laura, et je peux t'affirmer que tu te trompes de cible. Si tu veux savoir, Lo a de graves problèmes – elle prend des médicaments contre la dépression depuis des années et elle a toujours été... instable, pour le dire avec tact. J'imagine que c'est la piste que suit la police.

Jesuissherlockée : Quoi, tu veux dire un suicide ?

Informanonyme : Ce n'est pas mon rôle de spéculer sur l'enquête policière, mais oui, c'est ce que je lis entre les lignes. Si vous regardez bien, ils font très attention à ne pas parler de meurtre dans la presse.

JudahLewis01 : Un ami m'a parlé de ce fil et je me suis inscrit sur le forum pour poster ceci. Contrairement à Informanonyme, c'est mon vrai nom. Informanonyme, je ne sais pas du tout qui tu es, mais tu peux aller te faire foutre. Oui, Lo prend des médicaments (même si, pour ta gouverne, c'est contre l'anxiété, pas la dépression, et si tu étais vraiment un ami, tu le saurais), mais c'est aussi le cas de centaines de milliers de personnes, et l'idée que ça fait automatiquement d'elle une personne « instable », comme tu dis, ou suicidaire, est nauséabonde. Oui, j'étais en voyage : j'étais en Russie pour mon travail. Et, oui, on a retrouvé un corps, mais il n'a pas été identifié comme étant celui de Lo, et à ce stade, la police enquête toujours sur une affaire de disparition, c'est pourquoi il n'a été question de meurtre nulle part. Tous autant que vous êtes, pourriez-vous garder à l'esprit que vous parlez d'une personne réelle, et pas de votre épisode privé d'*Arabesque* ? Je ne sais pas qui sont les modérateurs de ce merdier, mais je signale ce fil.

Jesuissherlockée : « Contrairement à Informanonyme, c'est mon vrai nom. » Je ne veux pas jouer sur les mots, mais on n'a que ta parole, là-dessus, mec.

MmeRaisin (Modér) : Bonjour à tous, j'ai le regret de vous apprendre que nous sommes de l'avis de M. Lewis : ce fil s'est égaré en spéculations plutôt infectes, et nous allons donc l'effacer. Bien sûr, nous ne voulons pas vous empêcher de discuter de l'actualité, aussi n'hésitez pas à en ouvrir un autre, mais merci de vous en tenir aux faits avérés.

InspektörWallander : Et ce blog norvégien branché sur les fréquences de la police qui rapporte une identification positive du corps de Laura ?

MmeRaisin (Modér) : Ce fil est désormais clos.

Sixième partie

22

J'étais coincée. Je ne savais pas où ni comment, mais je m'en faisais une idée assez précise.

La pièce dépourvue de fenêtres était petite et oppressante, et je suis restée allongée sur la couchette, les yeux fermés et la tête dans les bras, essayant de ne pas me laisser déborder par la panique qui montait en moi.

J'ai dû repasser les événements mille fois dans ma tête, à travers le brouillard de terreur qui se faisait de plus en plus épais – entendant, encore et encore, le coup frappé à la porte tandis que j'étais assise sur le rebord du canapé, en attendant l'arrivée, à l'aube, à Trondheim.

Le son, bien que pas spécialement fort, m'a fait l'effet d'un coup de fusil dans le silence de la cabine. J'ai redressé la tête en sursaut, et j'ai laissé échapper le coussin que je tenais entre les mains. Mon cœur s'est mis à battre à cent à l'heure. Bon sang ! J'ai retenu ma respiration et me suis forcée à expirer, lentement, puis à inspirer, en comptant les secondes.

On a frappé de nouveau, pas des coups violents mais un simple *toc-toc-toc*, suivi d'un long silence et d'un dernier *toc* asséné sans conviction, quoiqu'un peu plus fort que les autres. Je me suis alors levée tant bien que mal et me suis dirigée, avec autant de discrétion que j'ai pu, vers la porte.

Plaçant ma main autour du judas pour éviter qu'un brutal rai de lumière ne trahisse ma présence, j'ai écarté le petit cache en acier. Puis, lorsque mon visage a été assez proche de l'ouverture pour empêcher la lueur de l'aube grisâtre de s'infiltrer, j'ai retiré mes doigts et j'ai jeté un coup d'œil.

Je ne sais pas qui je m'attendais à voir. Nilsson, peut-être. Ben Howard. Je n'aurais même pas été surprise de voir Bullmer.

Mais je n'aurais jamais deviné qui se tenait sur le seuil.

Elle.

La femme de la cabine n° 10. La disparue. Elle attendait là comme si de rien n'était.

Pendant un instant, je suis restée bouche bée, sans rien faire, comme si j'avais reçu un coup de poing dans l'estomac. Elle était *vivante*. Nilsson avait raison… et j'avais eu tort depuis le début.

Puis elle a fait demi-tour et a commencé à longer le couloir en direction des quartiers du personnel. Il fallait que je la rattrape avant qu'elle se volatilise derrière cette porte verrouillée.

J'ai ouvert la porte à toute volée.

— Hé ! ai-je crié. Hé, vous, attendez ! Il faut que je vous parle !

Elle ne s'est pas arrêtée, n'a même pas jeté un coup d'œil derrière elle. Déjà, elle se trouvait devant la porte qui donnait sur le pont inférieur et tapait le code. Je n'ai pas réfléchi. Je savais juste que, *cette fois*, je n'allais pas la laisser disparaître sans laisser de trace. J'ai couru.

J'étais encore au milieu du couloir qu'elle était déjà en train de s'engouffrer dans l'escalier, mais en me faisant pincer douloureusement les doigts, j'ai réussi à attraper le rebord du battant qui se refermait, je l'ai forcé à se rouvrir et me suis jetée dans l'ouverture.

De l'autre côté, c'était l'obscurité ; l'ampoule était grillée. Ou bien elle avait été retirée… c'est ce que je me suis dit par la suite.

Tandis que la porte se refermait derrière moi, je me suis arrêtée une seconde pour essayer de me repérer, de distinguer la première marche. Et c'est là que ça s'est produit : une main m'a agrippé les cheveux par-derrière, une autre m'a tordu le bras dans le dos. Il y a eu un bref intervalle de terreur haletante, une valse-hésitation. Mes ongles se sont enfoncés dans la peau de mon adversaire, et j'ai essayé d'attraper la main fine et puissante qui me tenait par les cheveux, mais elle a tiré plus fort, attirant brutalement ma tête en arrière avant de la précipiter en avant contre la porte verrouillée. J'ai entendu mon crâne se fendre contre le chambranle métallique, puis plus rien.

Je suis revenue à moi ici, toute seule, allongée sur une couchette avec une mince couverture sur moi. Ma douleur à la tête était atroce, une palpitation lente qui déformait ma vue : un halo dansait autour des lumières faibles de la pièce. Il y avait un rideau sur le mur d'en face et, tremblotante, je me suis laissée glisser du lit et je me suis dirigée vers lui en rampant à moitié.

Mais lorsque je suis parvenue tant bien que mal à me redresser en prenant appui sur la couchette du dessus et que j'ai écarté le fin tissu orange, j'ai pu constater qu'il ne cachait pas de fenêtre – juste un mur vierge en plastique couleur crème, avec un relief presque imperceptible, comme pour imiter une tapisserie gaufrée.

Les murs semblaient se rapprocher, la pièce se rétrécir autour de moi, et j'ai senti ma respiration s'emballer. *Un. Deux. Trois. Inspire.*

Merde. J'ai senti les sanglots monter en moi, menaçant de m'étouffer de l'intérieur.

Quatre. Cinq. Six. Expire.

J'étais prise au piège. Oh mon Dieu, oh mon Dieu, oh mon Dieu…

Un. Deux. Trois. Inspire.

En m'appuyant contre le mur d'une main, je me suis rapprochée de l'entrée d'un pas mal assuré, mais je savais avant d'essayer que c'était en vain. C'était fermé à clé.

Refusant de m'avouer vaincue, j'ai testé l'autre porte, découpée dans le mur perpendiculaire, mais elle ouvrait sur de minuscules toilettes, vides à l'exception d'une araignée morte recroquevillée dans le lavabo.

Je suis retournée à la première porte en titubant et j'ai tenté de nouveau de l'ouvrir, en tirant plus fort cette fois, bandant tous mes muscles. J'ai secoué la poignée si violemment que l'effort m'a mise hors d'haleine. Lorsque je me suis laissée tomber par terre, je voyais de petites étoiles. Non. Non, ce n'était pas possible, étais-je vraiment prisonnière ?

Je me suis relevée et j'ai cherché autour de moi un objet quelconque qui puisse faire office de levier, mais il n'y avait rien. À part les tissus, tout était fixé ou vissé. J'ai essayé de forcer la poignée de nouveau, tâchant de ne pas penser au fait que je me trouvais dans une cellule sans fenêtre d'environ un mètre vingt sur un mètre quatre-vingts, bien en dessous du niveau de la mer, séparée seulement de milliers de tonnes d'eau par une membrane d'acier de quelques centimètres. Mais la porte n'a pas bougé ; la seule chose qui a changé, c'était la douleur dans ma tête, semblable à des décharges électriques. J'ai fini par me replier sur la couchette, où je me suis affalée. Oh mon Dieu, comme j'avais été stupide : sortir de ma chambre en courant pour foncer dans le piège…

J'ai essayé de réfléchir. Je devais rester calme, garder la tête hors de la marée d'effroi qui menaçait de me submerger. Rester logique. Rester maîtresse de moi. *Il le fallait*. Quel jour étions-nous ? Je n'aurais su dire combien de temps s'était écoulé. J'avais les muscles raides, comme si j'étais restée étendue dans cette position sur la couchette pendant un long moment, mais même si j'avais soif, je n'avais pas la gorge complètement desséchée. Si j'étais restée inconsciente plus de quelques heures, je me serais réveillée déshydratée. Donc nous étions encore mardi, sans doute.

Auquel cas… Ben savait que j'avais l'intention de débarquer à Trondheim. Il allait me chercher, non ? Il ne laisserait pas le bateau repartir sans moi.

Mais j'ai remarqué que le moteur était en marche, et que je sentais le roulis des vagues sous la coque. Soit nous ne nous étions pas arrêtés du tout, soit nous avions déjà quitté le port.

Oh, mon Dieu ! Nous nous dirigions de nouveau vers le large, et tout le monde allait se figurer que j'étais restée à Trondheim. Si l'on me cherchait, ce serait au mauvais endroit.

Si seulement ma tête ne me faisait pas tant souffrir, si seulement mes pensées ne se bousculaient pas de la sorte…

Si seulement les murs ne s'étaient pas refermés sur moi comme les parois d'un cercueil, m'empêchant de respirer et de *réfléchir*.

Les passeports. Je ne savais pas quelle taille faisait le port de Trondheim, mais il devait bien y avoir une sorte de contrôle douanier. Et un membre de l'équipage était sans doute posté sur la passerelle pour enregistrer les allées et venues des passagers. Ils ne pouvaient pas prendre le risque de partir en oubliant quelqu'un. Il devait donc exister un fichier, un registre précisant que je n'avais pas quitté le bateau. On allait se rendre compte que j'étais toujours à bord.

Je devais me raccrocher à cet espoir.

Mais c'était dur, quand le seul éclairage était dispensé par une ampoule faiblarde qui clignotait de façon de plus en plus aléatoire, et quand l'atmosphère semblait se raréfier à chaque respiration. Oh mon Dieu, qu'est-ce que c'était dur !

J'ai fermé les yeux pour ne plus voir les murs menaçants et la lumière oppressante et déformante, et j'ai tiré la mince couverture sur moi. J'ai essayé de me concentrer sur quelque chose. La sensation de l'oreiller plat et mou sous ma joue. Le son de ma respiration.

Mais l'image qui ne cessait de revenir était celle de la fille, plantée nonchalamment devant ma porte, main sur la hanche, puis le balancement de sa démarche lorsqu'elle était repartie vers la porte du personnel.

Comment était-ce possible ? *Comment ?*

Était-elle restée cachée sur le bateau durant tout ce temps ? Dans cette pièce, peut-être ? Mais je savais, sans même regarder autour de moi, que personne n'avait dormi là récemment. Rien n'indiquait que l'endroit ait été habité : pas de taches sur la moquette, pas de traces de café sur l'étagère en plastique, pas la moindre odeur de nourriture ou de transpiration. Même l'araignée recroquevillée dans le lavabo évoquait l'abandon. Il n'était pas imaginable que cette fille, d'une vitalité presque agressive, ait pu passer du temps ici sans y laisser la moindre marque. Je ne savais pas où elle s'était planquée, mais ce n'était pas ici.

Cet endroit ressemblait à un tombeau. Peut-être serait-ce le mien.

23

J'ai dû m'assoupir sans m'en rendre compte, épuisée par la migraine lancinante et bercée par le grondement du moteur, car je me suis réveillée au son d'un déclic.

Me redressant en sursaut, je me suis cognée contre la couchette du dessus et je me suis laissée retomber, me tenant la tête des deux mains tandis que le sang cognait dans mes oreilles et me vrillait la nuque.

Il y avait une assiette par terre, avec un verre de jus de fruits.

Je l'ai ramassé et reniflé. Le liquide avait la couleur et l'odeur du jus d'orange, mais je n'ai pas pu me résoudre à le boire. Au lieu de ça, je me suis levée à grand-peine et j'ai ouvert la porte de la petite salle d'eau. J'ai vidé le verre dans le lavabo et l'ai rempli au robinet. L'eau était tiède et trouble, mais j'avais tellement soif désormais que j'aurais bu pire. J'ai englouti le verre, l'ai rempli, et me suis mise à boire le second plus lentement en retournant vers la couchette.

Mon mal de crâne était puissant, et j'aurais bien voulu avoir de l'aspirine. En outre, j'étais dans un état lamentable : je frissonnais et j'avais les jambes en coton, comme si j'étais en train d'attraper la grippe. C'était sans doute la faim – cela faisait des heures que je n'avais pas mangé et mon taux de sucre devait être au plus bas.

J'avais envie de rester allongée et de reposer ma tête douloureuse, mais mon estomac grondait, et je me suis forcée à examiner la gamelle posée par terre. Elle avait l'air tout à fait normale – des boulettes de viande en sauce, de la purée et des petits pois, accompagnés d'un morceau de pain. Je savais que j'aurais dû manger – mais la même répulsion instinctive qui m'avait poussée à vider le verre de jus de fruits s'est emparée de moi. Cela me semblait tellement anormal de manger de la nourriture fournie par quelqu'un qui m'avait enfermée dans un cachot situé en dessous du niveau de la mer. Il pouvait y avoir n'importe quoi, là-dedans. De la mort-aux-rats. Des somnifères. *Pire.*

Soudain, l'idée de mettre ne serait-ce qu'une cuillerée de cette sauce dans ma bouche m'a paniquée et donné la nausée, et j'ai eu envie de jeter le tout dans l'évier avec le jus d'orange, mais alors même que j'avais esquissé le geste de me lever, prête à ramasser l'assiette, j'ai pris conscience d'une chose et me suis rassise, les jambes flageolantes.

Ils n'avaient pas besoin de m'empoisonner. Pourquoi se donner cette peine ? Ils n'avaient qu'à me laisser mourir de faim.

J'ai essayé de m'éclaircir les idées.

Si la personne qui m'avait barricadée ici voulait ma mort, elle m'aurait déjà tuée. Non ?

Il n'y aurait eu qu'à me frapper de nouveau, plus fort, ou à m'étouffer avec un oreiller ou un sac en plastique lorsque j'étais inconsciente. Or il ou elle ne l'avait pas fait. Non, cet individu avait été forcé de déployer des efforts considérables, à ses risques et périls, pour me traîner ici.

Donc on ne voulait pas m'assassiner. Pas tout de suite, en tout cas.

Un seul petit pois. On ne pouvait pas mourir après l'ingestion d'un petit pois empoisonné, non ?

J'en ai piqué un avec la fourchette et l'ai examiné. Tout à fait normal. Pas de trace de poudre. Une couleur normale.

Je l'ai mis dans ma bouche et l'ai fait rouler sous mon palais, tentant de déceler le moindre goût suspect. Rien à signaler.

J'ai avalé.

Il ne s'est pas passé grand-chose. Je n'attendais rien de spectaculaire, d'ailleurs – je m'y connaissais mal en poisons –, mais j'imaginais que ceux qui vous tuaient en quelques secondes ne couraient pas les rues.

Pourtant, quelque chose s'est produit. J'ai commencé à ressentir la faim.

J'ai cueilli quelques petits pois supplémentaires et les ai mangés, avec prudence d'abord, puis de plus en plus vite à mesure que la nourriture commençait à me requinquer. J'ai embroché une boulette de viande avec ma fourchette. L'odeur et le goût étaient caractéristiques de la nourriture de collectivités.

Finalement, j'ai vidé l'assiette et j'ai attendu, immobile, que quelqu'un vienne la récupérer.

J'ai attendu.

Et attendu.

Le temps est très élastique – c'est la première chose dont on s'aperçoit lorsque l'on est privé de la lumière du jour et sans montre. J'ai essayé de compter les secondes, les battements de mon cœur, mais, arrivée à deux mille et quelque, j'ai perdu le fil.

J'avais mal à la tête, mais c'étaient les frissons et mon impression générale de faiblesse qui m'inquiétaient le plus. D'abord, j'avais pensé que j'étais en hypoglycémie ; après avoir mangé, j'avais commencé à redouter qu'il y ait *vraiment* eu un poison quelconque dans la nourriture, puis je me suis mise à essayer de retrouver quand j'avais pris mes cachets pour la dernière fois.

J'en avais sorti un de sa plaquette après avoir vu Nilsson le lundi matin. Sauf qu'en définitive, je ne l'avais pas pris. Quelque chose m'avait retenue – le besoin stupide de prouver que je n'étais *pas* dépendante de ces innocents petits confettis blancs. Et j'avais laissé le comprimé sur le lavabo, sans me résoudre à l'avaler ni à le jeter.

Je n'avais pas eu l'intention d'arrêter. Juste de montrer… je ne sais trop quoi. Que la décision me revenait, je suppose. Un petit bras d'honneur à Nilsson, aussi vain soit-il.

Mais la dispute avec Ben me l'avait fait sortir de l'esprit. Je m'étais rendue au spa sans prendre mon médicament, puis il y avait eu l'épisode de la douche…

Cela faisait au moins quarante-huit heures que je n'avais pas eu ma dose. Peut-être même soixante. Cette idée me mettait mal à l'aise. En fait, elle me terrifiait.

J'ai eu ma première crise d'angoisse quand j'avais… je ne sais pas, treize ans, peut-être ? Quatorze ans ? J'étais ado, en tout cas. Elle est venue… et repartie, me laissant affolée et pantelante, mais je n'en ai parlé à personne. J'avais l'impression que c'était un truc de cinglée. Tous les autres traversaient la vie sans trembler, sans se retrouver incapables de respirer… non ?

Pendant un certain temps, ça a été. J'ai passé mon brevet des collèges. Je suis entrée au lycée. C'est là que les choses ont commencé à devenir problématiques. Les attaques de panique sont revenues, d'abord une, puis deux. Au bout d'un moment, on aurait dit que maîtriser mon anxiété était devenu une activité à plein temps, et les murs se sont mis à se refermer sur moi.

J'ai consulté un thérapeute – et même plusieurs. Il y a eu l'« analyste » que ma mère avait trouvée dans l'annuaire, une femme au visage sévère, avec des lunettes et des cheveux longs, qui voulait que je révèle le secret inavouable qui aurait fourni la clé pour débloquer tout ça ; sauf que je n'en avais pas. Pendant un certain temps, j'ai envisagé d'en inventer un, juste pour voir si ça m'aiderait à me sentir mieux. Mais ma mère s'est lassée d'elle (et de ses honoraires) avant que j'aie le temps d'inventer une histoire crédible.

Il y a eu l'animateur jeune et branché d'un groupe de soutien communautaire, avec son troupeau de jeunes filles aux troubles divers et variés, de l'anorexie à l'automutilation. Et enfin il y a eu Barry, le comportementaliste recommandé par mon généraliste, qui m'a appris à respirer et à compter, et a provoqué chez moi une allergie tenace aux chauves à la voix lénifiante.

Mais aucun d'entre eux n'a produit l'effet escompté sur moi. Pas complètement, du moins. J'ai tout de même réussi à avoir mon bac, puis j'ai fréquenté la fac et je me suis sentie un peu mieux ; je me suis dit que peut-être que tout ça – ce *truc* – m'avait passé, comme mon goût pour NSYNC et le gloss à la cerise. J'avais dû le laisser dans mon ancienne chambre, dans la maison de mes parents, avec mes autres affaires d'enfance. J'ai adoré l'université. Quand j'en suis sortie avec mon diplôme flambant neuf, je me sentais prête à conquérir le monde. J'ai rencontré Ben, j'ai décroché un boulot à *Velocity* et un appartement à Londres. Tout semblait se mettre en place à merveille.

Et c'est là que je me suis effondrée.

J'ai essayé une fois d'arrêter les médocs. J'étais bien dans ma vie, j'avais tourné la page Ben (et pas qu'un peu !). Mon généraliste a réduit la dose à vingt milligrammes par jour, puis à dix, puis, comme je le vivais plutôt bien, à dix milligrammes tous les deux jours, et finalement j'ai cessé d'en prendre.

J'ai tenu deux mois avant de craquer et, déjà, j'avais perdu douze kilos et je risquais de perdre mon poste à *Velocity*, même s'ils ne savaient pas pourquoi j'avais cessé de venir au bureau. En fin de compte, Lissie a appelé ma mère, et celle-ci m'a accompagnée chez le généraliste, qui a haussé les épaules en disant que ça pouvait être le sevrage, mais qu'il était également possible que ce ne soit pas le bon moment pour arrêter le traitement. Il m'a remise à quarante milligrammes par jour – ma dose d'origine – et je me suis sentie mieux en l'espace de quelques jours. Nous nous sommes mis d'accord pour réessayer plus tard, mais pour une raison ou pour une autre, le moment n'est jamais venu.

Là, ce n'était pas le moment idéal. Pas ici. Pas enfermée dans une boîte en acier six pieds sous le niveau de la mer.

J'ai essayé de me rappeler combien de temps ça avait pris, la dernière fois, avant que je commence *vraiment* à morfler. Pas très longtemps. Quatre jours ? Peut-être même pas.

J'ai commencé à sentir la panique me hérisser la peau comme de petits chocs électriques froids.

Tu vas mourir ici.

Personne ne le saura.

Oh mon Dieu. Oh mon Dieu oh mon Dieu oh...

Il y a eu un bruit à la porte. J'ai arrêté de respirer, de réfléchir, de paniquer. Je suis restée figée, le dos contre la couchette. Fallait-il que je bondisse ? Que j'attaque ?

La poignée s'est mise à tourner.

Mon cœur cognait à toute vitesse. Je me suis levée et j'ai reculé jusqu'au mur du fond. Je savais que je devrais me battre, mais je ne pouvais pas, pas sans savoir qui allait franchir cette porte.

Des images se sont succédé dans ma tête. Nilsson. Le chef cuisinier, avec ses gants en latex. La fille au tee-shirt Pink Floyd, un couteau à la main.

J'ai avalé ma salive.

Puis une main sinueuse est passée par l'embrasure et a attrapé l'assiette, rapide comme l'éclair, et la porte s'est refermée violemment. La lumière s'est éteinte, plongeant la cabine dans des ténèbres si épaisses que j'en sentais le goût.

Merde.

Il n'y avait rien que je puisse faire. Je suis restée couchée dans cette obscurité impénétrable pendant ce qui m'a semblé des heures, mais cela aurait pu être des jours ou des minutes. Je somnolais par intermittence, espérant, chaque fois que j'ouvrais les yeux, que j'allais *voir* quelque chose, ne serait-ce qu'un rai de lumière dans le couloir, quelque chose qui prouverait que je me trouvais vraiment là, que j'existais bel et bien et que je n'étais pas juste perdue dans quelque enfer de ma propre invention.

J'ai dû m'endormir pour de bon, car je me suis réveillée en sursaut, le cœur bondissant. La cabine était toujours plongée dans le noir, et je suis restée couchée là, tremblante et en sueur, m'accrochant à la couchette comme à un canot de sauvetage, en m'efforçant de m'arracher au rêve le plus affreux que j'aie fait depuis bien longtemps.

Dans ce rêve, la fille au tee-shirt Pink Floyd était dans ma cabine. Il faisait très sombre mais, je ne sais comment, je parvenais tout de même… pas exactement à la voir, mais à sentir sa présence. Je *savais* qu'elle était là, debout au milieu de la pièce, et je ne pouvais pas bouger : l'obscurité pesait sur moi comme un être vivant, accroupi sur ma poitrine. Elle s'approchait de plus en plus, jusqu'à se trouver à quelques centimètres de moi, avec son tee-shirt qui tombait sur le haut de ses longues cuisses minces.

Elle souriait puis, d'un geste gracile, elle retirait son tee-shirt. Elle était maigre comme un clou, les côtes saillantes, le bassin en avant, les coudes plus larges que les avant-bras, les poignets noueux comme ceux d'un enfant. Elle se regardait, puis elle enlevait son soutien-gorge, lentement, comme dans un strip-tease, sauf qu'il n'y avait rien d'érotique dans ses mouvements, rien de sexy dans ses seins décharnés, dans le creux de son ventre.

Mais tandis que je restais allongée sur la couchette, haletante, paralysée par la peur, elle ne s'arrêtait pas là. Elle continuait de se déshabiller. Son slip, qui glissait de ses hanches étroites pour former une flaque à ses pieds. Puis ses cheveux, qu'elle arrachait par la racine. Après quoi elle retirait ses sourcils, l'un après l'autre, puis ses lèvres. Elle laissait son nez tomber à ses pieds. Elle retirait ses ongles, un par un, lentement, telle une femme qui ôte ses longs gants, et les laissait tomber par terre avec un petit cliquetis. C'était ensuite le tour de ses dents… *clic… clic… clic…* l'une après l'autre. Et enfin – comble de l'horreur – elle se mettait à retirer sa peau, comme si elle sortait d'une robe du soir très ajustée, jusqu'à n'être plus qu'un amalgame de sang, de muscles, d'os et de tendons, un lapin écorché.

À quatre pattes, elle se mettait à ramper vers moi, sa bouche sans lèvres retroussée en une atroce parodie de sourire.

Elle s'approchait de plus en plus, jusqu'à ce qu'enfin, acculée contre le mur, je ne puisse plus battre en retraite.

Je sentais ma respiration siffler dans ma gorge. J'essayais de parler, mais j'étais muette. J'essayais de bouger, mais j'étais pétrifiée par la terreur.

Elle ouvrait la bouche, et je savais qu'elle s'apprêtait à parler, mais à ce moment-là, elle y enfonçait sa main et s'arrachait la langue.

Je me suis réveillée, révulsée par l'horreur de la scène.

J'avais envie de hurler. La panique est montée en moi comme de la lave, menaçant de déborder de ma gorge et de mes dents serrées. Puis je me suis dit, dans une espèce de délire : *Si je crie, qu'est-ce qui peut arriver de pire ? Que quelqu'un m'entende ? Qu'ils entendent. Qu'ils entendent, et peut-être viendront-ils me libérer.*

Alors j'ai laissé sortir le cri qui avait enflé en moi, qui ne demandait qu'à exploser.

Et j'ai hurlé, hurlé, hurlé.

Je ne sais pas combien de temps je suis restée là, grelottante, les poings fermés sur l'oreiller mou et aplati, creusant le matelas nu avec mes ongles.

Je sais seulement qu'à la fin, le silence s'est fait dans la petite cabine, à l'exception du grondement sourd du moteur et de ma propre respiration, rauque dans ma gorge à vif.

Personne n'était venu.

Personne n'avait frappé à la porte pour demander ce qui se passait, ou menacé de me tuer si je ne la fermais pas. Personne n'avait réagi. J'aurais aussi bien pu me trouver dans l'espace et hurler dans le vide intersidéral.

Mes mains tremblaient, et je ne pouvais pas me sortir de la tête la fille du rêve – l'image de sa forme écorchée et visqueuse en train de ramper vers moi, avide, *vorace*.

Qu'avais-je fait ? Oh putain, pourquoi j'avais fait ça : continué d'insister, refusé de la boucler. C'était *moi-même* qui m'étais transformée en cible en refusant de me taire sur ce qui était arrivé dans cette cabine. Et pourtant… que s'était-il *vraiment* passé ?

Je suis restée allongée, les mains pressées sur mes yeux dans l'obscurité suffocante, et j'ai essayé de chercher un sens à tout ça. L'inconnue était en vie. Quoi que j'aie entendu, quoi que j'aie *cru* voir, il ne s'agissait pas d'un meurtre.

Manifestement, elle était restée à bord. Nous n'avions pas fait d'escale. Nous ne nous étions même pas assez approchés de la côte pour l'apercevoir. Mais qui était-elle, et pourquoi se cachait-elle sur le bateau ? Et à qui appartenait le sang que j'avais vu sur la paroi de verre ?

J'ai essayé d'ignorer mon mal de crâne, de réfléchir. Faisait-elle partie de l'équipage ? Elle avait accès aux quartiers du personnel. Mais j'ai revu Nilsson en train de composer le code tandis que je me tenais juste derrière lui. Il n'avait pas fait le moindre effort pour me cacher le clavier. Si je l'avais voulu, ça aurait été un jeu d'enfants de mémoriser les chiffres. Et ensuite, une fois sur le pont inférieur, il n'y avait plus tellement d'issues verrouillées.

Cependant elle avait pu entrer dans la cabine vide – et pour *ça*, il fallait une carte magnétique, soit une carte « invité », programmée pour cette porte en particulier, soit une carte « personnel », qui ouvrait toutes les suites. J'ai pensé aux femmes de ménage que j'avais vues dans leurs petites cages sur le pont inférieur, qui m'avaient dévisagée de leurs yeux craintifs avant de se renfermer. Pour combien auraient-elles vendu leur carte ? Cent couronnes ? Mille ? Elles n'auraient même pas eu besoin de la vendre – j'étais certaine qu'il y avait des endroits où on pouvait en faire des doubles.

Elles n'auraient eu qu'à la louer pour une heure ou deux, sans poser de questions. J'ai repensé à Karla qui m'avait pratiquement *dit* que ça arrivait, que quelqu'un avait pu prêter la cabine à une amie.

Mais ce n'était pas forcément ça. La carte avait pu être volée, ou achetée sur Internet – je ne savais pas du tout comment fonctionnaient ces serrures électroniques. Peut-être que personne d'autre n'était impliqué.

Était-il possible que j'aie cherché le criminel parmi le personnel et les passagers en pure perte ? J'ai pensé aux accusations dont j'avais accablé Ben, aux soupçons que j'avais nourris au sujet de Cole, de Nilsson, de tout le monde, et j'ai eu la nausée.

Mais le fait que cette fille existe et qu'elle soit en vie n'excluait pas non plus la présence d'un complice. Plus j'y réfléchissais, plus j'étais certaine que *quelqu'un* lui avait prêté main-forte sur les ponts supérieurs – ce quelqu'un avait écrit le message sur le miroir du spa, fait tomber l'appareil photo de Cole dans le jacuzzi, volé mon téléphone. Elle n'avait pas pu *tout* faire. Si l'inconnue au sujet de laquelle je rebattais les oreilles de tout le monde depuis deux jours s'était baladée librement sur le bateau, quelqu'un l'aurait repérée.

Argh, ça me faisait mal à la tête. *Pourquoi ?* C'était la question à laquelle je ne pouvais pas répondre. Pourquoi se donner tant de peine pour se cacher à bord, pour stopper mes questions ? Si la fille était morte, cela aurait eu un sens. Cependant, elle était en vie, en pleine forme. Ce devait être son *identité* qui était importante. Une épouse ou une fille cachée ? Une maîtresse ? Quelqu'un qui essayait de quitter le pays en toute discrétion ?

J'ai repensé à Cole et à son ex-femme, à Archer et à sa mystérieuse « Jess ». À la façon dont la photo avait disparu de l'appareil.

Il n'y avait rien à comprendre.

Je me suis retournée, sentant le poids de l'obscurité tout autour de moi. Je ne savais pas où j'étais, mais ça devait être dans les profondeurs du bateau, j'en étais certaine à présent. Le moteur était bien plus bruyant que sur le pont des passagers, et même davantage qu'à l'étage du personnel. J'étais ailleurs, près de la salle des machines, peut-être, bien en dessous du niveau de flottaison.

À cette idée, j'ai de nouveau senti l'horreur m'envahir, les tonnes et les tonnes d'eau qui pesaient au-dessus de ma tête, qui compressaient la coque, l'air qui se raréfiait, et moi qui m'étouffais dans ma propre panique…

Les jambes vacillantes, j'ai fait quelques pas mal assurés, les bras tendus devant moi, révulsée à l'idée de ce qui pourrait se cacher là, dans les ténèbres. Mon imagination a convoqué les horreurs de mes cauchemars d'enfance – des araignées géantes sur le visage, des hommes prêts à m'agripper, et la fille elle-même, sans paupières, sans lèvres, sans langue. Mais quelque part, je savais qu'il n'y avait personne d'autre que moi dans ce réduit – dans un espace si confiné, j'aurais pu entendre, sentir, *éprouver* la présence d'un autre être humain.

Après avoir tâtonné le mur, centimètre par centimètre, pendant quelques instants, mes doigts ont rencontré la porte, sur laquelle j'ai promené ma main. J'ai d'abord essayé la poignée, mais c'était toujours fermé à clé, comme je m'y attendais. J'ai cherché un œilleton, mais il n'y en avait pas, ou du moins je n'en ai pas senti sur la surface de plastique lisse. Je ne me rappelais pas en avoir vu un auparavant, de toute façon. Ce dont je me souvenais et que j'ai cherché ensuite, c'était un interrupteur plat de couleur beige à la gauche du chambranle. Je l'ai localisé dans le noir et j'ai appuyé dessus, le cœur battant.

Il ne s'est rien passé.

J'ai renouvelé la manœuvre, sans espoir cette fois, car je savais ce qui s'était produit. Il devait y avoir un genre de disjoncteur dans le couloir, un interrupteur général ou un fusible. La porte était déjà fermée lorsque la lumière s'était éteinte et, en outre, dans toutes les cabines que j'avais visitées jusque-là, il y avait toujours une veilleuse ; on ne se retrouvait jamais dans le noir *complet*, même avec les lumières éteintes. Là, c'était autre chose – des ténèbres absolues, qui ne pouvaient venir que d'une coupure générale de courant.

J'ai rampé de nouveau jusqu'à la couchette et me suis glissée sous la couverture, fébrile. Ma tête se remplissait d'un vide de plus en plus envahissant, comme si l'obscurité s'était insinuée dans mon crâne et avait filtré à travers mes synapses, engourdissant et assourdissant tout, à part l'angoisse qui enflait dans mes entrailles.

Oh mon Dieu ! Ne fais pas ça. Ne lâche pas, pas maintenant.

Je ne pouvais pas. Je *refusais* de laisser gagner cette fille.

La colère qui m'a inondée soudain représentait quelque chose à quoi me raccrocher, quelque chose de concret dans l'ombre et le silence de cette cage étriquée. Cette salope ! Quelle traîtresse ! Pour la solidarité féminine, on repassera. Je m'étais battue pour elle, j'avais mis en péril ma crédibilité, supporté le scepticisme de Nilsson et les questions de Ben, et tout ça pour quoi ? Pour qu'elle puisse me trahir, me cogner la tête contre le chambranle métallique d'une porte et m'enfermer dans ce fichu cercueil.

Je ne savais peut-être pas ce qui se tramait, mais elle était dans le coup.

C'était elle, très certainement, qui m'avait tendu une embuscade dans le couloir. Et plus j'y réfléchissais, plus j'étais sûre que la main qui s'était glissée par l'embrasure pour récupérer mon plateau était aussi la sienne, une main maigre, souple, puissante. Capable de me tirer les cheveux, de me donner des claques et de m'assommer.

Il devait bien y avoir une raison à tout ça – personne ne se serait livré à une telle mascarade sans raison. Avait-elle simulé sa propre mort ? L'avait-elle mise en scène *à mon intention* ? Si c'était le cas, pourquoi se donner tant de mal pour dissimuler sa présence ? Pourquoi vider la cabine, effacer le sang, détruire le mascara, et discréditer délibérément tout mon récit de cette nuit-là ?

Non. À l'origine, elle ne voulait pas être vue. Quelque chose s'était passé dans cette chambre, et je n'étais pas censée en être témoin.

Je suis restée allongée à torturer ma cervelle douloureuse, mais plus je m'efforçais de rassembler les bribes d'informations dont je disposais, plus j'avais l'impression d'avoir trop de pièces pour obtenir un puzzle cohérent.

J'ai tenté de récapituler les scénarios susceptibles de coller avec le hurlement, le sang et la tentative de dissimulation. Une dispute ? Un coup sur le nez, un cri de douleur, un jet de sang, la personne qui courait vers la véranda pour ne pas salir la suite, laissant cette traînée sur la paroi… Pas de mort. Et si la fille était une passagère clandestine, cela pourrait expliquer pourquoi on avait caché ça – en la déplaçant dans un autre endroit, en nettoyant le sang.

Mais cela ne cadrait pas avec d'autres détails. Si l'incident n'était pas prémédité, comment la cabine avait-elle été vidée si vite ? J'avais vu la fille à l'intérieur un peu plus tôt dans la journée : la pièce était encombrée de vêtements et d'affaires diverses.

Non, ce qui s'était produit était *programmé*. La chambre avait été nettoyée avec soin avant l'incident. Et je commençais à soupçonner que ce n'était pas un hasard si c'était la cabine n° 10 qui avait été laissée libre. Il *fallait* que ce soit la 10. C'était la toute dernière du bateau ; personne, en principe, ne risquait de voir quelque chose – un corps – disparaître dans l'écume du sillage du bateau.

Quelqu'un *était* mort. J'en étais certaine. Pas cette fille, certes. Mais qui alors ?

Je me suis retournée dans le noir, à l'affût d'un son qui se distinguerait du ronronnement du moteur. Je cherchais la solution aux énigmes qui me hantaient. J'avais l'esprit embrumé, la tête lourde, mais je ne cessais de revenir à cette question. Qui ? *Qui était mort ?*

24

C'est le même déclic métallique qui m'a réveillée, puis les lumières se sont allumées. Elles ont clignoté pendant quelques instants. Supplantant le son du moteur, le bourdonnement des ampoules basse consommation se mélangeait au chuintement dans mes oreilles. Je me suis redressée en sursaut, le cœur battant, et j'ai heurté quelque chose par terre à côté du lit en jetant des regards frénétiques autour de moi.

J'avais loupé l'occasion.

Putain ! J'avais *encore* loupé l'occasion.

Je devais absolument trouver ce qui se passait ici, ce qu'ils avaient l'intention de faire de moi, la raison pour laquelle je demeurais enfermée. Depuis combien de temps étais-je là ? Était-ce le jour, à présent ? Ou était-ce l'heure qui convenait à la fille – ou à mon ravisseur, quel qu'il soit – pour remettre l'électricité ?

J'ai essayé de reconstituer les événements. J'avais été agressée le mardi, aux petites heures de la nuit. Nous devions être le mercredi matin, peut-être plus tard. J'avais l'impression d'être ici depuis plus de vingt-quatre heures… beaucoup plus.

Je suis allée dans la salle de bains pour me passer de l'eau sur la figure. Pendant que je m'essuyais, une onde de vertige s'est emparée de moi, m'étourdissant et me faisant frissonner tandis que la pièce se mettait à tournoyer. Soudain, j'ai eu l'impression de perdre l'équilibre, et j'ai avancé la main pour m'appuyer contre le chambranle de la porte. J'ai fermé les yeux pour résister à la sensation de chuter dans une eau noire.

Enfin, le malaise s'est résorbé, et je suis retournée vers la couchette à grand-peine. Je me suis assise et j'ai enfoui ma tête entre mes genoux. J'avais la chair de poule. Le bateau avait-il *vraiment* bougé ? Si bas sous le pont, il était difficile de distinguer le vertige du mouvement des vagues. L'effet produit par la houle n'était pas du tout le même ici : pas tant une montée et une descente en rythme qu'un long roulis qui se mêlait au grondement constant des moteurs pour provoquer une sensation étrange, hypnotique.

À côté du lit était posé un plateau avec un pain au raisin et un bol de muesli. C'est là-dedans que j'avais dû me cogner en me réveillant. J'ai ramassé le bol et je me suis forcée à en avaler une cuillerée. Je n'avais pas faim, mais je n'avais rien mangé depuis le lundi soir à part quelques boulettes de viande. Si je voulais sortir d'ici, il allait falloir que je me batte, et si je voulais me battre, il fallait que je me nourrisse.

Ce qui me manquait le plus, cependant, ce n'était pas la nourriture. C'étaient mes cachets. J'en éprouvais le même besoin physique, féroce, que la dernière fois que j'avais cessé de les prendre. Sauf que, cette fois-ci, je savais que les choses n'allaient pas s'arranger sans eux. Non, elles allaient empirer.

Si tu es encore là pour le voir, a dit une petite voix cruelle dans ma tête. Le muesli s'est coincé dans ma gorge, et soudain il m'est devenu impossible d'avaler.

J'avais hâte que la fille de la cabine revienne. Une image très nette, violente, est passée dans ma cervelle : moi, en train de lui tirer les cheveux comme elle avait tiré les miens, et de cogner sa pommette contre le rebord anguleux en métal de la couchette, de regarder le sang couler, de sentir son odeur acide et crue dans la cabine confinée, sans air. Je me suis rappelé de nouveau le liquide visqueux étalé sur la paroi de verre, et j'ai éprouvé le désir puissant, vicieux, qu'elle se soit trouvée à ma place.

Je te déteste, j'ai pensé. J'ai ignoré la douleur et je me suis obligée à avaler le muesli à moitié mâché. J'en ai pris une autre cuillerée, les doigts tremblants. *Je te déteste tellement. J'espère que tu vas vraiment te noyer.* Les céréales avaient une consistance plâtreuse, et je me suis à moitié étouffée en déglutissant, mais je me suis forcée de nouveau, jusqu'à ce que le bol soit à moitié vide.

Je ne savais pas si j'allais y arriver, mais je devais essayer.

J'ai ramassé le mince plateau en mélamine puis je l'ai cogné contre le rebord de la couchette. Il a rebondi et j'ai juste eu le temps de m'écarter. J'ai eu un flashback brutal du cambriolage – la porte heurtant ma pommette – et, pendant quelques instants, j'ai dû fermer les yeux et me retenir afin de ne pas tomber.

Je n'ai pas essayé de recommencer. En revanche, j'ai coincé le plateau entre le rebord du lit et mon genou et j'ai pris appui dessus avec mes mains. Puis j'ai poussé vers le bas. Au départ, le plateau n'a pas bougé, et j'ai appuyé plus fort. Il a fini par se briser en deux avec un bruit de détonation, et j'ai basculé sur le lit. Mais j'avais ce que je voulais – deux morceaux de plastique, pas tout à fait coupants comme des lames de rasoir, mais avec chacun un tranchant assez redoutable pour causer quelques dégâts.

J'ai ramassé les deux moitiés et je les ai soupesées dans mes mains en cherchant la meilleure prise, puis, tenant celle qui me paraissait la plus intimidante, je suis allée me poster près de la porte et je me suis accroupie contre le mur.

Là, j'ai attendu.

J'ai eu l'impression qu'elle durait des heures, cette journée. Une fois ou deux, j'ai senti mes yeux se fermer, mon corps qui essayait de se barricader contre les épuisantes montées d'adrénaline et de terreur, mais je me suis forcée à rouvrir les paupières. *Reste avec nous, Lo !*

Je me suis mise à compter. Non pas pour lutter contre la panique, cette fois, mais juste pour me tenir éveillée. *Un. Deux. Trois. Quatre.* Lorsque je suis arrivée à mille, je suis passée au français, pour changer. Puis aux nombres pairs. J'ai joué à des petits jeux dans ma tête : le fizz-buzz, où on dit « fizz » pour tous les multiples de cinq, et « buzz » pour tous les multiples de sept. *Un. Deux. Trois. Quatre. Fizz.* (J'avais les mains qui tremblaient.) *Six. Buzz. Huit. Neuf. Dix* – ah non, j'aurais dû dire « fizz ».

Impatiente, j'ai secoué la tête, frotté mes bras douloureux et recommencé. *Un. Deux...*

C'est alors que j'ai entendu un bruit dans le couloir. Une porte a claqué. J'ai retenu mon souffle.

On approchait. Mon cœur s'est emballé. Mon estomac s'est contracté.

Une clé dans la serrure…

Quand le battant s'est entrouvert prudemment, j'ai attaqué.

Elle.

En me voyant bondir, elle a tenté de refermer en vitesse, mais je l'ai prise de court. J'ai mis mon avant-bras dans l'interstice, et la porte s'est rabattue dessus avec force. J'ai hurlé de douleur, mais le panneau a rebondi, et j'ai pu insérer la moitié de mon corps dans l'embrasure, la poignardant au bras avec le côté coupant du plateau cassé tandis qu'elle essayait de me contenir. Mais au lieu de reculer comme je l'espérais, elle s'est précipitée à l'intérieur et m'a repoussée violemment contre la paroi de plastique. Le plateau s'est enfoncé dans mon bras, provoquant une douleur cuisante. Je me suis redressée, du sang dégoulinant sur le dos de ma main, mais elle a été plus rapide. Elle s'est jetée sur la porte, l'a verrouillée, puis s'y est adossée, face à moi, la clé serrée dans son poing.

— Laissez-moi partir.

Ma voix ressemblait au grognement d'un animal, elle n'était plus tout à fait humaine.

Elle a secoué la tête. Elle tournait le dos à la porte, elle avait mon sang sur son visage et elle avait peur, mais elle était aussi un peu grisée, je le voyais dans ses yeux. Elle avait le dessus, et elle le savait.

— Je vais vous tuer, ai-je dit.

Je le pensais. J'ai levé le plateau taché de mon propre sang.

— Je vais vous couper la gorge.

— Vous n'êtes pas capable de me tuer.

Ses intonations étaient comme dans mon souvenir pleines d'une sorte de défi méprisant, à peine contenu.

— Regardez-vous, vous tenez à peine debout, pauvre conne !

— Pourquoi ?

Cette fois, ma voix sonnait un peu comme le geignement d'un petit enfant.

— Pourquoi vous faites ça ?

— Parce que vous nous y avez *forcés*, a-t-elle sifflé, soudain furieuse. Vous ne vouliez pas lâcher l'affaire, hein ? J'ai pourtant essayé de vous prévenir, mais non. Si seulement vous l'aviez bouclé sur ce que vous avez vu dans cette fichue cabine…

— Mais j'ai vu *quoi* au juste ?

Elle a retroussé la lèvre supérieure.

— La vache, vous devez penser que je suis encore plus débile que j'en ai l'air. Vous *voulez* mourir, en fait, ou quoi ?

J'ai fait signe que non.

— Bien. Qu'est-ce que vous voulez, alors ?

— Je veux sortir d'ici.

Brusquement, je me suis assise sur la couchette, car je ne savais pas si mes jambes allaient me porter encore longtemps. Elle a secoué la tête avec véhémence et j'ai vu cet éclair de peur passer de nouveau dans ses yeux.

— Il ne me laisserait jamais faire.

Il ? Le pronom m'a fait frissonner. C'était la première preuve concrète que quelqu'un d'en haut l'avait aidée. Qui était-*il* ? Mais je n'osais pas poser la question, pas maintenant. Il y avait quelque chose de plus important dont j'avais besoin avant tout.

— Mes cachets, dans ce cas. Apportez-moi mes cachets.

Elle m'a jeté un regard prudent.

— Ceux qui étaient à côté du lavabo ? C'est envisageable. Vous les voulez pour quoi ?

— Ce sont des antidépresseurs, ai-je répondu avec amertume. Ils sont… il ne faut pas se sevrer trop vite.

— Ah…

Un éclair de compréhension est soudain passé sur son visage.

— C'est pour ça que vous avez si mauvaise mine. Je ne comprenais pas. Je pensais que je vous avais cogné la tête trop fort. OK. Je peux faire ça. Mais vous devez me promettre quelque chose en échange.

— Quoi ?

— N'essayez plus de m'attaquer. J'achète votre bonne conduite, OK ?

— OK.

Elle s'est redressée, a ramassé le bol et a tendu la main pour récupérer les moitiés de plateau. J'ai hésité un instant puis les lui ai remises.

— Maintenant, je vais sortir, mais ne faites pas de bêtise. Il y a une autre porte derrière celle-ci, qui s'ouvre avec un code. Donc vous n'iriez pas bien loin. Alors pas de conneries, OK ?

J'ai acquiescé à contrecœur.

Après son départ, je suis restée assise sur la couchette, les yeux dans le vide, et j'ai réfléchi à ce qu'elle m'avait dit.

Il.

Elle avait donc bien un complice à bord. Et ce simple mot signifiait que je pouvais écarter Tina, Chloe, Anne, et les deux tiers du personnel.

Qui était-*il* ?

Je les ai passés en revue.

Nilsson.

Bullmer.

Cole.

Ben.

Archer.

Dans la colonne des moins probables, j'ai classé Owen White, Alexander, l'équipage et les stewards.

J'ai envisagé les différentes possibilités, mais l'indice auquel je ne cessais de revenir, c'étaient les mots « ARRÊTE DE FOUINER ». Il n'y avait qu'un seul homme qui était descendu au spa, un seul qui pouvait avoir écrit ce message : Ben.

Je devais arrêter de me focaliser sur le mobile. La question du pourquoi était insoluble, car je n'avais tout bonnement pas assez d'informations pour y répondre.

Celle du comment, en revanche… Il y avait très peu de gens à bord qui auraient eu l'occasion d'écrire cet avertissement. Le spa n'avait qu'une entrée, et Ben était le seul homme dont j'étais certaine qu'il l'avait empruntée.

Cela expliquait tant de choses.

Son empressement à saper ma crédibilité auprès de Nilsson.

Le fait que Ben – et personne d'autre à bord – avait essayé d'entrer dans ma cabine cette dernière nuit et savait que j'étais enfermée dans la salle de bains, ce qui facilitait le vol de mon téléphone.

Le fait qu'il était logé en face de la cabine vide, mais qu'il n'avait rien vu ni entendu.

Et le fait qu'il s'était donné tant de mal pour m'empêcher de poursuivre l'enquête.

Cela aurait dû me procurer une certaine satisfaction de voir les pièces du puzzle s'emboîter, mais ce n'était pas le cas. Parce qu'à quoi me servaient des réponses, ici ? Ce qu'il me fallait, c'était sortir.

25

J'étais étendue sur le côté, les yeux fixés sur le mur couleur crème, lorsqu'on a frappé.

— Entrez, ai-je lancé d'une voix morne, puis j'ai failli éclater de rire en pensant à l'absurdité de politesses de ce style dans une situation comme celle-ci. De toute évidence, la personne allait entrer que cela me plaise ou non.

— C'est moi, a dit la voix derrière la porte. Me refaites pas le coup du plateau, OK ? Sinon, c'est le dernier cachet que je vous apporte.

— OK.

Je me suis efforcée de masquer mon empressement, mais je me suis redressée et j'ai dégagé la couverture. Je n'avais pas utilisé la douche depuis que je me trouvais là ; j'empestais la sueur et la peur.

La porte s'est entrouverte avec prudence, et la fille a poussé un plateau de nourriture du bout du pied. Puis elle s'est glissée à l'intérieur et elle a verrouillé derrière elle.

— Et voilà, a-t-elle dit.

Elle a tendu la main. Dans sa paume, il y avait un unique comprimé blanc.

— Un seul ? me suis-je écriée, incrédule.

— Oui. Peut-être que je pourrai en rapporter un ou deux autres demain, si vous êtes sage.

Je venais de lui donner une arme imparable pour me faire du chantage. Mais j'ai hoché la tête et pris le cachet. De sa poche, elle a sorti un livre – un livre à moi, en fait, qui venait de ma cabine. *La Cloche de détresse*[1]. Pas ce que j'aurais choisi dans ces circonstances, mais c'était mieux que rien.

— Je me suis dit que vous ne cracheriez pas sur de la lecture ; vous risquez de devenir un peu dingue, sans rien à faire.

Elle a promené ses yeux sur le comprimé, et elle a ajouté :

— Sans vouloir vous vexer.

— Merci.

Elle s'est tournée pour s'en aller, mais je l'ai arrêtée :

— Attendez.

— Oui ?

— Je…

Soudain je ne savais pas comment formuler la question que je souhaitais poser. J'ai serré le poing. Merde.

— Qu'est-ce que… qu'est-ce qui va m'arriver ?

Son visage s'est fermé comme si on avait tiré un rideau sur une fenêtre.

— Ça ne dépend pas de moi.

— Ça dépend de qui ? De Ben ?

Elle a poussé un petit ricanement de mépris.

1. Roman de Sylvia Plath paru chez Denoël en 1972.

— Amusez-vous bien.

En partant, elle a aperçu son reflet dans le petit miroir sur la porte de la salle de bains.

— Merde, j'ai du sang sur la gueule. Pourquoi vous ne me l'avez pas dit ? S'il sait que vous m'avez attaquée…

Elle est allée au lavabo pour se nettoyer le visage.

Lorsqu'elle est sortie, je me suis figée. Ce simple geste avait suffi à me révéler son identité.

En essuyant le sang, elle avait aussi ôté ses deux sourcils, découvrant un front lisse, décharné, qui était instantanément reconnaissable.

La femme de la cabine n° 10 était Anne Bullmer.

26

J'étais trop sidérée pour dire quoi que ce soit. Je suis restée assise, bouche bée, sous le choc.

La fille m'a regardée, puis elle s'est de nouveau examinée dans le miroir, et a réalisé qu'elle venait de se trahir. Une expression d'agacement est passée sur ses traits, mais elle ne s'y est pas arrêtée et elle est sortie de la pièce à grands pas, laissant la porte claquer derrière elle. J'ai entendu une clé tourner dans la serrure, puis une autre porte se fermer un peu plus loin.

Anne Bullmer.

Anne Bullmer ?

Il paraissait impossible qu'elle puisse être la même femme décharnée, au teint gris, prématurément vieillie, que j'avais vue, à qui j'avais parlé. Et pourtant, son visage était reconnaissable entre mille. Les mêmes yeux sombres. Les mêmes pommettes hautes et saillantes. La seule chose que je ne parvenais pas à comprendre, c'est comment la chose m'avait échappé jusque-là.

Si je n'avais pas assisté à sa transformation, je n'aurais jamais cru à quel point ses cheveux et les sourcils délicatement tracés au crayon la métamorphosaient.

Sans eux, elle semblait lisse, étrangement dépourvue de traits ; il était impossible de ne pas penser à la maladie et à la mort en voyant cette peau pâle, et le foulard noué sur sa tête ne faisait qu'accentuer cette fragilité, soulignant la forme du crâne et les lignes de son cou.

Mais ses sourcils noirs bien tracés et la brillante masse de cheveux bruns la changeaient du tout au tout, jusqu'à la rendre méconnaissable. Avec, elle redevenait jeune, en bonne santé, *vivante*.

Je me suis rendu compte que lorsque j'avais parlé à Anne Bullmer auparavant, j'avais été tellement hypnotisée par les stigmates apparents de son cancer que je n'avais jamais regardé la femme avec attention. Je m'étais efforcée de *ne pas* regarder, en fait. J'avais seulement vu les vêtements amples caractéristiques, les sourcils qui manquaient, le crâne si lisse qu'il attirait l'œil sous ces fichus délicats…

Les cheveux, ça devait être une perruque – aucun doute là-dessus. Il n'y avait pas de place pour d'épaisses tresses noires sous ces fins carrés de soie.

Mais était-elle malade ? En bonne santé ? En train de mourir ? De faire semblant ? Cela n'avait pas de sens.

J'ai essayé de me remémorer ce que m'avait dit Ben – quatre ans de chimio et de radiothérapie. Était-il possible de feindre une chose pareille, même avec des médecins à sa solde, et une vie de jet-setteuse permettant de passer d'un système de santé à l'autre à quelques mois d'écart ? Peut-être.

Au moins, ça expliquait une chose : comment elle était montée à bord, et ce qui lui était arrivé après le *plouf*, cette nuit-là. Elle avait retiré sa perruque, mis son foulard, et repris sa vie d'Anne Bullmer.

Cela expliquait également qu'elle ait accès à tous les recoins du bateau – aux passes magnétiques et aux quartiers du personnel, et à ce coffre secret dans les entrailles de la coque. Pour la femme du propriétaire, tout était possible.

Mais ce qui me déconcertait le plus, c'était *pourquoi* ? Pourquoi se déguiser avec une perruque et un tee-shirt Pink Floyd et passer l'après-midi à glander dans une cabine vide ? Que fabriquait-elle là ? Et si c'était tellement secret, pourquoi donc ouvrir la porte ?

Tandis que cette dernière question me parcourait l'esprit, je me suis revue en train de frapper – un coup, deux coups, trois coups, une pause, puis un dernier coup : elle avait ouvert aussitôt, comme si elle l'avait attendu, ce dernier coup. C'était un *toc* isolé, caractéristique. Qui pouvait très bien ressembler à un code préétabli. Était-il possible que, par pur hasard, j'aie reproduit le signal qui devait annoncer à la femme dans la cabine – Anne Bullmer – qu'elle pouvait se manifester ?

Si seulement je n'avais frappé que deux coups – voire un seul – comme n'importe quel individu normal, je n'aurais jamais su qu'elle était là, ne me serais jamais mise dans cette situation où l'on avait dû m'enfermer, me réduire au silence…

Au silence. C'était une idée angoissante, et les mots se sont gravés dans ma tête, retentissant comme un écho.

Réduite au silence… Mais pour combien de temps ? Enfermée ici jusqu'à… quand ? Une date convenue ?

Ou réduite au silence… de façon permanente ?

Au dîner, j'ai eu du poisson blanc baignant dans une espèce de sauce à la crème avec des pommes de terre bouillies. C'était froid, même encore un peu congelé, mais j'avais faim. Avant de manger, j'ai regardé le cachet dans ma main, me demandant que faire. C'était la moitié de ma dose normale. Je pouvais le prendre en entier tout de suite, ou le casser en deux et commencer à me faire une réserve au cas où… mais au cas où quoi ? Je ne risquais pas de m'échapper, et si Anne décidait de cesser de me fournir en médicaments, je tomberais en rade bien avant qu'elle me prenne en pitié.

En définitive, j'ai avalé le cachet entier ; après tout, il fallait que je comble le manque. Si nécessaire, je pourrais toujours commencer à les couper en deux le lendemain. Je me suis sentie mieux presque aussitôt, même si je savais qu'en toute logique ça ne pouvait pas être le produit. Il mettait un certain temps à se diffuser dans l'organisme. Le soulagement que je ressentais ne pouvait être attribué qu'à l'effet placebo. Au point où j'en étais, cela dit, je m'en fichais. C'était toujours mieux que rien.

Puis je me suis mise à picorer le repas tiède. Assise sur la couchette, occupée à mâcher lentement les pommes de terre gluantes et insipides pour les faire passer, j'ai essayé de déplacer les pièces du puzzle que j'avais arrangé à grand-peine dans ma tête.

Je savais à présent ce que signifiait ce ricanement méprisant.

Pauvre Ben. J'ai ressenti une bouffée de honte pour avoir été si prompte à le juger, puis une bouffée de colère. Je m'étais tellement focalisée sur cette allusion fortuite à un complice qu'il ne m'était même pas venu à l'esprit que cela pouvait très bien être Anne elle-même qui s'était glissée à l'étage inférieur du spa pour griffonner ces mots pendant que son vernis était en train de sécher. Lo, pauvre *imbécile*.

Mais Ben aussi s'était montré stupide. S'il n'avait pas passé tant d'années à rabaisser mes sentiments et s'il ne s'était pas empressé de cracher le morceau à Nilsson, au lieu de me soutenir, je n'aurais peut-être pas tiré des conclusions aussi hâtives.

Je savais à présent qui « il » était. Ce devait être Richard Bullmer. Le bateau lui appartenait. Et de tous les hommes à bord, c'était lui que j'imaginais le mieux en train de préparer et d'exécuter un meurtre. Mieux que le gros Alexander, si précieux, ou que Nilsson, qui était pataud comme un ours.

Sauf qu'aucun meurtre n'avait eu lieu. Pourquoi est-ce que ce fait m'échappait sans cesse ? Pourquoi était-ce si dur à assimiler ?

Parce que tu es là, me suis-je dit. *Parce que ce que tu as vu ce qui s'est passé dans la cabine, c'était assez important pour qu'ils t'enferment ici afin de t'empêcher d'aller trouver la police à Trondheim*. Il fallait que les enjeux soient sacrément élevés. S'agissait-il de contrebande ? Avaient-ils jeté quelque chose par-dessus bord à l'intention d'un complice ?

La prochaine à aller à la flotte, c'est toi, pauvre conne, a soufflé la voix dans ma tête, et je me suis vue aussitôt en train de sombrer dans les abysses. Cette image m'a traversé le cerveau de part en part comme un électrochoc.

J'ai sursauté et grincé des dents, et je me suis forcée à avaler une autre bouchée de pommes de terre grumeleuses. Le bateau s'est soulevé, et une onde de bile s'est répandue dans le creux de mon estomac.

Qu'allait-il advenir de moi ? Il n'y avait que deux possibilités : ils allaient me relâcher à un moment donné ou bien ils allaient me tuer. Et je ne sais pas pourquoi, mais la première éventualité ne me semblait plus guère probable. J'en savais beaucoup trop. Je savais qu'Anne était loin d'être aussi malade qu'elle le prétendait. Et ils ne pouvaient pas se permettre de me laisser sortir et raconter mon histoire, une histoire de kidnapping, de séquestration et de sévices corporels. Cela dit, me croirait-on ?

Je me suis touché la joue. Il restait une croûte à l'endroit où elle m'avait cognée contre l'embrasure de la porte. Tout à coup, je me suis sentie dégueulasse : sale, en sueur et tachée de sang. À en juger par ses habitudes, Anne ne serait pas de retour avant des heures.

Je ne pouvais pas faire grand-chose pour améliorer mon sort, coincée dans ce cercueil de deux mètres de long. Mais au moins, je pouvais rester propre.

Le jet n'était pas comparable à celui de ma suite. Même réglé à fond, ce n'était qu'un filet d'eau tiède, mais je suis restée dessous si longtemps que le bout de mes doigts est devenu tout ridé. Le sang coagulé sur ma main s'est dissous. J'ai fermé les yeux et senti la chaleur me gagner, se déverser dans mes muscles.

En sortant, je me sentais mieux, davantage moi-même, nettoyée d'une partie de la peur et de la violence qui avaient marqué les derniers jours. C'est en remettant mes vêtements que j'ai réalisé à quel point j'étais tombée bas. Ils puaient – il n'y a pas d'autre mot – et ils étaient maculés de sang et de transpiration.

Je me suis allongée sur la couchette et j'ai fermé les yeux, à l'écoute du ronron régulier du moteur en me demandant où nous nous trouvions. On était le mercredi soir – ou peut-être même le jeudi matin. D'après mes calculs, il ne nous restait guère plus de vingt-quatre heures à bord. Et ensuite ? Lorsque le bateau accosterait à Bergen le vendredi matin, les autres passagers s'en iraient, emportant mon dernier espoir que l'un d'entre eux s'aperçoive de ce qui s'était passé.

Pour les prochaines vingt-quatre heures, j'étais sans doute en sécurité. Mais passé ce délai… oh bon Dieu, mieux valait ne pas penser à ça.

J'ai posé mes mains sur mes yeux, écouté le bourdonnement du sang dans mes oreilles. Que devais-je faire ? Que *pouvais-je* faire ?

Si Anne disait la vérité, la blesser ne servirait à rien. Il y avait encore une porte verrouillée derrière celle-ci, et sans doute d'autres codes après. Pendant un instant, je me suis posé la question : si je parvenais à rejoindre le couloir, arriverais-je à briser la vitre d'une alarme anti-incendie avant qu'elle me rattrape ? Mais l'entreprise me paraissait par trop hasardeuse. D'après ce que j'avais vu de sa force et de sa rapidité, j'avais peu de chances d'aller jusque-là.

Non. Si je voulais m'en tirer, la marche à suivre était simple : je devais faire d'Anne mon alliée.

Mais comment ? Qu'est-ce que je savais d'elle, au fond ?

J'ai essayé de réfléchir : sa fortune phénoménale, sa jeunesse solitaire, ballottée entre les pensionnats les plus chics d'Europe. Rien d'étonnant que j'aie mis si longtemps à faire le rapprochement. La femme aux yeux tristes, maigre comme un clou, avec ses peignoirs en soie grise et ses foulards haute couture, oui, ça pouvait coller avec ce que j'avais entendu dire. Mais impossible de faire le lien entre tout ce que m'avait raconté Ben et la fille au tee-shirt Pink Floyd, avec ses yeux noirs moqueurs et son mascara bas de gamme. C'était comme s'il y avait deux Anne. Même taille, même poids, mais la ressemblance s'arrêtait là.

Et tout à coup… j'ai compris.

Deux Anne.

Deux femmes.

Le peignoir en soie grise de la couleur de ses yeux.

Je me suis redressée, mortifiée par ma propre stupidité. *Bien sûr.* Si je n'avais pas été aveuglée par la peur, la panique et la migraine, je l'aurais vu. Comment avais-je pu ne pas y penser ?

Bien sûr qu'il y avait deux Anne.

Anne Bullmer était morte : elle l'était depuis le soir où nous avions quitté l'Angleterre.

La fille au tee-shirt Pink Floyd était en pleine santé, et elle avait endossé le rôle de la défunte depuis lors.

Même taille, même poids, mêmes pommettes larges – seule différait la couleur des yeux, et ils avaient pris un risque calculé, estimant qu'aucun passager ne se rappellerait les traits d'une femme à peine croisée. Personne à bord ne connaissait Anne avant la croisière. Richard avait même recommandé à Cole de ne pas prendre de photos d'elle, bon Dieu ! À présent, je comprenais pourquoi. Ce n'était pas pour protéger une femme complexée par son apparence. C'était pour éviter qu'une photo compromettante ne tombe un jour entre les mains des amis et de la famille de sa femme.

J'ai refermé les yeux et j'ai agrippé mes cheveux si fort que ça m'a fait mal, m'appliquant de toutes mes forces à comprendre ce qui avait bien pu se passer.

Richard Bullmer – qui d'autre ? – avait fait monter à bord la femme de la cabine n° 10, en douce. Elle s'y trouvait avant que le reste des passagers embarque.

Le jour où nous avions pris la mer, elle attendait de Richard un signal, des instructions pour vider la suite et entrer en scène. J'ai repensé à ce que j'avais aperçu par-dessus son épaule : une robe en soie étalée sur le lit, du maquillage, de la crème Veet dans la salle de bains – des *bandes dépilatoires*. La vache, comment avais-je pu être aussi stupide ? Elle avait rasé et épilé tous les poils de son corps, prête à tenir son rôle de cancéreuse. Mais à la place de Richard, c'était *moi* qui m'étais présentée, donnant le signal par mégarde, et c'était moi qu'elle avait vue.

Qu'avait-elle bien pu se dire ? Je me suis remémoré son expression d'inquiétude et d'agacement lorsqu'elle avait essayé de refermer la porte, et que je l'en avais empêchée. Elle brûlait de se débarrasser de moi, mais il ne fallait pas éveiller les soupçons. Il valait nettement mieux que je me rappelle une inconnue qui m'avait prêté du mascara plutôt que je me mette à raconter des histoires sur cette mystérieuse voyageuse qui m'avait claqué la porte au nez.

Et ça avait presque fonctionné. C'était *si près* de fonctionner.

En avait-elle parlé à Richard lorsqu'il était descendu ? Je ne pouvais pas le savoir avec certitude, mais j'avais le sentiment que non. Il paraissait tellement normal lors du dîner du premier soir… l'hôte idéal. Et, d'ailleurs, c'était elle qui avait gaffé, et il n'avait pas l'air d'être le genre d'homme à qui l'on s'empresserait d'aller avouer une faute. Le plus probable, c'était qu'elle avait croisé les doigts en espérant qu'il n'y aurait pas de conséquences.

Puis elle avait emballé ses affaires, nettoyé la chambre et attendu.

Après les cocktails, le premier soir, la véritable Anne, d'une manière ou d'une autre, avait été amenée à la cabine n° 10. Était-elle en vie, l'avaient-ils attirée à l'aide d'un baratin quelconque ? Ou était-elle déjà morte ?

Quoi qu'il en soit, cela n'avait pas grande importance, car le résultat était le même : Richard était allé jouer au poker dans la cabine de Lars afin de se forger un alibi solide, et la femme de la cabine n° 10 avait balancé Anne par-dessus bord, en espérant que le cadavre ne serait jamais retrouvé.

Et ils auraient réussi leur coup, si – traumatisée par le cambriolage – je n'avais pas entendu le corps tomber à l'eau, si je ne m'étais pas empressée d'en tirer des conclusions tellement fausses qu'elles en étaient presque vraies.

Mais qui était-elle donc ? Qui était cette fille qui m'avait frappée, nourrie et enfermée ici, comme un animal ?

Je n'en avais pas la moindre idée. Cependant, je savais une chose : elle était la meilleure chance qu'il me restait de sortir d'ici vivante.

27

Je n'ai pas fermé l'œil de la nuit. J'essayais de réfléchir à la suite des événements. Judah et mes parents n'attendaient pas mon retour avant le vendredi et ils n'auraient aucune raison de soupçonner le moindre problème d'ici là. Mais les autres passagers devaient avoir remarqué que je n'étais pas remontée à bord, non ? Auraient-ils donné l'alarme ? Ou Bullmer leur avait-il raconté un bobard pour justifier ma disparition – j'étais retenue à Trondheim par un impondérable, par exemple ? J'avais décidé de rentrer sans crier gare ?

Je ne savais pas trop. Qui était susceptible de s'inquiéter suffisamment pour poser des questions ? Cole, Chloe ou la plupart des autres ne risquaient guère d'en faire toute une histoire. Ils ne me connaissaient pas. Ils n'avaient pas les coordonnées de ma famille ou de mes proches. Il était très probable qu'ils accepteraient l'explication de Bullmer sans broncher, quelle qu'elle soit.

Ben, alors ? Il me connaissait bien, assez pour savoir que m'enfuir de Trondheim de bon matin n'était pas mon genre. Mais je n'en étais pas certaine. En temps normal, peut-être aurait-il contacté Judah ou mes parents pour leur faire part de ses inquiétudes, mais il n'y avait rien de normal dans la façon dont j'avais pris congé de lui. Je l'avais pour ainsi dire accusé de complicité de meurtre et, en plus de sa colère justifiée, il ne serait sans doute pas surpris de me voir disparaître du bateau sans un mot.

Des autres passagers, Tina me semblait être la plus à même de donner l'alerte, et j'ai croisé les doigts pour qu'elle appelle Rowan en ne me voyant pas revenir. Mais si ma vie en dépendait, je ne donnais pas cher de ma peau.

Non. Je devais prendre les choses en main.

Lorsque le matin est arrivé, je n'avais pas dormi mais je savais ce que j'avais à faire. Quand on a frappé, j'étais prête.

— Entrez, ai-je dit.

La porte s'est entrouverte, et la fille a prudemment passé sa tête dans l'embrasure. Elle m'a vue assise sur le lit, calme et lavée de frais, le livre sur les genoux.

— Salut, ai-je fait.

Cette fois, elle était vêtue en Anne – un foulard sur la tête et sans sourcils –, mais elle ne bougeait pas comme elle ; elle se mouvait comme la fille que j'avais vue auparavant. Elle a posé le plateau sans ménagement sur le sol et s'est redressée sans une once de la grâce méditative dont elle avait fait montre dans la peau de la femme de Richard.

— Salut, vous.

Sa voix était différente aussi – les consonnes cristallines élidées et floues.

— Vous avez fini avec ça ?

Elle a désigné le livre d'un signe de tête.

— Oui, vous pouvez me l'échanger contre un autre ?

— Oui, sans doute. Vous voulez quoi ?

— Je m'en fiche. N'importe quoi. Choisissez.

— OK.

Elle a tendu la main pour récupérer *La Cloche de détresse* et je le lui ai passé, puis me suis préparée pour ce que je devais faire ensuite.

— Je suis désolée, ai-je dit gauchement. Pour le plateau.

À ces mots, elle a souri, laissant apercevoir un éclat de dents blanches bien régulières, un soupçon de malice dans ses yeux marron.

— C'est bon. Je ne vous blâme pas. J'aurais fait la même chose. Celui-ci est en silicone, par contre. On ne me la fait pas deux fois, comme dirait l'autre.

J'ai baissé les yeux sur le petit déjeuner posé par terre. Le plateau en mélamine avait été remplacé.

— Je ne peux pas me plaindre, je suppose.

Je me suis forcée à sourire.

— Je l'ai mérité.

— Votre cachet est sur la soucoupe. Vous vous rappelez… pour bonne conduite, entendu ?

J'ai hoché la tête, et elle s'est apprêtée à partir. J'ai dégluti. Je devais l'arrêter, dire quelque chose. *N'importe quoi* pour éviter de passer encore une journée et une nuit seule dans ce trou.

— Vous vous appelez comment ? ai-je demandé dans un effort désespéré.

Elle s'est retournée, l'air soupçonneux.

— Quoi ?

— Je sais que vous n'êtes pas Anne. Je me suis rappelé, pour la couleur des yeux. Le premier soir, Anne avait les yeux gris. Vous non. À part ça, c'est très convaincant. Vous êtes une très bonne actrice, vous savez.

Son visage est devenu inexpressif, et pendant quelques instants j'ai cru qu'elle allait sortir en claquant la porte et m'abandonner là pour douze heures supplémentaires. J'avais l'impression d'être un pêcheur en train de lever un énorme poisson sur une ligne délicate, les muscles bandés en m'efforçant de ne pas tressaillir ni de dévoiler mes efforts.

— Si je me suis trompée…, ai-je commencé à dire avec prudence.

— Fermez-la, a-t-elle rétorqué, féroce comme une lionne.

Ses traits étaient complètement transformés, démontés par la colère, ses yeux marron pleins de rancœur et de méfiance.

— Je suis désolée, ai-je dit d'une petite voix. Je ne voulais pas… Écoutez, ça change quelque chose ? Je ne vais pas m'échapper. À qui le dirais-je ?

— Merde, a-t-elle lâché d'un ton amer. Vous êtes en train de creuser votre propre tombe, vous le comprenez ou pas ?

J'ai fait oui de la tête. Mais ça, je le savais depuis quelques jours déjà. La fille pouvait se raconter ce qu'elle voulait – et *je* pouvais me raconter ce que je voulais – il n'y avait pour moi qu'une seule issue.

— Je ne pense pas que Richard va me laisser partir. Vous le savez, non ? Alors que je sache votre nom ou pas, ça n'a aucune importance, au fond.

Sous le coûteux foulard, son visage était blême. Lorsqu'elle a repris la parole, sa voix était pleine d'aigreur.

— Vous avez tout foutu en l'air. Pourquoi vous ne pouviez pas vous occuper de vos affaires ?

— J'essayais de me rendre utile !

Je n'avais pas eu l'intention de glapir de la sorte, mais dans cette petite pièce mes paroles ont résonné assez fort pour me flanquer la frousse. J'ai avalé ma salive et repris plus bas :

— J'essayais de vous aider, vous ne comprenez pas ça ?

— Pourquoi ?

C'était à moitié une question, à moitié un cri de détresse.

— Vous me connaissiez à peine, quel besoin aviez-vous de continuer à fouiner comme ça ?

— Parce que je savais ce que ça fait d'être vous ! Je sais… je sais ce que c'est de se réveiller au milieu de la nuit en craignant pour sa vie.

— Mais ce n'est pas moi, ça, a-t-elle raillé.

Elle s'est mise à faire les cent pas dans la petite cabine. De près j'ai vu que ses sourcils commençaient à repousser.

— Ça n'a *jamais été moi*.

— Mais ça viendra.

En disant ces mots, j'ai soutenu son regard pour l'empêcher de détourner les yeux. Je ne pouvais pas me permettre de lui épargner la prise de conscience de ce qu'elle était en train de faire.

— Une fois que Richard aura l'argent d'Anne, qu'est-ce qui va se passer, d'après vous ? Il va se mettre à l'abri.

— Fermez-la ! Vous ne savez pas du tout de quoi vous parlez. C'est un homme bien. Il est amoureux de moi.

Je me suis levée et me suis avancée jusqu'à elle. Nous nous regardions droit dans les yeux, nos visages à quelques centimètres à peine l'un de l'autre dans le minuscule réduit.

— Ça, c'est des bobards, et vous le savez très bien, ai-je assené.

J'avais les mains qui tremblaient. Si les choses tournaient mal, elle pouvait verrouiller la porte et ne jamais revenir, mais je devais la forcer à affronter la réalité de la situation pour ma sécurité, et pour la sienne. Si elle me tournait le dos maintenant, il y avait de grandes chances que nous soyons toutes deux promises à une mort certaine.

— S'il était amoureux de vous, il ne vous battrait pas et il ne vous forcerait pas à vous habiller comme sa défunte femme. À votre avis, ça rime à quoi, tout ce tralala ? Vous croyez qu'il fait ça pour être avec vous ? Ça n'a rien à voir avec vous. Si c'était le cas, il aurait divorcé et vous seriez partis tous deux – sauf qu'elle aurait gardé son fric. Elle était l'héritière d'une dynastie de milliardaires. Ce genre d'individus ne se lance pas dans un mariage sans contrat.

— Fermez-la !

Elle a plaqué ses mains sur ses oreilles et secoué la tête.

— Vous dites n'importe quoi. Nous n'avons voulu cette situation ni l'un ni l'autre !

— Ah, vraiment ? Vous croyez que c'est une coïncidence, s'il est tombé amoureux d'une femme qui présente une ressemblance frappante avec Anne ? Il a tout prémédité, dès le début. Pour lui, vous n'êtes qu'un moyen.

— C'est faux.

Elle s'est détournée de moi, et s'est dirigée vers l'endroit où se serait trouvée la fenêtre s'il y en avait eu une, puis elle est revenue. Il n'y avait plus rien de la sérénité lasse d'Anne dans son expression. Ne restaient que de la peur et de la fureur à l'état brut.

— La totalité de l'argent, sans l'épouse autoritaire, je pense que c'est la maladie d'Anne qui a fait miroiter cette possibilité à ses yeux ; et tout à coup, il s'est dit que l'idée ne lui déplaisait pas : un avenir sans Anne, mais avec le fric. Sauf que quand les médecins lui ont annoncé qu'elle était tirée d'affaire, il n'a pas voulu renoncer, je me trompe ? C'est alors qu'il vous a repérée, et un plan a commencé à prendre forme dans son esprit. Où est-ce qu'il vous a dénichée ? Dans un bar ? Ah non.

Je me suis souvenue de la photo dans l'appareil de Cole.

— C'était à son club, pas vrai ?

— Vous n'en savez rien du tout ! a hurlé la fille. RIEN DU TOUT !

Et avant que je puisse ajouter quoi que ce soit, elle a pivoté sur ses talons, déverrouillé la porte d'une main tremblante, et est sortie en la claquant, *La Cloche de détresse* toujours coincé sous le bras. Je l'ai entendue introduire sa clé dans la serrure d'une main tremblante. Ensuite, une autre porte s'est refermée, puis le silence.

Je me suis rassise sur la couchette. L'avais-je fait douter suffisamment de Richard pour qu'elle place sa confiance en moi ? Ou était-elle en train de monter de ce pas lui rapporter l'intégralité de notre conversation ?

Je n'avais qu'un seul moyen de le savoir, c'était d'attendre.

Mais tandis que les heures s'écoulaient sans signe de vie, je me suis demandé combien de temps ça allait durer.

Lorsqu'elle n'est pas réapparue avec mon souper, et que la faim a commencé à me tenailler, j'ai soupçonné que j'avais commis une terrible erreur.

28

J'avais fait un pari : établir une sorte de lien affectif avec la fille, la forcer à affronter la réalité de ses actes. Or il semblait de plus en plus probable que j'avais échoué.

Les heures ont continué à passer, et personne n'est venu. Ma faim s'est faite plus gênante. J'ai regretté de lui avoir rendu le livre ; je n'avais rien pour me distraire dans cette cabine. J'ai commencé à penser aux cellules d'isolement : peu à peu, les prisonniers perdent la raison, ils entendent des voix, ils supplient à cor et à cri.

Au moins, la fille avait laissé l'électricité, même si je n'étais pas certaine que ce soit un acte de charité – elle était tellement furieuse lorsqu'elle avait quitté la pièce qu'elle aurait certainement éteint rien que pour me punir. Sans doute avait-elle juste oublié. Mais ce simple fait était un réconfort.

Je me suis douchée de nouveau et j'ai léché la confiture séchée sur l'assiette. Je me suis allongée, j'ai fermé les yeux, et j'ai essayé d'évoquer des souvenirs : la disposition de la maison dans laquelle j'avais grandi. L'intrigue des *Quatre Filles du Docteur March*. La couleur des yeux de Ju…

Mais non. J'ai écarté cette idée. Je ne pouvais pas penser à Judah. Pas ici. Ça allait me détruire.

En définitive – plus pour me donner l'impression de prendre la situation en main que parce que je pensais que ça me ferait du bien –, j'ai éteint la lumière et je me suis rallongée dans le noir pour essayer de dormir.

Je ne sais pas trop si j'ai sombré. J'ai somnolé, j'imagine. Plusieurs heures se sont encore écoulées, ou du moins c'est ce qu'il m'a semblé. Personne n'est venu, mais à un moment donné, dans cette longue obscurité, j'ai été réveillée en sursaut, et je me suis redressée, le pouls emballé, essayant de deviner ce qui était différent. Un bruit ? Une présence ?

Le cœur battant, je me suis glissée hors du lit et dirigée à tâtons vers la porte, mais lorsque j'ai allumé, rien n'avait changé. La pièce était vide. Le minuscule cabinet de toilette également, comme auparavant. J'ai retenu ma respiration, j'ai tendu l'oreille, mais je n'ai pas entendu de pas dans le couloir, pas de voix, pas de mouvement. Pas un son pour déranger le silence.

C'est là que j'ai réalisé. Le silence. C'était *ça* qui m'avait réveillée. Le moteur s'était arrêté.

J'ai essayé de compter les jours sur mes doigts. Même si je n'en aurais pas mis ma main à couper, j'étais presque sûre que nous étions le vendredi 25. Or cela signifiait que le yacht était arrivé à sa destination finale, Bergen, où nous étions censés débarquer pour rentrer à Londres en avion. Les passagers allaient partir.

Et j'allais me retrouver seule.

Cette perspective a fait monter la panique en moi. L'idée qu'ils étaient si près – endormis, sans doute, à quelques mètres à peine au-dessus de ma tête – et qu'il n'y avait pourtant *rien* que je puisse faire pour qu'ils m'entendent. Et bientôt, ils allaient boucler leurs valises et s'en aller, et je demeurerais seule dans un cercueil en forme de bateau.

C'était une idée trop insupportable. Sans réfléchir, j'ai attrapé le bol qui avait contenu le petit déjeuner de la veille et je l'ai cogné contre le plafond de toutes mes forces.

— Au secours ! ai-je crié. Quelqu'un m'entend ? Je suis séquestrée, je vous en prie, au secours !

Je me suis arrêtée, hors d'haleine, et j'ai tendu l'oreille, espérant en dépit de tout que maintenant que le moteur ne couvrait plus mes hurlements, quelqu'un allait pouvoir m'entendre.

Aucun coup sourd ne m'a répondu, aucun cri étouffé à travers le plafond. Mais j'ai entendu un bruit. Un grincement métallique, comme si quelque chose raclait l'extérieur de la coque.

Est-ce que j'avais attiré l'attention de quelqu'un ? J'ai retenu mon souffle, essayé de calmer les battements de mon cœur, qui cognait si fort qu'il menaçait de brouiller les bruits indistincts du dehors. Est-ce que quelqu'un venait ?

Le grincement a repris… J'ai senti un frémissement sur le flanc du bateau, et j'ai réalisé tout d'un coup de quoi il s'agissait. On abaissait la passerelle. Les passagers débarquaient.

— À l'aide ! ai-je hurlé. (J'ai cogné de nouveau, sauf que maintenant je remarquais que le plafond en plastique amortissait les sons.) Aidez-moi ! C'est moi, Lo ! Je suis là ! Je suis à bord !

Pas de réponse, juste ma respiration qui me déchirait la gorge, le sang dans mes oreilles.

— Il y a quelqu'un ? Je vous en prie, aidez-moi !

J'ai appuyé mes mains contre le mur, et j'ai senti les bruits sourds de la passerelle se répercuter à travers la coque. L'impact des chariots de marchandises… et des valises… et les pas de ceux qui s'en allaient.

Je sentais tout cela. Mais je ne l'entendais pas. J'étais bien au-dessous de la ligne de flottaison – et ils étaient au-dessus, où les pitoyables vibrations que je parvenais à produire avec mon bol en plastique seraient couvertes par le vent, le cri des mouettes et les voix des autres passagers.

J'ai laissé le bol tomber sur le sol puis je me suis affalée sur le lit, roulée en boule, et j'ai commencé à pleurer en énormes hoquets de terreur et de désespoir.

Jusque-là, j'avais eu peur. J'avais failli mourir de peur.

Mais je n'avais jamais désespéré, et c'était du désespoir que je ressentais à présent.

Comme j'étais agenouillée sur le matelas mince et défoncé, pleurant contre mes genoux, des images ont défilé dans ma tête : Judah en train de lire le journal, ma mère devant ses mots croisés, la langue pointée entre les dents, mon père qui tondait la pelouse le dimanche, en chantant faux. J'aurais donné n'importe quoi pour les voir dans cette pièce, ne serait-ce qu'un instant, juste pour leur dire que j'étais en vie et que je les aimais.

Mais je n'arrivais à penser qu'à une chose : ils attendaient mon retour. Et seraient désespérés de ne pas me voir arriver. Ils allaient être condamnés à l'attente éternelle et sans espoir.

De : Judah Lewis
À : Judah Lewis ; Pamela Crew ; Alan Blacklock
CC : [38 destinataires]
Envoyé le : mardi 29 septembre
Sujet : Lo, nouvelles

Chers tous,

Je suis vraiment désolé d'envoyer cette nouvelle par mail, mais je suis certain que vous comprendrez que ces derniers jours ont été difficiles et que nous avons eu du mal à répondre aux inquiétudes et aux demandes de chacun.

Jusqu'ici, nous n'avions en fait rien de concret à partager, ce qui a provoqué quantité de spéculations déplorables sur les réseaux sociaux. Quoi qu'il en soit, nous avons maintenant reçu des informations. Malheureusement, ce ne sont pas celles que nous espérions, et les parents de Lo, Pam et Alan, m'ont demandé d'envoyer cette mise au point à ses amis proches et à sa famille de leur part, ainsi que de la mienne. En effet, il semble que certains détails aient déjà été divulgués à la presse, et nous ne voudrions pas que vous appreniez tout cela par Internet.

Il n'y a pas de façon agréable de le dire : tôt ce matin, Scotland Yard m'a demandé d'identifier des photographies envoyées par la police norvégienne, qui dirige l'enquête. C'étaient des photos de vêtements, et ils appartiennent à Lo. Je les ai reconnus immédiatement. Les bottes vintage, en particulier, sont très caractéristiques : ce ne peut être que les siennes.

Nous sommes bien sûr démolis par cette découverte, mais nous nous accrochons et attendons de voir ce que la police a à nous dire – c'est tout ce que nous savons pour l'instant car le corps se trouve toujours en Norvège. Nous vous prions de bien vouloir faire preuve de discrétion vis-à-vis des médias. Si vous avez quoi que ce soit comme information à apporter à l'enquête, je peux vous communiquer le nom des officiers de Scotland Yard qui s'occupent de l'affaire du côté anglais. Nous avons aussi un agent de liaison auprès des familles qui nous aide à traiter avec les journalistes, mais il circule des rumeurs affligeantes et fausses, et nous aimerions vous demander à tous de nous aider à faire respecter l'intimité de Lo.

Nous sommes effondrés par la tournure des événements, et nous faisons de notre mieux pour nous faire à leur réalité, aussi, je vous en prie, soyez patients, et sachez que nous vous tiendrons au courant dès que possible.

Judah

Septième partie

29

Elle n'est pas revenue.

La fille n'est pas revenue.

Les heures se sont écoulées lentement, dans un grand flou, et je savais que quelque part, de l'autre côté de ce cercueil de métal, des gens parlaient, riaient, mangeaient et buvaient, tandis que j'étais étendue là, incapable de faire quoi que ce soit si ce n'est respirer et compter les secondes, minute après minute, heure après heure. Quelque part, dehors, le soleil se levait et se couchait, les vagues se gonflaient et berçaient la coque, et la vie continuait tandis que je sombrais dans l'obscurité.

J'ai pensé de nouveau au corps d'Anne, flottant dans les profondeurs de la mer, et je me suis dit avec amertume qu'elle avait eu de la chance – au moins, ça avait été rapide. Un instant de doute, un coup sur la tête, et le tour était joué. Je commençais à craindre que, pour moi, le sort ne soit pas aussi miséricordieux.

Je suis restée roulée en boule sur la couchette et j'ai essayé d'oublier ma faim. Mon dernier repas remontait au petit déjeuner du jeudi, et j'estimais que nous devions être au moins le vendredi soir. J'avais une migraine terrible et des crampes d'estomac, et lorsque je me suis levée pour aller aux toilettes, j'ai eu le vertige.

La petite voix mauvaise à l'arrière de ma tête a recommencé à me tourmenter : *À ton avis, ça fait quoi de mourir de faim ? Tu t'imagines que c'est une fin paisible ?*

J'ai fermé les yeux. *Un. Deux. Trois. Inspire.*

Cela prend beaucoup de temps. Cela irait plus vite si tu parvenais à arrêter de boire…

Une image est apparue dans mon esprit : mon corps amaigri, blanc et froid, recroquevillé sous la couverture orange élimée.

— Je choisis de ne pas penser à ces images, ai-je marmonné. Je choisis de penser à…

Je me suis arrêtée. À quoi ? Dans aucun des tutoriels que me montrait Barry, on ne s'attardait sur la nature des images de bonheur à visualiser lorsque l'on était retenue prisonnière par un meurtrier. Étais-je censée penser à ma mère ? À Judah ? À tout ce que j'aimais, ce à quoi je tenais et que je m'apprêtais à perdre ?

— Tu peux te la mettre où je pense, petit con, ton image de bonheur, ai-je murmuré.

C'est alors que j'ai entendu un bruit dans le couloir.

Je me suis redressée d'un bond et le sang a quitté ma tête, si bien que j'ai failli tomber. C'est tout juste si j'ai réussi à m'appuyer sur la couchette avant que mes jambes cèdent sous moi.

Était-ce elle ? Ou Bullmer ?

Oh merde.

Je savais que je respirais trop vite, je sentais mon cœur s'emballer et mes muscles me picoter. Puis ma vue a commencé à se fragmenter en petits éclats rouges et noirs.

Et tout s'est obscurci.

— Merde, merde, merde…

Un mot, encore et encore, chuchoté d'un ton monocorde, celui de la panique, tout près de moi.

— Oh bon Dieu, réveillez-vous, s'il vous plaît…

— Qu…, ai-je réussi à articuler.

La fille a poussé une espèce de soupir de soulagement, presque un sanglot.

— Putain ! Est-ce que ça va ? Vous m'avez flanqué une de ces frousses !

J'ai ouvert les yeux, et j'ai vu son visage inquiet penché sur le mien. Une odeur de nourriture flottait et mon ventre a gargouillé.

— Je suis désolée, a-t-elle bredouillé, m'aidant à m'adosser au rebord métallique de la couchette, un coussin dans le dos.

Son haleine sentait l'alcool ; du schnaps, ou peut-être de la vodka.

— Je ne voulais pas vous laisser si longtemps. Mais j'ai…

— Quel jour on est ? ai-je demandé d'une voix rauque.

— Quoi ?

— Qu… quel jour on est ?

— Samedi. Samedi 26. Il est tard, presque minuit. Je vous ai apporté de quoi manger.

Elle m'a tendu un fruit. Je me suis jetée dessus, presque malade de faim, et j'ai mordu dedans, remarquant à peine que c'était une poire avant que le goût explose dans ma bouche, presque intolérable par son intensité.

Samedi, presque dimanche. Rien d'étonnant à ce que je me sois sentie si mal. À ce que les heures aient semblé s'étirer sans fin. À ce que mon estomac soit encore secoué de crampes tandis que j'avalais la poire par gros morceaux, comme un loup. J'avais été enfermée sans nourriture ni contact pendant… j'ai essayé de faire le calcul. Du jeudi matin au samedi soir. Quarante-huit… soixante… soixante heures et quelque ? C'était vraiment ça ? J'avais mal à la tête. J'avais mal au ventre. J'avais mal *partout*.

Mon estomac s'est contracté de nouveau.

— Oh putain.

J'ai essayé de me relever, les jambes en coton.

— Je crois que je vais être malade.

J'ai titubé jusqu'aux toilettes minuscules, suivie anxieusement par la fille qui m'a aidée à ne pas m'effondrer tandis que je franchissais avec peine la porte étroite, tombais à genoux et dégobillais dans la cuvette. Elle semblait consciente de mon état lamentable, car elle a dit, presque avec timidité :

— Je peux vous en apporter une autre, si vous voulez. Mais il y a un truc à la pomme de terre, aussi. Ce sera peut-être mieux pour votre estomac. Le cuisinier appelle ça un *pitty-panny*, un truc comme ça. Je ne me rappelle plus.

Je n'ai pas répondu, je suis juste restée agenouillée en attendant le prochain haut-le-cœur. Mais la nausée semblait passée. Pour finir, je me suis essuyé la bouche et je me suis levée sans à-coups, m'accrochant à la main courante pour tester la force de mes jambes. Puis, d'un pas incertain, je suis retournée à la couchette et au plateau repas. Les cubes de pomme de terre étaient appétissants et dégageaient une odeur divine. J'ai pris la fourchette et mangé, plus lentement cette fois, tâchant de ne pas engloutir la nourriture.

La fille me regardait.

— Je suis désolée, a-t-elle répété. Je n'aurais pas dû vous punir de cette façon.

J'ai avalé une bouchée des pommes de terre tièdes et salées ; la peau caramélisée croustillait dans ma bouche.

— Vous vous appelez comment ? l'ai-je interrogée.

Elle s'est mordu la lèvre, a détourné les yeux et poussé un soupir.

— Je ne devrais sans doute pas vous le dire, mais qu'est-ce que ça peut faire ?… Carrie.

— Carrie.

J'ai pris une nouvelle bouchée, savourant le mot en mastiquant.

— Salut, Carrie.

— Salut, a-t-elle répondu d'une voix sans chaleur et sans vie. Elle m'a encore regardée manger un moment, puis elle a traversé la pièce à pas lents pour aller s'adosser contre le mur d'en face et s'est laissée glisser au sol.

Nous avons gardé le silence pendant un certain temps ; je mangeais méthodiquement, m'efforçant de prendre mon temps, et elle m'observait. Puis elle a poussé une brève exclamation, a plongé sa main dans sa poche et en a sorti quelque chose.

— J'ai failli oublier. Tenez.

C'était un cachet, enveloppé dans un morceau de papier mouchoir. Je l'ai pris. J'étais si soulagée que j'avais presque envie de rire. Cela me semblait un peu pathétique, l'espoir que ce petit confetti blanc puisse m'aider à supporter ma situation. Et pourtant…

— Merci.

Je l'ai placé sur ma langue, j'ai pris une gorgée de jus de fruits, et j'ai avalé le tout.

Enfin l'assiette a été vide, et j'ai pris conscience, en attrapant le dernier morceau de pomme de terre, tandis que Carrie m'observait toujours de l'autre côté de la pièce, que c'était la première fois qu'elle attendait pendant que je mangeais. Cette constatation m'a donné le courage de tenter quelque chose ; peut-être était-ce stupide, mais les mots sont sortis avant que je puisse les retenir.

— Qu'est-ce qui va m'arriver ?

Elle n'a rien dit, elle s'est contentée de se relever, de secouer lentement la tête et d'épousseter son pantalon en soie crème. Sa maigreur faisait peine à voir, et je me suis demandé, un instant, si elle s'était affamée à dessein afin de mieux incarner Anne, ou si c'était sa corpulence normale.

— Est-ce qu'il va…

J'ai dégluti. Je savais que je jouais avec le feu, mais j'avais besoin de savoir.

— Est-ce qu'il va me tuer ?

Sans répondre, elle a ramassé le plateau et s'est dirigée vers la sortie, mais lorsqu'elle s'est retournée pour refermer la porte, j'ai surpris une larme qui perlait au coin de son œil. Elle a marqué un bref temps d'arrêt, le battant s'est presque refermé, et j'ai cru un instant qu'elle s'apprêtait à dire quelque chose. Mais elle a juste secoué de nouveau la tête, et la larme a roulé le long de sa joue. Elle l'a essuyée presque avec colère, puis la porte a claqué derrière elle.

Une fois qu'elle est partie, je suis restée plantée là, appuyée contre la couchette pour reprendre mon équilibre ; c'est là que j'ai repéré, par terre, un autre livre. Cette fois, c'était mon exemplaire de *Winnie l'ourson.*

Winnie a toujours été pour moi une espèce de doudou, le livre auquel je reviens dans les moments de stress. C'est un bouquin qui me rappelle l'époque où je n'avais pas encore commencé à avoir peur, le temps où il n'y avait pas de menaces, à part les « éfélants », et où, tel Jean-Christophe, je pouvais conquérir le monde.

J'avais failli le laisser à la maison. Mais, au dernier moment, tandis que j'entassais vêtements et chaussures dans ma valise, je l'avais vu là, posé sur ma table de nuit, et je l'avais mis avec mes affaires en guise d'amulette contre les tensions du voyage.

J'ai passé le reste de la nuit étendue sur la couchette avec le livre ouvert sur l'oreiller à côté de moi, à passer les doigts sur la jaquette usée. Mais je connaissais les mots par cœur, trop bien peut-être, et leur magie familière n'a pas opéré. Au lieu de ça, j'ai ressassé ma conversation avec Carrie, et cogité sur le sort qui m'attendait.

Je ne pouvais sortir de là que de deux façons, vivante ou morte, et je savais quelle solution avait ma préférence. Auquel cas mon choix était simple : m'échapper, avec ou sans l'aide de Carrie.

Quelques jours ou quelques heures plus tôt, j'aurais affirmé sans hésitation que ma seule possibilité était de faire sans : après tout, elle m'avait frappée, séquestrée et même affamée. Mais après ce soir-là, je n'en étais plus si certaine. Ses gestes lorsqu'elle m'avait aidée à m'asseoir, la façon dont elle avait attendu pendant que je mangeais, ne me quittant pas du regard, son air si triste, ses yeux lorsqu'elle s'était détournée pour s'en aller… Selon moi, ce n'était pas une meurtrière, pas par choix, en tout cas. Et les derniers jours, il s'était produit quelque chose qui lui en avait fait prendre conscience. J'ai pensé à mon attente interminable, cauchemardesque, à la façon dont le temps s'étirait, à ma faim qui augmentait inexorablement. Mais à présent, pour la première fois, je me suis dit que ces heures avaient peut-être été une torture pour elle aussi : peut-être s'était-elle retrouvée face à quelque chose auquel elle n'était pas préparée. Elle avait dû m'imaginer là, enfermée dans ma cale, m'affaiblissant de plus en plus, m'écorchant les doigts à force de gratter la porte. Jusqu'à ce que sa résolution s'effondre et qu'elle se précipite en bas avec un plateau volé de nourriture tiède.

Qu'avait-elle pensé lorsqu'elle m'avait retrouvée affalée par terre ? Qu'elle était arrivée trop tard ? Que je m'étais évanouie, à cause de la faim ou de l'épuisement ? Et soudain, peut-être avait-elle su qu'elle ne pouvait pas vivre avec un autre meurtre sur la conscience.

Jusque-là, elle n'avait pas voulu ma mort, j'en étais tout à fait convaincue. Et je doutais qu'elle soit capable de me tuer, pas si je continuais de lui rappeler le fait que j'étais là à cause d'elle, parce que je m'étais battue pour essayer de l'aider.

Bullmer, en revanche… Bullmer, qui avait assisté à la chimio de sa femme en comptant sa fortune et en attendant son décès, et qui s'en était retrouvé privé au dernier moment…

Oui, Bullmer était capable de tuer, j'en étais persuadée. Et il n'en perdrait sans doute pas une minute de sommeil.

Où était-il ? Avait-il quitté le yacht pour se forger un alibi pendant que Carrie me faisait mourir de faim ? Difficile à dire. Il avait pris bien soin de se tenir à l'écart de la mort d'Anne ; je le voyais mal courir le risque de s'impliquer dans la mienne.

Tandis que je ruminais ces pensées, j'ai entendu le grondement du moteur qui redémarrait au ralenti. Il a bourdonné pendant un moment, puis j'ai senti tout le bateau s'ébranler, et j'ai su que nous avancions de nouveau ; nous sortions du port de Bergen, avalés par les ténèbres, et nous remettions le cap sur le large, vers la mer du Nord.

30

Lorsque je me suis réveillée, le moteur s'était arrêté de nouveau, mais je sentais la masse d'eau mouvante tout autour de nous. Je me suis demandé où nous nous trouvions – dans les fjords, peut-être. J'ai imaginé les parois de roche sombre, encadrant une étroite bande de ciel délavé et s'enfonçant dans l'immensité bleue à leurs pieds. Je savais que certains fjords pouvaient atteindre plus d'un kilomètre de profondeur – une eau d'une noirceur et d'un froid inimaginables. À une telle profondeur, un corps pourrait bien n'être jamais retrouvé.

J'étais juste en train de m'interroger à propos de l'heure lorsqu'on a frappé à la porte. Carrie est entrée avec un bol de muesli et un mug de café.

— Désolée, c'est tout ce que j'ai pu faire, a-t-elle dit en posant le plateau. Maintenant que les passagers et l'équipage ont débarqué, c'est devenu plus dur de voler de la nourriture sans éveiller les soupçons du chef.

— L'équipage a débarqué ?

Je trouvais l'information alarmante, même si je n'arrivais pas tout à fait à savoir pourquoi.

— Pas tout le monde. Le capitaine est toujours là, avec certains de ses hommes. Mais le personnel qui s'occupait des passagers est parti à Bergen avec Richard pour une espèce de réunion de *team building* ou je ne sais quoi.

Donc Bullmer n'était pas à bord. Ce qui expliquait peut-être le changement d'attitude de Carrie. Bullmer absent…

Je me suis mise à manger lentement le muesli et, comme la dernière fois, elle s'est assise et m'a observée, les yeux tristes sous ses sourcils sauvagement épilés.

— Vous ne vous êtes pas épilé les cils ? ai-je remarqué entre deux bouchées.

Elle a secoué la tête.

— Non. Je n'ai pas pu m'y résoudre. J'ai les cils plutôt courts et fins sans mascara, de toute façon, et je me suis dit que si quelqu'un les remarquait, je prétendrais que c'étaient des faux.

— Qui…

Je me suis interrompue. J'allais dire : « Qui l'a tuée ? », mais soudain j'ai flanché à l'idée de poser la question tout haut. J'avais trop peur que ce soit elle. Et d'ailleurs, mon plan consistait à la persuader qu'elle n'était *pas* une meurtrière, et non à lui rappeler qu'elle avait tué une fois, et pouvait recommencer.

— Quoi ? a-t-elle demandé.

— Je… Qu'est-ce que vous avez raconté ? À ma famille, je veux dire ? Et aux autres passagers ? Ils croient que je suis à Trondheim ?

— Oui. J'ai remis ma perruque et je suis descendue à terre avec votre passeport. J'ai choisi le moment où tous les stewards étaient occupés à préparer le petit déjeuner : c'est un membre de l'équipage qui était de service sur la passerelle. Par chance, vous n'avez pas fait la visite du pont, donc vous n'en avez rencontré aucun, et en plus, nous sommes toutes les deux brunes. Je ne sais pas ce que j'aurais fait si vous aviez été blonde – je n'ai pas de perruque blonde. Ensuite, je suis remontée à bord sous l'identité d'Anne, et j'ai croisé les doigts pour que personne ne se rende compte qu'Anne avait rembarqué sans avoir jamais débarqué.

« Par chance ». Ce n'était pas le mot que j'aurais employé. Donc les papiers étaient en ordre. Selon le registre, j'étais descendue et je n'avais pas réapparu. Rien d'étonnant à ce que la police ne soit pas venue fouiller le bateau.

— C'était quoi, le plan ? ai-je demandé doucement. Si je ne vous avais pas vue ? Vous aviez prévu quoi ?

— Je serais quand même descendue à Trondheim, a-t-elle répondu avec amertume. Mais sous l'identité d'Anne. Puis j'aurais mis ma perruque, je me serais changée, j'aurais redessiné mes sourcils et je me serais fondue dans la foule comme une routarde anonyme. La piste se serait arrêtée à Trondheim : une femme instable, au seuil de la mort, qui disparaît sans laisser de trace… Et là, une fois que ça se serait tassé, Richard et moi, nous devions nous « rencontrer » et tomber amoureux, de façon publique cette fois, tout recommencer depuis le début pour les caméras.

— Pourquoi vous avez fait ça, Carrie ? ai-je ajouté avec désespoir, puis je me suis mordu la langue.

Ce n'était pas le moment de la contrarier. J'avais besoin de l'attirer dans mon camp, et ce n'était pas en lui faisant un procès que j'allais y parvenir. Mais je ne pouvais plus me contenir.

— Je ne comprends vraiment pas.

— Moi non plus, quelquefois.

Elle s'est couvert le visage de ses mains.

— Ce n'était pas censé se passer comme ça.

— Alors racontez-moi, ai-je relancé.

J'ai avancé la main, presque timidement, et l'ai posée sur son genou. Elle a sursauté comme si elle s'attendait à prendre un coup. J'ai compris à quel point elle était terrifiée : l'énergie mauvaise qui se dégageait d'elle venait en grande partie de la terreur, pas de la haine.

— Carrie ? ai-je répété pour l'encourager.

Elle a détourné les yeux, et elle s'est adressée au rideau orange, comme si elle ne pouvait pas me regarder en face.

— Nous nous sommes rencontrés au Magellan. J'y étais serveuse et, en même temps, j'essayais de lancer ma carrière d'actrice. Et lui, eh bien, je suis tombée raide dingue de lui. C'était un scénario à la *Cinquante nuances de Grey* : moi, je n'avais pas une thune, et lui, il est tombé amoureux, il m'a montré cette vie dont je n'avais jamais rêvé…

Elle a fait une pause.

— Je savais qu'il était marié, bien sûr, il a été tout à fait honnête là-dessus. Du coup, on ne pouvait jamais se voir en public, et je ne pouvais parler de lui à personne. Leur mariage s'était fini presque avant d'avoir commencé. C'était une femme affreusement froide et autoritaire, et ils menaient des vies séparées, elle en Norvège, lui à Londres. Il n'a pas eu une existence facile, vous savez. Sa mère est partie quand il était encore bébé, et son père est mort alors qu'il finissait à peine le lycée. Cela semblait si injuste qu'Anne, la personne qui aurait dû l'aimer le plus, ne supporte même pas sa présence ! Mais elle était en train de mourir, et il ne pouvait pas se résoudre à demander le divorce à une femme qui n'avait plus que quelques mois à vivre ; cela lui semblait trop cruel… Il ne cessait de parler de l'après, quand elle serait morte, quand on serait ensemble…

Elle a laissé sa phrase en suspens et, pendant un instant, j'ai cru que c'était tout, qu'elle allait se lever et s'en aller, mais elle s'est remise à parler, plus vite cette fois, comme si elle était incapable de s'arrêter.

— Un soir, il a eu une idée pour qu'on puisse sortir ensemble : je n'avais qu'à me faire passer pour sa femme et l'accompagner au théâtre. Il m'a donné un de ses kimonos et j'ai regardé une vidéo d'elle pour étudier sa façon de se tenir et de se comporter. J'ai caché mes cheveux sous un bonnet de bain, avec un de ses foulards par-dessus. Et ça a marché – nous nous sommes installés dans une loge, juste tous les deux, et nous avons bu du champagne. C'était merveilleux. Comme un jeu. On avait dupé tout le monde.

« On l'a refait une fois ou deux, seulement quand Anne était de passage à Londres, de façon à éviter d'éveiller les soupçons. Puis quelques mois plus tard, il a eu cette idée – cela semblait fou au départ, mais il est comme ça, vous savez, rien n'est impossible – il vous en persuade pour de bon. Il m'a expliqué qu'il avait un voyage de presse en prévision, qu'Anne devait être présente le premier soir, mais qu'elle débarquerait dans la nuit pour rentrer en Norvège. Il a dit : “Et si tu restais et que tu te faisais passer pour elle ?" Il pouvait me faire monter à bord en douce, et nous pourrions nous comporter comme un *vrai* couple, ensemble, sans nous cacher, pendant toute une semaine. Il m'a promis que je pouvais y arriver. Personne à bord ne l'avait jamais rencontrée, et il m'a dit qu'il ferait en sorte qu'on ne me prenne pas en photo : il n'y aurait aucune chance que nous soyons découverts après coup. Le bateau s'arrêtait à Bergen à la fin de la croisière. Ces passagers supposeraient juste qu'Anne était restée à bord pour quelques jours supplémentaires, tandis que je n'aurais qu'à remettre mes vêtements le dernier jour et à rentrer sous ma véritable identité. Il s'est débrouillé pour qu'un des invités annule son voyage afin qu'il y ait une cabine vide, et il a dit que la seule chose…

Elle s'est interrompue.

— … La seule chose indispensable, c'était que je me coupe les cheveux, pour être convaincante. Mais ça me paraissait… je trouvais que ça valait le sacrifice. Pour être avec lui.

Elle a avalé sa salive et, lorsqu'elle s'est remise à parler, les mots sortaient plus lentement.

— Le premier soir, je venais juste d'enfiler les vêtements d'Anne lorsque Richard est descendu à ma cabine. Il était dans tous ses états. Il a dit qu'Anne avait découvert notre liaison et qu'elle s'était mise en rage, jusqu'à l'attaquer physiquement. Il l'avait repoussée pour essayer de se protéger, et elle avait trébuché et s'était cogné la tête contre la table basse. Lorsqu'il a essayé de la ranimer, il s'est aperçu…

Elle a bafouillé un peu, puis elle a continué :

— … il s'est aperçu qu'elle était morte. Il ne savait pas quoi faire. Il a dit que s'il y avait une enquête de police, ma présence à bord serait découverte, et que personne ne croirait à sa version de la dispute. Nous serions poursuivis tous les deux, lui pour meurtre, moi pour complicité de meurtre avec préméditation. Il a dit que ça allait se savoir… que je m'étais fait passer pour Anne. Il a dit que Cole avait une photo de moi déguisée en Anne. Il m'a persuadée…

Elle s'est arrêtée, étranglée par l'émotion.

— Il m'a persuadée que la seule solution, c'était de jeter son corps par-dessus bord et de continuer comme prévu. Si elle disparaissait à Bergen, rien ne permettrait de remonter jusqu'à nous. Mais ce n'était pas *prévu* comme ça !

Des objections me brûlaient la langue. Comment Anne était-elle censée débarquer la première nuit alors que nous ne devions pas arriver en Norvège avant le jour suivant ? Et comment aurait-elle pu descendre sans son passeport, sans que l'équipage soit au courant de son départ ? Cela n'avait pas de sens. La seule explication, c'était que Richard n'avait jamais eu l'intention de laisser Anne emprunter cette passerelle, et Carrie devait bien le savoir aussi. Elle n'était pas stupide. Mais j'avais déjà vu ce genre d'aveuglement volontaire. Des femmes qui soutenaient que leur copain ne les trompait pas en dépit de l'évidence, salariés qui travaillaient pour des employeurs affreux et se répétaient qu'ils ne faisaient que suivre les ordres et accomplir leur devoir. La capacité des gens à croire ce qu'ils ont envie de croire est illimitée. Si Carrie s'était convaincue, contre toute logique, d'accepter la version des faits alambiquée de Richard, il y avait peu de chances qu'elle m'écoute maintenant.

J'ai donc respiré un grand coup et posé la question décisive :

— Qu'est-ce qui va m'arriver ?

— Merde !

Carrie s'est levée et a passé ses mains sur sa tête. Son foulard a glissé, révélant son crâne rasé.

— Je ne sais pas. Arrêtez de me demander ça, je vous en prie.

— Il va me tuer, Carrie.

Il allait nous tuer toutes les deux, j'en étais presque certaine désormais, mais je n'étais pas sûre qu'elle soit encore prête à l'entendre.

— Je vous en prie, *je vous en prie*, vous pouvez nous sortir de là toutes les deux, vous savez que vous le pouvez. Je témoignerai pour vous, je dirai que vous m'avez sauvée, que…

Elle m'a interrompue avec vivacité, le regard dur.

— D'abord, je ne le trahirai jamais. Je *l'aime*. Vous n'avez pas l'air de comprendre ça. Et ensuite, même si je faisais comme vous dites, je me retrouverais inculpée de meurtre.

— Mais si vous témoignez contre lui…

— Non.

Elle m'a coupée net.

— Non. Il n'en est pas question. Je l'aime. Et il m'aime. Je sais qu'il m'aime.

Elle s'est tournée vers la porte, et j'ai su que c'était maintenant ou jamais, qu'il fallait que j'*essaie* de lui faire voir la vraie nature de la machination à laquelle elle participait, même si elle devait me tourner le dos et me laisser crever de faim dans ce réduit. Je lui ai parlé, tandis qu'elle atteignait la porte.

— Il va vous tuer, Carrie. Vous le savez, non ? Il va me tuer, puis il va vous tuer. C'est votre dernière chance.

— Je l'aime.

Sa voix était moins assurée.

— Au point de l'aider à tuer sa femme ?

— Je ne l'ai pas tuée ! a-t-elle hurlé, un cri d'angoisse perçant qui a retenti douloureusement dans cet espace confiné.

Elle me tournait toujours le dos, la main sur la poignée de la porte. Son corps frêle tremblait convulsivement. On aurait dit un enfant secoué de sanglots.

— Elle était déjà morte… En tout cas, c'est ce qu'il a dit. Il a laissé son corps dans une valise dans leur suite, et je l'ai roulée jusqu'à la cabine n° 10 pendant que vous étiez tous en train de dîner. Tout ce que j'avais à faire, c'était de la jeter par-dessus bord pendant qu'il jouait au poker. Mais…

Elle s'est interrompue, s'est retournée et s'est laissée glisser au sol, la tête sur les genoux.

— Mais quoi ?

— Mais la valise était incroyablement lourde. Je crois qu'il l'avait lestée avec quelque chose, et je l'ai cognée contre l'embrasure de la porte en entrant dans la chambre. Le couvercle a sauté et c'est là que… (Elle a laissé échapper un sanglot.) Oh zut, je ne sais plus ! Son visage… il était couvert de sang mais, pendant une seconde, j'ai… j'ai cru que ses paupières papillonnaient légèrement.

— Non !

J'étais glacée d'horreur.

— Vous voulez dire… Vous ne l'avez pas jetée à l'eau alors qu'elle était encore en vie, si ?

— Je ne sais pas.

Elle a enfoui sa tête entre ses mains. Elle avait la voix aiguë et chevrotante de quelqu'un qui s'apprête à faire une crise de nerfs.

— J'ai hurlé. Je n'ai pas pu m'en empêcher. Mais j'ai touché le sang sur son visage, et il était *froid*. Si elle avait été en vie, il aurait été chaud, non ? J'ai pensé que j'avais dû l'imaginer, ou qu'il s'agissait d'une espèce de réflexe musculaire. Il paraît que ça arrive, non ? Dans les morgues et tout ça. Je ne savais pas quoi faire, alors j'ai refermé la valise ! Mais je n'ai pas dû la boucler comme il fallait : quand je l'ai jetée par-dessus bord, la serrure a explosé et j'ai vu son visage… son visage dans l'eau… c'était affreux !

Elle s'est arrêtée, le souffle court. J'essayais de digérer ce récit atroce et de réfléchir à ce que je pouvais bien lui répondre quand elle a repris sa confession.

— Depuis, je ne dors plus, vous savez ? Nuit après nuit, je ne peux pas m'arrêter de penser à elle, au fait qu'elle était peut-être en vie.

Elle a levé les yeux sur moi, et pour la première fois j'ai vu ses émotions s'afficher, nues, dans son regard : la culpabilité et la peur qu'elle essayait désespérément de dissimuler depuis cette première nuit.

— Ça ne devait pas se passer comme ça, a-t-elle ajouté, brisée. Elle était censée mourir chez elle, dans son lit… et je… et je…

— Vous n'êtes pas obligée de faire ça.

Je parlais d'une voix impérieuse.

— Quelles que soient les circonstances de la mort d'Anne, vous pouvez tout arrêter maintenant. Vous croyez vraiment que vous vous le pardonnerez, si vous me tuez ? Avec une mort sur la conscience, vous vous êtes déjà rendue à moitié folle, Carrie. Ne faites pas passer ce chiffre à deux, je vous en supplie. Pour vous comme pour moi. Laissez-moi partir, *je vous en prie*. Je ne dirai rien, je le jure. Je… je raconterai à Judah que j'ai débarqué à Trondheim et que j'ai eu un trou noir. Personne ne me croirait, de toute façon ! Ils ne m'ont pas crue quand j'ai dit qu'un corps avait été jeté à l'eau ; pourquoi ce serait différent cette fois ?

Je savais pourquoi : à cause de l'ADN. Des empreintes digitales. Des dossiers dentaires. Des traces du sang d'Anne qui devaient rester sur la paroi de verre et dans la cabine de Richard.

Mais je me suis abstenue d'en parler, et Carrie n'y avait pas pensé, apparemment. Sa panique semblait l'avoir quittée en même temps que s'était achevée sa confession fébrile, et sa respiration s'était ralentie. Elle me fixait des yeux, le visage baigné de larmes mais calme et étrangement beau, maintenant que l'hystérie était passée.

— Carrie ? ai-je repris d'un ton timide, osant à peine espérer.

— Je vais y réfléchir.

Elle s'est mise à genoux, a récupéré le plateau et s'est tournée vers la porte. Ce faisant, elle a trébuché sur l'exemplaire de *Winnie l'ourson*. En le voyant, elle a changé d'expression. Elle l'a ramassé et s'est mise à le feuilleter de sa main libre.

— J'adorais ce bouquin quand j'étais petite.

J'ai hoché la tête.

— Moi aussi. J'ai dû le lire une bonne centaine de fois. Ce passage à la fin, avec le cercle d'arbres… ça me fait toujours chialer.

— Ma mère m'appelait Tigrou. Elle disait toujours : « Tu es comme Tigrou : même quand tu fais une mauvaise chute, tu trouves le moyen de rebondir. »

Elle a eu un petit rire puis a jeté le livre au pied de la couchette, faisant un effort manifeste pour revenir à des questions pratiques.

— Écoutez, je ne suis pas certaine de pouvoir vous apporter à dîner ce soir. Le cuisinier commence à avoir des soupçons. Je ferai de mon mieux, mais si je n'y arrive pas, je vous apporterai un rab pour le petit déjeuner, OK ?

— OK, ai-je dit. (Puis, sur un coup de tête, j'ai ajouté.) Merci.

J'y ai repensé une fois qu'elle est partie – c'était stupide de remercier une femme qui vous séquestrait et qui achetait votre obéissance en vous rationnant nourriture et médicaments. Étais-je en train de développer le syndrome de Stockholm ?

Peut-être. Mais elle était encore plus atteinte que moi. C'était plutôt ça, la vérité : nous n'étions pas comme un geôlier et son prisonnier, mais comme deux animaux, chacun dans un compartiment d'une même cage. Le sien était juste un peu plus grand.

Cette journée-là est passée avec une lenteur insoutenable. Après le départ de Carrie, je me suis mise à faire les cent pas, essayant d'ignorer ma faim de plus en plus féroce, et ma peur, de plus en plus vive, de ce qui allait se passer si elle n'acceptait pas de reconnaître la vraie nature des projets de Richard.

J'étais certaine qu'il n'avait jamais eu l'intention de laisser Carrie vivre bien longtemps une fois établi qu'« Anne » aurait débarqué à Bergen. Lorsque je fermais les yeux, des images surgissaient sous mes paupières : les yeux vitreux d'Anne au moment où Carrie avait lâché la valise, Carrie en train de marcher dans une ruelle norvégienne sans se rendre compte qu'une silhouette s'avançait derrière elle.

Et maintenant moi…

Pour me distraire, j'ai pensé à mes parents et à Jude, jusqu'à ce que les pages de *Winnie l'ourson* se troublent devant moi ; les phrases si familières se sont dissoutes dans un torrent de larmes, qui m'a laissée trop épuisée pour réagir autrement qu'en restant prostrée là.

Je commençais juste à perdre tout espoir de dîner lorsqu'un son a retenti au niveau de la deuxième porte, suivi d'un bruit de pas pressés dans le couloir. Je m'attendais à ce que Carrie frappe, au lieu de ça la clé a tourné dans la serrure et elle a ouvert brusquement. J'ai vu tout de suite qu'elle n'apportait rien à manger, mais tout cela m'est sorti de l'esprit lorsque j'ai remarqué son expression de panique.

— Il arrive, a-t-elle annoncé précipitamment.

— Quoi ?

— Richard revient ce soir ! C'était censé être demain, mais je viens d'avoir un message : il sera là tout à l'heure.

Site web du *Telegraph*, mardi 29 septembre

Dernière nouvelle : un deuxième corps a été retrouvé dans l'enquête sur la disparition de Laura Blacklock.

Huitième partie

31

— Il… il revient ?

J'avais la bouche sèche.

— Qu'est-ce que ça signifie ?

— À votre avis ? Il faut que nous vous fassions débarquer. Ils vont se mettre à quai dans une trentaine de minutes pour récupérer Richard. Après ça…

Elle n'avait pas besoin d'ajouter quoi que ce soit. J'ai avalé ma salive. Ma langue collait à mon palais.

— Je… comment ?

Elle a sorti quelque chose de sa poche et me l'a tendu. Pendant un instant, je n'ai pas compris. C'était un passeport, mais pas le mien, le sien.

— C'est le seul moyen.

Elle a retiré son foulard, révélant son crâne hérissé de poils ras qui repoussaient, puis elle a commencé à se déshabiller.

— Qu'est-ce que vous faites ?

— Vous allez débarquer déguisée en Anne, et prendre l'avion sous mon identité. Compris ?

— Quoi ? Vous êtes folle. Partez avec moi !

— Je ne peux pas. Comment voulez-vous que j'explique ça à l'équipage, bordel ? « Je vous présente mon amie, qui se cachait dans la cale » ?

— Dites-leur ! Dites-leur la vérité !

Elle a secoué la tête. À présent, elle était en sous-vêtements, frissonnant malgré l'atmosphère chaude et confinée de la cabine.

— Et dire quoi ? « Salut tout le monde, je suis une parfaite inconnue, la femme pour qui vous me prenez a été balancée par-dessus bord » ? Non. Je ne sais pas du tout si je peux leur faire confiance, tous autant qu'ils sont. Au mieux, il est leur patron. Au pire…

— Alors quoi ? (J'étais à moitié hystérique.) Vous allez rester ici et le laisser vous tuer à votre tour ?

— Non. J'ai un plan. Arrêtez de discuter et prenez mes vêtements.

Elle m'a tendu un tas de soie qui semblait léger comme une plume. Sa maigreur était choquante – elle n'avait vraiment que la peau sur les os –, mais je ne parvenais pas à détourner le regard.

— Maintenant, donnez-moi les vôtres.

— Quoi ?

J'ai baissé les yeux sur le jean taché, plein de sueur, sur le tee-shirt et le sweat à capuche que je portais depuis presque une semaine.

— Ça ?

— Oui. *Grouillez-vous !*

Elle semblait à cran.

— Vous faites quelle pointure ?

— Du 39, ai-je dit, la voix étouffée par mon tee-shirt, que j'étais en train de retirer.

— Bien. Moi aussi.

Elle a poussé les espadrilles qu'elle portait dans ma direction, j'ai enlevé mes bottes et commencé à faire glisser mon pantalon. Nous étions toutes les deux en sous-vêtements à présent. J'essayais gauchement de me couvrir, tandis qu'elle enfilait les habits que j'avais ôtés avec une concentration absolue. J'ai passé la tunique en soie, sentant le bruissement frais du luxueux tissu contre ma peau. Elle a retiré un élastique de son poignet et me l'a passé sans rien dire.

— C'est pour quoi faire ?

— Pour vous attacher les cheveux. Ce n'est pas idéal. Vous allez devoir faire *très* attention avec le foulard, mais on n'a pas le temps de vous raser la tête et, de toute façon, si vous devez quitter le pays avec mon passeport, il vaut sans doute mieux que vous gardiez vos vrais cheveux. Autant éviter de leur donner une raison de s'attarder sur la photo.

— Je ne comprends pas. Pourquoi je ne peux pas tout simplement reprendre ma vraie identité ? La police doit être à ma recherche, non ?

— Pour commencer, c'est Richard qui détient votre passeport. Et il a beaucoup d'amis dans la région – pas seulement dans les affaires, il connaît aussi des gens haut placés dans la police norvégienne. Il faut qu'on arrive à vous mettre à l'abri avant qu'il comprenne ce qui se trame. Partez. Éloignez-vous de la côte. Traversez la frontière suédoise. Et lorsque vous parviendrez à l'aéroport, ne prenez pas un vol direct pour Londres. Il s'y attendra. Faites une escale quelque part… Paris, peut-être.

— Vous y allez un peu fort, là, ai-je dit, alors que son inquiétude devenait contagieuse.

J'ai enfilé les espadrilles et rangé le passeport dans la poche du kimono. Carrie était en train de remonter la fermeture Éclair de mes bottes en cuir vintage. J'ai éprouvé un tiraillement de regret : cette paire était la plus belle pièce de ma garde-robe. Il m'avait fallu des semaines et les encouragements de Judah, pour que je me décide à dépenser une telle somme. Mais ma vie valait bien un tel sacrifice.

Enfin, nous avons presque terminé de nous habiller. Le foulard restait posé sur la couchette entre nous.

— Asseyez-vous, a ordonné Carrie avec brusquerie.

J'ai obtempéré tandis qu'elle se plantait à côté de moi et m'enroulait le beau fichu imprimé autour de la tête.

Il était vert et or, avec un motif de cordes et d'ancres entrelacées, et j'ai eu une vision soudaine, perturbante, d'Anne – la vraie Anne – en train de s'enfoncer dans les abysses bleu-vert, ses membres blancs se prenant dans les détritus d'un millier de naufrages, emprisonnés pour toujours.

— Et voilà, a finalement dit Carrie.

Elle a glissé deux ou trois épingles pour maintenir en place le tissu, puis elle m'a regardée de haut en bas, l'œil critique :

— Ce n'est pas parfait – vous n'êtes pas assez mince –, mais à la lumière tamisée ça passera. Par chance, il y a beaucoup de membres de l'équipage que je n'ai pas rencontrés.

Elle a regardé sa montre :

— Bon. Dernière chose. Frappez-moi.

— Quoi ?

Ses mots n'avaient pas de sens. La frapper avec quoi ?

— Frappez-moi. Cognez-moi la tête contre la couchette.

— Quoi ?

Je commençais à parler comme un disque rayé, mais je n'y pouvais rien.

— Vous êtes folle ? Je ne vais pas vous frapper !

— *Frappez-moi !* a-t-elle crié, furieuse. Vous ne comprenez pas ? Il faut que ce soit convaincant. C'est ma seule chance de faire croire à Richard que je n'y suis pour rien. Il faut lui faire gober que vous m'avez attaquée, que nous nous sommes battues et que vous avez eu le dessus. *Frappez-moi.*

J'ai respiré un grand coup et je lui ai donné une gifle. Sa tête a valsé sur le côté, mais ce n'était pas suffisant, je l'ai bien vu dès l'instant où elle s'est retournée pour me lancer un regard plein d'aigreur en se frottant la joue.

— Non mais merde ! Je suis obligée de tout faire moi-même ?

Elle a pris une longue inspiration et, avant que j'aie le temps de me rendre compte de ce qu'elle s'apprêtait à faire, elle a jeté sa tête contre le rebord de la couchette.

J'ai hurlé. Je n'ai pas pu m'en empêcher. Du sang a commencé à jaillir de sa coupure superficielle et à dégouliner le long de son tee-shirt blanc – le mien – avant de former une flaque sur le sol. Elle a reculé en titubant, avec un petit cri de douleur, les mains contre son crâne.

— *La vache !* a-t-elle gémi. Bordel de merde, ça fait mal ! Oh putain !

Elle est tombée à genoux, le souffle court, et pendant un instant j'ai cru qu'elle était sur le point de s'évanouir.

— Carrie ! me suis-je exclamée, paniquée, en m'agenouillant à côté d'elle. Carrie, est-ce que ça…

— Vous mettez pas à genoux là-dedans, pauvre conne ! a-t-elle hurlé en repoussant ma main. Vous voulez tout foutre en l'air ? Vous ne pouvez pas avoir de sang sur vos vêtements ! Que dirait l'équipage ? Oh putain, merde, pourquoi ça n'arrête pas de saigner ?

Je me suis relevée d'un mouvement gauche, manquant trébucher sur le kimono qui traînait par terre, et pendant un instant je suis restée plantée là, toute pantelante. Puis j'ai repris mes esprits et j'ai couru chercher du papier dans la salle de bains.

— Tenez, ai-je dit d'une voix chevrotante.

Elle a levé les yeux tristement, puis elle a pris le papier et l'a pressé contre la plaie. Elle s'est ensuite laissée retomber sur la couchette, le teint grisâtre.

— Je… je peux vous aider ?

— Non. La seule chose qui puisse m'aider, c'est que Richard croie que vous m'avez mis une telle dérouillée que je n'aurais jamais pu vous arrêter. Avec un peu de chance, ça suffira comme ça. Maintenant barrez-vous, avant qu'il revienne. Sinon tout ça n'aura servi à rien.

— Carrie, je… Est-ce qu'il y a encore autre chose ?

— Deux choses, a-t-elle répliqué, les dents serrées par la douleur. Premièrement, laissez-moi vingt-quatre heures avant d'aller voir les flics, OK ?

J'ai hoché la tête. Ce n'était pas ce que j'avais prévu, mais j'avais le sentiment que je ne pouvais pas lui refuser ça.

— Deuxièmement, *foutez-moi le camp*, a-t-elle grogné.

Elle avait le visage si blême que j'en étais terrifiée, mais on lisait une détermination sauvage dans son regard.

— Vous avez essayé de m'aider, non ? C'est ce qui vous a mise dans cette merde. Et maintenant, c'est la seule chose que je puisse faire pour vous aider à mon tour. Alors ne gâchez pas tout. Foutez le camp !

— Merci, ai-je lancé d'une voix étranglée.

Elle n'a rien répondu, elle s'est contentée de désigner le couloir d'un geste. Comme j'atteignais la porte, elle a repris la parole.

— La clé magnétique de la suite est dans votre poche. Vous trouverez environ cinq mille couronnes dans un portefeuille sur la coiffeuse. C'est un mélange d'argent norvégien, danois et suédois, mais ça représente presque cinq cents livres, je crois. Prenez le portefeuille. Dedans, il y a aussi des cartes de crédit et des papiers d'identité. Je n'ai pas les codes des cartes – elles étaient à Anne, pas à moi –, mais il existe peut-être des endroits où une signature suffit. Il va falloir que vous demandiez à quelqu'un d'abaisser la passerelle pour pouvoir descendre – à moins qu'elle le soit déjà pour Richard. Dites-leur qu'il vient de téléphoner, et que vous allez à sa rencontre.

— OK, ai-je chuchoté.

— Changez-vous, et éloignez-vous du port le plus vite possible. C'est tout.

Elle a fermé les yeux et posé la tête sur la couchette. Le tampon contre sa tempe était déjà rouge de sang.

— Ah, et enfermez-moi en partant !

— Vous enfermer ? Vous êtes sûre ?

— Oui, je suis sûre. Il faut que ce soit convaincant.

— Mais s'il ne vient pas ? S'il ne vous retrouve pas ?

— Il viendra.

Elle parlait d'un ton monocorde.

— C'est la première chose qu'il va faire en découvrant que je manque à l'appel. Il va passer ici.

— OK…, ai-je dit à contrecœur. C'est… c'est quoi le code de la porte ?

— La porte ? (Elle a ouvert des yeux fatigués). Quelle porte ?

— Vous avez dit qu'il y avait une deuxième porte verrouillée derrière celle-ci. Avec un digicode.

— J'ai menti.

Sa voix était lasse.

— Il n'y a pas de code. J'ai juste dit ça pour vous dissuader de m'attaquer. Montez directement.

— Je… Merci, Carrie.

— Ne me remerciez pas.

Elle avait refermé les yeux.

— Tenez bien votre rôle… pour notre bien à toutes les deux. Et ne vous retournez pas.

— OK.

Je me suis avancée vers elle, je ne sais pas pourquoi – pour la prendre dans mes bras, peut-être. Mais sa poitrine était constellée du sang qui continuait de couler de sa plaie. Et elle avait raison – des taches de sang sur mes vêtements ne rendraient service à personne, surtout pas à elle.

C'était l'acte le plus difficile que j'aie jamais accompli : tourner le dos à une femme qui semblait en train de se vider de son sang, et cela pour me sauver. Mais je savais ce que j'avais à faire pour nous deux.

— Au revoir, Carrie.

Elle n'a pas répondu. J'ai filé.

Dehors, le couloir était étroit et il y régnait une chaleur infernale, encore plus pénible que dans le réduit étouffant que je venais de quitter. La porte était munie d'un lourd loquet, grossièrement vissé dans le plastique, et d'un épais cadenas avec une clé dedans. J'ai rabattu le loquet, ravalant la culpabilité qui me serrait la gorge, puis j'ai hésité, la main sur la clé. Fallait-il que je l'emporte ? Je l'ai laissée. Je ne voulais pas que Carrie passe ici une minute de plus qu'il n'était indispensable.

La cabine était située au bout d'un couloir beige terne. À l'autre extrémité se trouvait une porte avec une plaque : « Interdiction d'entrer – Réservé au personnel autorisé ». Derrière, un escalier.

Je suis montée, le cœur battant, les jambes flageolantes à cause du manque d'exercice. C'était un escalier de service, avec son tapis grisâtre et ses rebords métalliques. Ma main moite glissait sur la rambarde en plastique et, intérieurement, j'ai revu l'éclat éblouissant du grand escalier, le reflet du cristal, et j'ai retrouvé la sensation de l'acajou lisse comme de la soie sous mes doigts. J'ai senti un rire monter en moi, irrationnel, comme la fois où j'avais ricané à l'enterrement de ma grand-mère, ma peur terrible se transformant en une espèce d'hystérie.

J'ai secoué la tête et continué mon ascension, empruntant l'escalier suivant, derrière des portes indiquant : « Entretien » et « Réservé au personnel ».

J'ai continué de monter jusqu'à une énorme issue de secours munie d'une barre horizontale. J'ai hésité quelques instants, essoufflée par le long effort, sentant la sueur froide s'accumuler à la base de ma colonne vertébrale. Qu'y avait-il de l'autre côté ?

Derrière moi reposait Carrie, roulée en boule sur la couchette dans ce cercueil sans air. J'ai eu un haut-le-cœur, et je me suis forcée à chasser cette image de mon esprit et à me concentrer, froidement et posément, sur les étapes suivantes. Il fallait que je sorte de là, puis, dès que je serais en sécurité, je pourrais… quoi ? Appeler la police, au mépris de ma promesse à Carrie ?

Plantée là, j'ai eu un flash-back cuisant de cette fameuse nuit dans mon appartement – du moment où je m'étais tapie dans ma chambre, trop effrayée pour ouvrir la porte et affronter ce qu'il pouvait bien y avoir derrière – *qui* il pouvait bien y avoir derrière. Peut-être aurait-il mieux valu que je l'enfonce d'un coup de pied, que je jaillisse de ma cachette pour l'affronter, même si je me serais sans doute fait tabasser. Je pourrais être à l'hôpital en cet instant, en train de me remettre, avec Judah à mon chevet, au lieu d'être piégée dans ce cauchemar.

Bon, cette porte-ci n'était pas verrouillée, quoi qu'il en soit.

Je l'ai poussée d'un geste résolu.

32

La lumière. Elle m'a frappée comme une gifle, m'a fait cligner des yeux et flanqué le vertige. Je me retrouvais, bouche bée, à contempler l'arc-en-ciel formé par un millier de cristaux Swarovski. La porte de service donnait directement sur le grand escalier, illuminé jour et nuit par ce lustre qui constituait à lui tout seul un vigoureux doigt d'honneur à l'économie, à la modération et à l'écologie, sans parler du bon goût.

J'ai repris mon équilibre en m'appuyant sur la rambarde en bois vernis et, gravissant les marches, j'ai regardé à droite et à gauche. Au niveau du premier palier, il y avait un miroir qui réfléchissait l'éclat aveuglant du lustre, multipliant à l'infini la lumière dansante. En tournant, j'y ai aperçu mon reflet, et mon cœur a fait un bond – car dans la glace, c'était Anne, enturbannée de vert et d'or, les yeux battus, le regard traqué.

J'avais l'air de ce que j'étais, une fugitive. Je me suis forcée à me tenir plus droite et à marcher lentement, même si j'avais envie de détaler comme un rat.

Grouille-toi, grouille-toi, grouille-toi, grondait la voix dans ma tête. *Bullmer est en route. Magne-toi !* Mais j'ai maintenu une allure calme et régulière, imitant la démarche majestueuse d'Anne – de Carrie –, sa façon de mesurer chacun de ses pas, comme pour ménager ses forces. Je me suis dirigée vers l'avant du bateau, vers la cabine n° 1, et dans ma poche mes doigts se sont refermés sur le passe de la suite. Son contact était rassurant sous mes doigts dégoulinants de sueur.

Puis je suis tombée sur un cul-de-sac : l'escalier menait au restaurant, sans passage vers la proue. *Merde*. J'avais fait fausse route.

J'ai fait demi-tour, essayant de me rappeler le chemin que j'avais pris lorsque j'étais allée voir Anne – Carrie – le soir d'avant Trondheim. Grands dieux, dire qu'un peu moins d'une semaine seulement s'était écoulé ! J'avais l'impression que ça faisait des siècles, que c'était dans une autre vie. Minute – en principe, c'était à droite au niveau de la bibliothèque, non ?

Magne-toi, pour l'amour du Ciel !

Mais j'ai continué de marcher d'un pas mesuré, la tête haute, en m'efforçant de ne pas me retourner, de ne pas imaginer des mains en train de se saisir de mon peignoir de soie ample, pour me traîner de nouveau dans les entrailles du bateau. J'ai tourné à droite, puis à gauche, je suis passée devant un débarras. J'avais l'impression d'être sur la bonne voie. J'étais certaine de me rappeler cette photo d'un glacier.

J'ai tourné de nouveau – pour déboucher encore sur un cul-de-sac, au pied d'un escalier qui menait à la terrasse. J'avais envie de fondre en larmes. Où étaient les *panneaux*, putain ? Les passagers étaient censés retrouver leurs cabines par télépathie, ou quoi ? Ou est-ce que la suite Nobel était dissimulée exprès pour éviter que la plèbe n'aille embêter les VIP ?

Je me suis penchée en avant, les mains sur les genoux, sentant mes muscles trembler sous la soie, et j'ai respiré lentement, m'efforçant de retrouver un peu la foi. Je pouvais y arriver. Je ne serais plus en train d'arpenter les couloirs en sanglotant lorsque Richard emprunterait la passerelle.

Inspire… Un… Deux… Le souvenir de la voix lénifiante de Barry a déclenché en moi un accès de colère suffisant pour me pousser à me redresser et à me remettre en marche. Ta pensée positive, tu peux te la coller là où je pense, Barry, et tu vas la sentir passer.

Je suis revenue à la bibliothèque et, cette fois, j'ai tourné à gauche au niveau du débarras. Soudain, je suis arrivée. La suite était devant moi.

J'ai cherché la clé dans ma poche ; l'adrénaline galopait dans tous les atomes de mon corps. Et si Richard était déjà revenu ?

Ne fais pas la pauvre fille qui se planque derrière la porte, cette fois, Lo. Tu peux y arriver.

J'ai enfoncé la clé dans la serrure et j'ai ouvert, à toute vitesse, prête à m'enfuir sur-le-champ s'il y avait quelqu'un dans la pièce.

Il n'y avait personne. La lumière était allumée, mais la suite était vide, les portes de la salle de bains et de la chambre grandes ouvertes.

Mes jambes ont cédé sous moi et je suis tombée à genoux sur la moquette épaisse, des sanglots étouffés dans la gorge. Mais je n'étais pas à l'abri. Loin de là.

Portefeuille. Portefeuille, argent, manteau, et adieu pour toujours à ce bateau.

J'ai fermé derrière moi, retiré le kimono avec précipitation maintenant qu'il n'y avait plus personne pour observer mes gestes fébriles et, en slip et en soutien-gorge, j'ai fouillé dans les tiroirs d'Anne. Le premier pantalon que j'ai essayé était un jean affreusement serré que je n'arrivais même pas à remonter en haut de mes cuisses, mais j'ai trouvé un legging de sport en Lycra dans lequel j'ai pu me glisser, et un haut noir passe-partout. Puis j'ai remis le kimono, en ai attaché étroitement la ceinture, et j'ai ajusté le foulard dans la glace.

J'aurais bien voulu mettre des lunettes de soleil, mais en regardant par la fenêtre, j'ai vu qu'il faisait nuit noire : le réveil sur la table de chevet d'Anne indiquait 22h 45. Oh putain ! Richard allait être de retour d'une minute à l'autre.

J'ai renfilé les espadrilles de Carrie, puis j'ai cherché des yeux le portefeuille qu'elle m'avait décrit. Il n'y avait rien sur la coiffeuse au vernis impeccable, mais j'ai ouvert un ou deux tiroirs au hasard, au cas où la femme de chambre l'aurait rangé là par sécurité. Le premier était vide. Le second était plein de foulards imprimés, et je m'apprêtais à le refermer lorsque j'ai remarqué une forme dure et plate sous le tas de soie vaporeuse. J'ai écarté les tissus – et j'ai failli m'étrangler.

Un revolver était niché dessous. Je n'en avais jamais vu en vrai, et je me suis figée. Je m'attendais presque à ce qu'un coup parte sans même que je le touche, et une foule de questions m'a assaillie. Devais-je le prendre ? Était-il chargé ? Était-ce *un vrai* ? Question idiote. Je ne voyais pas pourquoi quelqu'un se serait donné la peine de planquer une arme en plastique dans sa cabine.

Quant à savoir si je devais l'emporter avec moi… J'ai essayé de m'imaginer en train de braquer un flingue sur quelqu'un, et je n'ai pas réussi. Non, c'était une mauvaise idée. Déjà, je ne savais pas du tout m'en servir, et j'avais plus de chances de me blesser que de toucher quelqu'un d'autre. Surtout, il *fallait* que je convainque la police de me croire, or débarquer dans un commissariat avec un pistolet volé et chargé dans la poche, c'était le meilleur moyen de finir derrière les barreaux, pas d'être écoutée.

Sans grande conviction, j'ai replacé les foulards sur le revolver, refermé le tiroir, et je me suis remise en quête du portefeuille.

J'ai fini par le dénicher dans le troisième tiroir ; il était en cuir marron assez usé, bien rangé sur un dossier. À l'intérieur, il y avait une douzaine de cartes de crédit et une liasse de billets. Je n'avais pas le temps de faire le compte mais, apparemment, il y avait bien les cinq mille couronnes dont avait parlé Carrie, peut-être davantage. Je l'ai glissé dans la poche de mon legging, sous le kimono, puis j'ai jeté un dernier regard circulaire sur la pièce, prête à partir. Tout était dans l'état où je l'avais trouvé. Le moment était venu de quitter les lieux.

J'ai respiré un bon coup pour me préparer mentalement, puis j'ai ouvert la porte. Et tout de suite, j'ai entendu des voix dans le couloir. Pendant un instant, j'ai hésité, me demandant si je devais tenter une sortie au culot. Mais soudain quelqu'un a dit d'un ton un peu aguicheur : « Bien sûr, monsieur, si je peux faire quoi que ce soit pour assurer votre satisfaction… »

J'ai refermé la porte sans bruit, éteint les lumières, et j'ai attendu dans le noir, le dos contre le panneau de bois. J'avais les doigts froids, des fourmis partout et les jambes flageolantes, mais c'était mon cœur – une vraie cavalcade – qui menaçait de me lâcher. Merde, merde, merde ! *Respirez, Laura. Un, deux…*

La ferme !

Je ne savais pas du tout si le cri avait résonné seulement dans ma tête mais, au prix d'un effort surhumain, j'ai réussi à m'arracher à mon poste et à tituber jusqu'à la terrasse. J'ai fait coulisser la baie vitrée et je suis sortie. Le froid de la nuit de septembre m'a saisie : je n'avais pas senti l'air frais sur ma peau depuis des jours.

J'ai attendu un moment, dos à la fenêtre. Je sentais mon pouls battre à mes tempes et dans ma gorge, et mon cœur cogner contre mes côtes. Puis j'ai pris une profonde inspiration et j'ai fait quelques pas de côté, jusqu'à l'endroit où la terrasse épousait l'angle du bateau. À présent, on ne pouvait plus me voir depuis l'intérieur de la suite. J'étais adossée à la coque en acier froid, mais j'ai vu l'éclat de lumière lorsque la porte du couloir s'est ouverte, puis toutes les lampes de la cabine se sont rallumées, éclairant la véranda. *Ne viens pas dehors, ne viens pas dehors*, ai-je prié, tout en me tapissant dans le coin, m'attendant à entendre la vitre coulisser sur son rail d'une minute à l'autre. Mais il n'est pas sorti.

La pièce se réfléchissait dans le bastingage en verre. L'image était coupée à la hauteur des côtes, et le reflet était brouillé par des ombres projetées par les doubles et triples vitrages des fenêtres. Mais je voyais un homme qui se déplaçait dans la chambre. La forme sombre s'est dirigée vers la salle de bains, et j'ai reconnu un bruit de robinet et de chasse d'eau, puis il a allumé la télévision, reconnaissable à sa lueur bleutée. Par-dessus son ronron, j'ai entendu qu'il passait un coup de téléphone ; il a prononcé le nom d'Anne. J'ai retenu mon souffle. Était-il en train de chercher à savoir où se trouvait Carrie ? Combien de temps avant qu'il parte à sa recherche ?

Il a raccroché, ou du moins il a cessé de parler, et j'ai vu sa silhouette sombre se déplacer de nouveau : il s'est jeté sur le rectangle blanc et lumineux du lit.

J'ai attendu. Le froid me gagnait. Je sautillais d'un pied sur l'autre pour essayer de conserver un peu de chaleur, mais je n'osais pas trop bouger de peur qu'il ne repère mon reflet sur la même paroi de verre qui me servait à l'espionner. La nuit était incroyablement belle et, pour la première fois depuis que j'étais dehors, j'ai regardé autour de moi.

Nous étions bien à l'intérieur d'un des fjords, entourés par les flancs rocailleux de la vallée, naviguant sur une eau noire et immobile d'une profondeur inconcevable. Dans le lointain, j'apercevais les lumières de petits villages et les lanternes de bateaux amarrés sur les eaux calmes. Au-dessus de ce spectacle, les étoiles – d'une clarté et d'une splendeur presque insoutenables. J'ai pensé à Carrie, dans la cale, emprisonnée et perdant son sang comme un animal pris au piège… J'ai prié le ciel qu'on la retrouve. Si quelque chose devait lui arriver, je ne le supporterais pas. Je serais responsable de l'avoir enfermée là, l'abandonnant à son plan insensé.

Incapable désormais de contenir mes grelottements, j'ai attendu que Richard s'endorme. Il a baissé les lumières, mais la télévision a continué à résonner à tue-tête, les images vacillantes baignant la pièce de lueurs bleues et vertes, avec de soudains passages au noir. J'ai fait passer mon poids d'un pied sur l'autre, fourré mes mains gelées sous mes bras. Et s'il s'assoupissait devant la télé ? Le saurais-je ? Mais même s'il s'endormait profondément, je n'étais pas certaine d'avoir le courage d'entrer dans une chambre où se trouvait un meurtrier, pour la traverser sur la pointe des pieds en passant à quelques centimètres de lui.

Quelle était l'autre choix, dans ce cas ? Attendre jusqu'à ce qu'il parte à la recherche de Carrie ?

C'est alors que j'ai entendu un bruit qui m'a donné l'impression que mon cœur s'arrêtait, puis repartait deux fois plus vite. Le moteur du bateau démarrait.

La panique m'a envahie comme une vague froide et j'ai essayé de réfléchir. Nous ne bougions pas encore. Il n'était pas impossible que la passerelle soit encore en place. Je l'aurais entendu, s'ils l'avaient relevée. Je me rappelais que lorsque nous avions quitté Hull, le moteur avait ronronné pendant un long moment avant notre départ. Mais je devais me dépêcher. Combien de temps me restait-il ? Une demi-heure ? Un quart d'heure ? Peut-être moins : il n'y avait pas de passagers à bord, donc pas de raison de s'attarder.

J'étais paralysée par l'indécision. Devais-je tenter ma chance et m'élancer en courant ? Richard dormait-il ?

Je n'aurais pas su le dire d'après le reflet sur la paroi du balcon – c'était trop flou et indistinct.

J'ai tendu le cou et, aussi furtivement que je l'ai pu, j'ai jeté un œil dans la pièce silencieuse par la porte vitrée – mais au même moment, il s'est redressé pour attraper un verre, puis l'a reposé, et j'ai rentré la tête, le cœur battant.

Merde. Il devait être une heure du matin. Pourquoi ne dormait-il pas ? Attendait-il Carrie ? Mais il fallait que je descende du bateau. Il le *fallait*.

J'ai pensé aux fenêtres des terrasses, qu'on pouvait ouvrir de l'extérieur, me disant que quelqu'un de très courageux – ou de très stupide – pouvait escalader la haute cloison entre les vérandas et s'introduire ainsi dans la cabine voisine. Une fois à l'intérieur, je n'aurais plus qu'à sortir dans le couloir et à filer vers la passerelle. Peu importait le baratin qu'il me faudrait inventer une fois là-bas. D'une manière ou d'une autre, j'allais descendre de ce bateau : si ce n'était pas pour moi, alors pour Anne et pour Carrie.

Non… n'importe quoi. Pour *moi*.

J'allais me sortir de là pour moi – parce que je n'avais rien fait pour mériter ça, à part me trouver au mauvais endroit au mauvais moment ; il n'était pas question que je laisse Bullmer m'ajouter à la liste des femmes qu'il avait démolies.

J'ai baissé les yeux sur les lignes amples et fluides du kimono. Il était impossible d'escalader dans une telle tenue. J'ai défait la ceinture et retiré la soie douce. Elle est tombée au sol dans un chuintement, et je l'ai ramassée. J'ai fait une boule aussi serrée que je l'ai pu et je l'ai jetée par-dessus la séparation. Elle a atterri de l'autre côté avec un son aérien, presque imperceptible.

Puis j'ai levé les yeux sur l'imposant mur de verre, et j'ai avalé ma salive.

Je n'allais jamais réussir à escalader cette cloison, c'était clair. En tout cas pas sans un équipement adapté et/ou une échelle. Mais la balustrade en verre qui donnait sur la mer – elle, je *pouvais* sans doute monter dessus. Elle arrivait à la hauteur de mes côtes, et j'étais assez souple pour passer une jambe par-dessus et m'y asseoir à califourchon. À partir de là, je pourrais me mettre debout en m'appuyant sur la paroi.

Il n'y avait qu'un seul problème. La rambarde était au-dessus des vagues.

Je n'ai pas la phobie de l'eau – en tout cas, je ne l'avais jamais eue jusque-là. Mais en regardant par-dessus bord les flots sombres qui aspiraient avec avidité la coque du bateau, j'ai senti mon estomac se soulever un peu, comme prise du mal de mer.

Merde. Allais-je vraiment le faire ? Apparemment oui.

J'ai essuyé mes paumes en sueur sur l'arrière du legging en Lycra et j'ai respiré un grand coup. Cela n'allait pas être facile – je ne me faisais pas d'illusion –, mais c'était *faisable*. Après tout, Carrie l'avait fait pour s'introduire dans ma cabine. Si elle pouvait y arriver, moi aussi.

Je me suis dégourdi les doigts puis, très lentement, j'ai passé une jambe par-dessus le garde-corps et, bandant mes muscles de citadine sédentaire, je me suis hissée de façon à me retrouver à califourchon. À ma gauche, il y avait la cabine, rideaux ouverts, et je me trouvais au beau milieu de l'encadrement des portes de la véranda : si Bullmer tournait la tête, il ne pourrait pas me manquer. À ma droite, il y avait le vide surplombant les eaux du fjord. Je ne savais pas à quelle hauteur je me tenais, mais de cet angle on aurait dit l'équivalent d'une maison de deux ou trois étages. J'ignorais quel côté était le plus effrayant ; je pouvais seulement espérer que mes mouvements n'attireraient pas l'attention. J'ai dégluti et serré la paroi glissante entre mes jambes, tentant de me donner du courage. Je n'avais pas encore fait le plus dur.

Tremblant sous l'effet de la peur et de l'effort, j'ai levé un pied devant moi, j'ai empoigné le rebord de la cloison de séparation et je me suis mise debout à la force des bras. Il ne me restait plus qu'à passer de l'autre côté en la contournant du côté du vide, et à me mettre en sécurité sur la terrasse voisine par un mouvement de balancier.

Plus qu'à. Vite dit.

J'ai pris une profonde inspiration. Mes mains froides et moites glissaient sur le verre. Il n'y avait pas du tout d'*adhérence*, putain ! Toutes les autres parties de ce bateau étaient décorées à merveille, n'auraient-ils pas pu réserver un peu de bling-bling à cette paroi ? Ne serait-ce que quelques strass, un motif en relief, *quelque chose* où accrocher mes doigts impuissants ?

J'ai fait passer un pied de l'autre côté… et j'ai su immédiatement que les espadrilles n'étaient pas une bonne idée.

Je les avais gardées, pensant que quelque chose pour protéger mes pieds et me donner un peu plus de prise sur le verre ne serait pas de trop, mais lorsque j'ai transféré mon poids d'une jambe à l'autre, j'ai senti la semelle de mon pied d'appui glisser contre le rebord coupant.

Haletante, je me suis cramponnée désespérément à la cloison devant moi. Si la volonté pure avait suffi à maintenir mon équilibre, j'aurais réussi. J'ai senti un, puis deux ongles se briser – et la vitre s'est dérobée d'entre mes mains avides avec une soudaineté qui m'a empêchée de faire quoi que ce soit – même de hurler.

J'ai senti le vent contre ma joue pendant un instant bref, terrifiant. Mes cheveux fouettaient mon visage dans l'obscurité, mes mains essayaient de se raccrocher au néant. Je tombais, je tombais en arrière dans les eaux insondables du fjord.

J'ai heurté les flots ténébreux… une claque violente, sonore, qui m'a coupé le souffle.

J'ai senti des bulles d'air sortir de mes poumons tandis que je m'enfonçais dans les eaux glacées, et le froid m'a saisie jusqu'aux os. À mesure que je descendais, un courant soyeux venu des profondeurs m'a happée par les pieds et entraînée.

33

Je ne me rappelle pas ce que j'ai éprouvé en coulant – seulement la claque brutale lorsque j'ai heurté la mer, et le froid paralysant de l'eau. Mais je me souviens de ma panique atroce lorsque le courant m'a saisie, m'entraînant dans les profondeurs.

Donne un coup de pied, me suis-je dit, sentant des sanglots monter dans ma gorge. Et j'ai balancé un coup de pied, dans les ténèbres glacées. D'abord parce que je ne voulais pas mourir, puis, lorsque le froid noir a commencé à s'emparer de moi, parce que je ne pouvais rien faire d'autre, parce que mes poumons hurlaient et que je savais que si je ne remontais pas très vite à la surface, j'allais mourir.

Le courant tirait sur mes jambes avec des doigts glissants, essayant de m'entraîner au fond du fjord, et j'ai continué à me débattre avec une fièvre et un désespoir croissants. Dans l'obscurité, avec les flots qui tourbillonnaient tout autour de moi, c'était presque impossible de distinguer le haut du bas. Et si j'étais en train de m'enfoncer davantage ? Et pourtant, je n'ai pas osé arrêter. L'instinct de survie était trop fort.

Tu es en train de mourir ! criait une voix dans ma tête. Et mes jambes n'avaient pas d'autre réaction que de donner des coups de pied.

J'ai fermé les yeux pour me protéger de la brûlure du sel et, derrière mes paupières closes, des lueurs ont commencé à scintiller ; elles ressemblaient affreusement aux éclats de lumière et d'obscurité qui fragmentaient ma vue lorsque j'avais une crise de panique. Mais comme par miracle, lorsque j'ai rouvert les yeux, la lumière était bien réelle : c'était le reflet pâle de la lune sur l'eau.

Pendant une seconde, je n'y ai presque pas cru, mais il s'approchait de plus en plus, et l'emprise du courant sur mon corps se desserrait. J'ai crevé la surface avec une respiration qui ressemblait davantage à un hurlement, toussant, sanglotant et toussant de nouveau, de l'eau dégoulinant sur le visage.

J'étais très près de la coque du bateau, suffisamment pour sentir la vibration des moteurs, et je savais qu'il me fallait me mettre à nager. Non seulement parce qu'il était possible de mourir d'hypothermie dans des eaux nettement moins froides, mais surtout parce que si la manœuvre commençait pendant que j'étais dans les parages, rien ne pourrait me sauver, sauf une intervention divine. Et j'avais eu assez de tuiles les derniers jours pour me dire que, s'il y avait un dieu là-haut, il ne m'aimait pas beaucoup.

Tremblante, j'ai fait du surplace et essayé de rassembler mes esprits. J'avais émergé au niveau de l'avant du bateau. J'apercevais une série de lumières sur le quai, et ce que je pensais être la forme noire d'une échelle, même si, avec mes yeux pleins d'eau, je ne pouvais pas en être certaine.

Je grelottais si fort que je pouvais à peine contrôler mes membres, mais j'ai forcé mes bras et mes jambes à se mettre en mouvement. Peu à peu je me suis mise à nager en direction des lumières, toussant, contre les vagues qui me giflaient, suffoquant sous l'attaque de l'eau glacée qui me saisissait jusqu'aux os. J'essayais malgré tout de respirer lentement et profondément. Quelque chose de mou m'a cogné le visage pendant que je nageais, et j'ai sursauté, mais c'était plus sous l'effet du froid que de la répulsion. Je pourrais me préoccuper des rats morts et des poissons en putréfaction lorsque j'arriverais à terre. Pour l'instant, la seule chose qui m'importait, c'était de survivre.

Je n'avais pas dû tomber à plus de vingt ou trente mètres du quai, mais à présent il semblait tellement loin ! J'ai nagé, et nagé. À certains moments j'aurais juré que les lumières s'éloignaient, et à d'autres qu'elles étaient presque à portée de main. Finalement j'ai senti le fer rouillé de l'échelle cogner contre mes doigts engourdis, et j'ai grimpé, glissé et grimpé encore, essayant de ne pas perdre ma prise tandis que je me hissais de barreau en barreau, trempée et grelottante.

Je me suis effondrée sur le béton de l'embarcadère. Je haletais, je toussais, je tremblais comme une feuille. Au bout d'un moment, je me suis mise à quatre pattes et j'ai levé les yeux, d'abord sur l'*Aurora*, puis sur le petit port en face de moi.

Ce n'était pas Bergen. Je ne savais pas du tout où nous étions, mais c'était à peine un village, et à cette heure tardive il n'y avait pas un chat. Les quelques cafés et bars qui s'alignaient sur le quai étaient tous fermés. L'intérieur de certains magasins était éclairé, mais le seul endroit où j'avais une chance qu'on m'ouvre était un hôtel qui donnait sur le port.

Je me suis relevée, j'ai enjambé la chaîne qui protégeait l'accès, et j'ai titubé vers le bâtiment. Le bruit du moteur de l'*Aurora* est devenu plus fort et plus aigu. Tandis que je traversais le quai interminable, il a encore monté d'un cran, accompagné cette fois d'un clapotement. J'ai jeté un coup d'œil craintif derrière moi : le yacht se mettait en mouvement, la proue pointée vers l'intérieur du fjord.

J'ai vite détourné les yeux, prise d'une sorte de superstition, comme si le simple fait de regarder le bateau risquait d'attirer l'attention de ses passagers.

Lorsque j'ai atteint le perron de l'hôtel, le bruit de moteur s'est encore intensifié, et j'ai senti mes jambes se dérober sous moi tandis que je tambourinais désespérément à la porte. J'ai entendu une voix qui disait : « Je vous en prie, je vous en prie, venez ouvrir… » Quelqu'un m'a ouvert, j'ai été inondée de lumière et de chaleur, et j'ai senti qu'on m'aidait à me relever et à franchir le seuil : j'étais saine et sauve.

Une demi-heure plus tard environ, j'étais recroquevillée dans un fauteuil en osier, emmitouflée dans une couverture rouge en synthétique. On m'avait installée dans la véranda faiblement éclairée qui donnait sur la baie. J'avais une tasse de café à la main, mais j'étais trop fatiguée pour boire. En bruit de fond, des voix parlaient en… norvégien, je suppose. J'étais écrasée de fatigue. J'avais l'impression de n'avoir pas dormi convenablement depuis des jours – ce qui était le cas. Mon menton ne cessait de retomber sur ma poitrine, puis je me redressais en sursaut lorsque je me rappelais où j'étais, et ce à quoi j'avais échappé. Était-il réel, ce cauchemar avec le yacht magnifique et sa cale pareille à un cercueil, bien en dessous du niveau des vagues ? Ou tout cela n'était-il qu'une longue hallucination ?

Je somnolais à moitié en regardant les lumières dans la calme obscurité de la baie. L'*Aurora* n'était plus qu'un point à l'horizon, qui se déplaçait vers l'ouest, lorsque j'ai entendu une voix derrière moi.

— Mademoiselle ?

J'ai levé les yeux. C'était un homme qui portait un badge épinglé un peu de travers, où on lisait : « Erik Fossum – directeur général ». On voyait qu'il avait été tiré du lit : il avait les cheveux ébouriffés et sa chemise était boutonnée n'importe comment. Il a passé une main sur son menton pas rasé en s'asseyant sur le fauteuil en face de moi.

— Bonjour, ai-je répondu d'une voix lasse.

J'avais raconté mon histoire au portier de nuit – du moins ce que je pensais pouvoir en révéler sans danger en m'adaptant à son niveau d'anglais. À en juger par sa mine et par son accent, il semblait plutôt espagnol ou turc que norvégien, même si son norvégien semblait meilleur que son anglais, qui ne posait pas de problème quand il s'agissait d'expressions usuelles sur les heures d'arrivée et de fermeture, mais n'était guère adapté à une confuse histoire d'échange d'identité et de meurtre.

Je l'avais vu montrer la seule pièce d'identité que j'avais sur moi – celle d'Anne – au directeur, et je l'avais entendu chuchoter sur un ton circonspect. Il avait répété mon propre nom plusieurs fois.

À présent, l'homme assis en face de moi a croisé les doigts et souri nerveusement.

— Mademoiselle Blacklock, c'est ça ?

J'ai hoché la tête.

— Je ne comprends pas tout à fait… Mon réceptionniste a essayé de m'expliquer, mais comment se fait-il que vous soyez en possession des cartes de crédit d'Anne Bullmer ? Nous connaissons bien Anne et Richard, ils séjournent parfois ici. Êtes-vous une de leurs amies ?

J'ai appuyé mes mains sur mon visage, comme pour contenir la fatigue qui menaçait de me submerger.

— Je… c'est une très longue histoire. Je peux utiliser votre téléphone, s'il vous plaît ? Il faut que j'appelle la police.

En dépit de ma promesse à Carrie, j'avais pris ma décision tandis que j'étais appuyée, dégoulinante et épuisée, sur le comptoir en bois verni de la réception. C'était ma seule chance de la sauver. Je ne croyais pas une seconde que Richard allait la laisser en vie. Elle en savait trop, elle avait trop merdé. Sans le foulard, je n'avais aucune chance qu'on me prenne pour Anne, et sans le passeport de Carrie, je n'avais aucune chance de me faire passer pour elle, or les deux étaient à présent au fond de la baie. Seul le porte-monnaie d'Anne était miraculeusement resté dans la poche du pantalon en Lycra.

— Bien sûr, a dit Erik Fossum d'une voix sympathique. Vous voulez que je les appelle pour vous ? Il risque de ne pas y avoir d'anglophone à cette heure de la nuit. Et, je dois vous prévenir que nous n'avons pas de commissariat en ville. Le plus près est à quelques heures d'ici, dans la prochaine… comment dit-on… la prochaine vallée. Cela m'étonnerait que quelqu'un puisse venir avant demain.

— Dites-leur bien que c'est urgent, s'il vous plaît, ai-je ajouté. Le plus tôt sera le mieux. J'ai de quoi payer une chambre. J'ai de l'argent.

— Ne vous en faites pas pour ça, a-t-il dit en souriant. Je peux vous apporter autre chose à boire ?

— Non, non, merci. Dites-leur juste de venir *vite*. Il se peut qu'une vie soit menacée.

Ma tête était lourde et je l'ai posée sur ma main, les paupières mi-closes, tandis qu'il retournait à la réception. Je l'ai entendu décrocher le téléphone et composer un numéro qui comportait beaucoup de chiffres. Peut-être la version norvégienne du 999 était-elle différente. Ou peut-être appelait-il directement le commissariat local.

Ça a sonné. Quelqu'un a décroché et il y a eu un bref échange. À travers la brume de l'épuisement, j'ai entendu Fossum dire quelque chose en norvégien. Je n'ai distingué que le mot « hôtel »… Une pause, et une nouvelle rafale de norvégien. Ensuite j'ai entendu mon nom prononcé deux fois, puis celui d'Anne.

« *Ja, din kone, Anne* », a répété Fossum, comme si son interlocuteur n'avait pas bien compris, ou ne l'avait pas cru. Ils ont continué un peu à parler en norvégien, il y a eu un rire, puis enfin : « *Takk, farvel, Richard.* »

J'ai redressé la tête en sursaut, et tout mon corps s'est soudain pétrifié d'effroi.

J'ai regardé dehors les bateaux dans le fjord, l'*Aurora* avec ses lumières qui disparaissaient au loin. Et… était-ce mon imagination ? J'ai eu l'impression que le yacht s'était arrêté.

Je suis restée assise encore quelques instants, les yeux fixés sur les points lumineux, m'efforçant de les comparer aux repères de la baie, et finalement, j'en ai été certaine : l'*Aurora* faisait demi-tour. Il revenait.

Fossum avait raccroché et il était en train de composer un autre numéro.

« *Politiet, takk* », a-t-il dit lorsqu'on a répondu.

J'étais tétanisée par ce que je venais de faire. Je n'avais pas cru les assertions de Carrie sur le réseau d'influence de Richard, pas vraiment. Je les avais ignorées, n'y voyant que l'effet de la paranoïa d'une femme trop brisée pour croire à la possibilité d'une échappatoire. Mais à présent… à présent, ces craintes ne semblaient que trop justifiées.

J'ai reposé sans bruit la tasse de café sur la table, laissé tomber la couverture rouge sur le sol et, très silencieusement, j'ai ouvert la porte de la terrasse et me suis glissée dehors dans la nuit.

34

Je suis partie en courant dans les rues sinueuses de la petite ville, le souffle court, blessant mes pieds nus sur des cailloux, ce qui me faisait tressaillir de douleur. Les habitations se sont espacées, et les lampadaires ont peu à peu disparu, mais j'ai continué de courir dans l'obscurité et le froid, trébuchant sur des flaques invisibles, sur l'herbe mouillée et sur le gravier des chemins, jusqu'à avoir les pieds trop engourdis pour sentir les écorchures.

Je me suis acharnée, voulant à tout prix mettre autant de kilomètres que possible entre moi et Richard Bullmer. Je savais que je ne pourrais pas tenir bien longtemps à ce rythme, qu'à un moment ou un autre je serais forcée d'abandonner – mais mon seul but était de poursuivre jusqu'à ce que je me trouve un abri quelconque.

Finalement, j'ai été incapable de courir davantage. Hors d'haleine, je suis repassée à une espèce de petit trot boitillant puis, tandis que les lumières du village se faisaient plus petites au loin, j'ai encore ralenti et me suis mise à marcher, titubante, endolorie. J'étais sur une route en lacets qui escaladait le flanc du fjord. Toutes les quelques centaines de mètres, je jetais un œil par-dessus mon épaule pour contempler la vallée, le halo lumineux de la petite ville portuaire et les eaux lisses et noires du fjord où les lumières de l'*Aurora* se rapprochaient. Elles étaient à présent tout à fait reconnaissables. Je distinguais bien le bateau, et je voyais, aussi, que le ciel commençait à s'éclaircir au-dessus de moi.

L'aube devait déjà approcher – bon sang, ça voulait dire qu'on était quel jour ? Lundi ?

Mais quelque chose semblait clocher, et après quelques minutes j'ai compris de quoi il s'agissait. La lueur n'apparaissait pas à l'est, mais au nord. Ce que je voyais, ce n'était pas le lever du jour, c'était le vert irréel et teinté d'or d'une aurore boréale.

Cette prise de conscience m'a fait rire – un gloussement amer, sans joie, qui résonnait de manière sinistre dans la nuit silencieuse. Qu'avait dit Richard, déjà ? Tout le monde devrait avoir vu une aurore boréale avant de mourir. Eh bien, voilà, c'était fait. Mais cela ne semblait plus si important que ça.

Je m'étais arrêtée quelques instants pour contempler ces couleurs splendides mais, en pensant à Richard, je me suis remise en marche. À chaque pas, je me rappelais les exhortations effrénées de Carrie à m'éloigner à toute vitesse – ses propos hystériques sur la sphère d'influence de Richard.

Ils ne me paraissaient plus si hystériques.

Si *seulement* je l'avais crue… Je n'aurais jamais dû montrer les papiers d'Anne à l'hôtel, ou confier à Fossum les quelques détails qui m'avaient échappé.

Mais je n'avais pas réussi à croire que quiconque, quelle que soit l'étendue de sa fortune, puisse avoir un tel pouvoir. À présent, je comprenais que j'avais eu tort.

J'ai gémi devant ma propre stupidité, face au froid qui traversait mes vêtements fins et détrempés ; et surtout face au fait que j'avais laissé le portefeuille à la réception. Quelle imbécile ! Il contenait cinq mille couronnes, certes un peu mouillées, mais encore utilisables. Ce serait pour Richard un petit bonus lorsqu'il se présenterait à l'hôtel. Qu'allais-je faire ? Je n'avais pas de papiers, nulle part où dormir, et je n'avais même pas de quoi m'acheter une barre chocolatée, encore moins un billet de train. Au mieux, je pouvais espérer trouver un commissariat, mais comment ? Où ? Et oserais-je leur dire la vérité ?

J'étais en train d'y réfléchir lorsque j'ai entendu un moteur derrière moi. Une voiture arrivait à une vitesse effrayante. Le chauffeur ne s'attendait visiblement pas à trouver quelqu'un sur cette route à cette heure de la nuit.

Je me suis précipitée sur le côté, j'ai perdu l'équilibre et j'ai dévalé un éboulis qui m'a laissée écorchée et égratignée, avec mon legging en lambeaux. J'ai atterri dans un fossé caillouteux où coulait une sorte de torrent ou de rigole menant au fjord en contrebas. La voiture s'était arrêtée dans un crissement de pneus presque deux mètres au-dessus de moi, les phares en direction de la vallée. La fumée des gaz d'échappements était rouge sous les feux de stop.

J'ai entendu un bruit de pas sur la route. Richard ? Un de ses hommes ? Il *fallait* que je m'échappe.

En me redressant, j'ai senti ma cheville céder sous moi, et j'ai réessayé plus prudemment. La douleur m'a arraché un sanglot.

Ensuite, la silhouette d'un homme s'est penchée au-dessus de moi, et il a dit quelque chose en norvégien. J'ai secoué la tête. J'avais les mains qui tremblaient.

— Je ne… je ne parle pas norvégien, ai-je dit, en essayant de retenir mes sanglots. Vous… vous parlez anglais ?

— Oui, je parle anglais, a répondu l'homme avec un accent très marqué. Donnez-moi la main, je vais vous aider à remonter.

J'ai hésité, mais je n'avais aucun moyen de sortir d'ici sans aide, et si l'homme tenait à me faire du mal, il pouvait aussi bien descendre m'attaquer à l'abri de la route. Autant remonter, de cette façon je pourrais au moins partir en courant si nécessaire.

Aveuglée par les phares, j'ai protégé mes yeux avec ma main. Tout ce que je voyais, c'était une forme sombre et un halo de cheveux blonds sous une espèce de casquette. Au moins, ce n'était pas Richard, j'en étais certaine.

— Donnez-moi la main, a répété l'homme, avec un soupçon d'impatience. Vous êtes blessée ?

— Non… Enfin, j'ai mal à la cheville, mais je ne pense pas qu'elle soit cassée.

— Prenez appui là-dessus…

Il a désigné un rocher qui dépassait d'environ trente centimètres dans le fossé.

— Je vais vous aider.

J'ai hoché la tête et, avec le sentiment que j'étais peut-être en train de commettre une terrible erreur, j'ai posé mon pied valide sur le rocher puis j'ai tendu la main droite.

J'ai senti l'homme attraper mon poignet. Il semblait d'une force immense, et avec un grognement il a commencé à me hisser, se retenant à une pierre. Les muscles et les tendons de mon bras protestaient vigoureusement, et quand j'ai essayé de m'appuyer sur mon pied blessé, j'ai poussé un cri de douleur, mais enfin, tant bien que mal, il m'a tirée du fossé, et je me suis retrouvée debout, tremblante, sur le bas-côté.

— Qu'est-ce que vous faites là ? a dit l'homme.

Je ne voyais pas son visage, mais sa voix était pleine d'inquiétude.

— Vous êtes perdue ? Vous avez eu un accident ? Cette route conduit directement dans la montagne, ce n'est pas un endroit pour les touristes.

Je cherchais quoi répondre lorsque j'ai remarqué deux choses.

La première, c'était qu'il portait un holster à la hanche, souligné par l'éclairage des phares. Et la deuxième, c'était que la voiture elle-même était un véhicule de police. Alors que je me tenais là, gelée, essayant de réfléchir à une réponse, j'ai entendu le craquement d'une radio percer la nuit.

— Je…, ai-je réussi à articuler.

Le policier a fait un pas en avant, relevé sa casquette pour mieux me voir, et esquissé une grimace :

— Quel est votre nom, mademoiselle ?

— Je…, ai-je commencé.

Sa radio a crépité de nouveau, et il a levé son doigt.

— Un instant, je vous prie.

Il a porté sa main à sa hanche, et j'ai vu que ce que j'avais pris pour un revolver était en fait un talkie-walkie rangé dans un holster, à côté d'une paire de menottes. Il a parlé brièvement dans l'appareil, puis est monté dans sa voiture, et a commencé une conversation plus longue avec la radio de bord.

J'ai entendu « *Ja* », suivi de plusieurs phrases. Puis il m'a regardée à travers le pare-brise, et ses yeux ont rencontré les miens. Il semblait décontenancé. « *Ja* », il a repris. « *Det er riktig. Laura Blacklock.* »

Tout a semblé se ralentir, et j'ai su avec une certitude glaciale que c'était maintenant ou jamais. Si je m'enfuyais, je commettais peut-être une erreur. Mais si je n'essayais pas, je ne vivrais sans doute pas assez longtemps pour en avoir le cœur net, et je ne pouvais pas me permettre de prendre ce risque.

J'ai hésité encore une seconde, puis j'ai vu le policier replacer la radio et chercher quelque chose dans sa boîte à gants.

Je ne savais pas du tout quoi faire. Mais je n'avais pas cru Carrie auparavant, et ça avait failli m'être fatal.

Rassemblant mon courage pour affronter la douleur inévitable, je me suis mise à courir – pas sur la route comme auparavant, mais vers la vallée, à travers champ, et j'ai dévalé le flanc vertigineux du fjord.

35

Il faisait de plus en plus clair lorsque j'ai compris que je ne pouvais pas aller plus loin ; mes muscles, qui avaient dépassé leur point d'endurance, refusaient de m'obéir. Je ne marchais plus, je titubais comme si j'étais ivre, et mes genoux se dérobaient lorsque j'essayais d'enjamber un tronc d'arbre.

Je devais m'arrêter sinon j'allais tomber sur place, perdue dans la campagne norvégienne, et mon corps ne serait peut-être jamais retrouvé.

J'avais besoin d'un abri, mais j'avais quitté la route depuis longtemps, et il n'y avait pas de maison en vue. Je n'avais pas de téléphone ni d'argent. Je ne savais pas quelle heure il était, même si l'aube n'allait pas tarder.

Un sanglot est monté dans ma gorge sèche, mais juste à cet instant j'ai vu quelque chose entre les arbres clairsemés : une forme longue et basse. Pas une maison, mais une espèce d'étable, peut-être ?

Cette vision m'a donné un dernier sursaut d'énergie. Je suis sortie du bosquet en chancelant, j'ai traversé un chemin de terre et j'ai franchi un portail ménagé dans une clôture en fil barbelé. C'était bien une grange – même si ce mot semblait exagéré pour le baraquement qui se tenait devant moi, avec ses murs en bois branlants et son toit en tôle ondulée.

Deux petits chevaux hirsutes ont tourné la tête avec curiosité lorsque je les ai dépassés, puis l'un des deux s'est remis à boire dans un abreuvoir. La surface de l'eau luisait, rose et dorée dans la lumière douce de l'aube. Mon sang n'a fait qu'un tour. Je me suis approchée, je suis tombée à genoux dans l'herbe rase et, prenant l'eau dans mes mains en coupe, j'ai bu avec avidité. C'était de l'eau de pluie, et elle avait un goût de boue, de poussière et de rouille, mais je m'en fichais. J'avais trop soif pour penser à quoi que ce soit à part à me désaltérer et calmer ma gorge desséchée.

Une fois que j'ai bu tout mon soûl, je me suis redressée et j'ai regardé autour de moi. La porte de la remise était fermée, mais lorsque j'ai manœuvré le loquet, elle s'est ouverte ; je suis entrée d'un pas hésitant et j'ai refermé derrière moi.

À l'intérieur, il y avait du foin – des ballots de foin par dizaines – et des cuves de nourritures ou de compléments alimentaires. Deux tapis de selle étaient accrochés au mur.

Ivre de fatigue, j'ai pris le premier avec des gestes lents et l'ai étalé sur le plus gros tas de foin – je n'ai pas pensé aux rats ni aux puces, ni même aux hommes de Richard. Ils n'avaient sans doute aucun moyen de me trouver là, et j'en étais arrivée au point où je m'en fichais presque. Ils pouvaient bien me kidnapper, à condition de ne pas me réveiller.

Puis je me suis allongée sur mon lit de fortune et j'ai tiré l'autre tapis de selle sur moi.

Ensuite j'ai dormi.

— *Hallo ?*

La voix a parlé de nouveau, douloureusement sonore. J'ai ouvert les yeux sur une lumière aveuglante et j'ai vu un visage penché sur le mien. Un vieil homme avec une barbe blanche, le portrait craché de Captain Iglo, me regardait avec des yeux noisette chassieux où se mêlaient la surprise et l'inquiétude.

J'ai cligné des paupières et me suis reculée tant bien que mal, le cœur battant, puis j'ai essayé de me relever, mais j'ai ressenti un affreux tiraillement dans ma cheville et j'ai trébuché. L'homme m'a pris le bras en me parlant en norvégien et, sans réfléchir, je me suis arrachée violemment à sa prise et je suis retombée sur le sol de la grange.

Pendant quelques instants, nous nous sommes regardés en silence. Il prenait la mesure de mes coupures et de mes égratignures, et j'observais son visage ridé et le chien qui lui tournait autour en aboyant.

— *Kom*, a-t-il dit enfin en se redressant avec peine.

Il m'a tendu une main calme et prudente, comme si j'étais un animal blessé qui pouvait l'attaquer à la moindre provocation, et non un être humain.

Le chien a aboyé de nouveau, avec frénésie cette fois, et l'homme lui a crié quelque chose par-dessus son épaule : *Tais-toi*, de toute évidence.

— Qui…

J'ai humecté mes lèvres sèches et réessayé de parler.

— Qui êtes-vous ? Où suis-je ?

— Konrad Horst, a répondu l'homme.

Il a sorti son portefeuille et y a pêché la photo d'une vieille dame aux joues roses et au chignon blanc, avec deux petits garçons blonds dans les bras.

— *Min kone*, a-t-il expliqué, articulant bien, puis, montrant les enfants, il a ajouté quelque chose qui sonnait comme : *vorry bon-bon*.

Puis il a désigné une très vieille Volvo derrière la porte de la grange.

— *Bilen min*, a-t-il dit, et de nouveau : *Kom*.

Je ne savais pas quoi faire. Il y avait certes quelque chose de rassurant dans la photo de sa femme et de ses petits-enfants – pour autant même les violeurs et les assassins ont des petits-enfants, non ? D'un autre côté, peut-être était-il juste un aimable vieillard. Peut-être sa femme parlait-elle anglais. Et ils avaient sans doute le téléphone.

J'ai baissé les yeux sur ma cheville. Je n'avais pas tellement le choix. Elle avait doublé de volume, et je n'étais même pas sûre de réussir à claudiquer jusqu'à la voiture. Quant à l'aéroport, n'en parlons pas.

Captain Iglo m'a tendu le bras, et a fait un petit geste.

— *Pleese ?* a-t-il grogné d'un ton interrogatif, comme s'il me laissait le choix.

Mais c'était une illusion. Je n'avais pas d'autre solution. Je l'ai laissé m'aider à me redresser, et je suis montée dans l'auto.

*

Ce n'est qu'en roulant que j'ai pris conscience de tout le chemin que j'avais parcouru à pied la nuit précédente.

On ne voyait même pas le fjord depuis ce recoin boisé de la colline, et la Volvo a dû cahoter sur plusieurs kilomètres de piste défoncée avant d'atteindre la route.

Dans un virage, j'ai remarqué quelque chose dans le petit compartiment niché sous l'autoradio – un téléphone portable. Il était très, très vieux, mais c'était un téléphone.

J'ai avancé la main, presque incapable de respirer.

— Je peux ?

Captain Iglo s'est tourné vers moi et a fait un grand sourire. Il a posé le mobile sur mes genoux, mais il a alors tapoté l'écran en expliquant quelque chose en norvégien. En baissant les yeux, j'ai tout de suite compris ce qu'il voulait dire. Il n'y avait pas du tout de réseau.

— *Vente*, a-t-il dit d'une voix forte, puis lentement, dans ce qui ressemblait à de l'anglais prononcé avec un accent à couper au couteau : Attendez.

J'ai gardé l'appareil sur les genoux, guettant le signal avec une boule dans la gorge tandis que les arbres défilaient sur la route. Mais quelque chose clochait. L'écran indiquait que nous étions le 29 septembre. Soit je m'étais trompée dans mes calculs, soit j'avais perdu une journée.

— Ça… (J'ai montré la date.)… On est vraiment le 29, aujourd'hui ?

Captain Iglo y a jeté un coup d'œil et a hoché la tête.

— *Ja, tjueniende.* Marr-di, a-t-il dit, étirant les syllabes.

Nous étions *mardi*. J'avais dormi dans cette petite cabane pendant un jour et une nuit.

J'étais en train de faire ce calcul et d'essayer de ne pas penser à l'inquiétude de Judah et de mes parents, lorsque nous nous sommes engagés dans l'allée d'une jolie petite maison peinte en bleu. Quelque chose a clignoté dans le coin de l'écran du téléphone – une barre de réception.

— S'il vous plaît ?

Je l'ai brandi, la gorge serrée au point que j'avais du mal à reconnaître ma voix.

— Je peux appeler ma famille en Angleterre ?

Konrad Horst m'a répondu quelque chose en norvégien et, les doigts tremblant si fort que j'avais du mal à appuyer sur les bonnes touches, j'ai composé le 44 puis le numéro du portable de Judah.

36

Nous n'avons rien dit pendant un très long moment. Nous sommes restés plantés au milieu de l'aéroport comme des imbéciles, dans les bras l'un de l'autre. Judah caressait mon visage, mes cheveux et les plaies sur ma joue comme s'il n'arrivait pas à croire que c'était moi. Je suppose que je faisais pareil. Je ne m'en souviens pas.

Tout ce que je parvenais à penser, c'était : *Je suis rentrée.*

— Je n'en reviens pas, répétait sans cesse Judah. Tu es entière.

Puis les larmes sont montées, et je me suis mise à pleurer dans la laine rêche de son manteau. Il n'a rien dit du tout : il s'est contenté de me serrer contre lui comme s'il ne devait jamais me lâcher.

Dans un premier temps, je ne voulais pas que les Horst appellent la police, mais je ne pouvais pas leur faire comprendre ça. Puis, une fois que j'ai parlé à Judah et qu'il m'a promis de tout raconter à Scotland Yard – une histoire si improbable que j'avais presque du mal à y croire moi-même –, j'ai commencé à accepter que même Richard Bullmer, malgré toute sa fortune, ne pouvait pas se tirer si facilement d'affaire.

Lorsque les policiers sont arrivés, ils m'ont emmenée dans un dispensaire pour faire soigner mes pieds écorchés et ma cheville foulée, et me faire prescrire mes médicaments. J'ai eu l'impression que ça durait une éternité, mais en définitive les médecins m'ont déclarée apte à sortir et, aussitôt, on m'a conduite au commissariat, plus haut dans la vallée, où m'attendait un responsable de l'ambassade britannique à Oslo.

Encore et encore, il a fallu que je raconte l'histoire d'Anne, de Richard et de Carrie, et chaque fois, elle me semblait encore plus invraisemblable.

— Il faut que vous l'aidiez, répétais-je sans cesse. Carrie, il faut que vous poursuiviez le bateau.

Le diplomate britannique et l'officier de police ont échangé un regard, et le flic a dit quelque chose en norvégien. J'ai su, tout à coup, que ce qu'ils cachaient ne pouvait pas être une bonne nouvelle.

— Quoi ? ai-je demandé. Qu'est-ce qu'il y a ? Qu'est-ce qui ne va pas ?

— Les forces de l'ordre ont retrouvé deux corps, a annoncé le type de l'ambassade d'une voix guindée. Le premier très tôt lundi matin, il a été pris dans les filets d'un bateau de pêche ; le second lundi dans la journée, retrouvé par des plongeurs de la police.

J'ai posé ma tête entre mes mains et enfoncé mes doigts dans mes paupières. La pression a fait fleurir comme des flammes et des étincelles devant mes yeux. J'ai pris une profonde inspiration et j'ai levé le regard :

— Dites-moi. J'ai besoin de savoir.

— Le corps retrouvé par les plongeurs était celui d'un homme, a dit lentement le responsable de l'ambassade. Il a reçu une balle dans la tempe. La police pense que ça pourrait être une blessure de sa propre main. Il n'avait pas de papiers, mais on pense que c'est le corps de Richard Bullmer. Il a été porté disparu par l'équipage de l'*Aurora*.

— Et… (J'ai dégluti.) Et l'autre ?

— L'autre était une femme, très mince, avec le crâne rasé. Les enquêteurs vont devoir mener une enquête post-mortem, mais d'après les éléments dont nous disposons, elle s'est noyée. Mademoiselle Blacklock ?

Il a jeté un regard nerveux autour de lui, comme s'il ne savait trop que faire.

— Est-ce que ça va, mademoiselle Blacklock ? Quelqu'un pourrait lui donner un mouchoir, s'il vous plaît ? Ne pleurez pas, je vous en prie, mademoiselle Blacklock, vous êtes en sécurité, maintenant.

Mais je ne pouvais pas parler. Et le pire, c'était qu'il avait raison : *j'étais* en sécurité. Mais pas Carrie.

Le fait que Bullmer se soit suicidé aurait dû me réconforter, mais ce n'était pas le cas. J'ai continué de sangloter dans le mouchoir qu'ils m'ont donné. Je pensais à Carrie, à tout ce qu'elle m'avait fait subir et à tout ce qu'elle avait fait pour moi. Quelles que soient ses bonnes et ses mauvaises actions, elle les avait payées de sa vie. Je n'avais pas été assez rapide pour la sauver.

37

À l'aéroport, nous avons pris un taxi pour rentrer chez Judah. Nous n'en avons pas discuté, mais je ne pouvais pas affronter mon appartement en sous-sol. J'avais eu mon compte de pièces confinées et sans lumière, et Judah semblait en être conscient.

Il m'a bordée sur le canapé du salon avec une couverture, telle une petite fille ou une convalescente, et il m'a embrassée avec précaution sur le front, comme si je risquais de me briser.

— Je n'en reviens pas que tu sois là, a-t-il répété. Quand ils m'ont montré tes bottes sur cette photo…

Ses yeux se sont remplis de larmes, et j'ai senti moi aussi ma gorge se serrer.

— Elle les a prises, ai-je expliqué d'une voix rauque. Pour que je puisse me faire passer pour elle. Elle…

Mais je n'ai pas pu terminer.

Judah m'a enlacée pendant un long moment. Lorsqu'il a pu parler, il a avalé sa salive et dit :

— Tu… tu as beaucoup de messages, tu sais. Les gens m'ont appelé parce que ta boîte était pleine. J'ai tout noté.

Il a sorti une liste de sa poche. Je l'ai parcourue. Il y avait surtout des noms auxquels je m'attendais : Lissie… Rowan… Emma… Jenn…

Un ou deux étaient plus surprenants :

« Tina West – très soulagée de savoir que tu es en sécurité. Inutile de rappeler. »

« Chloe Yansen (?) – Espère que tu vas bien. Appelle-la si elle ou Lars peuvent faire quoi que ce soit. »

« Ben Howard. Pas de message. »

— Bon Dieu, Ben !

J'ai ressenti une pointe de culpabilité.

— Je suis étonnée qu'il ne me fasse pas la gueule. Je l'ai plus ou moins accusé d'être derrière tout ça. Il a vraiment appelé ?

— Ce n'est pas tout, loin de là, a répliqué Judah en s'essuyant les yeux subrepticement sur son tee-shirt. C'est lui qui a lancé l'alerte. Il m'a appelé de Bergen pour savoir si tu étais bien rentrée, et quand je lui ai dit que je n'avais pas eu de tes nouvelles depuis dimanche, il m'a recommandé d'appeler la police anglaise et de leur signaler que c'était une affaire urgente. Il a expliqué qu'après l'escale à Trondheim, il avait fait un tapage de tous les diables, mais que personne parmi l'équipage ne l'écoutait.

— N'en rajoute pas, je me sens déjà assez coupable.

— Hé, c'est toujours un petit con prétentieux, a dit Judah.

Il m'a fait son sourire attendrissant, et j'ai remarqué avec émotion que sa dent avait repris racine.

— Et il a donné une interview assez pourrie au *Mail* : à l'entendre, on aurait cru que vous veniez tout juste de rompre, tous les deux.

— OK, ai-je fait avec un rire tremblant. Comme ça, je m'en veux un peu moins de l'avoir accusé de meurtre.

— Dis, tu veux une tasse de thé ?

J'ai hoché la tête, et il s'est levé pour aller dans la cuisine. J'ai pris une poignée de mouchoirs sur la table basse et je me suis essuyé les yeux, puis j'ai attrapé la télécommande et allumé le poste, en quête d'une impression de normalité.

Je zappais d'une chaîne à l'autre, dans l'espoir de trouver un programme rassurant et familier – une rediffusion de *Friends*, peut-être, ou de *How I Met Your Mother* – quand je me suis arrêtée net, le cœur au bord des lèvres.

Mes yeux étaient fixés sur l'écran de télévision, sur l'homme qui me regardait.

C'était Bullmer.

Son regard était planté dans le mien, sa bouche tordue par son sourire asymétrique, et pendant un instant j'ai cru que j'étais en train d'avoir une hallucination. J'ai repris mon souffle, prête à appeler Judah en hurlant pour lui demander s'il voyait lui aussi ce visage de cauchemar – mais l'image est revenue sur le présentateur, et j'ai compris de quoi il s'agissait. C'était un reportage sur la mort de Bullmer.

« … On vient d'apprendre le décès de Richard Bullmer, homme d'affaires et pair du royaume. Lord Bullmer, qui était l'actionnaire majoritaire du groupe Northern Lights, dont les problèmes ont défrayé la chronique, a été retrouvé sans vie après avoir été porté disparu quelques heures plus tôt sur son yacht de luxe, l'*Aurora*, au large de la côte norvégienne. »

L'image a changé de nouveau : cette fois, on voyait Richard debout sur une estrade, en train de faire un discours. Ses lèvres remuaient, mais le son était coupé de sorte que le présentateur puisse continuer son récit en voix off, et tandis que la caméra zoomait sur lui, je me suis surprise à baisser le volume, à quitter le canapé et à m'agenouiller devant la télé, à quelques centimètres de l'écran.

À la fin de son speech, Richard a salué de la tête, et la caméra s'est encore rapprochée de son visage. Il a regardé droit dans l'objectif et m'a fait son petit clin d'œil caractéristique. J'ai eu un haut-le-cœur et la chair de poule.

Les mains tremblantes, j'ai repris la télécommande, prête à l'évacuer de ma vie une fois pour toutes, comme dans un exorcisme, lorsque la caméra a fait un panoramique ; j'ai repéré une femme assise au premier rang qui applaudissait en souriant, et j'ai marqué une pause, le doigt au-dessus du bouton « arrêt ». Elle était extraordinairement belle, avec une longue crinière de cheveux brun doré et des pommettes larges. Pendant un instant, je n'ai pas réussi à la situer. Puis… j'ai compris.

C'était Anne. Anne telle qu'elle était avant que Richard en ait fini avec elle : jeune, belle et vivante.

Tandis qu'elle battait des mains, elle semblait soudain prendre conscience que les caméras étaient sur elle. Ses yeux clignotaient vers l'objectif, et j'ai vu quelque chose dans son regard – c'était peut-être l'effet de mon imagination. Il m'a semblé y lire une certaine tristesse, une expression un peu piégée et apeurée. Mais elle se mettait alors à sourire de plus belle, et redressait le menton : c'était une femme qui ne capitulerait jamais, qui ne céderait jamais, une femme qui se battrait jusqu'au bout.

Puis on est repassé sur le présentateur, j'ai éteint la télé et je suis retournée sur le canapé. J'ai tiré la couverture sur moi, et je me suis tournée vers le mur, écoutant Judah qui faisait du thé dans la pièce voisine… Je me suis perdue dans mes réflexions.

Le réveil sur la table de nuit de Judah indiquait minuit passé. Nous étions couchés ensemble, son torse collé contre mon dos, son bras autour de moi, et il me serrait contre lui comme s'il craignait que je ne m'évapore dans la nuit.

J'avais attendu de le croire endormi pour me laisser aller à pleurer, mais lorsqu'un sanglot plus violent que les autres a agité mes côtes, il m'a chuchoté à l'oreille :

— Ça va ?

— Je croyais que tu dormais.

J'avais la voix cassée et rauque à cause des larmes.

— Tu pleures ?

Je voulais nier, mais ma gorge était tellement serrée que je ne pouvais pas parler, et de toute façon j'avais eu mon compte de mensonges et de faux-semblants.

J'ai hoché la tête et il a effleuré ma joue trempée.

— Oh, chérie.

Je l'ai entendu déglutir.

— Ça va aller… Tu n'as pas besoin de…

Il s'est arrêté, incapable de poursuivre.

— Je n'arrête pas de penser à elle, j'ai dit en sanglotant.

C'était plus facile de ne pas le regarder, de parler dans l'obscurité silencieuse.

— Je ne peux pas l'accepter, c'est tellement injuste.

— Parce qu'il s'est tué ?

— Pas seulement ça. Anne. Et… et Carrie.

Judah n'a rien répondu, mais je savais ce qu'il pensait.

— Dis-le, ai-je lancé avec amertume.

Il a poussé un soupir, et j'ai senti sa poitrine se soulever et s'abaisser contre ma colonne vertébrale, son souffle chaud sur ma joue.

— Je ne devrais sans doute pas dire ça, mais je ne peux pas m'empêcher de… m'en réjouir.

J'ai roulé sur moi-même sous les draps pour le regarder, et il a levé une main apaisante.

— Je sais que ce n'est pas bien, mais après ce qu'elle t'a fait… En toute franchise si ça avait dépendu de moi, je ne l'aurais pas repêchée. Je l'aurais laissée se faire bouffer par les poissons. Heureusement que la décision ne m'appartenait pas.

J'ai senti la colère monter en moi, pour Carrie, qui s'était fait battre, intimider et duper.

— Elle est morte à cause de moi. Elle n'était pas obligée de me laisser partir.

— N'importe quoi. C'est à cause d'elle que tu étais enfermée. Elle n'était pas obligée de tuer une femme et de te séquestrer.

— Tu n'en sais rien. On ne peut pas savoir ce qui se passe entre les gens.

J'ai pensé à la terreur de Carrie, aux contusions sur son corps, à sa certitude de ne jamais pouvoir échapper à Richard. Elle avait eu raison.

Judah n'a rien dit. Je ne voyais pas son expression dans le noir, mais je sentais son désaccord.

— Quoi ? ai-je insisté. Tu ne me crois pas ? Tu ne crois pas que les gens peuvent être entraînés à faire quelque chose par crainte, ou parce qu'ils sont incapables de voir une autre issue ?

— Non, ce n'est pas ça, a dit Judah lentement. J'y crois. Malgré tout, nous sommes responsables de nos actes. Il nous arrive à tous d'être terrorisés. Mais tu ne peux pas me dire que tu ferais une chose pareille à quelqu'un, même dans la pire des situations – séquestrer, enfermer – quelle que soit l'intensité de ta peur.

— Je ne sais pas.

J'ai pensé à Carrie, au courage dont elle avait fait preuve et à sa fragilité. J'ai songé aux masques qu'elle portait pour dissimuler la terreur et le sentiment de solitude qu'elle éprouvait. Au bleu sur sa clavicule, et à ses yeux traqués. Elle avait renoncé à tout pour moi.

— Écoute.

Je me suis redressée et je me suis enveloppée dans le drap.

— Ce boulot à New York, celui dont tu parlais avant que je parte. Tu as décliné l'offre ?

— Oui, enfin, je veux dire, non… Je vais le faire. Je ne les ai pas encore appelés. Quand tu as disparu, ça m'est sorti de la tête. Pourquoi ?

La voix de Judah semblait soudain gênée.

— Parce que je ne crois pas que tu devrais refuser. Je crois que tu devrais accepter.

— *Quoi ?*

Il s'est redressé à son tour, et un rayon de lune s'est posé sur son visage, où se lisaient le choc et la colère.

Pendant un instant, j'ai eu l'impression qu'il ne savait pas quoi dire, puis les mots se sont bousculés :

— Qu'est-ce que tu racontes, bordel ? Pourquoi ? Qu'est-ce qui te prend ?

— Eh bien, c'est la chance de ta vie, non ? C'est le poste que tu as toujours voulu.

J'ai enroulé le drap autour de mes doigts et serré jusqu'à ce qu'ils soient engourdis et froids.

— Regardons les choses en face, il n'y a rien qui te retient ici, pas vrai ?

— Rien qui me retient ici ?

Je l'ai entendu avaler sa salive, j'ai vu ses poings se serrer et se desserrer sur les draps blancs.

— J'ai *tout* qui me retient ici, du moins c'est ce que je pensais… T'es en train de me larguer ?

— Quoi ?

C'était mon tour d'être choquée. J'ai secoué la tête et je lui ai pris les mains, passant les doigts sur les tendons et les os de ses phalanges. Ses mains, je les connaissais par cœur. *Merde.*

— Jude, non ! Jamais de la vie ! Ce que je dis, c'est… Ce que j'essaie de dire c'est… partons. Ensemble.

— Mais… mais *Velocity*… ton boulot… le congé de maternité de Rowan… C'est une occasion en or pour toi. Je ne peux pas me mettre en travers de ça.

— Non, ce n'est pas une occasion en or.

J'ai poussé un soupir et je me suis de nouveau glissée sous les draps, sans lâcher les mains de Judah.

— J'ai passé, quoi, presque dix ans à travailler à *Velocity*. Pendant ce temps, Ben et tous les autres ont pris des risques et évolué vers des postes plus importants. Pas moi. J'avais trop peur. Et j'avais l'impression de leur devoir quelque chose parce qu'ils m'avaient soutenue quand ça n'allait pas. Mais Rowan ne démissionnera jamais : elle sera de retour dans six mois, peut-être moins, et je n'aurai nulle part où aller. Et la vérité, c'est que, même si je devais monter dans la hiérarchie, ce n'est plus ce dont j'ai envie. Je n'en ai jamais eu envie – je m'en suis rendu compte à bord du bateau. Dieu sait que j'ai eu tout le temps d'y penser.

— Comment ça ? C'est… Depuis qu'on se connaît, tu ne parles que de ça.

— Je pense que j'avais perdu de vue mes désirs profonds. Je ne veux pas finir comme Tina et Alexander, à voyager d'un pays à l'autre en ne fréquentant que des hôtels cinq étoiles et des restaurants du guide Michelin. Oui, Rowan a dormi dans la moitié des hôtels de luxe des Caraïbes mais, en contrepartie, elle passe sa vie à rédiger les articles que des gens comme Bullmer attendent d'elle, et je ne veux pas faire ça, plus maintenant. J'ai envie d'écrire sur les choses que les gens veulent *cacher*. Et si je dois repartir de zéro, je peux bosser en free-lance n'importe où. Tu le sais bien.

Une idée m'est venue, et j'ai laissé échapper un rire tremblotant, involontaire.

— Je pourrais écrire un livre ! *Ma prison flottante – Histoire vraie de mon enfer sur les sept mers.*

— Lo.

Judah m'a regardée, les yeux écarquillés et sombres dans le clair de lune.

— Arrête de plaisanter. Tu penses vraiment ce que tu dis ?

— Je n'ai jamais été plus sérieuse de ma vie.

Ensuite, Judah a enfoui sa tête dans le creux de mon épaule. Je savais que je finirais par attraper une crampe, mais je n'avais pas le courage de m'écarter.

— Tu dors ? ai-je murmuré.

Il n'a pas répondu tout de suite, et j'ai cru qu'il s'était brusquement assoupi, à sa manière habituelle, mais il a remué.

— Tout juste.

— Je n'arrive pas à dormir.

— Chut…

Il a roulé dans mes bras et m'a caressé le visage.

— Ça va aller, maintenant, c'est fini.

— Ce n'est pas ça… c'est…

— Tu penses encore à elle ?

J'ai hoché la tête dans le noir, et il a poussé un soupir.

— Quand tu as vu son corps…, ai-je commencé.

Mais il a secoué la tête.

— Je ne l'ai pas vu.

— Comment ça ? Je croyais que la police t'avait envoyé des photos à identifier ?

— Ce n'était pas un corps. J'aurais préféré, parce que si j'avais vu que c'était le cadavre de Carrie, et pas le tien, je n'aurais pas passé deux jours en enfer, persuadé que tu étais morte. C'était juste des vêtements. Des photos de vêtements.

— Pourquoi ça ?

Cela semblait une décision étrange – pourquoi demander à Judah d'identifier les vêtements, et pas le corps ?

Il a haussé les épaules.

— Je ne sais pas. Sur le moment, j'ai cru que c'était parce que la dépouille était trop endommagée. J'ai parlé à la chargée de liaison avec les familles après ton coup de fil – je voulais savoir comment ils s'étaient débrouillés pour se planter à ce point-là –, et elle a appelé les Norvégiens : elle semblait penser que c'était parce que les habits avaient été retrouvés à part.

Tiens. J'ai retourné l'énigme un long moment dans ma tête. Carrie avait-elle retiré le sweat à capuche et les bottes pour essayer de partir à la nage, dans une tentative désespérée d'échapper à Bullmer ?

J'avais presque peur de m'endormir, car je m'attendais à être hantée par le visage lourd de reproches de Carrie, mais quand j'ai fini par fermer les paupières, ce sont les traits grimaçants de Bullmer qui sont apparus devant moi. Le vent ébouriffait ses cheveux grisonnants tandis qu'il dégringolait du pont de l'*Aurora*.

J'ai ouvert les yeux, le cœur battant, et j'ai essayé de me rappeler qu'il était parti – que j'étais en sécurité, que Judah était couché entre mes bras et que tout ce cauchemar était terminé.

Mais il ne l'était pas. Car je ne parvenais tout bonnement pas à croire ce qui s'était produit.

Ce n'était pas seulement la mort de Carrie que je ne pouvais pas accepter, c'était aussi celle de Bullmer. Pas parce que je pensais qu'il aurait dû vivre, mais parce que cela n'avait pas de *sens*. Le suicide de Carrie, j'aurais pu y croire, mais pas le sien. J'avais beau essayer, je n'arrivais pas à imaginer cet homme, avec sa détermination féroce, glaciale, se résoudre à abandonner. Il s'était donné tant de mal, il avait exécuté son plan avec une telle froideur, un tel culot… Aurait-il pu jeter l'éponge si facilement ? Cela ne semblait pas possible.

Mais ça l'était. Et je devais m'y faire. Il avait disparu.

J'ai fermé les yeux de nouveau, repoussant son spectre, et je me suis pelotonnée contre Judah. Je me suis obligée à penser à l'avenir, à New York, au saut dans l'inconnu que je m'apprêtais à accomplir.

Pendant un instant, une image très nette s'est imprimée sur ma rétine : moi, en équilibre au bord d'un promontoire très, très haut, accrochée à la rambarde, les eaux noires en contrebas.

Mais je n'avais pas peur. J'étais déjà tombée, et j'avais survécu.

EVENING STANDARD, jeudi 26 novembre

AURORA : LA FEMME MYSTÈRE
NOYÉE ENFIN IDENTIFIÉE

Près de deux mois après la choquante découverte de deux corps en mer, dont l'un était celui de l'homme d'affaires et pair Richard Bullmer, la police norvégienne a émis aujourd'hui un communiqué annonçant que le cadavre repêché par des pêcheurs dans la mer du Nord était celui de son épouse, Anne Bullmer, héritière des milliards de la famille Lyngstad.

Lord Bullmer a été retrouvé à plusieurs centaines de kilomètres par les plongeurs de la police qui inspectaient les eaux côtières près de Bergen, en Norvège, après que l'équipage de son bateau de croisière de luxe, l'*Aurora Borealis*, avait signalé sa disparition.

PAS UN SUICIDE

Le communiqué, en langue anglaise, confirme la déclaration précédente de la police norvégienne, selon laquelle la cause de la mort de Lady Bullmer est la noyade, tandis que le décès de Lord Bullmer est dû à une blessure par balle à la tempe. Cependant, le document contredit l'hypothèse du suicide de Lord Bullmer, précisant simplement que la blessure « n'a pas été auto-infligée », selon les conclusions du médecin légiste.

La découverte d'un revolver à côté du corps de Lord Bullmer, enveloppé dans un vêtement appartenant à la journaliste britannique portée disparue, Laura Blacklock, tend à confirmer que la mort de Lord Bullmer est liée à la disparition de celle-ci quelques jours plutôt.

Mlle Blacklock a été retrouvée plus tard saine et sauve en Norvège, mais ses parents ont exigé une enquête après qu'on leur a laissé croire pendant plusieurs jours que le corps de leur fille disparue avait été identifié. Scotland Yard souligne que le corps n'a à aucun moment été identifié comme étant celui de Mlle Blacklock, mais a reconnu avoir fait preuve d'un « manque de tact » en informant la famille de la découverte des vêtements de Mlle Blacklock. La police attribue ce dysfonctionnement à « des problèmes de communication interne entre les forces de l'ordre impliquées », et a expliqué que ses représentants étaient en contact avec les Blacklock en vue d'éclaircir l'incident.

Sollicité par le *Standard*, un porte-parole de la police norvégienne a déclaré que, même si Mlle Blacklock a été interrogée au sujet de l'affaire, elle n'est pas considérée comme une suspecte dans les deux décès, et que l'enquête se poursuit.

LIVE CHAT AVEC LA BANQUE : 6 décembre, 16 h 15

Bienvenue au chat du Service clients.
Je m'appelle Ajesh, du Service particuliers.
Comment puis-je vous aider, mademoiselle Blacklock ?

Bonjour, je vous écris parce que j'ai reçu un curieux virement sur mon compte. J'aurais voulu savoir si vous aviez des informations sur l'émetteur ?

Bonjour, mademoiselle Blacklock. Bien sûr, je vais regarder.
Je peux vous appeler Laura ?

Oui, pas de problème.

À quelle transaction faites-vous allusion, Laura ?

Elle date d'il y a deux jours, le 4 décembre. Le montant est de quarante mille francs suisses.

Laissez-moi vérifier.
J'ai votre relevé sous les yeux. Vous parlez de la transaction intitulée : « Tigrou rebondit » ?

Oui, c'est bien ça.

D’après le code guichet, c’est un compte bancaire suisse, domicilié à Berne. Je suis désolée de vous apprendre que je n’ai aucune information sur l’identité du titulaire. La référence vous évoque-t-elle quelque chose ?

C’est bon, merci. Ne vous en faites pas. Je suis à peu près sûre que ça vient d’une amie, je voulais juste vérifier. Merci d’avoir pris le temps de regarder.

Avec plaisir. Je peux vous aider pour autre chose aujourd’hui, Laura ?

Non, c’est bon. Merci. Au revoir.

Découvrez dès maintenant
un extrait de

La Mort de Mrs. Westaway
le nouveau roman de
Ruth Ware

chez Fleuve Éditions

RUTH WARE

LA MORT DE MRS. WESTAWAY

Traduit de l'anglais
par Héloïse Esquié

fleuvenoir

Titre original :
The Death of Mrs. Westaway

MIXTE
Papier issu de sources responsables
FSC® C003309
FSC www.fsc.org

Pocket, une marque d'Univers Poche,
est un éditeur qui s'engage pour la préservation
de l'environnement et qui utilise du papier fabriqué
à partir de bois provenant de forêts gérées
de manière responsable.

Première publication by Harvill Secker 2018

ISBN : 978-2-265-11848-5
Dépôt légal : octobre 2019

29 novembre 1994

Les pies sont de retour. Ah, ce que je les ai détestées, la première fois que je suis arrivée à la maison, ça me fait bizarre d'y repenser. Je me rappelle, je remontais l'allée dans le taxi, en venant de la gare, quand je les ai vues alignées comme ça le long du mur du jardin, en train de lisser leurs plumes.

Aujourd'hui, il y en avait une qui était perchée sur la branche d'if givrée juste devant ma fenêtre. Je me suis souvenue de ce que disait ma mère quand j'étais petite et j'ai murmuré : « Bonjour, madame Pie » à mi-voix, pour écarter le mauvais sort.

Je les ai comptées en m'habillant, grelottant près de la fenêtre. Une sur l'if. Une autre sur la girouette du pavillon. Une troisième sur le mur du jardin devant la cuisine. Trois pour une fille.

On aurait cru un signe, et pendant un moment, j'ai frissonné. Espéré, curieuse, en attente...

Mais il n'y en avait pas d'autres sur la pelouse gelée. Quatre, cinq... six... plus une qui sautillait sur les dalles de la terrasse, picorant la glace sur les draps qui couvraient la table et les chaises.

Sept. Sept pour un secret, à ne jamais révéler. Eh bien, quant au secret, c'est peut-être juste, mais le reste est loin du compte. Je vais devoir le révéler, dans pas très longtemps. Je n'aurai pas le choix.

J'avais presque fini de m'habiller lorsqu'il y a eu un bruissement dans le massif de rhododendrons. Je n'ai pas tout de suite identifié son origine, mais les branches se sont écartées, et un renard a traversé furtivement la pelouse jonchée de feuilles mortes, se détachant, roux et or, sur les teintes hivernales feutrées.

Chez mes parents, ils étaient assez courants, mais par ici, il est rare d'en voir un en plein jour, encore moins un qui ait le culot de passer devant la maison complètement à découvert. J'ai bien vu des lapins égorgés, et des sacs poubelles éventrés, mais ils n'ont presque jamais un cran pareil. Celui-ci devait être bien courageux, ou désespéré, pour se laisser voir de la sorte. En y regardant à deux fois, j'ai pensé que c'était sans doute la deuxième solution, car il était jeune, et affreusement maigre.

D'abord, les pies ne l'ont pas remarqué, mais tout à coup, celle qui se trouvait sur la terrasse, plus observatrice que les autres, a repéré la silhouette du prédateur qui se glissait vers elles, et elle s'est envolée comme une flèche, en poussant des jacassements d'alarme, un avertissement puissant et clair dans le silence matinal. Le renard n'avait plus une chance. Les autres oiseaux se sont envolés à leur tour, jusqu'à ce qu'il n'en reste plus qu'un, posé sur l'if, bien hors de portée du mammifère, et telle une coulée d'or fondu, il est reparti dans l'herbe, ventre à terre, abandonnant la pie solitaire à son triomphe dissonant.

Une. Une pour la tristesse. Mais c'est impossible. Je ne serai plus jamais triste, en dépit de tout, en dépit de la tempête que je sais devoir se déchaîner. Assise ici dans le salon, à écrire ces mots, je le sens – mon secret – qui me brûle de l'intérieur avec une joie si féroce que je suis persuadée qu'elle doit parfois se voir à travers ma peau.

Je la changerai, cette comptine. Une pour la joie. Une pour l'amour. Une pour l'avenir.

Chapitre 1

La fille avançait, s'appuyait, presque, contre le vent, serrant le paquet graisseux de fish and chips sous son bras d'un air grave, alors même que la bourrasque attaquait le papier, tentant de l'arracher et de disperser son contenu sur le front de mer, pour les mouettes.

En traversant la rue, elle referma la main sur le mot froissé dans sa poche et jeta un coup d'œil par-dessus son épaule, fouillant le long trottoir ténébreux en quête d'une silhouette diffuse, mais il n'y avait personne. À première vue, du moins.

Il était rare que le front de mer soit complètement désert. Les bars et clubs restaient ouverts tard dans la nuit, et recrachaient jusqu'à l'aube les gens du coin et les touristes ivres sur la plage de galets. Mais ce soir-là, même les fêtards les plus endurcis avaient renoncé à sortir et à présent, à 21 h 55, par un mardi pluvieux, Hal avait la promenade pour elle toute seule, et les lueurs clignotantes du quai étaient le seul signe de vie, à l'exception des mouettes qui tournoyaient au-dessus des eaux sombres, agitées de la Manche en poussant leurs cris stridents.

Ses cheveux courts et noirs lui tombaient dans les yeux, ses lunettes étaient embuées et ses lèvres gercées par le sel du vent marin. Elle remonta le paquet sous son bras et tourna dans une des étroites rues résidentielles bordées de hautes maisons blanches, et le vent cessa avec une soudaineté qui la fit chanceler, presque tomber. La pluie ne se calma pas : en fait, à l'abri du vent, elle semblait encore plus drue, si possible, au moment où elle bifurqua de nouveau pour entrer dans la résidence des Marine View Villas.

Ce nom était mensonger. Il n'y avait pas de villas, seulement une petite rangée de maisons mitoyennes un peu miteuses, la peinture écaillée par l'exposition constante à l'air chargé de sel. Et il n'y avait pas de vue – ni de la mer ni de rien. Peut-être y en avait-il eu une autrefois, à l'époque de la construction. Mais depuis, des bâtiments plus hauts, plus imposants avaient été érigés plus près de la mer, et on ne voyait plus par les fenêtres des pavillons que des murs de briques et des toits d'ardoises, même depuis la mansarde où habitait Hal. Désormais, le seul avantage de vivre au dernier étage du bâtiment qui en comptait trois, en haut des escaliers branlants, c'était de ne pas être forcée d'entendre les pas sourds des voisins du dessus.

Ce soir-là, de toute façon, les voisins semblaient absents – et ce depuis un moment, à en juger par la façon dont la porte se coinça sur le tas de courriers publicitaires dans l'entrée. Hal dut pousser un grand coup pour qu'elle cède et déboucha, chancelante, dans l'obscurité glaciale, et chercha la minuterie à tâtons. Elle appuya sur le bouton, mais rien ne se produisit. Soit un fusible avait sauté, soit l'ampoule avait grillé.

Elle ramassa les enveloppes dans la faible lueur qui émanait de la rue, et fit de son mieux, dans la pénombre, pour en retirer les lettres destinées aux autres locataires, puis monta à son appartement sous les combles.

Il n'y avait pas de fenêtres dans la cage d'escalier, et une fois passé le premier étage, il y régnait presque le noir complet. Mais Hal connaissait les marches par cœur, de la planche cassée sur le palier au bout de moquette glissant qui s'était décollé sur la dernière volée, et elle les gravit laborieusement, pensant à son dîner et à son lit. Elle ne savait même plus si elle avait encore faim, mais le fish and chips lui avait coûté 5,50 £, et à en juger par le nombre de factures qu'elle avait récupérées, ce n'étaient pas 5,50 £ qu'elle pouvait se permettre de gaspiller.

Au dernier étage, elle baissa la tête pour éviter les gouttes d'eau qui s'écoulaient du Velux et ouvrit la porte : enfin, elle était chez elle.

L'appartement était petit, une seule chambre donnant sur une espèce de large couloir qui faisait office de cuisine, de salon et de pièce à vivre. Il était en piteux état, avec sa peinture défraîchie, sa moquette usée et ses fenêtres en bois qui gémissaient et vibraient bruyamment lorsque le vent venait de la mer. Mais Hal y avait vécu les vingt et une années de sa vie, et son cœur ne manquait jamais de s'égayer, ne serait-ce que furtivement, chaque fois qu'elle passait la porte.

Dans l'entrée, elle s'arrêta un instant pour ôter la pellicule de sel qui recouvrait ses lunettes, qu'elle essuya contre le genou élimé de son jean, avant de poser le sachet de fish and chips sur la table basse.

Il faisait très froid, et elle grelottait lorsqu'elle s'agenouilla devant le radiateur à gaz et tourna le bouton. La chaleur commença à revenir dans ses mains rouges et crevassées. Puis elle défit le paquet humide, éclaboussé de pluie, et huma l'odeur de sel et de vinaigre qui emplit la pièce.

Piquant une frite molle et tiède avec la fourchette en bois, elle se mit à trier son courrier, retirant les prospectus de restauration rapide pour le recyclage et faisant un petit tas des factures. Les frites étaient salées et acides, le poisson pané encore chaud, mais Hal sentit un début de nausée au creux de son estomac à mesure que s'élevait la pile des avis d'impayés. Ce n'était pas tant la hauteur du tas que le nombre de lettres où figuraient les mots *DERNIER AVIS* qui l'inquiétaient, et elle repoussa son poisson, se sentant soudain mal.

Elle *devait* payer le loyer – ça, ce n'était pas négociable. Et l'électricité arrivait aussi en tête de liste. Sans frigo ni lumière, le petit appartement n'était guère habitable. Le gaz… eh bien, on était en novembre. Se passer de chauffage ne serait pas confortable, mais elle survivrait.

Mais celle qui acheva vraiment de lui retourner l'estomac ne ressemblait pas aux factures officielles. C'était une enveloppe bon marché, visiblement livrée par porteur, avec pour seule inscription : « Harriet Westaway, appartement du haut. »

Il n'y avait pas d'adresse d'expéditeur, mais Hal n'en avait pas besoin. Elle avait le sentiment affreux de savoir de qui il s'agissait.

Elle avala une frite restée collée dans sa gorge et poussa l'enveloppe au bas de la pile de factures, cédant au désir pressant de s'enterrer la tête dans le sable. Elle aurait tant voulu pouvoir confier le problème à quelqu'un de plus vieux, de plus sage, de plus fort, afin qu'il règle tout.

Mais il n'y avait personne. Plus personne. Et d'ailleurs, il y avait un noyau dur, obstiné de courage en elle. Certes, elle était petite, maigre, pâle et jeune – mais elle n'était pas l'enfant que les gens s'imaginaient souvent. Cela faisait plus de trois ans qu'elle n'était plus cette enfant.

Ce fut ce noyau qui la poussa à ressortir l'enveloppe et, en se mordant la lèvre, à déchirer le rabat.

À l'intérieur, il y avait seulement une feuille de papier, avec quelques phrases tapées à la machine.

Désolés de vous avoir manquée. Nous aimerions discuter de vôtre (sic) *situation financière. Nous repasserons.*

Hal eut un haut-le-cœur et chercha dans sa poche la feuille de papier qui était arrivée à son travail l'après-midi même. Elles étaient identiques, à part que la première était froissée, avec une tache de thé qu'elle avait faite dessus en l'ouvrant.

Le message en lui-même ne lui apprenait rien. Elle ignorait appels et SMS à ce sujet depuis des mois.

C'était le message *sous-entendu* qui faisait trembler ses mains lorsqu'elle plaça soigneusement les deux lettres côte à côte sur la table basse.

Hal avait l'habitude de lire entre les lignes, de déchiffrer l'importance de ce que les gens ne disaient *pas* autant que de ce qu'ils disaient. C'était son boulot, en un sens. Mais les non-dits, ici, n'avaient pas besoin de décryptage.

Ils signifiaient : *Nous savons où vous travaillez.*

Nous savons où vous habitez.

Et nous reviendrons.

Le reste du courrier n'était que pubs en tout genre et Hal les jeta dans le bac de recyclage avant de s'asseoir sur le canapé, envahie par la lassitude. Pendant quelques instants, elle laissa sa tête reposer sur ses mains – s'efforçant de ne pas penser à la précarité de son compte en banque, entendant la voix de sa mère dans son oreille aussi clairement que si elle se tenait derrière elle, en train de lui faire la morale sur ses révisions de bac. *Hal, je sais que tu es stressée, mais il faut que tu manges quelque chose ! Tu es trop maigre !*

Je sais, répondit-elle intérieurement. C'était toujours comme ça quand elle était inquiète ou anxieuse – son appétit était la première chose à disparaître. Mais elle ne pouvait pas se permettre de tomber malade. Si elle ne travaillait pas, elle ne serait pas payée. Et de plus, il n'était pas question de gâcher un repas, même un repas trempé par la pluie, et qui refroidissait.

Ignorant sa gorge irritée, elle se força à prendre une autre frite. Mais elle ne l'avait pas encore portée à sa bouche lorsqu'un papier attira son regard dans le bac de recyclage. Un papier qui n'aurait pas dû s'y trouver. Une lettre, dans une enveloppe d'un blanc immaculé, avec son adresse écrite à la main, fourrée dans la poubelle avec les menus de fast-foods.

Hal mit la frite dans sa bouche, lécha le sel sur ses doigts, puis se pencha pour la sortir du magma de vieux papiers et de boîtes de soupe.

Miss Harriet Westaway, disait l'enveloppe. *Appartement 3C, Marine View Villas, Brighton*. L'adresse n'était que légèrement tachée par la graisse sur les doigts de Hal et la crasse de la poubelle.

Elle avait dû l'y jeter par erreur, avec les enveloppes vides. Bon, au moins, ce ne pouvait pas être une facture. On aurait plutôt dit un faire-part de mariage – même si c'était fort peu probable a priori. Hal ne voyait personne qui eût des projets de mariage dans son entourage.

Elle glissa son pouce dans l'interstice sur le côté de l'enveloppe et l'ouvrit.

Ce n'était pas une invitation. C'était une lettre, écrite sur du papier épais, coûteux, avec un en-tête d'étude de notaire. Pendant quelques instants, Hal sentit son estomac la lâcher, tandis qu'un éventail de possibilités effrayantes s'ouvrait à elle. Quelqu'un lui intentait-il un procès pour quelque chose qu'elle avait dit durant une séance ? Ou – horreur ! – la résiliation du bail ? Mr. Khan, le propriétaire, avait plus de soixante-dix ans, et il avait vendu tous les autres appartements de l'immeuble, un par un. S'il avait conservé celui de Hal, c'était surtout par pitié pour elle et par affection pour sa mère, elle en était certaine, mais ce sursis ne pouvait pas durer éternellement. Un jour, il aurait besoin de cet argent pour se payer une maison de retraite, ou son diabète l'emporterait et ses enfants devraient vendre. Cela n'avait pas d'importance que les murs s'écaillent sous l'effet de l'humidité et que les plombs sautent dès qu'elle faisait fonctionner le sèche-cheveux en même temps que le grille-pain. C'était chez elle – le seul chez-elle qu'elle ait jamais connu. Et s'il la mettait dehors, ses chances de trouver un autre logement à un prix comparable n'étaient pas minces, elles étaient nulles.

Ou était-ce… mais non. *Lui*, il ne se serait jamais adressé à un notaire.

Ses doigts tremblaient lorsqu'elle déplia la page, mais quand ses yeux s'arrêtèrent sur les coordonnées en dessous de la signature, elle s'aperçut, avec un profond soulagement, que ce n'était pas une étude de Brighton. L'adresse se trouvait à Penzance, en Cornouailles.

Rien à voir avec l'appartement – Dieu merci. Et extrêmement peu probable qu'il s'agisse d'un client fâché, si loin. À vrai dire, elle ne connaissait strictement personne à Penzance.

Avalant une autre frite, elle étala la lettre sur la table basse, remonta ses lunettes sur son nez et se mit à lire.

Chère Miss Westaway,

Je vous écris à la demande de ma cliente, votre grand-mère, Hester Mary Westaway, de Trespassen House, St. Piran.

Mrs. Westaway est décédée le 22 novembre, à son domicile. Je suis conscient que cette nouvelle risque de vous causer un choc et je vous prie d'accepter mes plus sincères condoléances.

En tant que notaire et exécuteur testamentaire de Mrs. Westaway, j'ai pour devoir de contacter les bénéficiaires de son testament. Étant donné le volume conséquent de son patrimoine, il sera nécessaire de demander une authentification et une estimation de l'héritage assujetti à l'impôt, et le processus de déboursement ne pourra avoir lieu avant ces formalités. Cependant, si, d'ici là, vous pouviez me fournir des copies de deux documents confirmant votre identité et votre adresse (ci-joint une liste des papiers d'identité recevables), cela me permettrait de mettre en route les démarches administratives nécessaires.

Selon les dernières volontés de feu votre grand-mère, je suis également chargé d'informer les bénéficiaires des circonstances de ses funérailles. Celles-ci se tiendront à seize heures le 1er décembre à l'église de St. Piran. Étant donné que le service hôtelier est extrêmement limité dans la région, les membres de la famille sont invités à séjourner à Trespassen House où aura lieu une veillée.

Merci d'écrire à la gouvernante de feu votre grand-mère, Mrs. Ada Warren, si vous souhaitez profiter de cette offre d'hébergement, et elle veillera à vous faire ouvrir une chambre.

Je vous prie, Miss Westaway, d'accepter mes condoléances les plus sincères et l'assurance de mes sentiments les plus respectueux.

Bien à vous,
Robert Treswick
Treswick, Nantes and Dean
Penzance

Elle laissa échapper une frite qui lui tomba sur les genoux, mais elle ne cilla pas. Elle resta prostrée, à lire et à relire la courte lettre, puis passa à la liste de documents d'identité recevables, comme si celle-ci allait permettre d'éclaircir ce mystère.

Patrimoine considérable... bénéficiaires du testament... L'estomac de Hal se mit à gronder, et elle ramassa la frite et la mangea, presque inconsciemment, tentant de donner un sens aux mots qui s'étalaient devant elle.

Car ils n'avaient *pas* de sens. Pas du tout. Les grands-parents de Hal étaient morts depuis plus de vingt ans.

Composition et mise en pages
Nord Compo à Villeneuve-d'Ascq

Imprimé en Espagne par:
BLACK PRINT
en février 2020

S29307/05